作者第七屆文化大學中文系畢業學士照

作者年少著軍裝，英氣十足

作者賀妻六十五歲生日

二〇一〇年作者偕妻參加中原河洛文化交流研討會於會場留影

二〇〇二年作者偕妻攀登黃山

二〇一八年十月，作者年已九十，滿心歡喜與妻參與福智佛教團體憶師恩法會，此爲活動籌辦便當時所攝

一九九四年，作者與妻、女旅遊印尼峇里島

作者愛女生日，與愛女合影

二〇一九年父親節，作者與妻之二嫂家人聚會共餐

作者伉儷結婚與家族合影

一九六二年作者與文大同學郊遊踏青

作者攝於錢穆故居

二〇〇三年二月作者獲邀至越南河內大學講授儒學一個月

二〇〇八年獲邀至河南鞏義參與「河洛文化交流會」上台報告論文摘要

政戰學院六十周年校慶，六期影劇系公演，
邀作者飾演「老學長」角色一幕

二○○五年越南河內大學翻譯作者《先秦儒學人本思想津梁》
越文版贈書典禮

著作集叢書

# 尚文齋纂言斠編——曹尚斌論文集

曹尚斌　著
吳冠宏　主編
歐家榮　編輯

推薦序一

# 瞧！這一位有心、老而彌堅的中文人

吳冠宏

東華大學與花教大整併之初，我先肩負兩校合併後的通識課程之規劃，繼而承擔人社院副院長及新中文系主任（兩校之中文系及原花教大的民間所）之職；其後又臨危受命，同時身兼中文系主任與代理人社院院長的繁重工作，這雖是我生命中較爲艱辛紛擾的階段，但在承擔要務接近尾聲之際，諸多因緣造化，卻意外成全了一段杏壇美事。

此佳話從何說起呢？二〇一二年曹尚斌先生報考東華中文博士班，當時三位口試委員都注意到他臨考時有兩手顫抖的狀況，因此提醒我他恐怕無法順利入學正常就讀，然在放榜會議現場，由於尚有錄取名額，吳茂昆校長及楊維邦副校長都十分感佩曹先生「活到老，學到老」的精神，故極力支持他入學就讀，並在九月開學時，由校方安排接受媒體報導，曹先生遂以八十四歲的高齡來到東華中文系博士班深造，成爲當時引人注目的一則新聞。

其實曹先生矢志就讀中文博士班，是他多年來殷切渴盼的願望，由於早先曾多次以同等學歷報考臺大……等諸多學校，都未能順利圓夢，因此他分外珍惜東華給他的機會，搬入美麗的校園，住入研究生宿舍頡雲莊，就學修課期間，他不時出入文學院的教室講堂，在眾多的青春面孔中，出現一張滿載歲月的容顏，桑榆之光與朝陽之暉在綠意盎然的校園中共繪一幅難得一見的學生群相，尤其是他的步伐雖然緩慢，學習態度卻格外的認眞，有時不免讓晚輩的同學們瞠乎其後，此番另類的生命風景，已無形中爲向來遼闊、疏懶的東華校園注入一股督促人心的力量。

曹先生曾修過我「玄學與魏晉文化」及「儒道思想」兩門研究所的課，有時甚至還跑來大學部必修課「中國思想史」旁聽，對我而言，他的回饋總是有聲有色而令人印象深刻，不同於一般的電腦打字，他的每一份作業報告，張張都塡滿俊秀的筆跡，洋溢著書寫的力道，原來他早先在部隊擔任過文書的工作，亦曾在推廣教育中心任職行政助理，是以練就一身寫字的定力及火候。上課若輪到他口頭報告，除彬彬有禮的風采外，最引人入勝之處當在他的朗讀，不僅字正腔圓，更是中氣十足，已經略具朗誦專家的水準了。後來我才知曉在二〇〇〇年的新世紀編劇培訓營，他曾經以《一張床，兩個夢》這一齣戲初試啼聲，頗獲好評，二〇〇一年更上一層樓，於新生代團展演高行健劇作《車站》中扮演「大爺」一角。依此可見，曹先生從軍人身分轉入政工幹校影劇科，再轉入文化學院中文系，這些歷練所積累的工夫底蘊，都可以在他晚年的學習身影中見證其成效，對事事用心的他，人生眞的是沒有白走的路。

原先我總是不解，認爲曹先生已經有相當豐沛的人生資歷了，何苦高齡至此仍執著要來念個中文博士呢？孔子不是告誡老年人當「戒之在得」嗎？但透過他的自傳告白，我才逐漸了然，這般堅持深造的夢想，肇端於他對其先父遺言的奉行，原來這位繈褓母喪、童年又失父的老學生，正是以他終身學習之持志，在落實「大孝終身慕父母」的宏願，每思及此，又親睹如今個人主義當道下「人不爲己，天誅地滅」宛如世間常態時，更深覺曹先生的古風義行，已是鳳毛麟角，難能可貴也。

曹先生早年生活多磨難，又遭逢國共爭戰，民國三十八年以軍人身分從武漢、廣州輾轉來臺，經歷過這一場驚心動魄的大時代浩劫，使他更珍惜在寶島重生的安居歲月。由於早年失學，故在工作之外，他不時尋覓充實進修的機會，畢竟相較於講究練兵武力的軍人角色，他了解自己更適合從事人文教育的工作。他從影劇科轉學就讀中文系，後又考入政大中文所的在職學分班進修，並曾於文化大學中文系擔任助教時，以〈先秦儒學人本思想津梁〉一文獲教育部同等碩士學位，升格爲講師，繼而在多所大專院校兼任國文講師，最後終於來到東華中文系一圓他就讀博士的夢想。從大陸烽火連天的戰亂歲月，走入臺灣逐漸安居樂業的幸福時光，曹先生是這一段歷劫重生後漸入佳境的歷史見證人，而作爲一位終身學習的實踐者，其案例亦突顯了臺灣目前高等教育是否有分流發展之必要的問題，可以說他一路走來顛沛曲折的生命歷程，即是一本值得閱讀的活字典。

除正規的學—碩—博之學習階段的醞釀淬鍊外，由於曹先生曾經投身於時報文化協助歷代經典寶庫的學術偉業，兼過中華詩學的編輯任務，並長期爲軍中「中原文獻」季刊撰寫文稿，又本於愼終追遠之心，爲同鄉蒐輯史志文獻以完成同宗之譜系與年表，林林總總的諸多善因緣，積累出可觀的知識與學術之能量，最後方能成就這一本綰合經史子集之傳統格局的中文論著。曹先生走上這一條漫漫中文路，雖非一路順遂，這位有心人卻始終把握每一次可以進修成長的機會，除了矢志成全其先父的遺願外，若非深解中文這一條文化長流是何等地波瀾壯闊，又豈能鍾情一生如是？

此次曹先生得以順利集結成冊，除其夫人鍾德卿女士的貼心護持，東華中文系前助教蔡語宸小姐的長期支援、系友歐家榮的打字協助外，尤必須感謝萬卷樓總編輯張晏瑞先生本諸傳統文化之傳播志業的熱情，慨然支持該書的出版，曹先生自取書名爲《尙文齋纂言斠編——曹尙斌論文集》，其中收錄早期的學術文稿作品，亦有進入東華中文博士班才撰寫的新作，所橫跨的時程宛如他的一本中文學習生命史，舉凡經學、語文、諸子、歷代思想或佛教、歷代文類與詩體，或雅或俗，或中或臺，都有涉獵，看似琳琅滿目，其實受限於一本書的篇幅，也僅是他勤於筆耕下諸多論著及創作中的部分成果而已，然於每一次用心學習的機緣中，他都能咀嚼入味，並從先人前輩的人文智慧裡吸收轉化，吐納英華，如今即使已病痛纏身，提筆不易，該書收稿確定後，我仍見他持續有新作發表於《中原文獻》，其勤篤向學之心，令我頗爲感動。

最讓我驚訝又佩服的是，當曹先生考上東華中文系博士班時，已經罹癌第四期了，他心懷感恩地認爲：是花蓮壽豐的安居環境、東華大學的蓬勃朝氣，讓他的身體得以如獲奇蹟般的好轉，故分外珍惜每一次師生得以在此山水佳景下共聚的緣分，或許是他亦如我般相信每一道綻放的晨光裡，即使是枯木也會化作美麗的樹影吧！而人文的慧光所以能點亮世間的晦暗，又何嘗不是如此呢？相較起來，那些得天獨厚的年輕學子，若仍鎮日無所事事，言不及義，豈能不汗顏？綜觀該書的學術規範、體例及格式，固然已大不同於今，但曹先生跨經史子集的知識養成，對於當前汲汲營營於小而美、專且精之論文撰稿者，也未嘗沒有啓示性的意義。

推薦序二

# 桑榆未晚，微霞滿天

李秀華

二〇一二年秋學校開學，這年我剛接任系行政工作。新學期開始系上來了一位較特別的博士班新生，依稀記得當時東華中文系突然來了一群媒體記者，原來記者蜂擁而至的主要採訪對象，就是這位年逾八旬的高齡博士班新生，也就是同學口中的 曹爺爺 。

曹爺爺在出生一週歲時，母親即因操勞過度，驟然過世，六歲時大姊、二姊相攜病逝；而年方十一歲，其年僅二十八歲的哥哥又病故了，手足親人的相繼離去，使其內心甚感傷痛。一九四五年曹爺爺十五歲時，其父親因痔疾醫治之誤而病逝，哀傷中猶記得父親於彌留之際，仍囑其「再讀幾年書」。然迫於現實生活的煎熬，曹爺爺無法再入學，幸獲師友學長力薦，得至軍法室充練習生半年，並獲委任爲書記。之後爲泯除生活之困頓，他於民國三十八年到武漢從軍，直到隨軍隊來台，早年顛沛流離的生活，得到安頓，才讓他有了喘息的生機。於此，開展了人生中另一階段的新生活。

雖然曹爺爺年少時曾在私塾、軍校接受教育，然「戰火下的學習，頂多只能學到一半」。其父親的遺言，不時激勵著他要念更多書。因此，他在服完軍役後，即考取政工幹校，歷充軍職二十年。退伍後，又先後於文化大學完成大學學業，與政大中文研究所碩士學分班進修。此後，並於多所大專院校兼課，直到退休後又興起了當學生的念頭。二〇一二年曹爺爺申請上東華大學中文系博士班，成爲全台令人矚目的博士班新生。還記得當年東華大學吳茂昆校長特地前來參加中文碩博新生座談會，致詞中除了讚揚曹爺爺親身實踐活到老學到老的精神，並以東華大學位於壽豐鄉志學村，曹爺爺的就學，不畏桑榆之年，就是立「志」向「學」的典範。

曹爺爺進入博士班就讀，是其多年來的心願，他以「人生唯一的寄託就是讀書，平時幾乎天天到圖書館報到」，並秉持「活到老，學到老」的精神，無論是在課業、生活上，對於周遭大大小小的事，皆抱持著積極上進之心，虛心學習；即使小至人與人之間相處的各個細節，仍不斷反躬自省。在東華求學的歲月中，曹爺爺每週一次從臺北來到花蓮東華校園，路途雖然遙遠，但其內心總是感到踏實與歡喜。學校爲其安排宿舍，並請二位學生擔任助理，協助其繕打及電腦操作等事宜，以助其完成修課報告。由於曹爺爺有點耳背，需使用助聽器，上課時每每坐於前排，專注地抄錄筆記，一點也不減其學習的熱情，同學亦樂意給予協助。課堂上爺孫齊聚一堂，共同學習的景象，感到格外溫馨。

東華校園幅員遼闊，腳踏車成爲學生們重要的代步器。曹爺爺於修課期間，無法騎自行車，只能步行，在校園年輕學子騎車的身影中，步行的曹爺爺或許顯得突兀，然其求學路上堅定的步伐，不畏風雨漫步於校園，長遠的腳程卻也顯得格外踏實。由於學校師長們及同學給與許多關懷和尊重，使其更加努力，堅忍地走完三年的修課生涯。每當想起這段在東華求學的日子，曹爺爺總覺得這是他這一生中最開心的時光。

今年五月一次在社區晨間漫步遇到冠宏老師，提及他鼓勵年逾九旬的曹爺爺，將其平時投稿以及多年來累積的多篇學術論文及散論集結，以專書方式出版，此文集可謂其一生心血之結晶，比起博士論文更有意義。在冠宏老師的關懷與引導，以及萬卷樓出版社的協助，今年秋終得出版了。曹爺爺能於垂暮之年，順利將其往昔諸多文章編纂成個人的專書發表，著實令人欣慰。

我與曹爺爺在學期間相互談話的機會不多，近些年來也未在校園中相遇，然當年曹爺爺入學的景象，又再度映入眼簾。剛入學時慈祥和藹的曹師母（鍾德卿）陪伴其漫步於校園，希望協助其早日適應校園生活，夫妻鶼鰈情深，令人動容。如今再度翻閱曹爺爺的生平自傳，探詢其在顛頗流離中與世的應對與生活，其將生命之苦厄，化於文字；於荒煙歲月中，不斷找尋生存之道。每當啜飲曹爺爺工整的手稿文字，對其早年生於大時代的苦難與頓失親情的哀慟，隨著生命的流轉，卻也能在即將收場的暮年，有著光燦的反照。劉禹錫酬和白居易的贈詩末尾兩句云：「莫道桑榆晚，微霞尚滿天。」即使夕陽正在西沉，然落日的餘輝，依舊能揮灑出絢爛的霞光。曹爺爺以自身生命已到「風燭殘年」，卻有倒吃甘蔗般的甜美，是「吾生也不幸，然亦或言有幸。」這本文集的出版，讓曹爺爺再度揮灑著生命的彩筆，有如向晚天邊微弱的霞光，依舊映滿整著天空。

曹爺爺的生命歷程，在不斷轉念與逆境中學習，近年在曹師母的帶領，參與菩提道次第廣論研讀，在佛學義理中，尋找安身立命之道，其近一世紀的漫長歲月，以點滴文字，爲生命留下美好印記。從曹爺爺身上似乎也讓我體悟到「人間重晚晴」，晚晴雖短暫，若不因此而感傷嗟嘆，同樣也能展顯出讓世人讚嘆且珍視的美麗人生。

二〇二〇年六月三十　李秀華寫於奇萊千古片時居

自序

# 維思與言啟迪文心生命史略

余曹尚斌，河南省新蔡縣人。吾生也不幸，然亦或言有幸，乃敘其始末：

我所謂不幸，乃指我出生一週歲時的當天，母親驟然逝世，一時之間，家中陷於慌亂！手足無所措。除了已屆老年的父親，所幸我上有兄姊四人。母親闔眼之際，把我從她懷裡轉到尚屬童少年時程的三位姊姊！走筆至此！我禁不住傷痛淚流。雖然，距離姐姐去世年月已八十餘年，我仍掛念在心！我想念姐姐比我想念母親之心情更熱切！三位姊姊照扶我短短六年，她們所受之勞苦，絕非喊幾聲親人的名諱稱謂或是寫一篇哀悼祭文，就能止住內心深處之悲痛。

這種接連上身的最慘痛之悲哀！驟然臨頭，雖然，我年歲尚輕，可是心中之悲痛，難以言喻，最令父親悲愴的是我哥年僅二十八虛歲，他由生病到病故，只不過二十七天短短時日，當時我方十一歲。上溯五年，大姊病逝，我年僅六歲，同年同月、日，大姊入棺當晚，二姊年方十九足歲，當天夜初，二姊暫止哀苦哭泣，走到大姊方入殮之棺木，以手撫抹棺材半周圍，加大聲哭泣片刻，走回她和大姊同睡木床，當時我也睡在姊姊床上。次晨曦時間，家人早已起身忙於大姊即將出殯，大家不見二姊出來，就走進房喊二姊，其時，我也醒起，可是二姊沒動靜！家人又一陣忙亂哭泣！因爲察覺二姊也斷氣了，這令家人十分驚慌，決定暫停大姊出殯，轉往棺材店又買了另一具同材質、同規格之棺木搬回家，把二姊遺體也裝進棺中，和大姊之棺木併置一處！使得姊、妹二人一起抬棺送葬公墓墳地下埋入土，哀哉吾姊。

歲月奄忽！姨母入室越二年，尚清弟出生，吾家生命力漸幾於安樂平靜。

茲且溯及民國三十七年國共鬥爭之徐蚌會戰伊始，駐紮新蔡縣城之過境部隊，號稱係暫編「陸軍四十九旅」，軍紀廢弛！其惡行比強盜賊夥之不如的敗惡，把不幸已淪陷於共黨占據之地區人民，一概說成「匪共」同路人。他們竟任意「抓人」，擴充其部隊，壯大其行伍，以致敗壞軍紀，徒彰惡名，打敗仗自食惡果。而我不幸被彼賊夥強拉入伍；先把我壓迫到某一民宅中，拘禁一夜，直到次日天亮，我趁機向一位似若排、連長的人，懇求放我返家，他立即回答我可以離去。雖曾受阻，然當天夜晚竟得以回家歇息。我先回到北街口，急忙到我與人合營之布店內查看錢櫃，原先存置之現金，二十六元銀幣，及部分硬幣都被人竊走。我受困於危難之際，苦無救之法，忽而看到我姨母被一持步槍帶刀之賊兵指認：前一天被拘禁兩天一夜的人就是我，於是該賊兵再以恫嚇言詞厲聲警告：「明天你須自動回班報到！」我回答他，一定聽命。經此一夜，度日如年時光，天未亮，我趁機翻牆到鄰近賈氏宅院，躲擠在一個柴火垛裡，擠身進去，靠牆站立，天氣大亮不多時，有一賊兵脅迫我姨母找到我藏身之柴垛邊，他迅即用帶刀之長槍，猛力刺入柴垛，卻未刺中我身，他不甘心，又換一角度，更大力刺一次，仍未刺到我，他倉促逃走，稍後，我走出柴垛，現場讚嘆慶幸之聲四起。大難不死！但以此激發我從軍之心思。

這是我於民國三十八年舊曆二月中末，所遭際之悲嗆！於是，我決定離家外逃，朝向武漢地區逃亡！姨母特以全新布料、全新棉絮，做成新棉、襖、褲給我穿用，此後我和一位任姓鄰友到駐馬店，只歇息一夜，次晨天初亮我趴上一班開往武漢的載貨車，但，在車上誤聽人說：「我上錯車了。」我趕忙跳下車時，把棉襖袖扯破一隻右手袖子，我仍得穿此破衣，背著棉被趴上一班經過信陽的火車，下車後，天色入夜，我就攤開棉被於火車站之軌道縫，睡一夜，天亮後，再收拾好行囊，背著占我大半身影的行囊繼續趕路，路人側目。

到武昌，面臨現實之人情世故的體會極爲深切，思及此後之出路，惟有從軍之一途。爲泯除生活煎迫！乃即向「臺灣陸軍訓練司令部」派駐武昌之辦公處，貼出之招生廣告報考錄取；隔三日後，依公佈規定之次序，辦妥入伍，終日食宿有託矣！服軍役又考取政工幹校，畢業後，歷充軍職二十年，退伍後，竟能讀大學、博士班，踐履父親臨終遺囑，要我再讀幾年書的誨勉，終得如願以償。感謝上蒼、感謝祖先佑我，讓我在臺灣重見天日，過平靜的生活，猶如「重生」。

我考取政工幹校影劇科，是我早年十六、七歲時，看到鄰人鄭姓中學生於慶祝某項活動，在舞臺上表演各種戲劇之男配角的表演形象，十分動人，贏得觀眾鼓掌叫好，我就暗自忖度，心想自己倘也能有此機會在戲臺上亮相，將成爲我夢寐以求的事。想這來到臺灣後，竟美夢成眞先考取了政工幹校，復興崗連續三個年頭的戲劇教育薰陶，算是我人生美好階段，可以說是成長發展的根基所在，有幾位師長的片言鼓舞之啓示令我終生難忘！茲述其始末。先自入學訓練始，聽到蕭政之教務處處長說：「你們走進本校之後就可能是你往後幾十年勵志奮鬥的目標之選定。」我立即像是受到一記心頭重擊，並暗自忖度人生能有幾個十年，二十年呀！這眞是一句刻骨銘心的警示語。

入校後有一天晚自習時我突發異想，給校長寫封信請求准許我轉到政治科就讀！化公（王昇，字化行）校長約我面談！走進校長室看到化公正在寫一張宣紙條幅，桌上並散置幾張信紙樣小條幅毛筆字（未看清內容），校長看到我後立即起身走近我一步，親切問我有無困難問題，我說沒有。他又問我未來志向，我回答說：「喜歡文學。」化公立即笑著應我：「戲劇就是文學呀！」並要我安心讀下去，將會汲取到中西文學之精華，我當時實在沒有一點深入的領會戲劇文學之堂奧，只覺得校長在鼓勵我，而不同意我轉科罷了。

又某一天我們在教室晚自習時，不料化公悄悄一個人走到教室門口，我要喊起立敬禮時，他以手勢止住我，且停站在門口和我們閒聊似的講到戲劇是西方文學的主流，也略似我國之元曲的文學評價……，聽了校長這番懇切漫談，充滿了他對我的啓迪勉勵，當好好讀完戲劇課程。兩年的戲劇專業訓練，尤其在表演實習上，我都不及格，可是李曼瑰主任、王生善老師，都不以我之愚昧而見棄！畢業後我未能混進戲劇圈發展，但我一直堅信戲劇之綜合藝術與文學是相濡以沫、相生相成。退伍後李老師曼瑰破格要我到她主持的戲劇藝術中心工作，王老師也曾有意要我到文大戲劇系做行政工作（王老師當時為系主任）。由於我志在轉讀中文系，而辭去李老師的工作，亦未轉來文大戲劇系追隨王老師工作！但文大畢業後，被派到城區部佐理推廣教育業務。後來由於工作歷練自修，提出升等論文〈先秦儒學人本思想津梁〉，得獲教育部審頒等同碩士學位。離開文化大學共同科目之助教工作後，才得以在實踐家專、銘傳商專、世界新聞專校、中正理工學院，政戰學校，以及空中大學擔任國文講師；提筆至此，我感謝文化的校長讓我在文大當助教才得以升等，還有諸位校長的抬愛及惜我，我才能圓滿教職生涯的美夢。

爾後王生善恩師不畏我之笨拙，讓我主演了中國大陸文學家高行健（曾獲諾貝爾文學獎）編寫之劇本書《車站》；國立政戰學院邱冬媛教授，編導「復興崗建校六十週年校慶」，我蒙邱教授之恩擔綱老學長角色。前者於國立藝術中心，耕莘文教苑公演，普獲佳評。老來能粉墨登場，眞是美夢成眞又一樁！

我常時憶念有恩於我之先師大德澤被恩情，不稍怠忽。我當自童年入私塾啓蒙，九歲就學，讀三字經伊始細述，我竟不曾讀過新制中小學，直到十四歲，看到和我同齡的馬○○已讀初中，我比別人落後全部中小學十餘年的漫長歲月。每天當我孤獨的走出南大街私塾學屋，回家的路上看到別人，有些穿著中學生學校制服，興高采烈的表情，我輒暗自心羨別人，而悵惘納悶，且有怨怒的心思！覺悟自己是落伍的，想再回到初入學，加入中小學行列中，已不可能。直到十五歲時，看到父親因受痔瘡惡化（當時還未懂已是癌化末期。），請西醫馮壽之到家看一下父親病況，並即向他請問如何治療？他搖頭示意，露出無法治好病已末期的悲憫表情！然而，可憐的父親，雖已察覺自己已病魔纏身，生命已臨絕境的苦痛，可是他仍強打精神，像似沒有什麼惡疾壓力一般。每天父親從生意打烊，入夜返家就寢直到次日起床穿好衣服，再躺在床上，由我給他擦拭痔瘡流出之惡水，再用一種「灰夢癢」清潔劑泡入熱水盆，我用衛生棉沾布而沾藥水敷去父親已經硬化且已變成黑血色發腫的臀部之膿水，然後父親自己整裝走往生意店裡，親自著手掌鍋炒菜、煮湯，開始一天到晚的忙碌。

父親繁忙中看到我在店裡的身影，他似乎神情振奮、面有欣慰之色！有時，伯父遠自陳店老家，走進城館店，站在某一空處，父親顯現喜悅表情並即向其兄（我伯父）囑語，靠屋後門口一側坐下。看著父親忙於炒菜給早已進屋的客人，由專於端茶給客人的師兄（父親的徒弟，我當稱師兄），他們爭先恐後的忙著招呼進出的諸位客人，且以親切語氣說話「送往迎來」。

一整天從早忙到生意打烊關門，各自回到寢室休息，最後父親攜同伯父和我一同走回住屋。父親和伯父再敘家常，每每問候家人近況福安，我看到父親和伯父交談的親情流露，令我感到欣慰欣快！偶爾想到我的哥哥不幸早逝！頓時一陣心酸悲痛，但不敢對父親說提及斯時的哀傷內衷。

追敘既往之傷感，千言萬語，難以盡傾私衷，這些既往的瑣細不完的遭際，都已隨著流失的歲月而成永記內心的影痕！但，來臺灣後，卻否極泰來！這當從自己始終一心向學的思緒說起。憶及民國三十二、三年間，或以我十五、六歲之時段，反思既往，感懷一些目睹身受的情景。首先，因喪父哀痛，自己既失學、又無能就業，頓時成爲無隔宿之粮的窮家！且又百無聊賴，整天看到與我同年的鄰家孩童、青年，都正在讀中小學，偶爾遇著別人放學回家途中，到鄰近地攤販賣零食糖果攤上，隨心所欲買東西，從口袋掏出零錢買食物，而我只在其身傍，目睹此情景，尤其聯想到他們仍在學中，其歡樂狀況，自己望塵莫及！心裡苦痛，又偶生幻想：我再也無法求學了。

忽而，一種意外轉變，父親歿世後，我的受業老師張鳳桐（字向陽），代我請託已就業之學長喬新民兄推介我到縣府軍法室充當見習書記（無薪資）到軍法室上班，擔任文書抄寫工作，曾經有一位邵姓兼任法官（他是地方法院司法官，暫兼縣府軍法官。），因其年邁，寫字，手發抖，每當寫判決書時，他要我隨其口述，用筆寫成書面判決文，我偶爾失笑，他不以爲意。尤其於下班，還要我代他拿皮包，不時引起路人注目。在這期間也造就了我行文及處理公文的基礎，對我日後行事，來臺軍旅求學生涯助益極大極深。

到臺灣幸遇之親人，惟我族三姊家。素梅及仙其夫曉初享年百歲（陸軍官校出身的原景輝將軍），家族興旺！來臺之鄉親，因由聞名拜訪之鄉親戚誼，絡繹於途！有一次客人特多約十數人齊集一木板房間內、門窗似有晃動之聲息，曉初乃至擔心樓梯窗戶或因承受不了重大壓力深擔心有險況？然而，天祐原家終得安全無險，雖爲將軍身，然生活儉樸、自律極高。

吾與曉初表兄，暨素梅三姊過從雖止於鄉誼。惟數十年如一日，視我待我如兄弟，並時常砥礪我情誼滿足珍，如今曉初以年高一百有三之嵩壽，九泉之下與其夫人團聚。雖失人而其人猶在，尤以高風亮節爲人親和之精神常在我心，策勵效學。

吾隻身來臺，平素除與曉初表兄一家過往之外，亦常來往於同鄉同宗之間，如曹增益、曹增統、曹增毅、曹全棟、李國賢、鍾培文等……，將享親友之誼；亦常時受到諸多恩師及貴人之相助提攜，銘感五腑，不敢忘懷。

我與德柳結縭，其姊兄弟共六家，雖各居一方，然給我許多溫暖，消散了我心緒上諸多「寒氣」，晚輩們很懂事，尤其在此時代，仍保有「孝親、尊長」之言行確實屬難得。唯一的女兒女婿雖非赫赫之輩，但爲安分守己之人，足已！大陸之親人，有海一隔，僅能以書信稍慰於一。

我以實歲八四高齡考上東華大學博士班，眞是感謝天感謝地，感謝祖先佑我，更感謝東華大學的宏恩，給我此良機。我之所以老來想更上一層樓，主要是因爲憶及先父的遺言書（告訴姨媽）：這個孩子要讓他多念書。先父如此願望，故常時縈。

每週乘車往返於新店花蓮之間，幸好學校有宿舍租住，方便許多，並減少勞累，這是在體力方面的感受。但以當「學生」的心緒上的感受來說，能夠平穩地在東華大學當「老學生」，是無比的幸福，一方面聆聽吸取教授們學術領域的精華，及師長的鼓勵；還有年輕同學的切磋照顧，指導及關懷，尤其是老師不以自己學術地位之尊高，諄諄教誨於我！在我的生命史上留下了愉悅溫馨的畫面；謹此獻上眞誠的感恩。賜我是師亦友的恩情銘刻於心。

因爲拙荊的關係，我於二年前加入福智固體的「長壽班」學習，師兄姊們熱情有加，呵護備至。大家都秉持著佛菩薩慈悲心懷，在師父日常老法師的調教下以「觀功念恩」對待家人及眾生，減少敵對、趨向祥和，把孔子「克己復禮」的仁道思想，孝弟爲基融入到佛法中，就是「慈悲」與「智慧」，愛人如己，饒益眾生（有生命者），更可推及至動物、地球……。日常老法師除了實現心靈提升研讀「廣論」之外，也開發「有機」作物及健康食品……。由於我耳背了，聽力極差，沒辦法順利將「法」聽入耳、聽入心，可惜！偶爾從文字上看到人的生命是無限的，不是只有這一輩子；下輩子會到哪裡去，就看自己造什麼業，是善或惡，學佛的重點就在這裡；爲善可得樂；爲惡得苦果。我只能粗淺的如此了解。總之，我的思維與行爲起了變化：煩惱減少，一改過去。會時常對拙荊說：「謝謝」、「對不起」；因爲眞如老師再三叮嚀「對家人要感恩戴德」，才能推及到其他人。

時光剎那飛逝，也剎那在變異中；佛法雖說「業」由自己造，但總被「無常」所環繞繫縛……。我的生命已到「風燭殘年」，卻有倒吃甘蔗般的甜美。如開筆一所言「吾生也不幸，然亦或言有幸。」

# 目次

## 二 史類相關



## 三 子類相關

## 四 集類相關

# 中國經學的常道與變道

## 一　經學為我傳統文化的匯宗

### （一）六經之涵義及效用

《莊子》〈天運篇〉：「孔子謂老聃曰，丘治詩書禮樂易春秋六經。又曰：夫六經者，先王之陳跡也。」

六經亦稱六藝，是集中國古代文化之大成，性質不同於諸子。爲了強調它是一種聖賢垂教，貫穿古今，示人以修己治人大道的經典，因此「經」的地位也顯得格外崇高。經是聖人的典則，旨在規範人生。（李威熊：《中國經學發展史》）樹立人之爲人的常道、常法。

「經」成爲專門的學術，當從西漢開始，溯自秦始皇焚書坑儒之浩劫，直到漢惠帝四年，始除挾書禁律。文帝、景帝曾立經學博士，於是群經方成爲專門之學。

中國最早的經書，在漢代只有詩、書、易、禮、樂、春秋六經。日後以傳以記爲經，才有所謂的七經、八經、……十三經、十四經等名目。（李威熊：《中國經學發展史》）

《漢書》〈藝文志〉：「六藝之文，樂以和神，仁之表也，詩以正言，義之用也，禮以明體，明者著見，故無訓也，書以廣聽，知之術也，春秋以斷事，信之符也，五者，蓋五常之道，相須而備，而易爲之原，故曰：『易不可見，則乾坤幾乎息矣』。言與天地爲終始也。」

## （二）自天子以至於庶人的常道

《博物志》說：「聖人制作曰經，賢者著述曰傳。」聖人制作的書，何以稱作經？因爲聖人之道是萬世不變的常道。鄭玄孝經注曰：「經者，不易之稱。」（〈玉海〉卷四十一引）《釋名》〈釋典藝〉曰：「經者，徑也，常典也，如徑路無所不通，可常用也。」《文心雕龍》〈宗經〉曰：「經也者，恆久之至道，不刊之鴻教也。」《皇侃》曰：「經者，常也，法也。」這種種說詞都是以「天不變道亦不變」的觀念爲根據。

〈漢志〉以「仁、義、禮，智、信」五常配六經。六藝本先王政典，禮者政典之總持，班固所云六經之道同歸，而禮樂之用爲急也。六藝大備於周，方其盛時，史掌之，故府藏之，其學在官，惟其在官，故施之於教，則道一而風同，發之爲政，則俗成而治定，及周之衰，官守放廢，六藝道息，諸子爭鳴，自孔子時，即已殘缺不完。（馬宗霍：《中國經學史》）

又云：「儒家者流蓋出於司徒之官，助人君順陰陽明教化者也，游文於六經之中，留意於仁義之際、祖述堯舜，憲章文武，宗師仲尼，以重其言，於道爲最高。」

綜上所述，可見孔子不但刪訂六經，且以六經爲施教之張本，進而普及六經於廣大社會，並昌明群經之精義。六經至此以後，也演變爲儒家的經典，經的觀念根植於每一個中國人內心深處，影響中華文化之素質，達二千五百年之久。

## 二　六經常道之傳播與踐履

### （一）六經義理之精粹——仁

孔子於六經鑽研至精，但，他謙稱述而不作，信而好古，其實他於六經之道，能推陳出新，合乎時中，他倡說的「仁」是六經歸納之菁英，有如道家所煉之「仙丹」，佛家之「舍利子」，不過「仁」字卻沒有解釋，道之神秘色彩，「仁者人也」，推己及人的恕心而已！孟子又說：「仁者，人心也。」即凡事皆當將心比心。「己所不欲，勿施於人……」。

中國六藝經典（或謂文化傳統）自堯舜與三代聖王之「心傳」，到孔子「踐仁知天」，把詩書中具有原始宗教意味的天撇開，當下從人之所以爲人處講，「仁」。講「成德」。以肯定個人人格，肯定人倫關係，肯定國家社會，於是給我們的這條路，便成了中國文化的主流。其所以能成爲主流，並爲我們所接受，乃在孔子之「規定」，是把六藝經典中固有的東西，提煉出菁英——仁，指點給我們。「仁」，是六經內含之常道，也是合乎常情常理之至道。（牟宗三：《中國文化的省察——中國文化大動脈中的終極關心問題》）

## （二）六經義訓之踐履者——孔子

孔子說：「恭儉莊敬禮教也」。（《禮記》〈經解〉）又說「不學禮無以立。」禮的根本就在一「仁」字。因此，他說：「人而不仁，於禮何？」（〈八佾篇〉）由仁而義，合乎仁、合乎義才是禮。這是孔子的眞知灼見。又說：「人而不仁，於樂何？」可見孔子是把樂看成跟禮一樣，必須以「仁」作根本。

孔子生當衰亂之世，桀溺曰：「滔滔者，天下皆是也，而誰以易之。」（〈微子〉）曰：「天下有道，丘不與易也。」（〈微子〉）因爲「天下之無道久矣。」（〈八佾〉）曰：「民之於仁也，甚於水火。」（〈衛靈公〉）孔子遂「當仁不讓。」毅然「仁以爲己任」。棲棲皇皇，周遊列國十有三年，以求行道教世之機會。惜，終不爲世用。

孔子雖知「道」之不行，仍然「知其不可而爲之」（〈憲問〉）。明知道之不行，仍然精誠弘之，一以理應如此則如此，盡我心之所安；一以立典型，存精神，種希望於將來，成功不必在我，亦不必在今日也。

「知其不可爲而爲」之精神，乃孔子超越悲喜劇對立之精神。古今偉人鮮有不墮入悲、喜劇之對立者，惟孔子以此精神而超越之：是即孔子之所以超越對立，所以永恆也，是以當仁不讓矣。

「仁」爲孔子中心思想，亦爲我國「經典」文人之中心思想。《論語》中論仁之處甚多。《論語》中的「仁」是個多義字，至少含有如下幾種意義：第一，與愛相涵，如「好仁不好學，其蔽也愚。」（《論語》〈陽貨〉）此處指出一個人單有一顆愛心，由於不能力學，以致識見不廣，往往做出一些愚昧的事來。第二，指道德情操而言，如「仁不能守之。」（《論語》〈衛靈公〉）第三，是完整人格的表徵，如「微子去之，箕子爲奴，比干諫而死。孔子曰，殷有三仁焉！」（《論話》〈微子〉）三人的人格表現各不相同，而孔子均以完人相看待。第四，指施行人文教化有所成就而言，如「子曰：如有王者，必世而後仁」。（《論語》〈子路〉）此處的「仁」即指人文教化大行而言。（沈成添：《先秦仁學與政論》）

## （三）孔子以詩書禮樂覃敷教澤

《史記》〈孔子世家〉說：「孔子以詩、書、禮、樂教，弟子蓋三千焉，身通六藝者，七十有二人」。據此可推測孔子弟子在六經的承傳上，一定有不可磨滅的貢獻。

《漢書》〈儒林傳〉說：「周道既衰，壞於幽厲，禮樂征伐自諸侯出，夷陵二百餘年，而孔子興，……究觀古今之篇籍，……敘書則斷堯典，稱樂則法詔舞，論詩則首周南，綴周之禮，因魯春秋，舉十二公行事，繩之以文武之道，成一王法、至獲麟而止。蓋晚而好易，讀之韋編三絕，而為之傳，皆因近聖之事，以立先王之教。故曰：『述而不作，信而好古』。」克己復禮。

孔子自謙「述而不作。」其實乃以述為作，然溫故可以知新，彰往乃為察來。孔子一生以繼述周文自居，一生亦皆踐「仁」之歷程。孔子自謂斯文在茲。曾子亦謂，士應「仁以為己任。」孔子固以「仁」為己任矣，然又以「文」為己任，是知其乃從周之觀點言，孔子之「仁」即孔子之「文」也。

此言「仁」即「文」——文化。文化是「經典」二字之昇華。經典即常道常法。推己及人之行事就是行「仁」。惟「仁」之實踐，非僅人情之發動，且必付之行為，把「仁」之動機行為合一，始得謂之「全仁」。此蓋從人情之實踐上言「仁」即「文」，所謂「文化」也。蓋無文化，則人生之一切問題皆不能趨向合情理之解決。（王葆生：《先秦諸子之和平思想》）

## （四）仁是人之生命的真實呈現

傳統經典——歷史文化，有人說它沒用，我們聽起來好像很不順耳；有人說它有用，我們好像也看不到它的用處在那裡，因比，經典文化有沒有用處，就成一個很難說的問題了。其實

「經典文化」之有用無用，不能單從傳統經典——歷史文化本身來看，而要看你有沒有經典文化精神內涵、智慧眞正同一起來的人格。倘若沒有眞正同一起來的人格，即傳統經典之結晶的智慧。只是瑣碎講些堯、舜、禹、湯、文、武、周公、孔子和孟子的教訓是沒用的，或只空泛地講「爲天地立心，爲生民立命，爲往聖繼絕學，爲萬世開太平」的大話也沒用。

聖賢教訓，是要靠個人主體的道德自覺才能有效的。孔子仁義道德的教訓，只是把人人心中所固有的知忠、知孝、能忠、能孝的道德心指點出來而已！孔子不是憑空給人塡進些仁義道德的內容，給人加上一個仁義道德的枷鎖。

孔子說：人之所以爲人之本質與主宰的「仁」即內在於我們生命中，爲我們生命之根本與主宰的道德創造性，亦即「於穆不已」的「天命」在我人生命中的呈現。人就是憑藉這內在於自己心中的道德創造性知孝、能孝，知忠、能忠的。所以孟子又稱之爲「良知」、「良能」。我們內聖成己；外王成物，而且還都要盡善盡美的成之。其動源全在這內在的道德創造性。（牟宗三：《中國文化的省察——中國文化中的終極關心問題》）

天道與人事相提並論，並有等量齊觀的評陟，這不只奠定了人本思想的基礎，甚至有人定勝天的超越意念。吾人當體認荀子所說：「天行有常、不爲堯存、不爲桀亡……。倍道而妄行，則天不能使之吉。」（《荀子》〈天論〉）可見天道之意識即「仁」。通澈於人事者，即「恕」道。

## （五）由踐仁以貫通天、性

孔子的「仁」即是代表吾人眞實的主體，仁是人之所以爲人的本體。吾人生而即有之性，是生命的先天根源與大本所在。仁代表眞實的生命，更爲創造生命的眞幾。大而言之，仁是宇宙萬物的本體，屬於精神的，形而上的實體。這種創造的眞幾在宇宙之中流行不已，是爲天道；下貫在人爲人之性。因此，從主觀的個體來說，爲仁、爲性；從客觀的天地萬物處講，是爲天道。所以，仁與「性與天道」有著密切的關係，而以仁的作用契合了「性與天道」。仁的內在道德作用，以成聖爲最高的理想，這是人格的提昇，本爲人生修養之事，此種道德踐履之歷程，是一無限的向上發展，沒有界限，不爲個體所限制，超越生理的障礙，只要不斷的下學，作踐仁的工夫，則可以知天，上達天命和天道。（徐復觀：《中國人性論史》）

由仁的內在作用，證知仁即是性，仁是具體清澈的眞實生命。從仁的先天而無限超越性而言，仁即是天道，仁以外沒有天道，從此，天道不再懸空高掛，不可親近，或神秘不可知。依仁的作用，性與天道上下貫通了。性與天道統於仁之中。性與天道的融合，才是眞正人的完成，即道德人格的實現。（唐君毅：〈先秦思想史之天命觀〉）

孔子之天命觀之特色，實乃根於義命合一之旨，義之所在，即事情之當然者，亦即天命之所在。人當以義自命，應自盡其義，而天命存焉。人只要行義求道，天命自然對人有所命令呼召，或有艱難困厄之時，總是不怨天，不尤人，雖至生死存亡之際，愈依當爲之義，以成其志，自求其仁終而無悔。故無義無命，即義見命。人在生命歷程與生活境遇之中把握義之所當爲，天命即照顧於人，對人有一命令呼召，吾人自然識得天命。所以，孔子所言之天命，則明有一命令呼召義，亦明可說爲在生命歷程或成學歷程中之所遭遇，而爲人所必當知之，俟之，畏之，以爲回應者。（唐君毅：《中國哲學原論》）

由踐仁以貫通性命與天道，這是儒家經學之高明精微的契機，性與天道本是形而上不可具現的理念，但經孔、孟、荀等聖哲各以其對人的不盡相同之觀照爲出發，但皆以人爲本位所創立之學說，旨在發皇人之現實價值，使後人深信天道即人事。這種樸實的人道哲學，必定廣被接受。以仁義爲中心之人道哲學，雖然其言淺顯而切近人情，其理平易而合乎常道之實際，但徒法不足以自行，仁義之道，必託諸禮以踐履，才得彰其功效。（徐復觀：《中國人性論史》）

## 三　六經垂教因時而變

### （一）兩漢經學義理精微

我國諸子學術自春秋、戰國以至先秦之初，原本呈現百家爭鳴，處士橫議的蓬勃生機，惟因始皇焚書之浩劫，頓趨萎縮，降至漢季始除挾書之律，繼之有董仲舒之「罷黜百家，獨尊儒術」的策對，百家之學黯然失色，而孔子經學之業，遂爲學者共尊之寶典。然兩漢經學重在研究書本之章句訓詁。兩漢以後歷南北朝，隋唐宋元明清各朝代皆因政治變遷、地分畛域，各時代經學研究都受到當時環境的影響，及政策的導向，而研究之成果各異。茲撮述各時期發展的梗概：西漢經學講求師法，重微言大義。武帝以後立經學十四博士，都是今文學，一般稱爲官學。當時古文經只流傳於民間，稱之爲私學。哀平之際，社會習尙特殊，一般士人喜談陰陽災異，圖緯讖候，而有所謂緯書，當時稱爲內學，六經卻反而稱爲外學。

東漢古文學大興，說經偏重於章句訓詁，鄭玄注經竟多達百餘萬言，又兼容今古文之說，成一家之言，是把中國經學帶到了另一境界。

## （二）南北朝始「經」以玄理遞嬗

魏晉六朝時局混亂，形成南北對峙的政局，而在經學上遂有南北之分。南方主王弼、王肅，北方尊鄭玄。隋唐以後，注疏之學大爲盛行，孔穎達等修《五經正義》，定經義於一尊，便於科舉之準繩，於是經學又南北合而爲一。

入宋直到明朝末年，學術界因受釋、道的衝擊，引起相當大的變化，經學的研究方向，也跟以前有很大的不同。一般學者特別重視生活的體驗，喜談心性，後人稱之爲宋學、心學或理學，這一時期的經學研究成果，有些收在納蘭性德所編的《通志堂經解》中。

但物極必反，洎明，陽明心學，對宋學雖有振衰之功，而到了末流，弊端叢生，漸趨空疏浮泛。於是有清一代學者治經，講求崇本務實，事實求是，號稱徵實之學或樸學，乾、嘉時風氣尤盛，當時又分爲二派，一是以惠棟爲主的吳學，一是以戴震爲主的皖學，總稱之爲漢學，蓋與當時，所謂的宋學一派，壁壘分明。

在樸學昌盛的當頭，也有一股反動的力量，那就是今文公羊學的再度勃興，莊存璵便是當時的發起人，本派專明《春秋》〈公羊傳〉的義理。到了康有爲乃走極端，康氏曾作新學僞經考，以爲古文諸經皆劉歆所僞，又作孔子改制考，以爲六經皆出自孔子，並推崇孔子爲素王。

民國以後，歐風東熾，舉國忙於西化，中國的經學便日趨衰竭，其權威終被否定。歷聖相傳的經典學術，雖有兩千年之濃郁氣氛，但今日竟見其式微，令人不勝今夕之慨！（李威熊：《中國經學發展史》）

# 四　物極必反——宋代經學之變道

## （一）學統傳承的歷史持續性

大凡研究一種學問或是一種有系統的思想，似乎有兩點應該注意到：一方面我們所討論的是哲學（經學是哲學哲理的主要部分）問題，就中國哲學的傳統而言，自先秦、兩漢以至隋唐、宋明，都有一個共通點，這個共通點，藉司馬遷的話來說，就是「究天人之際」。另一方面，無論是哪一派的中國哲學，都不像西方的思想，往往是以個人爲中心，而後形成一個獨特的思想系統，從邏輯方面來看，好像有其「自圓性」，可以同別的思想割裂開來，而自成體系，這在中國哲學可沒有這一套，我們又可藉司馬遷一句話來說，就是「通古今之變」。這句話的含意是：一切哲學思想，無論是個人的、學派的或是產生自任一時代的，都要表達出歷史的持續性。要與其他各派的哲學思想發展，彼此呼應，上下連貫，形成時間上的整體聯繫，絕無所謂思想的孤立系統。上述兩點就中國哲學而言，是不可忽略的。但這兩點表現在中國哲學上是利弊互見。「利」的方面言：任何學術思想不能孤立於過去的已知條件之外，同時還要兼顧到當時的時代性，及未來的發展性；產生歷史持續性的效果。再就「弊」的方面言，是思想易受到「道統觀念」的束縛和支配。

## （二）有宋時代「道統」的發跡

有宋而後，談「道統」的氣氛特別濃厚，元人脫脫據宋史的原始資料，一反歷代正史的傳統體例，而特立「道學傳」。這個道學的「道」是什麼道？歷史上從無明白規定，不免於夫子自「道」而已！從當時的哲學家來看，「才」、「學」、「識」都不及先秦諸子，而一談到嚴肅的哲學（經學）問題，就首先擺出一副架子，自命爲孔、孟傳人，一代宗師。架子是擺出來了，但是內涵空虛，無從表現出一代宗師應有的精神修養，那麼如何收場呢？只是裝個門面而已！大氣派、大排場、煌煌大話——代聖人立言。嗣後還希望聽眾們恭敬的欣賞他們充足的「聖人氣象」。然而，當時那些僞道學的人物往往是「廢書不觀」——劉師培說「廢學」。所以首先就是「學」力不足。再就「才氣」而言，才氣見之於文字表達方面，藉宋儒大程子的話來說：言語有兩種，一是「有德之言」，即是充分表達出一個人眞純的生命精神，與崇高的人格修養，所謂「言如其人」是也。另一是「造道之言」，即是斬荊伐棘，開闢思想上的康莊大道，立人生正鵠，使之有安身立命之途。這種開路者固屬可嘉。但有時所造之道並非如此。其所造之言，非聖人之言，謂之摹仿聖賢之言，亦不恰當。自好的方面看，能有「造道之言」者，也是聖賢之流，即使不算是聖人「有德之言」，至少也是賢者之言。但，反觀宋之士人，有些是「廢經不讀」，也有「廢子不讀」，雖號稱代聖人立言，也祇是根據他膚淺的體驗，來裝點門面，冒充聖賢而空說大話。像這類宋儒的話，不僅不是「有德之言」，而是「缺德之言」、「廢學之言」。在宋史「道學傳」中，此類人比比皆是。這些假道學者，既不能代聖人立言，也不是代先輩立言，自己也說不出像樣的話來，祇是裝模作樣，抱著一些口頭禪，在那裡「打諢猜拳」，冒充一些虛妄的「聖者氣象」。（方東美：〈談道統必須才、學、識兼備〉）

當然，宋儒也非一概如此。「道學傳」裡也不乏能代聖人立言的眞人物。一個時代的學術風氣，有時不盡然是良好的。這種不良風氣的形成，是學者既乏創造的才能，又沒有遠大的識見又不認眞切實的做學問。就宋代而言。宋初經學，大都遵唐人之舊，九經注疏既鏤板國學著爲功令矣，即重訂《孝經》、《論語》、《爾雅》之疏，亦確守唐人正義之法。然而「洛閩繼起，道學大昌，擺落漢唐，獨研義理」。程、朱等以性理解經，確有超邁之新境，同時受佛家影響，使中國經學常道因而「異化」。究其「變」之種因，當上溯自五代以言其故。算是黑暗中透出一線光明，或者說是絕處逢生。

# 五　經典文化、道統的新生

## （一）穢亂篡弒的五代造成學術斷層

宋代所銜接的時代，是中國歷史上文化同人物最墮落的一個時期，是唐末黃巢之亂以後的五代——梁、唐、晉、漢、周。以五代中最強的梁來看，可說是篡奪、弒君、弒父、殺子、姦淫，無所不爲，罪大惡極的一個朝代。但在新五代史中卻成正統。歐陽修認爲歷史應當褒善貶惡，但是他寫的五代史中卻幾乎無善可褒，幾乎找不出一個可資讚美的人格。如果有的話，也祇能勉強找幾個人在「一行傳」中湊個數。其他大抵是人格墮落到「廉恥道喪」的一類人。……一入宋後，居然把這麼一個墮落的時代拯救起來。在學術方面是儒家復興，道家思想復興，在社會上有許許多多的人表現他高尚的人格，過高尚其志的生活；同時在野的許多知識份子，以其崇高的文化理想來影響在朝的君主大臣。把墮落的五代給完全翻轉過來了！宋儒所爲，可說是不朽的工作成就。（方東美：《新儒家哲學十八講》）開創了經學的新路徑。

## （二）道學的勃興——兩宋理學

夫物有所成，必有所自，依所成而豐象之說興，據所自則遺象之跡見。宋學的開端，有所謂「北宋三先生」——孫復、胡瑗、石介。他們樹立一代的學風及人的榜樣上，確實產生很大的影響。但在學術思想上卻無多大貢獻，而眞正在「北宋五子」中，首先受到推崇的儒家是周濂溪，他是北宋一個重要的哲（經）學家，但他的哲學精義不在《太極圖說》，而是在「通書」。其淵源於周易者唯在此書。

其餘有二程子（程顥、程頤皆周之及門弟子），張載、李之才等人，姑略。

宋代之學術，一般學者皆將經與道學分開，如「宋史」將「儒林」與「道學」分開立傳，凡言性理者，別爲「道學傳」；談經術者，列之「儒林傳」。

《宋元學案》伊川先生曰：「今之學者歧而爲三，能文者謂之文士，談經者謂之講師，惟知道者乃儒學也。」彷彿經術爲粗，性理爲密，故後代學者論宋代學術，每指向道學，而不知經學矣。即以清代學者之重視經學，亦以宋代爲經學變古之時代，頗不苟同。

宋儒研治經書，其態度與方法，雖異於漢、唐，卻另有一番蓬勃氣象：「易」則二派、大宗、象、數、理全備，研究之內容與方法，迥異前代；既非兩漢象數之面目，又不全襲魏晉玄理之立論，蓋雜揉象數、義理，而又自有宋學之特殊見地。「書」則重經世實用之學，不僅於注疏中闡明義理，更援參今古，推原二帝、三王治亂之道，以爲政治實施之方針。「詩」則脫離鄭箋、詩序之束縛，更以人情度詩，賦予「詩經」平易近人之活潑生命。「禮」則三禮並舉，除考訂儀文，尤其重禮之踐行，故王安石取《周禮》以爲施政綱領，司馬光、朱熹編定「家儀」、「家禮」以切民用；朱熹取《大學》、《中庸》與《論語》、《孟子》並爲四子書，尤其爲理學家躬自修德實踐之方針。「春秋」則重新審訂聖人之經書，衡之以情，推之以理，將學術與政治、生活緊密聯繫，尤其可見宋儒「春秋」經世之理想。（汪惠敏：《宋代經學之研究》）

## （三）漢唐經學義疏至宋劃下句點

宋人經學其有不守陳義，自闢新術，非一家一派所得而宥者，雖皆以孔經爲根據，而其根本的態度，有「客觀」、「主觀」之異。經學重客觀，理學重主觀，誠然不錯，但宋自慶曆以後之談「經學」者，亦復重在主觀，於是漢，唐以來的經學爲之一變。

司馬光〈論風俗箚子〉有云：

新進後生，未知臧否，口傳耳剽，翕然成風。至有讀《易》未識卦爻，已謂《十翼》非孔子之言，讀《禮》未知篇數，已謂《周官》爲戰國之書，讀《詩》未盡《周南》、《召南》，已謂毛、鄭爲章句之學，讀《春秋》未識十二公，已謂《三傳》可束之高閣。

從司馬光這些話可看出當時確有些擺出學術架子，而沒有眞實學養的「假道學」者的虛妄性格，難怪方東美先生說他們只是二、三流的「廢學派」的僞君子。

王應麟《困學紀聞》說：「自漢儒至於慶曆（宋仁宗年號）間，談經者守訓故而不鑿。」可見宋代初年學風尙未變，至北宋中世，乃起極大變化，故經學當自東漢末至北宋初劃爲一時代。（蔣伯潛：《經與經學》）

## 六　佛教影響宋學思想之蛻變

### （一）禪宗明心見性契合經訓

道學家最初目的，本在中興儒學，抵制佛、道，然學者所討論之心、性、宇宙諸問題，不免蹈襲佛道之理論及方法，尤以佛家禪宗所論明心見性之說，影響最大。梁啓超於《儒家哲學》一書中云：

佛教因禪宗之起，勢力大增，在儒家方面，亦沾染禪宗氣息，治經方法，研究内容完全改變儒家在北朝時專講注疏；中唐以後，要把春秋三傳東之高閣，這是方法的改變；儒家在北朝時，專講訓詁名物，中唐以後，主張明心見性，這是内容的改變；所謂去傳窮經，明心見性，與佛教禪宗大致相同。

由此可知：儒、道、佛三家思想無形中融合，而產生宋代之新儒學，名之曰道學，又名之曰理學。

宋代由於學者對傳統文化之覺醒，一者倦於墨守經書之治學方法，再者爲抵制佛、老，而欲重回儒家之本來面貌，乃構成宋代儒學之新風貌；學者受佛、道學之影響，確立儒學形上之理論基礎。（汪惠敏：《宋代經學之研究》）

張君勱於《新儒家思想史》序曰：

自唐朝韓愈以下，所有成熟的中國思想家，他們雖曾受佛教影響，並且他們的進向和研究方法，已經過激烈的演變，但仍明顯的可指出：他們還是固定著他們的傳統。

## （二）宋儒疑經改經以弘揚正道

宋人治經還有一種不好的，不合於治學態度的習氣，就是任意刪改經傳，鄭玄箋毛詩，亦間改經文，但多本之魯、韓之說，其注禮，於《儀禮》之〈喪服傳〉，《禮記》之〈樂記〉，雖明知爲簡冊之錯亂，亦但存其說於注中，而不改經文。至宋則風氣大變。朱子既取《禮記》之〈大學〉，定爲四書之一，又以己意分爲經一章，以爲是孔子之意，而曾子述之，傳十章，以爲是曾子之意，而門人記之；且移易先後，爲之補「物格而後知至」的傳文一章。……吳澄《禮記》纂言，將四十九篇〈小戴禮記〉顚倒割裂，這些都不是學者應有的態度，徒然使經傳失其眞象而已。總而言之，是主觀太強的緣故。（蔣伯潛：《經與經學：經學的衰落》）由此，我們敢率爾評斷宋代乃中國經學的「變道」。

朱熹的這種治經方法，是窮變之途，雖其任由己意之主觀太甚，然而他自有說詞，如其「上封事言」：

夫記誦詞藻，非所以探淵源而出治道；虛無寂滅，非所以貫本末而立大中；帝王之學，必先格物致知以極事物之變，義理所存，纖悉畢照，則自然意誠心正，而可以應天下之務。……

後之學者析其學旨，大抵窮理以致其知，反躬以踐其實，而以居敬爲主。嘗謂：聖賢道統之傳，散在方冊，聖經之旨不明，而道統之傳始晦，於是竭其精力以研窮聖賢之經訓。……熹歿，朝廷以其「大學」、「語」、「孟」、「中庸」訓說立於學官，又有「儀禮經傳通解」，未脫稿，亦在學宮。……淳祐元年正月，上視學，手詔以張、周、二程、及熹從祀孔子廟。黃榦《朱子行狀》曰：「竊聞道之正統，待人而後傳。自周以來，任傳道之責，得統之正者，不過數人，而能使是道章章較著者，一、二人而止耳。由孔子而後，曾子、子思繼其微，至孟子而始著，由孟子而後，周、程、張子繼其絕，至先生而始著」（汪惠敏：《宋代經學之研究》）

## （三）宋儒以通變闡揚經學的光輝

皮錫瑞《經學歷史》云：

> 宋人盡反先儒，一切武斷；改古人之事實，以就我之義理，變三代之典禮，以合今之制度；是皆未敢附和以爲必然者也。

宋人解經，喜標立新說，自不能否定其貢獻，但皮氏的批評，對於後人讀宋人經注，在取擇之際，也有參考的價值。

宋代經學的主要特色，雖偏於義理，勇於疑古變古，尊經義以弘王綱正人倫，喜標立新說各抒己見。但在此大潮流下，也有不少經師效唐陸德明、李鼎祚爲經說做了存古的工作，如：房審權的《周易義海》，所採上自鄭玄，下迄王安石，凡百家。黃倫的《尙書精義》，其所徵引，自漢迄宋，亦極賅博。王與之的《周禮訂義》，所採舊說，凡五十一家。衛湜的《禮記集說》，自鄭注而下，所取凡一百四十四家。呂本中的《春秋集解》，自三傳而下，所集陸氏、兩孫氏、兩劉氏、蘇氏、程氏、許氏、胡氏凡九家。高元之的《春秋義宗》，所採前後凡三百餘家。其間裒錄當代諸儒之說，特別的多，後代考宋學的，固可數書而觀其匯，而魏了翁的

《九經要義》，取諸經注疏之文，據事別類而錄之，每條之前，各爲標題，係以先後次第，其意亦在存古，然前主於傳，此主於約，體例迥殊，又如陳祥道的《禮書》，貫通經傳，縷析條分，前說後圖，考訂詳悉，則後世考通禮者之所自出。王應麟的《三家詩考》，輯周易鄭康成注，則後世輯佚書者之所取法。這些潛在的治經態度，似乎又爲元明以後的經學發展，播下了深遠的伏機。（李威熊：《中國經學發展史》）

## 七　元明以後科舉興而經學微

### （一）拾掇舊說僅及皮相

論者謂宋、元、明三朝之經學，元不及宋，明又不及元，每況愈下，非無故矣，明自永樂後，以大全取士，四方秀艾，困於帖括，以講章爲經學，以類書爲策府，其上者復高談性命，蹈于空疏，儒林之名，遂爲空疏藏拙之地。故《明史》〈儒林傳序〉曰，有明諸儒，專門經訓，授受源流，則二百七十餘年間，未聞以此名家者。黃宗羲曰：明人講學，襲語錄之糟粕，不以六經爲根柢，束書而從事於游談。阮元亦曰：終明之世，學案百出，而經訓家法寂然無聞，豈科舉盛而儒術衰，理學昌而經學微，亦其然也。（蔣伯潛：《經與經學》）

閻若璩《潛丘劄記》卷二：「予嘗發憤太息，三百年來，學問文章，不能上追漢唐，下及宋元者，其故有三：一、壞于洪武十七年甲子定制，以八股取士，其失也陋，再壞于李夢陽等，提倡古學，而不以六經爲根本，其失也俗，三壞於王守仁等，講致良知之學，至於以讀書爲禁，其失也虛。《國史舊聞》（卷四〇七五四四八〈明人經學〉，頁一四四七）。

## （二）八股行而古學棄

宋末元盛之時，朱子之學一枝獨秀，姑不贅敘。惟一般儒生於學術研究之情況，藉明代學者程敏政一段話，約能勾勒其浮淺景氣，程氏云：

> 學者于六經四書，纂訂編綴曰集義，曰附錄，曰纂疏，曰集成，曰講義，曰通考，曰發明，曰紀聞，曰管窺，曰輯釋，曰章圖，曰音考，曰通旨，棼起蝟興，不可數計，六經註腳，抑又倍增，相題立名，則其依人成學，鮮有心得，不待讀其書而固可知也。

顧亭林（炎武）《日知錄》卷十六，試文格式，曰：

> 經義之文流俗謂之八股，蓋始于成化以後，股者，對偶之名也，天順以前，經義之文，不過敷演傳注，或對或散，初無定式，其單句題亦甚少。成化二十三年，會試〈樂天

者，保天下〉文；起講先提三句，即講樂天，四股，中間過接四句，復講保天下，四股；復收四句，再作大結。弘治九年，會試〈責難于君謂之恭〉文，起講先提三句，即講責難于君，四股；中間接過二句，復講謂之恭，四股；復收二句，再作大結。每四股之中，一反一正、一虛一實、一淺一深，其兩扇立格，則每扇之中，各有四股，其第文法，亦復如此。故今人相傳謂之八股。若長題，則不拘此。

至於八股文之錮病，陳登原先生歸納輯述明．歸有光、汪琬等人歷數八股文之弊為沉溺濫套，未嘗學問，一也。渣滓細嚼，毫無滋味二也。依口胡說，重複沓迭，三也，即使工巧，並非藝術，四也。對於文學反為阻礙，五也。明知無用，聊以求官，六也。即有法眼，準則無從，七也。

## （三）大全出而經說亡

明初官學，略承元舊，而稍有增益，永樂十二年勑胡廣榮、全幼孜等，修五經四書大全，（同時參預纂修者尚有葉時中等三十九人）乃就前儒成編，雜為抄錄，而去其姓名……。

顧炎武曰：

當日儒臣奉旨修四書五經大全，頒餐錢、給筆札，書成之日賜金遷秩，所貴於國家者，不知凡幾，將謂此書既成，可以章一代教學之功，啓百世儒林之緒，而僅取已成之書，抄謄一過，上欺朝廷，下誑士子，唐宋之時，有是事乎？……經學之廢，實自此始。

又曰：

自八股行而古學棄，《大全》出而經說亡！

洪武，永樂之間，亦世道升降之一會，蓋皆深見大全之陋，而慨乎其言之的是也。入清之世，由於明末骨鯁樸實之士子如顧亭林等典範常存，影響後之經學於不墜。然而光前裕後有俟後之賢者，盡粹精力於斯道也。

經學之業至宋而蛻變，再生之理學至明呈一時迴光返照之景象，但樸學崛興于清初，而宋明理學氣勢衰歇，而經今文學有復活之跡象。此當以一新命題，專章析述，茲從略。惟仍須一提者，經今文學者治學之工夫，不重在書本，不重在個人的學養，而著眼於政治社會的改革，這眞是跳出幾千年來盤旋的圈子，而獨樹一幟，另闢一學術思想的新境界。吾人有厚望焉。

# 八　書後

《丹鉛總錄》，卷十一，劉靜修論學謂：

六經自火於秦，傳經於漢，義疏於唐，議論於宋，日起而漸變，學者當知其先後，近世學者往往捨傳經疏釋，便請宋儒議論，不知議論之學，自傳經疏釋而出，傳經疏釋，於經十得其六七。宋儒用力之勤，剗僞存眞，補其三四而備之而已。

經學入宋以後於經師舊說，抨斥之失於「悍」乃衍爲變道，至元，明雖拾宋人之唾餘，但尚能傳之四五的經義，逮至清季，以樸學務實之文風，綿密縝思，信而不誣故，《四庫提要》指清儒之治經其弊也「瑣」，但卻不致使經學之業絕續，下逮近世，情況遽變，自五四運動「打倒孔家店」，至毛共之「批孔揚秦」，以讀經治經爲迂腐，爲罪人，只有「廢（經）書不讀」矣。在臺灣雖不曾公然倡「反對讀經」之論調。然而，在功利主義劇漲之下，似乎人人皆自知「讀經無用」，但有「杞人之憂」經義日晦，經之傳疏因浮淺妄說而扭曲其本義，洎乎論亡矣！竊以爲拯經學之將溺，甚於水火之急，走筆至此，心有惴惴焉，惟無能用其力，爰贅獻曝之議，以就教於先知，抑喚起後我者之砥勵焉！曷三思乎！

一九九一年十一月卅日夜

# 新時代「經學」的再認知

## 一 引言

經書是我中華民族祖先經驗和智慧的寶鑑，也是修身治國、經世濟民的常理、常道，可以把它看成爲人生的教育學，更是中華文化的骨幹。我們如要認識和弘揚自己傳統的固有文化，則不能不讀經書，倘要進一步對群經作系統的研究，那便是屬於經學的範疇。

自「五四」新文化運動以來，國人對傳統的經典因誤解而產生輕蔑的情緒化反應，把近百年來國勢積弱不振，歸罪於中國的文字、經書。一些激進份子，以萬事莫如救國急的藉口，認爲擒賊先要擒王！而經學便首先遭殃。而五四運動的時代背景，是由於當時輸入的西方思潮中，有達爾文的「進化論」、孔德的「動力學」。進化論的主要論點，就是優勝劣敗、弱肉強食、物競天擇。而動力學則是重觀察、重實驗、重現象之間的因果關係，並指出現在是科學世紀！是人類最高的萬能時代。這些思潮因而激發人們要急起直追趕上西方的科學文明，喊出「德先生」、「賽先生」的科學、民主口號，更振振有辭的說：「丟掉傳統包袱！」不然，就會走上「劣敗」之途。

## 二　「五四」運動——反對讀經之省察

曾先後身爲北京大學文學院院長的陳獨秀說：「中國固有的美德就是『三綱五常』，而這個東西要不得。」而胡適之說：「中國獨有的寶貝是八股、小腳、太監、貞節牌坊。」常有驚人之語的錢玄同說：「爲了學習西方文化，必須廢除漢字。」他甚至說：「讀中國的（經）書，不到半頁，必定發昏做夢。」反對讀經的聲浪，一時風起雲湧；經學地位每況愈下。如今經學、經義之研究式微！比之前代眞有花果飄零之慨！始作俑者，其無後乎。

經過一甲子的歲月反省之後，吾人對經書與經學有了新的體驗，於讀經、治經有了復甦之契機！首先，我們要問「經」是什麼？這在古今有不少精到的詮釋，有人以簡冊二尺四寸長的爲經……。有人以經只是代表某家的立論，有人認爲它是對傳統而言。再就「經」字義理，有徑、道、由、常、法、則、理……等不同解說。漢・鄭玄以不易者爲經（《孝經注》）、梁・劉勰說：「經也者，恆久之至道，不刊之鴻教也。」（《文心雕龍》）近人熊十力說：「經者，常道也，夫常道者，包天地，通古今，無時不然也，無地而可異也。」（《讀經示要》）尚有其他各家對「經」都備極推崇。

經者，載籍之共名，非六藝所得專，六藝（經）者群聖相因之書，非孔子所得專，自孔子以六藝爲教、從事刪定，於是中國言六藝者，咸折中於孔氏。（馬宗霍〈中國經學史序〉）。

從這幾句序言中，可見「經學」的意義，非常廣泛！日人本田成之《中國經學史》說：「所謂經學，乃是在宗教、哲學、政治學、道德學的基礎上，加以文學的藝術的要素，以規定天下國家，或者個人的理想，或目的的廣義的人生教育學。」這就是「經」學的內涵及其功用之推擴之，其實所謂「經學」是指易、詩、書、禮、春秋等群經之學的總稱。

## 三　經與經學的流變

「經」是聖賢垂教之典則，貫串古今，示人以修己治人之大道，旨在規範人生。近世所稱說之經，實又包括傳之內涵。古之釋經之書稱「傳」，如春秋之有三傳，後世乃以「傳」爲「經」也。

漢武帝以董仲舒「天人三策」之奏，而罷黜百家，獨尊儒術，並立經學十四博士！是經學在歷史上頗享盛譽之世。各家之學，皆講師法，時稱「今文學」，又稱「官學」。相對於「今文學」的「古文學」派，當時只流傳於民間，稱之爲「私學」。自漢迄今每一朝代有其不同的學術環境與背景，因此對經學的研究也有不同的重點和精神。二千年來變遷發展之狀況，正如《四庫全書》〈總目提要經部敘〉所說：「自漢以後，垂二千年，儒者沿波，學凡六變，其初專門授受，遞秉師承。非惟訓詁相傳，莫敢同異，即篇章字句，亦恪守所聞。」

終兩漢之世，無論今、古文學派之經生，雖皓首窮經、篤實嚴謹，然其弊也「拘」。

王弼、王肅、稍持異議，流風所扇，或信或疑，越孔、賈、啖、趙，以及北宋孫復（著《春秋尊王發微》）、劉敞（著《春秋權衡》）等各自論說，不相統攝。

由魏晉南北朝、隋、唐，迄於北宋這一漫長時期，於經學無顯赫之建樹，其時或因佛學之傳入，傳統之經學受其影響，乃流於「雜」之障蔽。

洛閩繼起，道學大昌，擺落漢唐，獨研義理，凡經師舊說，俱排斥以爲不足信，其學務別是非。

兩宋經學雖未聞有如「攘斥佛老」之聲音，然，程、朱等以性理解經，確有超邁之新境，然而「理學」之起，其孳弊也「悍」。

「學脈旁分，攀緣日眾，驅除異己，務定一尊」，自宋末以逮明初，其學見異不遷，及其弊也「黨」。

這裡再引方東美先生〈宋儒的宗教精神爲啓迪之思路〉，他說：「就漢儒而言，有些人學問很好，而品格很低，但是在宋儒來說，不管他思想如何、內心如何，至少他總要表現所謂『聖者氣象』。什麼是『聖者氣象』呢?我們拿周濂溪的一句話說：『士希賢，賢希聖，聖希天』……。身爲士者，不僅是知識豐富，還要有很高的智慧，並且具有極大的道德熱忱。」至少宋儒還能把持住「士」之風格，然而民國以來之某些「士」比之於宋儒若何?

主持太過，勢有所偏，材辨聰明，激而橫決。自明正德，嘉靖以後，其學各抒心得，及其弊也「肆」。

陽明學派「致良知」之說，大談性命悟識，顧炎武持懷疑態度。他說：「今之君子則不然，聚賓客門人之學者數十百人……。而一皆與之言心言性，舍多學而識以求一貫之方，……

而終日講危、微、精、一之說，是必其道之高於夫子……。我弗敢知也。」「士而不先言恥，則爲無本之人，非好古而多聞，則爲空虛之學。」這可作爲「肆」的註腳吧！

空談臆斷、旁證必疏，於是博雅之儒，引古義以抵其隙。國（清）初諸家，其學徵實不誣，及其弊也「瑣」。

清之乾、嘉以後，考據之風更甚於早期，於經學之辨僞徵實卓有成績，《四庫全書》之編，於國故之清理校正，洵屬空前，雖失之於瑣，而成之於正。

民國以來，歐風東漸，我舊文化之根源——經與經學，蛻化爲古董材料！甚而高喊：把線裝書扔到毛廁裡去！幸而又補充一句：三十年後再拿出來！

## 四　對「經」與「經學」的再認知

自大陸撤退到臺灣伊始，正是吳稚暉先生所說之三十年後。又四十年在臺灣生聚教訓，百業俱興，痛定思痛，於經學之研求校整，其完備之業績眞乃「前修未密，後出轉精」！一九八三年李威雄教授新著《中國經學發展史》付梓，聲重士林，一時洛陽紙貴。李教授爲筆者業師，誼屬師生，乃不便作溢美之辭。爰就受教與閱讀所見心得，約述讀經所獲之旨趣。曰：

一、發乎人性，本乎人倫：中國經學特重父慈子孝、兄友弟恭、仁民愛物等倫理道德，乃爲建設和諧社會之基礎。

二、面對現實，不尚虛玄：透過六藝（經）之教，使社會人群幸福溫馨，此皆人生常道，具體而不虛玄。

三、庸言庸行，允執厥中：「中」是人生之正道、常道，致「中和」天地位焉，萬物育焉。

四、圓融並包，共生共榮：以悲天憫人胸懷，淑世濟民大志，發揮人道精神，唯有共生、共存、共繁榮、共進化，人類才有前途。

五、下學上達，超越時空：經典之時、空境界至爲寬廣，突破時、空限制，使大我生命，隨大我的不朽而不朽！實現「物我合一」、「天人合一」之理想。

## 五　結論

儒家經典精神最可貴者，即在啓發做人道理，如欲重振此精神，需將其崇高理想，化爲有系統之制度。本乎儒家精神之現代化，才是屬於中國的現代化，唯如此，方足以言救中國、救世界。

最發達之國家對傳統之保留最多，日本如此，英、法等國亦如此。美國僅兩百餘年歷史，然其卻保存了兩百年傳統。

對人類文明、人文精神，作出過輝煌貢獻的中國傳統文化之根——經學，在經過「現代化」的考驗後，必將對人類的精神文明發生更深遠廣闊之影響！其傳布與實踐之方，吾人當率先篤行，願以此心志與世人相通焉。

原載於《中原文獻》第四十五卷第四期

# 易學淺說

## 一 引言

《易經》為我國重要典籍，六經之一。雖名之曰「經」，惟其內容實包含「經」、「傳」兩部分（經指卦、爻辭，傳則為〈十翼〉）。就經而言，原為卜筮之書，思想價值不高，至易傳加入之後，乃提升了《易經》的價值，使中國哲學大放異彩，後世尊為群經之首傳習不輟。故今日探討《易經》的價值，自當以其於哲學思想方面的貢獻最為重要。

自西學東漸以來，經學似已衰竭，猶憶「五四」新文學運動勃興！吳稚暉先生慨乎言之：「把線裝書（隱示經書）扔進茅廁裡，三十年後再翻出來。」按當時風潮看來，恐怕經書永無翻身之期，然而，世事無常，三十年河西轉河東！如今，經書又為世人重視，尤其易經一學門，似乎成為顯學，不僅中國人又重新評價，請看台海兩岸三地，比年來紛紛創設「易經研究學會」，每有互通交流！客歲由河南安陽召開之「河洛文化研討會」，並同時兼有「易經學會」之交流活動，會中且已商定今年易經學會提前於五月中仍假安陽地區集會，之所以要單獨開會，是易經研究的成果豐碩，必須專精提出報告，且須有充裕時間向大會呈獻各專家提供報告資料。

予欣聞安陽文獻主編高安澤兄將赴會，乃激起個人昔日同學陳豫舜兄曾以某易經學會會員身分提示我，也當與聞其事，然，自學淺薄，早年就學中文系，所未曾選修易經課程，誠以為憾，雖心嚮往之，然力不逮焉！信乎翻閱四庫全書總目提要經學，易類總敘，體會大概所謂兩派六宗，參稽楊宣修編者之國學導讀專論易學部分，摘其要旨如次：

## 二　《易經》之內容要旨

《周易》的結構分別為文字與符號兩部分，符號指的是卦爻：古代用蓍草占筮，占得一卦之後而論斷吉凶。一卦有三爻，重卦之後，每卦便由六爻組合而成，其中六爻各自有不同義涵，而與一卦之吉凶有不同意義，茲析其旨趣：

一、卦——唐．孔穎達《周易正義》引緯》云：「卦者，掛也，言懸掛物象以示於人。」可知卦的作用，乃是透過卦形說人事現象。如乾、坤、震、巽、坎、離、兌、艮八卦的卦象，即分別象徵天、地、雷、風、水、火、山、澤等世間之物象。然而此基本物象雖已具備，卻並不足涵蓋宇宙事萬物瞬息萬變的道理。於是又將八卦兩兩相重，而成為六十四卦。如此，則萬物生息變化之理。便包攬無遺，而重卦之後的結構為兩卦六爻，在上的三爻稱為外卦，在下的三爻則爲內卦。

二、爻——構成一卦的圖畫稱之爲爻。《易》〈繫辭〉曰：「爻也者，效此也者」，又曰：「爻者，言乎變者也。」可知所謂爻，即畫爻以仿效萬物的情象，寓含變動之意涵。爻分爲陽爻陰爻兩種，三爻而成一卦，故重卦之後，每一卦則由六爻組合而成，畫卦之法，由下而上，最下者爲第一爻，最上者爲第六爻」。第一爻稱爲「初」，第六爻稱爲「上」。九爲純陽之象，故陽爻用九；六爲純陰之象，故陰爻用六。

## 三　卦象示例：乾卦

䷀

上九 —
九五 —
九四 —
九三 —
九二 —
初九 —

上爲外卦，下爲內卦。兩卦合稱曰重卦。

乾——元亨利貞（文言）

初九：潛龍勿用。

九二：見龍在田。利見大人。

九三：君子終日乾乾，夕惕若厲，無咎。

九四：或躍在淵，無咎。

九五：飛龍在天，利見大人。

上九：亢龍有悔。

## 四　經傳要旨

一、經：指六十四卦之卦辭及爻辭，其中乾卦至離卦等三十卦爲上經；咸卦至未濟卦等三十四卦爲下經。

（一）卦辭：解釋卦象，並論斷一卦之吉凶，如乾卦「元亨利貞」即乾卦之卦辭。

（二）爻辭：解釋爻象及其一之意義，如乾卦，「初九，潛能勿用。」「九五，飛龍在天。」大體而言，爻辭亦在說明一爻之吉凶，然並不完全和卦辭吉凶相應，反而與爻位有關，如初、上兩爻義涵多不甚佳，二、五爻分別爲內卦、外爻居中之爻，大多有吉祥的義涵。（隱含中庸思想）

二、傳：爲解釋周易本經（卦爻辭）之文字。〈繫辭〉上下，文言、說卦、序卦，雜卦，又稱十翼。即取其能輔翼義也。其中〈彖傳〉主要在說明六十四卦之卦釋。名、卦義，並對卦辭吉凶稍作解釋。

《象傳》則在說明卦象、爻象。〈繫辭〉則主要論說《周易》之義理。並偶爾提及占筮的方法，及八卦的起源，在十翼中最爲重要。〈文言〉僅乾、坤二章詳細解說乾坤二卦意旨，蘊含豐富的人事教訓，說卦則重在推說八卦的卦象。〈序卦〉在說明六十四卦先後排列順序的道理。〈雜卦〉則雜言六十四卦之名義。

易傳雖爲解經之傳，但，因其加入經文，藉天道以說人事，大大提升了《周易》的哲學思想價值，使《易經》得列入經書之林。

兩派六宗之義蘊：

所謂兩派——一、象數，二、義理

所謂六宗——一、占卜象數，二、機祥，三、老莊，四、圖書，五、儒理，六、史事

茲申說要點：

所謂兩派乃指歷代易學研究的特色，不外乎「象數」、「義理」兩大範疇，《周易》原本爲卜筮之書，藉由占卜結果以求預知吉凶，及人事作爲之依據，後世如西漢京房易學，牽附陰陽災異。宋初，陳、邵之「河圖」、「洛書」、「先天八卦」、「後天八卦」等圖書之易。及李光、楊萬里以易學參證史事等，皆屬「象數」範疇。而漢代古文費氏易說解易經，以哲理思想爲主，不多牽涉。至王弼《周易注》及程頤等儒理之易、則重在說明《周易》之哲理，故屬「義理」範疇。

六宗則在「象數」、「義理」兩大範疇下，依不同時代中易學研究特色之差異，分爲六個

宗支。

一、占卜象數：透過占筮所得卦象，引申爲人事吉凶之參考，《左虛傳》中記載之卜筮文字，漢代馬融、鄭玄等易學乃以卜筮爲主。

二、機祥：西漢經學富陰陽家色彩，易學亦受流風影響，孟喜、京居之易學多言陰陽災異，預言吉凶禍福，而入於機祥氛圍。

三、老莊：魏代王弼沿襲費氏解易特色，以哲理探索爲要，盡掃漢代象數之說，脫離以卜筮爲主之早期易學，然魏晉宗老莊、尙玄談，王弼、韓康伯等易注即以老莊思想解易，而入於虛無。雖然乃使易學由卜筮轉向哲理，王弼之功勝於過矣。

四、圖書：宋代易書研究，有重大變化，既不祖述漢代之易象數之說，亦不崇尚魏晉玄談，而另闢溪徑。而趨於圖書、儒理之推廣。圖書派起於宋初，道士陳搏附會「河圖」、「洛書」、創造「太極圖」、「先天八卦」、「後天八卦」之說，宋人易學以之爲宗。其後周敦頤《太極圖說》邵雍《皇極經世》屬之。朱熹《周易本義》於經文之前附「河圖」、「洛書」等九圖。蓋皆受圖書之易影響。然而經清代黃宗羲《易學象數論》胡渭《易圖明辨》諸書大加駁詰，已不爲學者所崇信。

五、儒理：此派易學起於胡瑗，（北宋）胡氏著《易解》一掃兩漢魏晉以來之說，而全論道德性命之理，繼起者程頴之《易傳》不談象數、圖書，而以義理探討爲依歸，闡明儒理、順天命切人事，說理精到、古今無匹。

六、史事：南宋李先《讀易詳說》，楊萬里《誠齋易傳》皆博採史籍，史事參證義理。但不免牽強附會之瑕。

綜觀易學研究之流變！《易經》初爲卜筮之書、終竟累積前人慧識，發爲哲理，乃致中國哲學思想推至深奧之領域！後人推《周易》入群經之林，且推尊爲六經之首。若具體說其價值，或就以下各事項，得見其端倪：

一、哲學方面：宇宙秩序觀，《易經》六十四卦，始於乾卦，終於未濟卦，顯示天地萬物生滅成毀，有往復不已現象，舊的往來，乃即新的開始，乾坤代表宇宙及人生中兩種相反相成的力量，（認爲萬物化成，乃陰陽之氣交感之結果。）開物成務，生生不息。

二、物極必反說：如泰卦象博云：「終則有始，天行也」透露凶甚則吉。乾卦象龍德之漸進，初九爲「潛龍，勿用」，九五爲「飛龍在天」，上九則「亢龍有悔」，高處不勝寒之惕厲！坤卦象徵妻道、臣道、地道，有陰陽順靜之特質，但上六則「龍戰於野，其血玄黃。」

三、政教禮樂方面：《左傳》〈昭公二年〉，載：「晉侯使韓宣子來聘，且告爲政，……觀書於太史氏，此見易象與魯春秋，有相似之說解。又，益卦載有郊祀之禮，隋、升二卦載有封禪之禮，而坎卦象傳：「君子以常德行習教事」，則皆古代政治制度之記載。

四、文學方面：清・章學誠《文史通義》〈易教〉云：「易象雖包六義，與詩之比，尤爲表裡。」又曰：「戰國之文，深於比興，即深於取象者也。」蓋謂先秦文學修辭法，受《周易》影響甚大。」……〈文言〉、〈繫辭〉二傳，被後世推崇爲驪詞之祖。《易經》之爲我先秦奈舊典、歷代史官、卜人智慧，經驗之結晶，對古代文化史蹟亦多有記載，故其史料價値，亦不容忽視。

## 五　《易經》〈十翼〉思想脈絡指微

稍早之前，對《易經》做過深刻研究的有心人，以爲《周易》〈十翼〉皆以爲是孔子作。不過，近代《易經》研究之學者，多傾向於孔子未曾作過《易經》〈十翼〉中任何一種卦辭，這包含象、彖、繫辭文言、序卦……。「十翼」之名來自於易緯「乾鑿度」，言其爲經之羽翼也。初傳爲孔子所作，但爲後人所推翻。而應爲戰國中晚期之作品，實非一人一時之作，而應完成爲於眾手。試觀「十翼」體例駁雜、解經互有重疊出入。且就文獻資料一閱：崔述《洙泗考信錄》曾舉出證據：

一、晉人不准盜發魏襄王（一說魏安釐王）墓中之簡書，有《周易》上下篇外，並無彖、象、文言、繫辭，魏襄王先祖文侯，曾師事子夏（卜商），子夏乃孔子傳經之大弟子，依此推測墓中無書，表示孔子未傳。

二、按《左傳》襄公九年記載，穆姜回答史官語，與《易經》文言篇首文字，大致相同。以文勢看，當是〈文言〉襲用《左傳》。足見文言之作成，已入戰國期。而非春秋時孔子所作。

三、《論語》：「曾子曰：君子思不出其位。」而《周易》〈象傳〉也有此記載。既採曾子之言必是曾子後人所爲，曾子比孔子小四十六歲，孔子當已去世。知〈象傳〉非孔子所作，迨無疑義。

四、近人錢穆、屈萬里二先生曾分就文體、辭氣所見〈繫辭〉、《論語》二者對天與道的意涵殊不相侔。在《易經》〈彖〉、〈象〉傳中有陰陽家思想，並見「仁義」之辭，依屈萬里推斷，《易傳》當作成於戰國時孟子以後成書。凡諸文獻資料之佐證，《周易》〈十翼〉乃非孔子所贊《易》。

最後再略讀《四庫全書總目提要》之大旨，藉以玩味《易經》傳所顯見之先民智慧之博大精深，敘錄曰：「聖人覺世牖民，大抵因事以寓教，詩寓於風謠，禮寓於節文：易寓於卜筮，其爲書推天道以明人事者也。《左傳》所託諸占，蓋猶太卜之遺法、漢人言象數，去古未遠也。……王弼盡黜之，乃說以老莊……，此兩派六宗互相攻駁。而易道廱大，無所不包，旁及天文地理，樂律、兵法，韻學算術，以逮方外之爐火，皆可援易以爲說，而好異者，又援以入易：故易說愈繁。夫六十四卦，大象皆有君子以字，其爻象則多戒占者，聖人之情。見乎詞矣。其餘皆易之一端。非其本也。今參校諸家，以因象之教者爲宗。而其他易外別傳者：亦兼收以盡其變。

上擷錄《四庫提要》「經部一」易類一首篇，以下尚有七篇。而易類至六各文累一百一十五頁。又易類存目一至四篇自一一五頁起，至二二八頁止。《提要》說：「右易類三百十七部，二千三百七十一卷。（內四十六部爲卷數）附錄一部一卷，皆附存目。」此可見三百年有關《易經》研究著作浩繁之一斑。《四庫全書》歸檔，迄今歷之數百年，易學且已擴展爲世界顯學，研究易學，已非華人族裔所獨專，而全球各地區都可能有傑出之著作。此或可由電腦網路尋繹脈絡。只待有心人之關注。

二〇〇八年四月二十一日臺北新店初稿

# 禮學權衡——芻議地球人際禮儀典範

## 一　引言

爰《四庫全書總目提要》：「古稱議禮如聚訟，然《儀禮》難讀，儒者罕通，不能聚訟。《禮記》輯自漢儒，某增，某減，具有主名，亦無庸聚訟，所辨論求勝者，《周禮》一書而已！考〈大司樂〉章，先見於魏文侯時，理不容僞，河間獻王，但言闕〈冬官〉一篇，不言簡編失次……本漢唐之注疏，而佐以宋儒之義理，亦無可異也。謹以類區分，定爲六目：曰《周禮》，曰《儀禮》，曰《禮記》，曰《三禮總義》，曰《通禮》，曰《雜禮書》，六目之中，各以時代爲先後，庶源流同異，可比而考焉。」

禮者，理也。《禮記》〈仲尼燕居〉篇，孔子曰：「禮也者，理也，……君子無理不動。」又〈禮器〉篇：「禮也者，合於天時，設於地財，順於鬼神，合於人心，理萬物者也。」

## 二　禮字本義

《說文》：「禮，履也，所以事神致福也，从示，从豊，豊亦聲，礼，古文禮。」（《說文》上：示部）段玉裁注云：「履，足所依也，引申之，凡所依，皆四履。禮有五經，莫重於祭，故禮字从示。……見於祭祀者，最爲具體，故从示以顯其義，又因禮爲一切禮儀規範之緣起，因而古文禮寫作礼，徐鍇《說文繫傳》云：「乙，始也，可知禮爲對神表示敬意之行爲。」

按時下出土之殷商甲骨文，與兩周（東、西周）金文，僅有無示之豊，未嘗有以「示」作偏旁之「禮」。（圖例，略）

而祭祀禮制之始意，實爲孝親敬長孝道之奠基。如《孟子》〈滕文公上〉：「滕定公薨，世子謂然友：……使問祭祀於孟子！孟子曰：『不亦善乎？親喪，固所自盡也。曾子曰：『生，事之以禮；死，葬之以禮，可謂孝矣。』」

我國殷商時代，已進入以農耕爲主要生產方式之階段，此時社會組織，屬於氏族形態，因祭祖與祀天之活動，影響及與族人團結，農事祈報，以至收穫豐歉，密切相關，所以人皆重視禮的篤行踐履，以至禮的憑藉之「器，此種風習至今，亦然如故。」

禮之內在（心）稱爲禮義，外形曰禮文，所指禮義，乃是發自人生有自來的性——情意——欲，透過思考，想像，推理而產生之道理。此道理蘊含五要義：

一、曰順乎自然法則的——天理

二、曰體乎眾（志）皆曰然的——人情

三、曰動不生害，各取當得的——權利

四、曰無過與不及，等則相酬的——義務

五、曰時代變遷，應加損益的——適應

以此五要義爲未來地球村人群社會、人際互動的禮儀之規章（或稱憲章）制度的基本共通、共識之理念，衍生爲具體法條，據以排解村際間人事物之衝突，分配之紛擾，由於此五要義透明合理，爲全人類所通曉之眞理，故可施之於地球村全民之禮教。（指教化〔育〕，而非宗教意思）

原世界各國、各民族所信奉之特有傳統宗教，仍可自由奉行，惟不得列爲權利法案，亦不得享有地球村之特權，其盛衰之變遷，地球村行政機關不予聞問，一任其自然存廢。相對於宗教的學術研究機構，胥視地球村人群不分性別及年齡層次，以個人學力所及，可自由參與學習，或推廣其教學。惟其哲學旨趣，必得爲純正之合乎人情之常的智慧啓迪與眞、善、美理念之發揚！

個人不揣固陋，爰於中國數千年傳統之儒學，揭示禮經之要旨，藉古聖先賢垂教於世之典籍，擷其菁英粹文大略摘述於次：

溯自中國古先王周公制禮配樂以來，而「禮」之教化早已普及人心！故中國之爲世人稱爲「禮義」之邦。

《論語》〈八佾篇〉：「人而不仁，如禮何？」可見孔子時，禮就已成爲中華民族精神領域之元素。又，《論語》〈里仁篇〉：「子曰：『能以禮讓爲國乎？何有？不能以禮讓爲國，如禮何？』」又，〈爲政篇〉曰：「子曰：『道之以政，齊之以刑，民免而無恥；道之以德，齊之以禮，有恥且格。』」此話含意是說：治理刑罰之事，若以「德」與「理」施之感化，人民非惟知廉恥，且能以心歸服；反之，以「政」與「刑」治理之，則人民但求免於刑罰，卻未能化其羞恥之心！未必能改其惡行，茲就臺灣目前司法機關正在審理之「洗錢」（貪汙）近百億之貪瀆的重大案件，而一干被告竟不坦承犯罪，令人嘆爲觀止！從各媒體普遍報導，偵查廳上，只見林檢察怡君痛切訊問被告貪瀆嫌犯，引用宋太宗趙光義語氣曰：「爾俸爾祿民膏民脂，下民易虐，上天難欺！」訊問嫌犯：良心何在？嫌犯一貫常說：「難道，阿×錯了嗎？」林檢察官回應他：「是的，你眞的錯了。」被告先在位時，每暗（明）示其將明垂千古，即以他與檢察官之對話，或爲史家錄以存證，載之史冊！史有青史、穢史之分，尚不知其列於何類。

《禮記》〈禮器篇〉云：「禮，時爲大」，而〈樂記篇〉亦云：「五帝殊時，不相延樂，三王異世，不相襲禮。」

《禮記》〈祭統〉：「禮有五經，莫重於祭，」蓋指吉、凶、軍、賓、嘉。吉爲祭祀之禮，凶爲死亡之禮，軍爲兵族之禮，賓爲朝聘之禮，五者之中，以吉禮，亦及祭祀之禮，最爲重要，且以臺灣八月初（八日）莫拉克颱風、土石流沖沒小林村，死難者家屬仍於愴痛中，克服萬難，就原地設奠追悼亡魂！各家爲爭取安厝牌位，爭持不下，這就顯示祭祀之禮，自古至今都爲人所重視之見證。

《左傳》〈昭公二十五年〉有云：「夫禮，天之經也，地之義也，民之行也。」

《禮記》〈禮運篇〉一再言及「禮以天爲本」，如：「夫禮必本於大一，分而爲天地，轉而爲陰陽，變而爲四時，列而爲鬼神。其降曰命，其官於天也。」累世相積禮之典範，日益豐贍，終至分化爲「一般世俗之禮儀」與「社會道德之規範」。禮爲個人、團體日常生活之規範。

《左傳》〈成公十三年〉引劉康公言曰：「是以有動作禮義威儀之則，以定命也，能者，養之以福，不能者，敗以取禍。」又，〈定公十五年〉，子貢曰：「夫禮，死生存亡之體也。」

禮之主要精神：「敬、讓、恭、儉」，如《左傳》〈僖公十一年〉：「敬，禮之輿也。」「不敬則禮不行，禮不行則上下昏，何以長世？」又〈成公十二年〉記晉大夫郤至之言曰：「世之治也……共儉以行禮，而慈惠以布政，政以禮成，民是以息。」國家若欲達於禮，必須以「恭敬」、「儉省」方式執行各項禮儀，得具有恭敬之心，而不必斤斤於「奢侈」之繁文縟節，時下臺灣仍極重視各種拜拜禮儀法式（事）之舉行，此乃重視傳統禮儀之承續致用，令人欽佩，若他日更以推之於地球村，相信亦將爲全球、洲、郡、區村民所同化。

茲先引略孔、孟、荀三達人對於「禮」之垂教後世之銘文箴言若干，以就證於方家。

## （一）孔子述禮

《論語》〈八佾篇〉：「林放問禮之本，子曰：大哉問，禮，與其奢也！寧儉；喪，與其易也，寧戚。」朱熹注云：「凡物之禮，必有質而後有文，則質乃禮之本也。」

孔子有鑒於時人隨俗逐末，習於繁文，徒知行禮如儀，而缺之誠心，今見林放有斯問，故大其問，吾人踐禮，如得其本，則禮之全體無不在其中矣。是以禮之表現，不儉不奢，以適度爲是。

〈八佾篇〉：「子貢欲去告朔之餼羊，子曰：『賜也！爾愛其羊，我愛其禮。』」有人以孔子之重視虛文，其實不然。且看劉寶楠《論語正義》，引包咸之言曰：「羊存，猶以識其禮，羊亡，禮遂廢。」故知孔子實著眼於告朔之禮儀之規格的顯見保存，而非徒重虛文而已。

《論語》〈爲政篇〉：「孟懿子問孝。子曰：『無違。』樊遲御，子告之曰：『……生事之以禮，死葬之以禮，祭之以禮。』」刑昺疏曰：「生事之以禮，蓋指冬溫、夏清，昏定、晨省之屬也。死葬之以禮，蓋指爲之棺椁衣衾而舉之，卜其宅兆而安措之之屬也。祭之以禮，蓋指「春秋祭祀，以時思之，陳其簠簋而哀戚之」之屬也。

死生之事亦大矣！必以時、地、人之因素而制宜之。

《論語》一書言「仁」者一〇六次；「言義」者二十二次；言「禮」者七十五次，可見三項主旨爲《論語》全書思想中心。

## （二）孟子述禮

孔子以誠、孝爲禮之起始，孟子則以辭讓爲禮之善端，《孟子》〈公孫丑篇上〉：「惻隱之心，仁之端也；羞惡之心，義之端也；辭讓之心，禮之端也；是非之心，智之端也，人之有是四端也，猶其有四體也。」而〈告子篇〉，則作：「恭敬之心，人皆有之，……恭敬之心，禮也。」兩引文相比次，辭讓、恭敬，性質時相類，恭者，禮之發於外者也；敬者，禮之主於中者也，同爲禮之重要表現，亦即同爲禮之端也。

《孟子》〈盡心篇上〉：「君子所性，仁、義、禮、智根於心。」又〈告子篇上〉：「仁、義、禮、智，非由外鑠我也，我固有之也，弗思而矣。故曰：『求則得之，舍則失之。』」孟子之並舉禮義，是乃措意於禮、義雙修，按以下五點撮其旨要：

一、〈公孫丑篇上〉：「不仁、不智、無禮、無義，人役也。」孟子將仁、智、禮、義並列，是以此四者，皆人之所必備之四德也。

二、〈離婁篇上〉：「事君無義，進退無禮，言則非先王之道者，猶沓沓也。」（猶言喋喋不休）

三、〈離婁篇下〉：「孟子曰：『非禮之禮，非義之義，大人弗爲。』」趙岐注：「禮義，人之所以折中，履其正者，徑由正道合義之行爲，不作不宜之事，吾人踐義之時，當堅守其宜，絕不作非義之義。」

四、〈萬章篇上〉：「孔子進以禮，退以義，得知不得，曰『有命』。」蓋指孔子服官之目的，在於行道。得官位與不得官位，以命運爲斷。而行仁、踐禮、歸義之崇道信念，則篤於其不可爲而爲之原則，修身以之，此又爲超越命定觀之聖哲襟抱也。

五、〈萬章篇下〉：「夫義，路也；禮，門也，惟君子能由是路，出入是門也。」意謂：「凡人相接，必須合乎義，合乎禮。」孟子之所以禮、義並舉，除其認爲義乃道路，禮乃門戶，欲見其人，不以其路，不由其門，猶如其人之入而閉其門而封其路也。

《孟子》書中，不僅禮義並舉，言及禮時，亦多禮義連用，猶「忠」之與「孝」，「仁」之與「愛」……連爲複字之辭。表示關係密切，渾然不分。

## （三）荀子述禮

荀子於禮之闡發，較孔、孟更著重其篤行踐履，發揮其治人理事衡物之功用，非徒具虛文之禮制，他將禮推擴爲治事之樞機，及論人之繩準。茲析其要略：

一、疏導人之欲望，滿足人之需求。

二、以禮制定人際互動之侷限、貴賤有等、長幼有別。

荀子以爲人之性惡，其善者僞也，故而主張以禮矯治人之性，乃與孟子主張性善，致良知之思維，大相逕庭。約略孟荀二人述禮之差異，孟子偏於「道之以德」；荀子偏於「齊之以禮」。

《荀子》〈禮論篇〉曰：「禮起於何也？曰：人生而有欲，欲而不得，則不能無求，求而無度量分界，則不能不爭，爭則亂，亂則窮，先王惡其亂也，故制禮義以分之，以養（資）人之欲，給人之求，使欲必不窮乎物，物必不屈於欲，兩者相持而長，是禮之所起也，故，禮者，養也。」闕識斯申論，可見其性惡說蓋始於欲、求、爭、亂、窮五種根源，他進而在〈性惡篇〉中指正曰：「飢而欲飽、寒而欲暖、勞而欲休。」「目好色、耳好聽、口好味、心好利、骨體膚理好愉佚」、「薄願厚、惡願美、狹願廣、貧願富、賤願貴」皆是。彼所謂「欲不必窮乎物，物不必屈於欲」者，當視爲他論禮要人節欲，而非絕欲。其於〈天論篇〉亦曰：「彊本而節用，則天不能貧；養備而動時，則天不能病。」足見其隆禮之推向功用在定分以養人欲。

《荀子》〈非相篇〉：「人之所以爲人者，何已也？曰：『以其有辨也……然則人之所以爲人者，非特以二足而無毛也，以其有辨也。今夫狌狌形狀，亦二足而無毛也，然而，君子啜其羹，食其胾，故人之所以爲人者，非特以其二足而無毛也，亦其有辨也，夫禽獸有父子，而無父子之親，有牝牡而無男女之別，故人道莫不有辨、辨莫大於分，分莫大禮。」

又〈王制篇〉：「分均則不偏，埶齊則不壹，眾齊則不使，有天有地，而上下有差，明王始立而處國有制。夫兩貴之不能相事，兩賤之不能相使，是天數也。埶位齊，而欲惡同，物不能澹，則必爭，爭則必亂，亂則窮矣，先王惡其亂也，故制禮義以分之，使有貧富貴賤之等，足以相兼臨者，是養天下之本也，《書》曰：『維齊非齊。』」此之謂也，荀子顯明示人天生不平等，特引《尙書》〈呂刑〉之「維齊非齊」這句話！以證其理念之中肯。治人抑治於人？能不齊而齊，然後可以爲治。人既天生不平等，有聖賢才智平庸愚劣之別（動植物皆然），宜各遵不齊之分際，斯謂之眞平等，惟明王制禮之道，旨在乎「分」。又〈王霸篇〉：「上莫不致愛其下，而制之以禮……君臣上下，貴賤長幼，至於庶人，莫不以是爲隆正。然後皆內自省以謹於分，是百王之所以同也。而禮法之樞要也，然後，農分田而耕，賈分貨而販，百工分事而勸（勤），士大夫分職而聽，建國諸侯之君，分土而守，三公總方而議，則天子共（恭）己而止矣！出若入若，天下莫不均平，莫不治辨。是百王之所同，而禮法之大分也。」

《荀子》〈天論篇〉：「故明於天人之分，則可謂至人矣。」其所謂分者，有別、辨、異、判、均、佩諸義。按：《論語》〈堯日篇〉：「子日，不知命，無以爲君子也；不知禮，不以爲立也。不知言，無以知人也。」孔子上承先王詩、書、禮、樂之教，首揭學詩學禮，以爲立身處世之本，故教其子伯魚日：「不學詩，無以言……不學禮，無以立。」人貴能言，恆自學詩得之。學詩而後，深悟興、觀、群、怨之旨，多識草木蟲魚禽獸之名，佐助應對，故能言；人貴於能立，而恆自學禮得之，故學禮而後，揖讓進退，莫不得體，故能立。

《漢書》〈藝文志序〉：「儒家者流，蓋出於司徒之官，助人君理陰陽，明教化者也，留意於仁義之際，祖述堯舜、憲章、文武、宗師仲尼，以重其言，於道爲最高。」春秋戰國之時，儒已臻至顯學地位。如，先秦韓非〈顯學篇〉：「世之顯學儒墨也，儒之所至，孔丘也。」荀子原屬儒家學派之一支，惟《荀子》〈非十二子〉，對子思子、孟子有刻厲之批評，後之儒者欲擯斥荀子於儒家之外，雖然，並未取得一致之苟同，然以荀子主性惡，卻未搏得世人之諒解，以致其學說〈性惡〉主張，受後人訾疵，毀多於譽。章太炎《國學概論》說：「荀子和孟子都稱儒家，而兩人學問的來源大不同，荀子精於制度典章之學，所以隆禮義而殺

「詩」、「書」，他書中的〈王制〉、〈禮制〉、〈樂論〉等篇，可推獨步。」

二〇〇九年八月二十五日臺北新店

# 《說文解字》覃思別裁

## 一 前言

古人八歲入小學，始啓童蒙，教之六書。蓋六書之教，當朔自倉頡，至《周禮》而始著。學者以文字聲音求訓詁，以訓詁通義理，離經辨志，蓋由是而之焉，自先秦至漢，此一教學軌制，未嘗稍異，惟漢法，諷書九千字，乃得爲吏，若書字不正，輒舉劾之，雖然，自學童即習字，壯而用之，卻未嘗以文字爲一專業之學。及劉氏（向、歆）父子校中秘書，列史籀以下凡十家，序爲小學，次於六藝之末。而東漢諸師儒於文字之學，除考據、事實並重，音讀、訓詁訂爲準繩，後世稱善「漢學」，兩漢以降，小學之業至道益闡。

西漢末年，六書爲文字學重要之條例，其名稱雖見於西漢末年人之記載，而其發生當較早。蓋六書爲整理文字歸納所得之名稱。《漢書》〈藝文志〉：「古者八歲入小學，故周官保氏，掌養國子，教之六書，謂：象形、指事、會意、形聲、轉注、假借，造字之本也。」又《中庸》云：「今天下書同文。」顯見文字未經整理前，乃不能同也，鄭康成注：「今孔子謂其時。」是在孔子前或其同時，僅有六書之名稱而無說解。至許慎《說文解字》出，於六書項目，各有八字之界說。後人憑此要義尋繹推闡，紛紛雜陳，不一而足焉。

昔者倉頡造書，期於百工乂，萬品察；孔子正名，期於禮樂興；刑罰中，文字程效，大莫與京，昧者不察，閱《漢書》〈藝文志〉，次《小學》於六經之末，遂以《小學》爲《經學》之附庸，實則精研《小學》，非通《經學》而已。周秦諸子，遷、固諸史，漢魏諸家詞賦，皆多古音古字，……不通文字學，則不能洞識了解終軍之對鼮鼠，盧若虛之辨鼫鼠……曾子詔人，出辭氣，貴遠鄙倍，陸機文賦，則曰選義按部，考辭就班，劉勰《文心雕龍》則謂人之立言，因字而生句，積句而成章，綴章而成篇，篇之彪炳，章無疵也，章之明靡，句無玷也，句之清英，字不妄也。

唐宋之降，文章性理擅一時，韓愈以爲作爲文辭，宜略識字，朱熹釋中心爲忠，如心爲恕，以爲字義儒是已足。此二字者於文字之學，鮮少闓達之恉，逮有清一代，樸學肇興，文字學大家輩出，繁茂競盛，建樹良多，惜盛極頓衰。民國以來，西學東漸，家少倉雅之書，人昧書法之筆，時下除高等院校之中文學系，於文字、聲韻、訓詁之專業設課選授，曉示津梁，續維文字、聲韻學統於不墜。然較之曩昔，童而習之，壯而用之一貫傳習之勤實，則菲棄之甚矣！更遑論終身以治文字專業爲職志也。

顧漢學家以通《說文》爲讀古書之鎖鑰，謂不得鎖鑰，則無從啓戶而入堂奧也。蓋有終身持鎖鑰，而不啓戶，不入堂奧者，則長爲門外漢而已！竊以駑質疏學，資性不敏，雖受業於名師碩儒，然竟無能習得鑽研文字、聲韻之奧竅，自不得登堂入室，以窺百官之富，宮室之美，自投師受教，以至忝列教席之側，仍只淪爲文字、聲韻之門外漢。

嘗聞古者經師最重六書，誠以文字（以概六書之總名）爲聲韻訓詁之本，名物度數之原，學者所以通陰陽消息變化，禮樂刑德鴻殺易簡者也。語其淺者，亦得以達夫形聲相生，音義相轉，用治六藝百家傳記之微文奧義，則小學之爲功鉅矣。

## 二 《說文解字》平議

《漢書》〈儒林傳〉說：「許慎，字叔重，汝南召陵人也，性純篤，少博學經籍，馬融常推敬焉。時人爲之語曰：『《五經》無雙許叔重。』爲郡攻曹，舉孝廉，再遷除洨長。卒於家。初，慎以《五經》傳說臧否不同，於是撰爲《五經異議》。又作《說文解字》十四篇，萬五百餘字，並正六書、理萬文，所著皆傳於世。」於此僅八十五字傳中，可以窺見許氏深於五經之學，故能著斯淵博之文字書。依胡樸安《中國文字學史》稱，許氏《說文解字》在文字學史上之價值約爲八項，其足以垂鑑後世者。

一、分部之創舉也；二、明字例之條也；三、字形之畫一也；四、古音之參考也；五、古義之總匯也；六、能溯文字之源也；七、能爲語言學之輔助也；八、能爲古社會之探討也。」

段玉裁曾積數十年之精力爲《說文解字》注三十六卷，對後人竄易許氏書及遺漏失次之處，均爲一一考而復之，引證詳確，不同臆造。非特爲祭酒之功臣，而尤有益於經訓。故研鑽許書者，必讚段註也。林尹先生所撰《說文解字》詞條：

《說文解字》一書，許氏於東漢和帝永元十二年（西元一〇〇年）寫成，至安帝建光元年（西元一二一年），才由其子許沖獻給朝廷。關於《說文解字》一書的內容，簡述如下：

一、篇卷：全書分十四篇，每篇各分上下。第十五篇卷上是許愼自序與五百四十部目，卷下是後敘和許沖上漢安帝的奏表。

二、分部：全書分爲五百四十部，各字依其形體所從，分別列於各部之中，其次序始於一部，終於亥部。許氏分部之例，情形有三：凡一字有他字從之者，則必立部。部之先後，則以形之相近爲次，部中字則以義之相引爲次。

三、字數：《說文解字》一書，共收九千三百五十三文，文一千一百六十三，解說形義的文字，共十萬三千四百四十一字。

四、說解文字的方式：本書說解文字是以篆文爲主，合以古文、籀文。說解各字，先列其篆文，其次釋義，其次釋形，其次釋音，其次列重文。

五、許氏用語的體例：許書中有不少常用的詞語，自成體例，例如：（一）凡某之屬皆從某：一篇上一部一字下段注云：「凡云凡某之屬皆从某者，自序所謂分別部居，不相雜廁也。」（二）從某某聲：謂於六書爲形聲也。（三）省聲：凡言省聲者，形聲字省其聲符之筆畫也。（四）亦聲：凡言亦聲者，會意兼形聲也。（五）闕：有闕形者，有闕音者，有闕義者，蓋有所不知，闕而不言也。（六）以爲：段注云：「凡言以爲者，皆許書發明六書之法。」又云：「凡云古文以爲某某者，此明六書之假借以用也。」（七）讀若、讀爲、讀與某同：段注云：「凡言讀若者，皆擬其音也。凡傳注言讀爲者，皆易其字也。」又云：「凡言讀與某同者，亦即讀若某也。」（八）一曰：《說文》言一曰者有三例，一是兼採別說，一是同物二名，一是一名異物。

六、許書的傳本：崇文總目載有李陽冰刊定《說文解字》二十卷，久已不傳，今所傳世者，惟徐鉉校定本，與徐鍇繫傳。南唐徐鉉等於宋雍熙三年（西元九八六年）所重加刊定，凡字爲《說文》注義序例所載，而諸部不見者，及經典承用而《說文》不說者，悉爲補錄，題爲新附字。許書本十五篇，篇析爲二，故有三十卷，世稱大徐本。另有徐鍇著《說文繫傳》凡四十卷，首通釋三十卷，即許書原本十五篇析爲二，其所發明及徵引經傳之語，悉加臣鍇曰，或臣鍇案字以別之，宋朱翺爲加反切。次爲部敘二卷，通論三卷，祛妄、類聚、錯綜、疑義、系述各一卷，世稱小徐本。

七、說文的注本：歷來注《說文》的人很多，其中尤以清代段玉裁《說文解字注》，桂馥《說文義證》、朱駿聲《說文通訓定聲》，王筠《說文釋例》、《說文句讀》等最爲出名。民國初年，丁福保萃集研治說文的學者二百餘家之說，完成《說文解字詁林》並補遺，共千餘卷，亦爲許氏之功臣。今傳《說文解字》的注本，以段玉裁《說文解字注》最有名，是書係就小徐本說文，博稽群書，以發明許義。鍇書非許氏原本，其中爲後人竄改者、漏落者、失其次者，段氏皆一一考證。段氏又作六書音均表，立十七部以綜核古音。注中各字皆說明古音所屬，而形聲讀若，皆可以十七部之遠近分合求之。於許氏著書之例，以及所以作書之指，亦詳於注中。

八、說文的價值：說文的價值可簡略歸納爲八：（一）它是集漢代以前文字的大成，（二）它是集漢代以前文字說解的大成，（三）它是開創漢字分部檢索的先聲，（四）它詳釋中國文字的條例，（五）它畫一中國文字的寫法，（六）它可以探求中國文字的本原，（七）它可以提供古音研究的參證，（八）它的字形音義皆有根據。（編按：引自《中華百科全書》，一九九三年典藏版）

以上八項之研析，可約略許氏《說文》之評價為兩點：一為聲音訓詁之價值，一為語言歷史之價值。聲音訓詁，考之清儒著作精博，關於語言歷史方面，為現代研究文字學開啓多元化之思維。

# 三 近代文字學研究之省檢

## （一）文與字合一之新構想

嘗於坊間書肆偶一閱得李德明先生著述《新文字學的理論與實際》一書有云：「吾人且以新文字學理念探討象形、圖畫、甲骨文字與埃及象形文字的本象，概略對照，證實人類文字是兩種不同型質的形體。」因之，文字的本體應當「象，語音，象，形物」。故云：「語言音義之為文，形物形義之為字，文與字兩者合一，互為體用，始稱文字。」（個人對李先生這段語言文字新思維的表達，一時尚未領悟出其確切定義，暫錄以待方家之裁正。）

以下續錄李德明先生之卓見：「文字科學的內涵，包含語言（音義）學與形物（形義）學，兩種有關文與字的學術。但是中國文字的書（法）寫的方式，與形物的形質，在拼併架構形成的形義字體。就理論與實際對照結果，中國文字僅只象形物（學）的一種形義字體的偏向事實。至於象語言（學）形質的音義之文的形體，在事實上等於是空白。然而，就中國文字注音符號事實言，應當算是代表語言及其音義之文的形（質）體。可惜！注音符號的音聲音質，是刻板刻眼形物的實際，在切（拼）音的法則下，又是形物形義書寫（方式）的字體。形成中國文字等於是種虛構語言音義之（聲）文的形體，沒有眞正語言音義的實際，集合勉強說有語言的實際與語文之形體，也是形物形質的語言和形體。如果以新文字學的理論與實際言，那是一種不科學，也不實際的「語文」形（質）體。如此說來，中國文與字只有一半是科學的事實，亦即形義字體是科學的事情。而另一半語言音義之文形體，是不科學的事實，……。」

李先生這段話總歸是說：中國之語言、文字難以配合發展，兩者不能相輔相成，乃茲事體大，筆者不敢置喙。但，這段話，似乎勢必導向於「聲韻」學的問題，姑且引錄先師，前北平師範大學教授瑞安林景伊（尹）於民國二十六年著《中國聲韻學通論》中〈聲韻與文字之關係〉有云：「語言不憑虛而起，文字附語言而作，故有聲音而後有語言，有語言而後有文字，此天下不易之理也。是以研討文字之源，探求語言之便，以及窮究訓詁之道，非明聲韻莫由，蓋字體屢遷，語言萬變，惟人類口齒所能發之聲音，則大抵相同，故文字語言之變化無定，於是訓詁以濟其窮。訓詁與聲音相表裡者也，訓詁亦有時而異，而人類口齒所能發之聲音則有定，今以有定之聲音，而推求無定之文字語言，譬網在綱，有條不亂，必事半而功倍矣。」夫子又曰：「文字構造之主要原則，曰『形』、曰『聲』、曰『義』、『聲』實爲媒介之具，非聲不足以知形，非形不足以明義，『形』、『義』既明，而『聲』不能長留於紙墨之間，然

『冥冥之中，若仍主持之者，誠以文字不能離聲音而獨立也。』」

林師之言，亦揭櫫語言文字相互配合之旨，惟其於文字語言古今變化無定，主訓詁之會通，以聲韻學所發明之作業技術，使「南北通塞」得有解決之方。

## （二）語言文字同條共貫鑽研之探討

### 甲　語文個別發展，乃自趨隘徑

兩千多年來，文字學的研究，大抵依據許慎《說文解字》而來的，完全著眼於單一體象形物的形義字體，但在形物的（形）「義、音」之聲的形質上，總是有限的，勝不過語言「音」（形）義之聲的形質，以形物的（形）表現「音義」之聲，是刻板刻眼之法則，事實亦欠流利，而其形物表現「音義」之聲的形質是有限的。然以語言表達「音」（形）義之聲，卻是自然而流利，具有靈性上的生動活潑，與智慧上的啓導作用，在研究文（字）意之聲而言，要與語言音義之聲的實際要一致，才是科學文（字）意之聲……。故近代研究文字之學者，往往不由字主地走上語言音義之聲的路上去。然而，這卻成爲形義文字之學者，極力排斥不要這一眞理的事實，造成一種「欲罷不能」的矛盾現象。誠如胡樸安《中國文字學史》中從〈聲讀到文始〉一章云：「清代提倡聲讀者，當推戴氏震，其與段玉裁書云：『諧聲字，半主義，半主聲，說文九千餘字，以義相統，今作諧聲表，若盡取而列之，使以聲相統、條貫而下，如譜系，則亦必傳之絕作也。』」其意蓋欲命段氏爲之，然戴、段二氏俱未成書。而段之古十七部諧聲表，僅取《說文解字》全部形聲字而記其聲，未嘗有意求聲母，計得聲母一千五百四十三字，略有聲讀之趨勢。乃命弟子江沅爲聲讀之著作，沅先成釋音例，嗣又成《說文解字》音均表，釋音例只記聲母而已，求得聲母一千二百九十一字，闕音二十三字，音均表則以聲母爲首，而以从母得聲之字，依列爲表，此即戴氏所謂相統，條貫而下，如譜系也。清代其他學者，本聲讀之法，求得聲母，著有成書者頗多，如張惠言之《說文諧聲譜》、陳立之《說文諧聲孳生述》、江有浩之《諧聲表》、龍啓端之《古韻通說》、姚文田之《說文聲譜》、嚴可均之《說文聲類》、苗文夔《說文聲讀表》。以上諸家之書，皆是根據《說文解字》九千三百五十三文而求得聲母者。除段氏書外，其他皆以母統字，如譜系然。惟各家之書，求聲母之目的，悉爲求古音分部之用。絕無有據此以求文始之趨向，亦未有聲同義假之推求。戚氏學標之《漢學諧聲》、朱氏駿聲之《說文通訓定聲》已記之於前，其求聲母之方法，雖與諸書相同，而其趨勢，則頗有文始之意味，而朱書更有聲義相通之記述。……至章氏炳麟，始標文始之名，著有《文始》一書。但章氏之書，不據形聲之字以求聲，而以音之近轉、遠轉，對展旁轉，以此字之音孳乳而爲彼字，此則章氏之文始所用之方法，而與清代學者本聲讀之方法以求聲母，則不相同者也。

章氏之書，刺取《說文》獨體，命以初文，其諸省變及合體象形、指事，與聲具而形殘，若同體複重者，謂之準初文，都五百一十，謂之文始，其相生之法有二：音義相讎，謂之變易；義自音衍，謂之孳乳，坒而次之，得五、六千名。（見胡樸安《中國文字學史》，下冊，頁五〇〇至五〇五）之結論所言：「觀上述六字之近轉、旁轉、對轉、變易與孳乳並用，其於『夬』字一條，可謂極文字相生之妙。」許愼《說文》〈敘〉：「……初造書契，百工以乂，萬品以察，蓋取諸夬、夬揚於王庭，言文者宣教明化於王者。」茲撮其略例如次。〈文始〉：夬，分決也，从又象決形，此合體指事字。孳乳爲決，行流也；變易爲潰，漏也，孳乳爲殨，爛也。爲韇，中止也，……夬又孳乳爲缺，器破也，又孳乳爲玦，玉玦也。又孳乳爲抉，挑也。抉對轉寒，變易爲捾，搯也。夬又孳乳爲韧，巧韧也，謂巧於彫刻也。又孳乳爲契，大約也。釋詁，契訊絕。契對轉寒，變易爲券，契也。憲訓法者，即契之借，……。夬爲分決，契爲約束。契孳乳爲絜，麻一耑也。引申爲度長絜大之義，凡圓物皆圍而度之，絜又變易爲括，絜也。（章太炎〈文始〉，節錄目《中國文字學史》，下冊，頁五〇三）但此屬乎言語學之相生，而非文字之相生，……。故章氏（炳麟）之〈文始〉，乃語言學，而非文字學也。

## 乙　語文孳乳融通，當生生不息

胡著〈從偏旁到字原〉有兩句話亦頗堪玩味：「在部首中所無者，雖不成文，九千三百五十文，或需用此類不成文符號頗多，故字原之外，當有若干符號之搜集。」胡氏所謂之符號，當是指形物以外的語言音義符號，證明中國古文字中是有語言音義符號的事實。同時說明中國原始象形圖畫文字是「語文合一」的事實，也是沒有錯誤的。又如〈聲讀之發明〉（胡樸安《中國文字學史》，上冊，頁二三二）對聲讀之解釋：「聲讀不以文字之形類文字，而以文字之聲類文字，《說文解字》九千三百五十三文，以形分爲五百四十部，學者謂之左文。左文者即左邊之形，或謂之偏旁學。九千餘字中，形聲之字，記七千有餘，將此七千餘字，以聲爲區別而部類之，學者謂之右文。右文者即右邊之聲，或謂聲讀。蓋上古文字，義寄於聲，未遑多制，只用右邊之聲，不必用左文之形，例如：「兔罝之公侯干城，干即扞字，芄蘭之能不我甲，甲即狎字。似此之類，群籍極多。而古時字少，以聲爲用，乃求之《說文解字》中。如：臤下云，古文以爲賢字。丂下云，古文以爲巧字。哥下云，古人以爲歌字。㬎下云，古文以爲顯字。在未造「賢」、「巧」、「歌」、「顯」等字之先，即以「臤」、「丂」、「哥」、「㬎」等字爲通叚。故曰：古文以爲也。迨事物日繁，甚少之文字，不足以爲言語符號之用，再加偏旁以爲區別。「賢」从臤聲，加貝以爲區別，「巧」从丂聲，加工以爲區別，「歌」从哥聲，加欠以爲區別，「顯」从㬎聲，加頁以爲區別。雖著形以爲義之標準，而義之由來，仍然與聲有關係。例如：「仲」、「衷」、「忠」三字，皆從中得聲。而「仲」爲人之中，「衷」爲依之中，「忠」爲心之中，「諄」、「惇」、「醇」、「敦」四字皆從享得聲。而「諄」爲言之享，「惇」爲心之享。「醇」爲酒之享，「敦」爲督貴之享。其尤易見者「禷」以事類祭天神，从示類聲。「類」即義也，「慎」以慎受福也。从示眞聲，「眞」即義也，「祀」祭無已也。从示巳聲，「巳」即義也。又在結論中說：「由以上各證觀之，則聲之所在，即義之所在，無論何字，但舉右文之聲，不舉左文之形，知聲者可以因聲求義，因文字之孳乳皆由聲而發展，所以清儒能本聲讀之法，尋出文字之系統，成爲文字學上有價值的著作。而此發明早見於宋人，特未成書耳。」由上述〈聲讀之發明〉，可以了解到「古時文字之聲與語言之聲是一致的事實，也不以形物之聲爲用，同時可因聲求義」，文字孳乳，皆由聲而發展，無形中右文爲聲，亦即是因語言音義之（聲）文爲「用」。（以左文「體」爲重）故語言音義之聲，可以包括形物之聲（讀），而形物之聲讀，卻不能概括語言之聲（讀）的發展實況。

## 丙　語言文字分途競進之省察

中國文字是注音的，語言和文字在古早之時就已不一。從文字上幾乎看不到眞實的語言，所以在中國幾乎可以說沒有語言學。但在西方人的語言和文字差不多一致，研究語言學，也就研究了文字，所謂古語言學或文字學，有些人甚至於想稱之爲「文獻學」，所以他們只有語言學特別容易發展。

中國文字的推衍和語言變化不一致，究竟利弊爲何？且引本師于大成博士於西元一九七三年一月寫的〈中國文字〉一文中說：「我國文字之傳承最久，流布最廣，其主要原因，蓋爲其是衍形的（象形、指事、會意），不是衍聲的，是注音的（形聲），而不是拼音的……。」拼音文字是語文一致的，只用有限的若干字母，就可拼出無窮的字音來，一個人只要會說話，就很容易認字，產生一個新概念，即可根據語言造出新字。粗看起來，好像方便極了，但若深一層去研討，事實上卻恰好相反，第一是：語言隨時在變，而文字著之竹帛，就定了型，無法改變，外國用拼音文字寫的書，幾百年後的人就看不懂了。因爲今人的語音，跟古人是頗有差異的，不斷造新字的結果，使英文單字已有五、六十萬之多，世事日新月異，拼音文字，不難達到百萬以上，造成學習的困境。第二是：衍形之中國字，固定不變，數千多年前寫的字，與今天毫無兩樣，因而，只要你認得字，讀最古的《周易》、《尚書》，跟讀梁任公、胡適之先生的書，並無不同，我國人對於記錄新概念，除了極少數情形（如化學元素鉀、鈉、氫、氦之類）外，都是以原有之字，造一新詞，譬如：原子彈三字，原本是互不相干的三個獨立體，經聯綴成「原子彈」一詞，這就確切的成立爲一個新事物之新名詞。使用起來，也覺方便，這對文化歷史之保存與傳播功用無可限量，至於其表現於文字上的美，猶其餘事。

### 丁　語文合流亦見於前人論說

清季學人陳澧《東塾讀書記》說：「天下事物之象，人目見之，則心有意；意欲達之，則口有聲。意者，象乎事物而構者也；聲音，象乎意，而宣之者也，聲不能傳於異地，留於異時（陳氏這些話之理念，今已不存），於是乎書之爲文字，文字者，所以爲意與聲之跡也。」又，孔穎達說：「言者，意之聲，書者，言之記。」及王安石說：「人聲爲言，述以爲字。」都和陳澧的意思相同，文字既所以記述語言，則古代的文章，自必與那時的語言相合。又，《漢書》〈藝文志〉：「書者，古之號令，號令於眾，其言不立具，則聽受施行者弗曉，疏通古文應讀《爾雅》，故解古今語而可知也。」爾通邇，近也，雅即雅言，猶如說，用現代語言（標準國語）譯出來。立具，是指照著當時白話寫成。又如元曲中所用的當時白話：「兀的不」、「麼哥」……。我們現在卻很難懂得了。

## 四　語言、文字貫通為用，宜兼容並蓄

中國文字的問題，不自今日始，應早在篆籀文第一部文字學問世，有了真正形物、形義字體，在文字不能完全表達語言（形質）後，形成「言簡意賅」之文言文，造成語言（形質）與

形物（形質）分離路線，愈往後的演進，語言愈趨於不自然形物化的事實，其影響與感觸最大者，當然是讀書人、作官人，而一般平民語言與文字發生關係，少之又少。語言文字不能相輔相成互相體用，以致精神文明形成平面的、消極的文化型態，作繭自縛，產生文與字的問題，所以引發「五四」推行新文學之白話文運動。

由於語言、文字的紛歧現象，李德明先生指其癥結在語文不能表達，形體不能務實，以字代文，陰錯陽差，男扮女裝，虛有其表，以陽代陰，實爲剛性之語言文化……。這幾句話，個人感覺李先生把語、文問題之探討，導向於灰色地帶，乍一聞之，似有不知所云的感覺，不過既是問題，就應認眞冷靜地推求解決之道。語言、文字既發生矛盾，則不能等閒視之，有待於方家的裁斷。

倘如李德明先生說：缺少一種文字形體，就是缺少一種文字（工具）的文化，同時也要影響本來已有形體的文字文化之上升發展。吾人能不戒惕怵勵！李君以爲他所理想的新的語言文字結構，是語言音義、書畫方式之文形；和形物形義書寫方式之字體，兩者合一，互爲體用，才是科學的新文字。也唯有科學的新文字，才能解決中國文字文化上的種種問題。

這眞是語重心長地呼喊，但應是率性芻蕘之覃思論見，李君德明倡論以新文字彌補我數千年傳續不絕之舊文字，用心良苦，其情可憫！他曾提出蒙古文之特色，他說：「個人以爲能將蒙古文字上下直行書畫方式的形體，貫以羅馬拼音的形質，便構成中國文字中的新語言音義之文的形體。」李先生認爲運用蒙古文字「書畫」方式的形體，約有六大優點：

一、蒙古文字乃是世界音義文字中，唯一能上下直行「書畫」方式的文字。可以配合形義字體上下書法，用來注釋形義字體的音（義），並可取代注音符號之職能。

二、蒙古文字是「陰性」語言書畫上下直行書寫之故，自然可與形義字「陽性」體交替運用，使文與字互爲體用，產生新文字，生生不息！有靈性生命氣息的文字文化，創造出有哲學、科學、藝術本質的文字文化，提升我國文字文化的國際地位。

三、蒙古文字由於直線書畫流利暢達，故能於緊急時，單獨用以表達意念，乃成爲輕便型態的文化工具，富有文字文化之經濟便捷價值。

四、蒙古文既是上下直畫，而其音（體）符的音節，可一個一個的拆開，用於橫寫方式，以達文字橫直兩用書寫目標。

五、以音符組成的形體，可用於自然科學的實用上，解決了我國原本缺少自然科學語文工具的問題。不但比美歐西文字文化，且以純形義文字文化的特色，超越歐美文字文化。

六、就地緣關係看蒙古文字，就是中國原始語言的音義符號，只因它單獨保存於一個游牧民族中，演變成語言型態的音義文字。（陰性）以之與形體的（陽性）語文工具匹配成陰陽合一形體的文字，互爲體用，產生陰陽和諧之美，吾人即毋庸另造一種新的語文字體。

綜觀上列各節，毋寧持之有故，言之成理，抑或淺人之妄語，竊不敢以自斷，但以其有異於陳陳相因之言意，乃擷其要旨，指教於大雅方家，有以正之。

拙文脫稿後，似仍有不盡己於言者，乃再翻閱《漢蒙字典》，直截地感觸，以觀賞用心，竊不願見以蒙古文取代漢字，然而就實用的觀點言，則不能完全摒除蒙文於不顧。誠如《漢蒙字典》主編，哈勘楚倫教授所說：「蒙古語屬於膠著語型，在世界四大語系裡，迄仍占有不容忽視的地位。自從近世以來，由於歐美學界掀起的一股研究東方熱，所謂蒙古學云云，更為世界所矚目，連帶者蒙古語文的研究，也就更顯得生氣勃勃，良以語言文字乃溝通思想不可或缺之工具……。至蒙古文讀法與近代語體文頗多出入，為寫讀一致起見，仍採古字寫法，間以搜羅部分近代口語，與少數外來語……，其於學者之參考，頗具實用價值，後之來者，倘能踵事增華，則不斷補充與改善！尤為筆者所企盼。」補充改善祈於實用，尤其要與漢文字融為一體、互補缺失，互增所長，這不僅是哈勘楚倫先生一人之企盼，也將是漢蒙兩大民族共同之期望！

## 五　書後跋

清樸學大師桂馥學於其《說文解字義注》附錄建安七子徐幹《中論》曰：「凡學者大義為先，物名為後，大義舉而物名從之，然鄙儒之博學也，務於物名，詳於器械，考於詁訓，摘其意句，而不能統其大義之所極。以獲先王之心，此無異乎女史誦《詩》，內豎傳令也，徐氏此語上半句似不合時宜，故使學者勞思慮而不知道！費日月而無成功。故必君子擇師焉……。近日學者風尚六書，動成習氣，偶涉名物，自負蒼、雅；略講點畫，妄議斯、冰，叩以經典大義，茫乎未之聞也。」徐氏此說，亦可藉爲今世治學之儆誡乎？曷三思焉。

茲復贅者，李陽冰擅改《說文》五十餘字，徐鍇有袪妄之作以斥李之浮誇。王安石好解字說，杜撰字意，其不諳《說文》條例，徒予人淺薄之譏。凡此皆當引爲鑑戒，凜於此，乃未敢於「六書」、「音韻」等文獻，率爾抄剽，僅以不言爲言，庶乎藏拙耳。

原載於《中原文獻》第四十七卷第一期

# 《太史公書》與三晉文化斠衡

## 一　弁言

中國民族是一個具有悠長歷史的民族，論中國文化之貢獻，其史學的成就也算是最偉大、最超越，爲世界其他民族所不逮……孔子《春秋》與司馬遷《史記》，同是中國古代私人著史最偉大的書。」（錢穆〈司馬遷小傳〉，頁一）

《史記》原名《太史公》，司馬遷撰。司馬遷之著作《史記》，有如下的動機：一是父命，二是夙志，三是冤獄。

《史記》自序：「奉使西征……還，報命，是歲天子使建漢家之封，而太史公（指其父，下同）流滯周南，不得與從事。故發憤且卒，而子遷適使返，見父於河洛之間，太使公執遷手而泣」曰：「余先，周室之太史也，上世嘗顯功名於虞、夏……後世中衰，絕於余乎？汝復爲太史，則續吾祖矣。……爲太史，毋忘吾所欲論者矣！……遷俯首流淚，曰：小子不敏，請悉先人所次舊聞，弗敢闕。」（錢穆〈司馬遷小傳〉）

## 二 《太史公書》辨名

「太史公」非官名，乃官府之通稱。司馬遷藉公器，私諱以尊稱先人（特指其父）司馬談卒後三年，司馬遷入「太史公署」，承襲其父所遺太史令官職。遷既爲太史令，別人尊稱「太史公」應無疑問，但，其本人亦以「太史公」自稱，頗引人非議。

茲摘朱希祖著《中國史學通論》，頁八三「太史公解」之要點：

司馬遷《史記》，本名太史公。太史公自序云：「凡百三十篇、五十二萬六千五百字，爲〈太史公書序〉。」此遷自題其書名曰太史公也。自漢以來，頗多遵用此名者，今略舉其例證於下：

（一）、《漢書》〈楊惲傳〉。「惲母司馬遷女也。始讀外祖太史公記，頗爲春秋，明（名）顯朝廷，擢爲左曹，霍氏謀反，惲先聞知。」

（二）、漢書宣元，六王傳。「思王子，元帝崩後三歲，天子詔復前所削縣如故，後年來朝（成帝建始四年）上書，求諸子及太史公書。」

（三）～（五）皆引漢書所見稱：「太史公書」、傳等字句（略）。

朱氏（希祖）曰：此西漢人皆稱《史記》爲太史公也。自東漢魏晉以迄於梁、亦尚有稱太史公者（《中國史學通論》，頁八四）。《史記》之稱，猶今言歷史，實爲史書通名，非爲遷書專名。如太史公〈六國表序〉云：「秦既得意，燒天下詩書，諸侯史記尤甚。」又〈自序〉云，「自獲麟以來，四百有餘歲，而諸侯相兼，《史記》放絕。」

然太史公書可稱《史記》，則自《漢書》以迄明史、清史何嘗不可稱《史記》乎？故欲正其名，當仍稱《太史公書》。況、遷爲自尊其父著述，故稱太史公。此見司馬貞索隱太史公自序云：「公者，遷所著書遵其父云公也。」又，太史公書序，索隱云：「蓋遷自遵其父著述，稱之曰公。」惟〈五帝本紀索隱〉云：「太史公，司馬遷自謂也。」〈自敘傳〉云，太史公曰：「先人有言。」又云；「太史公曰余聞知董生。」又云：「太史公遭李陵之禍。明太史公司馬遷自號也。」朱希祖先生謂：「索隱此說與自序索隱云云，實自相矛盾。惟察太史公一名，既以稱其父，又以自稱，又以名書，非專尊其父也。」

另一說，遷之稱公，爲東方朔或楊惲所加，如《桓談新論》云：「太史公進書成，示東方朔，朔爲評定，因署其下。」（《史記》〈孝武本紀索隱〉）又，韋昭云：「說者以談爲太史公，失之矣，《史記》稱遷爲太史公者，爲遷外孫楊惲所加也。」（《史記》〈孝武本紀集解引〉）姚察云：「太史公者，皆朔所加，惲繼稱之耳。」惟觀遷〈自序〉云，爲〈太史公書序〉，則似非他人所加也。且〈報任少卿書〉稱太史公牛馬走，司馬遷再拜書，此書不在《史記》內，又豈爲東方朔、楊惲所加乎？且《太史公》一書，不特每篇之末，皆稱太史公曰，且各篇之中亦多有之，故韋說殊不足採信矣。

書名本題「太史公」，稱公者，猶古人著書稱子，如俞正燮《癸巳類稿》太史公釋名云：「《史記》本名《太史公書》，題太史以見職守，而復題曰公，古人著書稱子，漢時稱生稱公，生者、伏生，公者、毛公，故以公名書。」（朱希祖《中國史學通論》，頁九一）

## 三　司馬遷出生地考略

被後人推崇爲歷史之父的司馬遷之出生年代卻至今仍被考證中，尚不能論定。司馬遷〈自序〉說：「遷生龍門」，而龍門爲一小山名，在現今之陝西省韓成縣東北，當時爲夏縣，通稱司馬坂一帶。而司馬遷〈自序〉中何以不說：生於韓城？而寫：「遷生龍門。」這是值得深究的問題。近代世人似多說陝西韓城龍門。而實則司馬氏一支自古即定居山西河津龍門。這在《山西文獻》第五十一期，頁十八～二十五有一篇徐崇壽、邱文選二先生合撰〈司馬遷是山西河津龍門人考略〉的文章有詳明之考證，本文摘其要旨，亦可確信徐、邱二先生持之有故、言之有理。首先，二氏指出司馬遷自序提到先世籍貫，源自遠祖重黎氏後代程伯休甫封於程，做了司馬這個官，因而程休甫就以官爲氏，改姓司馬，世守史業。周惠王、襄王時，由於王室內亂，司馬氏去周適晉。按《史記》，晉世家說：「晉疆，西有河西，與秦接境，北邊翟，東有河內。」河內指今山西晉南，漢時爲河東地。又：《讀史方輿紀要》山西平陽府，蒲洲載：「龍門即河津縣，古耿邑，殷王祖乙嘗都此，後爲晉國，春秋時屬晉，二漢屬河東郡。」據此，司馬氏自周入晉，後遷少梁；漢時，夏陽又入河東，即今河津龍門地。

〈太史公自序〉：「遷生龍門，耕牧河山之陽，年十歲，則頌古文。」龍門山名，又名龍門山，即禹門口，橫跨黃河兩岸，東段在今山西河津縣西北廿五里。河津，春秋時，爲耿侯國地，晉獻公滅之賜予大夫趙夙，戰國時爲魏皮氏邑，秦置皮氏縣。西漢屬河東郡地，北魏改皮氏爲龍門縣。宋宣和二年改河津縣，龍門山橫亙河津縣西北。至遷自稱耕牧河山之陽，即指河津位於龍門山之南，黃河以北，按古代山南水北爲陽的方位說法，河津正在龍門山，黃河之陽（北），明確指出生於河津龍門地，乃河津龍門人。

二氏之文又舉《河津縣志》在「行政區劃沿革」記載：「明末全縣分四鄉：東名僕射（以唐代薛仁貴而名），西稱太史（以司馬遷爲太史令而名），南爲平原（以唐代薛瑄爲平原村人而名），北稱沃壤（以龍門山下黃河沖積沃野而名），民初時鄉人因司馬遷故里，而新封村在清澗灣近西關。故清，將清澗灣劃歸西關廂，一九五三年將清澗灣劃爲鄉，後又升格爲清澗鎮，以重前賢」之遺德。蓋亦指明司馬遷確爲山西河津龍門人也。

河津縣歷史悠久，人文薈萃，而司馬遷的著作，歷代縣志列爲榜首，如縣志〈文化著述〉載：「司馬遷之《史記》一千三百卷，有多種版本，全國各大圖書館有藏。」證諸《河津縣志》之記載，司馬遷爲河津龍門人，當爲第一手證據資料，二氏并以先賢詩、聯、論著等史料爲佐證。且舉近代文學家朱自清所著《史記精華錄》一書，對司馬遷家世考證綦詳，開首即述明「司馬遷是山西河津龍門人」。

徐、邱二氏合著：〈司馬遷是山西河津龍門人考略〉文中，特就陝西韓城芝川鎮、司馬遷墓、廟做申辯。指出，凡人之籍貫隸屬，皆以出生地爲據，不應以死葬地來定。此乃古今中外一致遵循之常理。司馬遷生於山西河津龍門，其籍貫自然是山西河津龍門。而持韓城說者，乃避開正常事理，而只談少陵，顯然有避出生地而就其六世祖後列祖列宗葬區，訛指爲遷之出生地，顯係失誤之論斷。

司馬遷既自述耕牧河山之陽，不僅有以生於龍門大好山河而自豪的熱烈情懷，且有以龍門而重鄉梓的歸屬感，更有點明鄉里原籍昭明後世的用意。

## 四　《史記》定名

縱擷諸家之讜論，司馬遷以刑後餘生（以《十七史商榷》考據，此說懸疑）。滿腔孤憤，堅持著史之心志，終砥於成，西元前九十一年完成這部「史家之絕唱、無韻之離騷」（魯迅評語）永垂不朽的鉅著《史記》……。

司馬遷雖有天縱之史學、史才、史識，但，他可能不曾推想身後把他的《太史公書》定名於《史記》，吾人稍留意於此一四易其書名的過程約爲：

《太史公》→《太史公書》→《太史公記》→《史記》（霍必烈《司馬遷傳》，頁四）

說司馬遷是我國古代偉大的歷史學家，並不爲過、自《太史公書》出，後世史書之作，無人能出其右，他以畢生精力，總結先秦史學的成就，適應統一的中央極權主義國家的需要，首創一部紀傳群分的《史記》。他留給我們這一珍貴遺產，至今仍爲我國廣大民眾及國際友人史學家之愛重，是全人類社會的重要精神文化財富之一。章實齋（學誠）以爲司馬遷傳《史記》，實有其傳承歷史文化之偉大使命抱負。信斯言之不謬已。（張新民《中華典籍與學術文化》，頁一八三～一八七）

至於竟有人（東漢末王允）說：武帝不殺司馬遷，使作謗書，流於後世！對於《史記》竟如是評價！而今大學文、史學系幸未因王允之「高」見？廢讀《史記》。這也不是司馬遷能預料的。王允與曹丕的對話，見於《三國志》〈魏志王肅傳〉：「允曰，昔武帝不殺司馬遷，使作謗書，流手後世，……曹丕問曰：「司馬遷以受刑之故，內懷隱切，著《史記》非貶孝武，令人切齒」。王肅對曰：「司馬遷記事、不虛美、不隱惡，劉向、揚雄服其善敘事，有良史之才，謂之實錄。漢武帝聞其述《史記》、取孝景帝及己本記覽之，於是大怒、削而投之、於今此兩記，有錄無書、後遭李陵事、逐下遷蠶室，此爲隱切在孝武，而不在於史遷也。」

以《史記》取代《太史公書》之名，似當首推荀悅於《後漢書》所說：「司馬子長（遷字）既遭李陵之禍，喟然而嘆！幽而發憤，遂著《史記》。」荀說一出，魏晉定名。

司馬遷之所以不朽，《史記》之所以傳世，最要緊的是司馬遷不單單是悶在書房裡的書呆子。他不僅是「紬史記石室金匱之書」，而乃有「百年之間，天下遺文古事，靡不畢集太史公」的方便，同時他更有積極進取，以生命力的活躍，行萬里路以消化、印證，考據他所享有的死的資料，形成他開朗的胸襟，豪邁的氣勢。正如宋。蘇子由（轍）上〈樞密韓太尉書〉所說：「太史公行天下，周覽四海名山大川，與燕趙間豪俊交遊，顧其文疏蕩，頗有奇氣。」

東漢．班固則說：「司馬遷采經摭傳，分散數家之事，甚多疏略，或有抵梧」。裴駰則爲之析辨曰：「亦其所涉獵者廣博，貫穿經傳，馳騁古今，上下數千載間，斯已勤矣。」而劉向、揚雄博稽群書，「皆稱遷有良史之材，服其善序事理，辨而不華，質而不俚，其文直，其事核，不虛美，不隱惡。故謂之實錄。」所以裴駰決定增演徐氏（廣）音義。采經傳百家并先儒之說，刪其游辭，取其要實，若義有可疑，數家兼列……時見微義，有能裨補云。

裴駰《集解》、司馬貞《索隱》、張守節《正義》、三家輔翼之文，是研讀《史記》之津梁。

## 五　三晉文化之華表——《太史公書》久遠標幟

司馬遷個人之精神人格，是三晉文化的一部分，三晉文化之基本人文精神是勤儉、愛國、忠義、重民、製造等幾種高貴品行。三晉人自古以來就傳承著日出而作、日入而息，刻苦耐勞、堅韌不拔、努力創造著物質文明和精神文化，開源不忘節流，以勤儉著稱於世。在《杜佑通典》、《山西通志》等文獻上皆提出三晉人之勤勞儉樸的贊詞。

臺北刊行之《山西文獻》五十一期有徐崇芳（大陸學者？）先生撰寫之三晉人文精神一文，歷述自古以來，三晉人物俊傑輩出：如漢之驃騎將軍霍去病（臨汾人）、唐之睢陽太守張巡（永濟人）、北宋呼延贊（太原人）、明代麻貴（大同人）、明末北京宣武門外之忠烈祠所祀之何廷魁（右玉人）、高邦佑（襄汾人）、張銓（沁水人）均爲名垂青史之民族英雄。至於漢之關羽、西晉裴秀、王績、張彥遠，其各有震鑠千古之氣節，不朽之藝文創作，詳情具見各人專史傳志。遜清，太原人閻若璩，其於古文尚書疏證，辨明經典之眞僞，徐繼書《瀛寰志略》有關華盛頓之碑銘鐫刻於華盛頓紀念塔之內壁。又戊戌六君子楊深秀（聞喜人）等名震中外，其道德文章，爲千古典範，於此勿庸贅敘！又山西人首創之票號，一時風行於全國錢莊（私家銀行）一度壟斷全國金融匯兌，可謂現代國際通貨（外匯）匯兌制之前驅，爲山西人贏得善經營理財之美譽。三晉人之優越品質，固已普及於上述五種人格精神之範疇。然而徐氏文末又引述二十世紀初二十年代名震文壇之高長虹（盂縣人）所說：「山西人有幾種壞習慣必須改掉，才有新生的希望，那就是保守、慳吝、狹隘、遲鈍。」徐氏以爲只要進行中西文化比較，內陸沿海文化比較，就清楚地看出自身的缺失。

談起「文化比較」，這是一個當前臺海兩岸中國人都必須嚴肅面對的切己問題。且引美國哈佛大學杭廷頓於一九九三年著《文明的衝突》第十九期〈二十一世紀〉文中指出「新世界的衝突根源，將不再側重意識形態或經濟、而文化將是截然分隔人類和引起衝突的主要根源。」

中國當前正在進行的現代化建設，是全球性現代化過程中極其重要的一環。中國的前途直接關係到整個人類的前途，是「新世界」東方文明重新展示文化智慧的關鍵，因此，文化建設的問題尤不能不特別加以重視。（轉引自張新民著：《貴州歷史文獻通訊》第十二期，一九九四年出刊。張新民著：《中華典籍與學術文化》，一九九八年一月，廣西師範大學出版社印行，錄爲該書序文）

基於此，可見徐崇芳先生爲檢討促進三晉人傳統習性之改善、提出中西文化比較論點，可見山西人（徐氏想必是籍隸山西吧）除了保守，但也求新求變對新事物之適應，自然不成問題。

徐崇芳先生深情地關注三晉人文精神，他就歷史傳統與現代國際化感染的交互影響，察覺山西人仍不免於傳統習性之束縛，至今還是較保守，機敏靈巧相對不足，並仍安土重遷，形成吝嗇之特質。

這些只是浮光掠影，只就山西同胞的日常生活規則，稍作激越之語。其實若深探底蘊，三晉人的精神內涵，則是前面列舉的忠義愛國，創造發明的優越品性，並爲世人津津樂道者。

今年承三晉地方熱誠歡迎「中國歷史文獻研究年會」在太原召開，同時與「三晉傳統文化之國際學術研討會」合併舉行，相信必能一如既往，三晉傳統文化與物質文明都將引致與會人士的高度注意，提供多面向之珍貴建言，或具體表現在各人所提供之論文中，吾人且拭目翹首敬聆佳音。

## 六　後記

《西京雜記》卷四、卷六：「司馬遷發憤作《史記》百三十篇，先達稱爲良史之才。其以伯夷居列傳之首，以爲善而無報也，爲〈項羽本記〉，以踞高位者非關有德也，及其序屈原、賈誼，辭旨抑揚，悲而不傷，亦近代之偉才。」又云：「太史公序事如古《春秋》法。司馬氏本谷周史佚後也。作〈景帝本紀〉，極言其短及武帝之過，帝怒而削去之。後坐舉李陵，陵降匈奴，下遷蠶室，有怨言，下獄死。宣帝以其官爲令，行太史公文書事而已，不復用其子孫。」

漢武、景二人因司馬遷之記其實錄，竟憤而投之、其不用馬遷之後人，是氣度狹隘的表現，後人（不一定史家）讀史至此，心中自有評騭。如清代學人錢大昕爲《史記志疑》撰序云：「太史公修《史記》，或以謗書短之，不知史公著書意在尊漢，以不虛美、不隱惡爲良，美惡不掩，名從其實，何名爲謗？且史遷而誠謗，則光武賢主，賈鄭名儒，何不聞議廢其書，故知王允褊心，元非通論。」

《十七史商榷》卷六、裴松之注引衛宏非是條云：「遷下蠶室，在天漢三年（西元前九八年，張新民考注）後爲中書令尊寵任職、其卒在昭帝初、距獲罪被刑，蓋已十餘年矣、何得謂下蠶室，有怨言，下獄死乎？與情事全不合，皆非是。」（張新民《中華典籍與學術文化》，頁一八六引）

「通古今之變，究天人之際」，可見司馬遷的《史記》乃是通古爲史的天人史觀，略古詳今是史遷實事求是活史精神的表現，《史記》這部書之所以能傳世不朽，司馬遷開創的史學方向之所以影響後世極深，正因全書貫串著這種可貴的求實精神，他筆下的人類知識之經驗系統已達到了相當高的可信程度。（張新民〈司馬遷的天道觀〉，頁一八八）

司馬遷的人文主義立場，主要是由於他精通天文曆法等，而將此自然科學知識聯繫在一起。當他試圖解釋社會歷史時，雖有某種程度的合理推斷，但這並不可能對歷史演進做出完全正確的結論。司馬遷研究社會歷史，是要「通古今之變」。這個包括自然現象的變化，總之，

《史記》全書都是通過對歷史人物和人文事件的敘述來說明，自黃帝以來至太初訖三千年歷史的變化。他治史的態度是嚴肅認眞的，《史記》述事的可信度是極高的。他紬史記（即先秦史書）石室金匱之書，據《左氏》、《國語》，採《世本》、《戰國策》述《楚漢春秋》，又南遊江淮，北涉汶泗，網羅天下放佚舊聞，在廣泛搜集整理大量資料基礎上，稽其成敗興壞之跡。（張新民《史記》謗書說駁議，頁一九七）

《太史公書》所呈現的是他胸中固有一天下大勢。司馬遷在旅遊全國時，不僅重視總的形勢觀察，也注意對個別人物的訪問……故劉向、揚雄贊他有良史之才，服其善序事理辯而不華、質而不俚，其文質，其事核，不虛美，不隱惡，故謂之實錄，其所以成爲一家之言者，其來有自也。

從司馬遷的自然天道觀及其進步的社會歷史觀、分析司馬遷觀察歷史和現實的思想基礎，說明他對漢代的褒貶、特別是對武帝的某些譴責，是忠於他的思想認識之實際的表達，不是因爲私人憤而有意誹謗。基於此，筆者感慨之餘，故乃諧擬列傳之體式而草撰兩篇遊戲之文，（見附錄原文）雖不值識者一哂，猶盼教正！

## 附錄

在撰寫本文之前，首先翻閱一本捷克人耶里克·卡勒爾著《歷史的意義》（黃超民譯，臺灣商務印書館，一九八八年出版）中篇論文，試圖在這本書裡讀到一些符合中國史學理論，如《史通》之理念，全書只分三章，一、意義的意義；二、歷史的歷史；三、歷史的意義。當然，我是走馬觀花的略閱一遍，竟未發現我想要的歷史理念之敘述。但，爲免滄海遺珠，我還是摘錄片段字句，藉便呈諸史學先進稍事瀏覽。

## （一）《歷史的意義》與歷史的批評

歷史主義來自兩個主要的源流，一是科學的，一是人文的，也就是生物進化論與浪漫運動。（捷克．耶里克．卡勒爾著　黃超民譯《歷史的意義》，頁一〇四）

在生物學的和人文主義的，這兩種進展上，我們發現事物的根本固定性之漸漸消失而成爲活動的，而其結果，歷史主義更使得這個趨勢加強且增廣。（《歷史的意義》，頁一五一）

第十九世紀是歷史主義的全盛期，批評的學理，規則的研究，均探本追源的去發現和收集原始的文件和碑銘。（《歷史的意義》，頁一五一至一五二）

在我們日常生活中，在大眾傳播的媒介中，在各種藝術中，到處均可看到相似的反歷史性的——或毋寧說是歷史性的——思想轉變。（《歷史的意義》，頁一五六）

進步概念，不由自主的鼓動起對於種種起源的探求，即是歷史主義。生物進化論和浪漫主義歷史哲學，使得實體的種種基礎成爲流動不定的。……再由於歷史主義和進步信念之促成它們的時間性深入，而獲得了增補，這兩者意指著種種現象，或藉著因果關係，或藉著併發關係，而融合爲種種過程。科學的因果律發揮了它的作用。它是來自古代和中古邏輯學的，而被運用到自然研究上，並且被認爲是自然進展過程的普遍模式。（《歷史的意義》，頁一六二）

歷史，就其本質而言，既不是歷史意識的成長，亦不是種種事件的純進展路程。它是這二者的交互作用；並且，歷史的歷史，乃是這種愈來愈擴展，且全然爲我們目前的生存，所固有的交互作用的記錄，而這記錄，有的是經過意識性記載的，有的是淪爲無意識的。（頁一六四）

今日之歷史理論家們，經常未能藉著歷史來正確的敘述他們所瞭解的，同時他們亦未能清楚的區別歷史研究和歷史本質。他們有的是把歷史和史學混為一談，而有的則談及歷史時，猶豫不決於記錄的工作，和已經被記錄的資料之間。（《歷史的意義》，頁一六四）

歷史家和哲學家，如今似乎均已同意，認為歷史並非是一門科學，且與科學毫無關係。最普遍的說法乃是：科學所關心的是普遍的，而歷史所關心的是個別的和特殊的。歷史的實體基礎是數目極多，且樣式極多的種種獨特現象——民族、個人、事件、條件等等所構成的；所以科學的處理，是無法藉著普遍律來比較它們的。（德國哲學家利科特〔Heinrich Rickert〕所提出）（《歷史的意義》，頁一六四）

在一般歷史觀點中，均未曾注意或不去注意歷史的種種不同的水平——因而，歷史的領域必然被認為只是事實和現象的混合，所有事實和現象亦必然被認為是具有同樣效能的。只不過在形式和性質上有顯著不同而已。（《歷史的意義》，頁一六九）

歷史的種種水平與人類存在的種種不同水平，是相一致的。有生理水平，而在這水平上，就我的附屬細胞和器官來說，我是一個普通的人，有個體的水平，在這個水平上，就我所附屬的較高級實體，團體或集合體而言，我是「一個人」。有團體、集合體的水平，有家庭、家族、種族、民族、國家的水平，就整個「人類」言，他們依次的均是特殊的、個別的實體，我們可以跨越許多居間的水平。例如：在各個人和他們的民族之間——各種制度、組織、集合體、工作單位等等；而，在各個民族和人類之間——種種文明單位或「文化」。這些水平，與存在範疇的種種不同的階層，是相一致的。（《歷史的意義》，頁一六九）

歷史意義的問題，即是人類意義的問題，人類生命意義的問題。我們生活在一個交叉路上，一方面通向西方的絕滅，一方面則通向人類的一致。是以，除非有過這樣的時刻，否則，我們今日實在正是要面對種種基本問題的時候了。（《歷史的意義》，頁一九一，全文完）

讀完這些文句，腦子竟一片空白，且有如墜入五里霧中，這或許是中西思維理念之差異。

# 馬端臨《文獻通考》遂讀蠡劄

## 一　引敘

嘗閱《四庫全書總目提要》：史部總敘曰：「……今總括群書分十五類，首曰正史，大綱也。次曰編年，……曰政書、曰目錄，皆參考諸志者也。曰史評，參考論贊者也。」《四庫總目》爲馬端臨著之《文獻通考》編次於史部政書類一。並依內府藏本全書爲之撰寫評介提要（提要）文字一千四百言。

「三通」（杜佑《通典》、鄭樵《通志》、馬端臨《文獻通考》）之爲著名古籍，雖家喻戶曉，然而予不敏，始於三數十年前，由同儕之稱說而聞其大略，及自軍中退役後，考入中國文化學院，瀏覽圖書館開架陳列之典籍，乃得見「三通」之正書。惟當時非課業參稽之必需，未曾對其稍加用心。走馬觀花，一掃而過，歲月奄忽，匆匆已歷二十五載，學程畢業後，終日奔競於生計之途，然自始至終，浪跡上庠，且忝充教職，但竟未再翻閱過「三通」之任何一種，眞汗顏無已悵憾奚似！

若非爲本屆中國歷史研究年會，提書面報告於大會，迺不知何時始再翻閱馬端臨之《文獻通考》，（緣個人早年之私藏僅《通典》與《讀通典》二書）只是一種擺設而已。最近時日於國家圖書館（原中央圖書館改稱）每涉獵「三通」兼及「十通」之掃視，乃悉其梗概，茲不贅引。

馬端臨字貴與，江西樂平人，爲宋之遺臣馬廷鸞次子，幼承庭訓，受父親之誨勉甚殷。每課責端臨以抄讀經史爲必習之業，碧梧精舍，積書連楹，端臨自幼寢饋其中，默誦沉潛，不一而足，日受其父課問，並延聘著名學人曹涇爲端臨授業、解惑！貴與才思敏捷，先以襲父蔭補承事郎，年方弱冠（十九歲）漕試第一，當再進京會試時，父贈詩殷勉之：「老病吾今業已衰，已還魏笏尚支頤。祝兒指日傳金榜，懷我當年別玉墀；殿陛詳延方龢俊，江湖空曠劇憂時，此行蹇諤論邦國，莫爲區區杏苑詩。」雖然廷鸞對其子厚望有加，但馬端臨終以孝行爲重，侍父疾而放棄會試。宋恭帝德佑二年（一二七六年）蒙古軍陷臨安（杭州）馬氏父子絕意仕途。元朝入主後有留夢炎者，昔日曾與廷鸞同朝爲官，入元，任吏部尚書、徵辟馬端臨，但爲貴與謝絕薦舉，足見貴與（馬端臨字）先生之思想人格，有先世之耿介逸氣，突顯其父子統整持續的性格，不爲利誘，清白自持。（徐飛龍：〈二十載核典籍志在會通〉）

## 二　試以人格心理反應蠡測馬端臨治學行事之風格

一、人格之意含：人格一辭由英文（Personality）翻譯而來，但也有譯爲性格者，它的涵義頗爲廣泛，無論一般人或心理學者，常持見仁見智的看法。因其立場角度不同各有所解。有些學者主張從心理學的觀點去探討，有人認爲應從內在潛意識上推論，也有人認爲應從外在行爲特徵上瞭解，這可說莫衷一是了。綜合賴保禎、楊國樞兩位心理教育學家的歸納解釋，人格之表徵乃是個體與其環境交互作用之過程中，所形成的一種持久性特質。析言之，所謂人格的意含約有以下五種性向的表現特質：一、人格的一致性，二、人格的統整性，三、人格的獨特性，四、人格的發展性，五、人格的持續性。

二、人格之表示：人的性型每因心理傾向的迥異，他的行事和別人就有明顯之不同，往往突顯其獨特之個性。但亦受外在環境之影響與適應，並由於經驗認知之差異，對其個人成長發展，而產生持續性的反應特徵。例如：少年期之人格特質，就是他兒童期人格特質的延伸；青年期人格特質，則是他少年期人格特質之擴大。心理學理論中，一項普遍爲人認知的推論：刺激反應的交互作用。即謂人們若受到某種刺激，就會產生相對之心理反應。而這種交互作用的因果，並不預作好與壞的假定。好的刺激或產生壞作用？但也能壞刺激產生好作用。（反應）

準此理則來探討馬端臨的人格特質與其終生行事，治學之心理傾向，他因國亡家隳之強烈地不良刺激，但卻激越他，仍應做第一等人的心理反應，爲實現其崇高的理想，唯有抱「立言」千秋之志向，光前而裕後。（賴保禎：《心理與教育測驗》）

馬端臨之先世爲宋宰相馬廷鸞（一二二二～一二八九年）氏爲南宋名臣，依宋史志傳：

廷鸞字翔仲，號碧梧，饒州樂平人。……淳佑七年進士，……遷秘書省正字……咸淳五年（一二六九年）拜右丞相兼樞密使。

斯時南宋衰相已呈，奸臣賈似道結黨營私，專橫跋扈，朝廷已處風雨飄搖之險境，廷鸞欲力挽危局，深得文天祥忠正之士的敬重，然終以勢單力薄，無補於事。

咸淳八年（一二七二年）憤而辭歸，返鄉後建碧梧精舍以爲書房名。入元不仕，元，至元廿六年卒，年六十八。廷鸞攻文辭，朝廷大制作多出其手，晚年自號玩芳病叟，有《碧梧玩芳集》、《六經集傳》、《語孟會篇》、《楚辭補記》諸書。

由於馬廷鸞之文章氣節高於世，直接影響馬端臨之人格心理。雖時移世變，徒呼負負，但其持志養氣之功傾注於《文獻通考》之撰著，尤其面對元朝統治者分各地區民族爲四等級，蒙古人、色目人、妓女、漢人。像馬端臨這些知識份子豈能甘心作二等國民？況列四等人以下：但形格勢禁，又能奈何？不如強忍內心之抑鬱，誓志維護傳統文化典章於不墜，他可能內心有預感，察覺蒙古人統治中國只是一時逆流之過渡，只可惜他不能及時看到元朝之疾速萎弱。但，有元一代是中國民間文學戲曲最發達的時代。而馬端臨卻壁壘分明地無稍著墨於純文學之創作。可能是懍遵父親生前的殷勉要他「蹇諤論政，切勿費心力於詩文之寫作」的訓誡之故。這也顯現他的心理人格承續了先人的意志遺傳。

## 三　悲憤家國遞嬗，矢志政典之匯通

馬端臨於《文獻通考》自序中，開宗明義引荀子的話說：「君子審后王之道，而論於百王之前。」他說：

考制度，審憲章，博聞而強識之，固通儒事也，《詩》、《書》、《春秋》之後，惟太史公號稱良史，作爲紀傳書表……。班孟堅而後，斷代爲史，無會通因仍之道，讀者病之，至司馬溫公作《通鑑》，取千三百餘年之事跡，十七史之紀述，萃爲一書。……然

> 公之書詳於理亂興衰，而略於典章經制，非公之智有所不逮也，編簡浩如煙埃，著述自有體要，其勢不能以兩得也。

這是他對於前哲治史，長短互見之溫婉的評述！而有別於鄭樵對班固的經詆，以至言辭刻厲，有失學人風度。他也沒有後之人章學誠之自負甚高，睚眥前人，出語譏刺。比之鄭（樵）章（學誠）二人，馬氏就顯示出家學淵源，教養有素，雍容貴重地儒雅風流。

馬氏人格特質與其心理反應，皆能統整一貫，表現卓爾不群之獨特性，其來有自也。

章學誠盛稱鄭樵《通志》，以爲「鄭志」有別識通裁，近於撰述；卻以「馬考」不明史意，無別識通裁寓乎其中；近於記注！如章氏之《文史通義》〈釋通篇〉曰：

> 文獻通考之類雖仿通典，而分析比次實爲類書之學，書無別載通識，便於對策敷陳之用。

關於章學誠對馬端臨通考的偏頗評述，金毓黻先生在他的《中國史學史》中有不同意章氏的說詞，金氏曰：

記注撰述之分實變動不居者也，前日視爲撰述者，正爲今日之記注，後日視爲記注者，亦即今日之撰述也。左傳，國語可視爲撰述矣，而太史公據爲史料，以修〈史記〉。

又曰：

章學誠視馬端臨《文獻通考》爲史鈔類纂者，蓋正其爲之不易也，須知必先有此等史鈔類纂之書，然後始具別識心裁之撰述，乃始易於措手。章氏尊揚通史，故重撰述，乃其必然之推論，但不宜用抑鈔纂之偏見，遽謂『專史』不得尸撰述之名，豈其然乎？豈其然乎？

金氏發微識大之平議，允稱得宜之論斷。

除了清、章學誠有抑馬端臨之論說，清光緒末劉錦藻撰《讀文獻通考》敘例二曰：「馬考體局完整，未易訾議，而亦有疏略失當者。」劉氏舉述以下諸事條如：

宗廟考私親條，以唐之章懷四廟，與漢之悼戾定陶並列：「則情篤本生，一則禮隆儲嫡，雖　典略似，而尊卑較殊，今於追尊追祔各廟外，別析出太子廟列諸侯宗廟之前入群廟考，體例始協。

這不失爲適切之摘伏！雖然，馬考乃仿杜佑之成規但離析其門類，增其闕略，似仍宜贊之爲前修未密，後出轉精之製作。杜著以精簡勝，馬著以詳贍勝。

又閱馬氏《文獻通考》自序云：

典章經制實相因者也……非融會錯綜，原始要終以推尋具故，乃能變通張弛，開展新獻……

這當爲馬氏詳於杜氏之緣由。又曰：

生乎千百載之後，而欲尚論千百載之前，非史傳之實錄其存，何以稽考儒先之緒言未遠，足資討論乎？雖聖人亦不能臆爲之說也。

這足以訂正章學誠譏其爲類纂之書的偏頗率指。貴與先生又說：

竊伏自念，業紹箕裘，家藏墳索，插架之收儲，趨庭之問答，其於文獻蓋庶幾焉！

他這種含蓄謙遜之言詞，非夾漈鄭氏，實齊章氏所能同日而與焉。

## 四　以「新史觀」度量《文獻通考》之評價

歷史不光是記載單調平敘事件、史蹟，歷史研究的目的在描述史實之餘，並能指出某事發生之前因後果，從個別的史實關連中重建過去，在研究歷史敘述的優美平實，關乎我們對待歷史的忠誠，而歷史解釋的條理詳盡則影響我們給予歷史的評價。沒有歷史敘述的串連，史實材料只是斷編殘簡。相同地，抽走歷史解釋，那他只是文字的堆砌了，歷史研究終將流於無形。雖然，歷史研究的工作，耗時費力不可計數。但在表達歷史「然」之現象後，尚能鍥而不捨追出其「所以然」，使歷史眞相大白於世，當算歷史工作的最佳報酬，並且是人類知識的一大成果。

而正史敘述的信、達、雅，是靠史料的仔細篩選消化的幫助，所以歷史工作最基本的還是史料的研究。……如何讓史料反映歷史的眞實面相，就需要運用各種方法、知識確認史料的眞僞、謬誤、偏差疑問的地方，考證乃成爲歷史研究不可缺的環節，而考證分爲內部與外部兩方面：外部是考定史料的眞僞，以確定其產生的時、地、人、事物有無相互衝突矛盾；內部主要是判斷內容是否與客觀事實相符。（段昌國，〈歷史研究與解釋〉《人文學概論》，二七〇頁）

杜氏《通典》、鄭氏《通志》誠爲史類政書之雙璧，但馬端臨《文獻通考》之書出，價重雞林、「三通」之名於焉大盛！引起後世學者研求「三通」在典章制度上之傳續、考徵、校讎等多方面之貢獻，不一而足。於是「續三通」之書出。承先啓後，再有清朝「四通」之制作，綜計前後，共有「十通」之大制作。不禁令人驚訝「三通」竟爲歷代之顯學盛行不衰。尤其馬端臨之《文獻通考》影響是多方面的，除了所謂「十通」之編目雖有出入，但體例大致相似。竊惟清初，康熙時陳夢雷編著之《古今圖書集成》（爲雍正所竊，詳見楊家駱爲鼎文版《古今圖書集成》卷首述旨一文。），享譽國際，外人稱之爲世界最完備巨大之「百科全書」。楊家駱爲之寫述旨一篇約一萬二千六百言，曾提及《古今圖書集成》之撰著受到《文獻通考》之影響，楊氏說：

陳夢雷自童年即致力「內聖外王」之學，（見《松鶴山房文集》〈徵仕郎卿領大賓斌侯府君行狀〉，其行事著書亦可見其確有才略）積漸醞釀至其五十二歲時，於是將十六世紀前之知識與歷史，構成一整合性認知之體系，遂開始爲六「彙編」之纂輯。其認知體系大致以天（《曆象彙編》），地（《方輿彙編》），人（《明倫彙編》），物（《博物彙編》），學術（《理學彙編》），政治經濟（《經濟彙編》）分六大類，此六大類顯受大學格致誠正修齊治平說之影響，而復分之為三十二中類，中類初稱「志」，後改為「典」，顯受正史諸志及〈通典〉、〈通志〉、〈文獻通考〉之影響。

又：

《古今圖書集成》原總目六彙編中三十二典下，均各列每典分部數及全典卷數，卷數則各典自為起訖，亦即下一典不承接上典計卷……。

楊教授細核全書原總目所計漏列八部實為六一一七部……「集成」各典卷數既自為起訖，合之則為萬卷。全部總字數一億六千萬言。楊先生並撰《集成學典》隨《古今圖書集成》傳世。

楊先生說：「駱通讀『集成』兩過，而五十年來撰述無一日閒，其於『集成』隨時檢閱，幾於日不去手，於是每思就所見書纂次『集成續編』亦所以繼先賢之偉業，步芳躅之後塵。使『集成』如《大英百科全書》之歷久常新也。」（楊家駱：《古今圖書集城》）

除了《古今圖書集成》受到《文獻通考》等影響，而乾隆時所纂「四庫全書」總目提要之撰寫形式，亦多受馬端臨《文獻通考》之按語的影響！

## 五　史學資料判別，仁智互見

按《四庫全書總目提要》對「馬考」引用史料，對其有失誤或不當之處，本文已於前三節中引敘仁智互見之觀點，不再重述。但擬就史料研究的觀點，略作引疏：一般史學資料之判別，常分爲三種，一傳說史料，一考古史料，一文字史料，或者說成一，直接史料，（又稱第一手史料或原手史料）一，間接史料（又稱第二手史料或轉手史料），不論哪一類史料，都因史料本身性質的不同，而有價值高低之判別。此外，還有區分爲有意史料，無意史料之說的。儘管史料區分各有說法，但無論其性質屬類爲何，一般而言，都有其一定之功用。則有賴史家之合宜的運用，而決定其價值之多寡。準此以觀，馬氏《文獻通考》之取材，雖多屬間接轉錄之史料，由於他能因人、時、事、地、物而制宜，都發揮了每種史料的功用價值。他以博聞強識之才學，考辨審識，酌予取捨，既求其會通，也注重其階段性，例如：在討論田賦制度的沿革上，他直抒己見，認爲隨在田之丁口納稅，而不問其田之多寡，指此制乃始於商鞅，而民之有田者納稅，不問其丁口多寡，這種制度始於楊炎。舉此辨白，乃能明瞭田賦制度相因變革的根由，在連貫性中顯示出其階段性。又在考察戰役的記述中，他認爲東周的里宰黨長，都是上級任命的有一定秩祿的官吏。如漢時「三老」、「嗇夫」，都是徵察上來的德高望重之名士。而後代特別是唐宋以來，鄉里戶役紛陳雜襲，干亂條律，莫能禁止。這就是職役典制的損益變遷之始末。這些制度所以弛張變革之故，是因爲古今異宜，當視實務之要而有因革者，與古制相去日遠。倘冥頑不化，一味恪守古訓，反至於煩擾無稽，黎民國家俱受其害，故而要在通中求其變，變中求其因。這顯示馬氏之史才、史識略優於杜（佑）鄭（樵）二人。

馬氏的思維推理，傾向於求眞求實之科學精神。允宜予以闡揚。《四庫總目提要》，按各朝代會典檔案的紀實，指摘馬氏：

> 於田賦考載唐租庸調之制。但查唐會要，開元十六年以後，其法屢改。載五代田賦之制，而據五代會要，後唐長興四年，諸道鹽鐵轉運興廢，而《後漢書》指建武七年罷護漕都尉，建初三年罷長山諸處何漕不載，其載唐代東都及鄭州諸處漕運措置，亦不及唐會要之詳。……又《漢書》，元封四年，詔舉茂才異等，始元元年遣廷尉持節行郡國舉賢良。永光元年詔舉樸質敦厚，遜讓有行者，光祿歲以此科第，郎從俱不載，學校考辨先聖先師之分，而唐會要貞觀廿一年詔以孔子爲先聖，顏回爲先師之制不載。至戰官考則全錄杜佑《通典》，而《尚書》之肆類於上帝不載……。

前已述及欲使資料騁其資用，在取捨審辨之間必因人、時、事、地、物而制宜之。姑且以馬氏自釋《文獻通考》題旨之意含的話以證，可見其斷章架構之新意，而於史識、史學，才具皆顯功力。他說：

凡敘事則本之經史，而參之以歷代會要及百家傳說之書，信而有證者從之，乖異傳疑者不錄，是所謂「文」也。凡論事則先取當時臣僚之奏疏，次爲近代諸儒之評論，以至名流之燕談。稗官之紀錄。凡一話一言，可以訂典故之得失，證史傳之是非矣，則采而錄之，是所謂「獻」也。則載諸史傳錄而可疑，稽所論辯而未當者，研精覃思，悠然有得，則竊著己意附其後焉，命其書曰《文獻通考》。

歷史評論家段昌國教授在〈歷史家的襟抱〉一文中有鑒於劉知幾、章學誠二氏，論列歷史學者必具之才器，慨吁自古文士多而良史少，段氏說：「唐劉知幾提出史家三長，清・章學誠在才學、識之外又加史德一項，章氏以爲史家若缺史德，穢書謗言等劣文將斥逐之清。」段氏於疏通劉章二氏卓爾不群的思見之後，他以爲歷史工作在於探求事實之眞相，史家若缺少宏偉的胸襟，寬大的氣量無疑畫地自限，阻礙察訪的目標，自然遠離歷史事實，歷史工作的準則在於求眞，存眞，博眞的實踐，它不同於一般文學創作，可以在想像中堆砌文辭，而史家得據事以載，秉筆直書。所以有「文人之文惟患其『不』己出，史家之文（史）惟患其『己』出」的箴言。歷史工作，正因爲具有迥異其他學科的特性，而歷史家秉持的工作態度，直接地影響歷史之正確與否？當我們明白歷史工作所應有的素養心懷，自然能在其史著中體會實情，同時也能避免落入溢美溢惡之詞猶不自知的窘境。（段昌國：《人文學概論》）

元世祖至元廿二年（一二八五年），馬端臨著手《文獻通考》之起草，此時宋亡已約十年，其父病逝後，馬端臨決意不出仕，但飽學之士，終不爲世所棄。況其早已矢志爲整理典故，傳播文化自期許，名震遐邇，被饒州慈湖書院延攬爲山長，後又任衢州路，柯山書院山長，兼爲臺州路講學。他辨難陳情，言如泉湧，聽者皆有所得，他奔兢於博道授業之途，卻縈懷繫心於歷代典章文獻之潛思探究，於是專志於《文獻通考》之撰述。馬氏藉撰著之業，寄託其心懷家國的情志，他雖旁徵博求浩如淵海的史典素材，但他引用前人著述之間常融會貫通。誠如司馬遷所說：「究天人之際，通古今之變。」他除了精通前代典章，並深識當世體要。馬氏深契有宋之世史學思想影響。於此當一回顧末代社會思想之取向：乃一方面繼承傳統史學，褒貶人物勸善懲惡，探究治亂成敗之跡，似爲有宋史學之主旨的共同趨向。這與其面對外族侵逼的威脅有以致此。是故「尊王攘夷」、「正統篡逆」的爭論，達至頂峰。溯自北宋時期深受「理學」影響的史學著作，把傳統之懲戒褒貶的治亂分析，變爲君主「有先王之治必反諸己，己正而物莫不應矣」的心術修養，以及「天地有常泣，運歷有常數，社稷有常主，人民有常奉」的正統辨別。南宋時期，程朱理學與浙江學派的相論，形成「會歸一理」明辨褒貶之義法。及經學與史學並論的對立情況。宋代理學勢力，一直影響著後世史學的發展。（段昌國：《人文學概論》）

馬氏一則講學各書院，一則浸淫蘊藉於《文獻通考》的構思，時當而立之青年，學兼經史，才思敏捷，有鑒於馬、班等先哲既已盡述史實之興替、又懍於孔子所言：「殷因夏，周因殷，繼周者之損益，雖百世可知也」的啓發，他乃著眼於唐．杜佑《通典》對上古以至唐代天寶年間的典章經制之匯通。認爲杜書綱領宏大，考訂該洽。但他也發覺《通典》於古今詳略有不宜，條目之間，未定明備，刊削史料，亦欠精審，敘述典制時，經文與傳注互相浸淫汩沒，瑕疵點點，未免遺憾。

## 六　閱讀《歷史文獻研究》蠡測箚記

### （一）「歷史文獻學」論說菁華舉隅

歷史、歷史學與歷史學家三者關係密切，有如三位一體，歷史學隨著歷史的發展而變化，因爲，每個時代的史學，都有其時代社會背景之特色，而歷史學本著經世致用的目的，也隨時想要對歷史的發展有所影響，但是，歷史學有時有過度與現實結合或與社會脫節的現象，以致產生流弊。歷史學所以無法像自然科學那樣客觀，是因爲史家，各有其獨立自主性，史家對當代歷史有不同關心的問題，也有不同的價值觀與其各自的立場，因此研究歷史，便有不同的歷史解釋，因而歷史學就呈現多元的發展，而人類歷史的眞相往往就在多元的歷史解釋中呈現出來。（李亦園等：《人文學概論》）

## （二）對當代史學重鎮「中國歷史文獻研究會」巡禮

近年來閱讀《歷史文獻學》上發表具有專精思見之論文，迺覺這一史學刊物之成分，涵蓋了全中國「歷史文獻」之豐腴園地。發表論文之成員包括老、中、青三代之傑出的史學鑽研者，茲引錄一、二以概其餘。

一、山西師範大學歷史系教授張玉勤的〈文獻辨〉之卓見。他說：「文獻內涵，從縱的方面看，它既有歷史發展的階段性，又有歷史發展的延續性，我們不能形而上學的對它。既不能把它侷限在舊的概念裡，認爲稍有變動，就是背離了它的內涵和外延，也不能否定它的歷史存在。正確態度是立足於今天，歷史的看待它的過去，辨證地認識它的本義，這樣，我們就不難消除分歧，對「文獻」達到一致的認識了。」

張教授的這段話，字字珠璣，鞭辟入裡，準此原則。以視馬端臨的《文獻通考》會自然地投契和洽。

二、中國歷史文獻研究會副會長趙吉惠教授在他的〈論文獻、文物對歷史認識的檢驗〉宏文裡開宗明義指出：「歷史認識有別於一般認識，或自然科學認識的特殊認識，它所認識的對象不是一般感官可以直接感知的客觀存在，也不是人們可以直接經驗的外界對象，而是已經逝去且永遠不再能重演的人物、事件和社會關係。因此，有些歷史學者就提出：歷史認識是無法用歷史事實證實的。……用文獻、文物檢驗歷史是常用的、基本的，也是行之有效的歷史認識的形式和方法。」趙先生的大作有若暮鼓晨鐘，振聾啓聵。

三、一九九四年出版之北京新五輯《歷史文獻研究》之八十一頁有〈文獻學理論問題筆談〉彙輯之專文，由正值青壯之年的歷史學者周少川、曹書杰、鄧瑞全、顧志華、趙吉惠、王酉梅等六先生執筆，各撰一段專研文稿，有如座談會上侃侃而談地發言記錄，亢奮婉約，兼容並蓄，可讀性極高，但絡以篇幅所限，無法一一鈔錄，不免有遺珠之憾！聊以箚記，志其事略，竊不敢藉識專家之文以自重，只是入門探路耳。

四、中國歷史文獻研究會劉會長乃和，也是陳垣研究室的主持人。她在「歷史文獻研究會成立十五週年」紀念專文〈談歷史文獻研究〉指出文獻研究的三個前提：一、要讀書。二、要學歷史。三、要作史學工作。可謂一針見血，直截了當。劉先生又在〈文獻工作的重要價值和意義〉一節中明白提示：文獻的研究在史學研究中占極其重要之地位，無論研究文學，還是研究史學，而「文獻學」都應作爲一門重要的基礎的，必須掌握的學問，不是可

有可無。」眞是空谷足音，開門見山，直若金聲玉振之迴盪。（劉乃和編：《中國歷史文獻研究》）

溯自前年，個人何幸，承我縣志編纂會之推薦，側席於歷史文獻學會與中原文化學術研討會。突然涉入一個新的學術領域，眞是既興奮又惶恐！重新學習與歷史文獻有關之一切學問，是我必須念茲在茲的心志。然而以一個史學門外漢，想要冒充內行，處處顯得扞格不入，我想需要以最大之耐心與信心，抱持終身學習的理念，加大步幅，不計個人力猶未逮之莽撞，前兩年從點校志書起手，撰述膚淺之箚記，今年則率爾以「馬端臨文獻考」之政典書爲閱讀範圍，試就遂讀遂記之方式，聊作筆札，且夾敘夾議，不顧體例之拘限，信筆所之。

在引敘一些有關史學論著箴言之後，當有旁徵博引之功用，且足以充實文獻談辨之佐助。欲稍涉入馬端臨《文獻通考》之堂奧，得自馬氏撰述這部書之時代背景與社會環境說起。

元朝初期和任何異族入主中原伊始，都會有些籠絡漢人的手段，亦如禮賢下士之故伎重施，只是花樣翻新罷了。元世祖至成宗之世，朝廷承認並提倡以儒學爲主之漢文化。元世祖忽必烈繼位之初，即設立翰林國史院，主持先朝史事之編修，全國統一後，朝廷又詔修遼、金、宋史，同時令朝臣以蒙古文翻譯《貞觀政要》、《資治通鑑》等史學名著，並令儒士進講歷代嘉言善政，及治亂興亡之原因，朝廷上下對名儒學者皆優禮有加，選通經史之士，量能授官，並由名儒主持國子監，地方學校亦恢復發展，有元一代雖僅短暫之九十年，但全國書院（公私合辦大學）七百餘所，文風鼎盛，超邁先世。尤其民間戲曲之純文學的發展空前絕後，馬端臨算是在學術自由的良好環境中，優遊涵泳，沉潛於文學文化的氛圍裡，二十餘年平靜生活，好整以暇的浸淫於著書志事，終於元成宗大德十一年（一三〇七年）完成了《文獻通考》三百四十八卷的輝煌鉅著。斯年馬氏已進入五十四歲之壯年。越歲，學人李謹思爲《文獻通考》作序，盛讚其書超邁群倫之特色曰：「鳩孱精粹，芟夷蕪翳，宿疑解駁，新義坌湧，自爲一家。」（樂平縣志藝文及金毓黻：《中國史學史》）

《文獻通考》著作完成後又過十年，即元仁宗延祐四年（一三一七年）七月，道士王壽衍銜朝廷之命尋訪有德行，才學之士，予以晉用，次年十二月王氏到了饒州，經當地名儒之推介，認爲：

> 馬端臨身懷有用之學，可稱濟世之才，所著《文獻通考》纂集古今，浩瀚賅博，殫集精力，用志良勤，關乎世道，有益後學，堪爲治國安民之學用。王氏於進表中盛讚馬氏曰：「議論本諸經史而可擬，其制度則會之典禮而可行，思惟所作之勤勞，恐致斯文之隱沒，謹謄書於楮墨，遠進達於蓬萊，幸垂乙夜之觀，快睹五星之聚。」（馬端臨：《文獻通考》）

王氏表呈，竟獲朝廷敕命雕版印行。此時馬端臨已晉老邁之年，親自校勘，歷三年歲月始告完成。時爲元英宗至治二年（一三二二年）六月，《文獻通考》刊行於世，馬端臨已六十九歲。他終能親眼目睹自己以畢生心力撰著之書問世，興奮之情不難想見。但也可能翻湧著憂國憂民椎心泣血的痛苦情懷，想必是十分複雜矛盾的，這顯然跟他的家世背景與其人格心態，有著糾結互動的原因。馬氏於其《文獻通考》刊行後他也許心事已了，溘然長逝於家中。貴與先生的行事可說在平常的生活中，雍容而安詳，未見其有何偏激反常騁其私心之記載，他全神貫注於著書志事，雖非閒雲野鶴之胸襟，但眼前俗務，孜孜名利非馬氏所亟求者，他只有：「君子疾沒世而名不彰」的念頭。他除了本身與人無爭，最令人欽敬的是他千萬言的著述中，對其父系以上之先人，幾乎隻字未加渲染性之稱述，這也許正是他以「貴與」名號之適如其分的表現！貴「與人」而賤「私己」也。馬氏不僅學術修養足以流芳千古，而其人品尤足以垂法後人於不墜。

## 七 《文獻通考》紀事——摘句為評

一、馬端臨《文獻通考》〈自序〉曰：

修史之難無出於志，誠以志者憲章之所繫，非老於典故者不能爲也。陳壽號善敘述，李延壽亦稱究悉舊事，然所著二史，俱有紀傳而獨不克作志重其事也，況上下數千年，貫串二十五代，而欲以末學陋識操觚竄定其間，雖復窮老盡氣，劌目鉥心亦何所發明，聊輯見聞以備遺忘耳。

馬端臨生當文獻故家，且身自躬親：「考制度於江左斯文極盛之餘，被補綴以朱黃，更錯綜以呂葉，深尋以眞魏，遠聘以周洪，陳陳相因，且唯且否，舊編屢脫，初稿頻抄」（《樂平縣志》〈藝文〉）

在江左文風衰微之時，馬貴與異軍突起，網羅眾家之說，博採朱熹、呂祖謙、葉適、眞德秀、魏了翁、黃震、洪邁、晁公武、陳振孫等學術精華，錯綜補綴，拓本求源，進而發揮自成一家之說。

二、乾隆十三年（戊辰、一七四八年爲重刻）爲《文獻通考》作序曰：「朕惟會通古今，該洽載藉薈萃源流，綜流同異，莫善於通考之書。其考覈精審持論平正，上下數千年，貫穿二十五代於制度張弛之跡，是非得失之林，固已燦然具備矣。

這對於馬氏之書所作持平之定論，也是貴與先生雍容大度，節概有常的人格寫照。至於《總目提要》所指馬氏書之缺略之失，乾隆序中也作了委婉之辨辭，他說：

帝王之治天下也，有不敝之道，無不敝之法，綱常倫理誠萬世相因者也，然忠敬質文隨時損益者也，法久則必變，所以通之者，比監於前代以爲之折衷。

從這段序文看顯示了乾嘉時代文風淳厚，文人學士之優容博洽，論事深致義蘊，是故序中三致圓融之詞曰：

有治人，無治法，師古者師其意，不師其跡，誠體此意，而因其可因，損益其所當革，因時以制宜，理得而事舉，則是編也，誠考據之資，可以羽翼經史裨益治道，豈淺鮮也哉。（乾隆戊辰重刻：《文獻通考》）

三、按《書目續編》序，有《郡齋讀書志》序之十五，〈讀書志與馬氏經籍考〉云：

經籍考迻錄衢本讀書志，然頗有改易。王先謙〈例略〉曰：「馬氏引此書，多增損字句。其任意移植，如併劉長民《解鉤穩圖》於一書，分《春秋》〈穀梁傳〉志語爲二事。（盛行於世以上入《春秋》〈穀梁傳〉，下自漢魏以來云云入《穀梁傳集解》下。）《春秋纂例》併入上條志語之末。史類總論取中段入正史各門總，而芟略前後，如此之類，全失原書本眞。

竊以爲王先謙略例之最後一句曰：「全失原書本眞。」在王氏治學的時代，也許是切中肯綮之評語，但以今日治學環境（時代潮流）而言，正是馬氏《文獻通考》的先驅學術觀。如果所引材料都保存原眞式樣，豈不正如章學誠所譏誚「馬考」只是「類書彙編」了。

除晁公武《郡齋讀書志》爲馬氏引用甚多外，而陳振孫之《直齋書錄解題》引用亦多，特舉《永樂大典》引「馬考」各條爲證。

四、予覽臺北世界書局影版《永樂大典》卷之二二五三七（九絹）（頁一）〈集〉文集名十四、《南陽集》云：「《文獻通考》〈南陽集〉二十卷。」陳氏曰：（蓋指陳振孫之書原文（略），以下同頁又：「《文獻通考》〈無爲集〉十五卷，別集十卷，陳氏曰。……」又：「《文獻通考》〈清江三孔集序〉四十卷，陳氏曰……。」《頁三》又：「《文獻通考》〈清溪集〉沈遘十卷，姚令威二百卷，陳氏曰……。」（頁五）又：「《文獻通考》〈長興集〉四十一卷同頁又云：《雲巢集》三集……。」以下同卷尚有《蘇魏公集》等十八種文集俱爲《馬考》引錄陳振孫之《直齋書錄解題》，原文茲不備舉。

《馬考》除引用晁、陳二氏之書原文，其引杜佑《通典》之書與鄭樵《通志》之書，未對原文有改易刪節者。

上所提晁（公武）陳（振孫）二氏之書，不僅爲馬端臨引用。而《四庫全書總目》等屢加引證，其重要可知（〈書目讀編序〉，頁一）。茲敘二書之要旨：（見（五、）項）

五、《郡齋讀書志》二十卷，附志二卷，目錄一卷。宋・晁公武撰、趙希弁撰附志，清・王先謙校刊本。今傳有衢本、袁本之分。二本各有所長，王先謙以袁本校衢本。益以《通考》所引及前人校語，今更以宋・淳佑本校於眉端……。」至宋・陳振孫撰《直齋書錄解題》二十二卷。清・武英殿輯《永樂大典》本。原書僅存殘帙、清・盧文弨綴拾叢殘，略復舊觀，亦未見傳本。現惟有武英殿輯《大典》本。益以《通考》所引。梁啓超曰：「晁志、陳錄，尤目所載，皆手藏目睹之書，研究宋代載集者，當視爲主要資料，視史志尤足重也。」（叢目讀編序，頁四）

閱梁任公推重晁、陳二氏之書爲手藏目睹之主要資料，而聯想到清末學人潘祖蔭爲《儀顧堂讀跋》撰寫之序。首句即以晁、陳二氏疏釋題旨曰：「晁陳解題，歐薛著錄各矜偏嗜，遂號專家，至若邯鄲圖籍，附以書畫之志，夾漈金石次於校讎之略……。牢膳雜陳，鮮能知味」。

潘文勤（祖蔭）與梁新會（啓超）二人文詞，若靈犀相通，輝映成趣乎？只可惜潘氏於指摘前人之際，卻不反省自身堆砌典故，味同嚼蠟。

## 八　書餘藉跋——斷章裁篇

《文獻通考》三百四十八卷次……端臨自序目錄後，余謙分書跋，自壽衍進書之後，泰定元年（一三二四年）始刊版於杭州之西湖書院，尚有訛缺，至元初余謙爲江浙儒學提舉，乃命貴與之婿楊元，就其子馬志仁家借本，與西湖山長方員同校，俾葉森董工，始成完書。其後有明．司禮監刊、禮部刊、及建寧慎獨齋刊，輾轉翻摹，不無訛舛，此則其祖本也。王壽衍，字眉叟，錢塘人，家世以武顯，壽衍少好道，年十五，張道陵後裔留孫之弟子陳義高爲梁王文學，見而器之，度爲道士，以至上京備受艱苦。成宗時，延佑甲寅（一三一四年）授弘文輔道，粹德眞人。戊申表上載侗六書故及此書。至正十年，壽衍卒，年八十一（見《忠文集》）。余謙里貫無考，元．刊六書統，六書溯源，詩學正韻，後皆有謙校補銜名，即此一端可見其職事修舉，惜他無可考耳。葉森，錢塘人字景修，嘗以賞鑒遊趙子昂之門，與王壽衍、張雨、薛元曦諸道士相酬唱，見元詩選小傳，西湖書院本，元文類亦有森校正銜名（〔清〕陸心源：《儀顧堂續跋》；元塹：《文獻通考》）。

拙文〈馬端臨《文獻通考》遂讀蠡箚〉撰寫之前，予雖泛閱經籍志，叢書集成等蒐輯相關資料，惟以倉促成篇，難免有抄纂稗編之譏，甚至所取資料亦未細察，編排未見巧思，但所徵引，大致無差。幸蒙知我之師友大雅方家或不以一眚掩，或不吝予以指正！曷幸盼焉！

一九九六年六月一六日於臺灣臺北新店，原載於《健康長壽雙月刊》

# 讀《文史通義》省文綴句舉隅
## ——章學誠之學術觀敘要

## 一　引言

吾國學術，源遠流長，載籍之富，蘊藏之豐、茫無涯涘！不有書焉之津逮，鮮有不興望洋向若之歎者。會稽章實齋先生《文史通義》，其於辨章學術，考鏡流別，端學人之趨向，明立言之指歸，洵宜先讀之書。（葉瑛〈題記〉《文史通義校注》）又：先生著述宏富，而自謂：「性命之文盡於《通義》一書」。（〈跋戊申秋課〉，《劉刻章氏遺書》卷二十九）

實齋之學，遠祖陽明（王守仁）、蕺山（劉宗周），近祧梨洲（黃宗羲）、思復念魯（邵廷采）。章氏所著〈浙東學術（派）〉一文，乃先生自道其學之所從出。講性命而兼攻史學，固是浙東學派一脈相傳者。（胡適《章實齋先生年譜》引庚申雜訂「浙東學派篇」）

章書《文史通義》著眼於挽救當時不良學風，如其「上辛楣宮詹」（錢大昕）書云：「世俗風尚必有所偏，達人顯貴之所主持；聰明才俊之所奔赴，其中流弊，必不在小。載筆之士，不思救挽！」其所謂達人顯貴之所主持，當指朝廷提倡宋學；聰明才俊之所奔赴，蓋指當時學者，多趨向漢學。宋學講心性，認爲「理在氣先」，離事物而言理，不免空疏；漢學講考證，治學不本於性情……乃皆爲當時學術研究競趨時尙之病，理當予以矯正。

雖然，學貴明道，而學問本乎性情。所謂「道欲通方，學貴自得」。故先生論學教人，最尊重個性，人生難得全才，得於天者，必有所近！從其性之所近，盡其力之所能。因以推微而之著，因偏以得全，此不拘於從入之途。人人可自勉焉者也。若夫，不問天質之所近，不求心性之所安，惟逐風氣所趨，而循當世之所尙，勉強爲之，固已不若人矣！世人譽之，則沾沾以喜。世人毀之，則戚戚以憂，而不知天質之良，日已離矣？（《答沈楓墀論學》〈遺書〉卷九）

## 二　述原道啓迪人文之教

章氏曰：道之大原出於天。天地生人，斯有道矣，人生有道，人不自知。《易》曰：一陰一陽之謂道，是未有人，而道已具矣。繼之者善，成之者性，是天著於人，而理附於氣，故可形其形，而名其名者，皆道之故，而非道也。道者，萬物之所以然，而非萬事萬物之當然也，人可得而見者，則其當然而已矣。人之初生，至於什伍千百，以及作君作師、分州畫野，蓋必有所需，而後從而給之，有所鬱，而後從而宣之，有所弊，而後從而救之……後聖法前聖，非法前聖也，法其道之漸形而漸著者也。三皇無爲而自化，五帝開物而成務，三王立生制而垂法，後人見爲治化不同有如是爾。

道有自然，聖人有不得不然，其事同乎？曰，不同。道無所爲而自然，聖人有所見，而不得不然也。聖人有所見，故不得不然；衆人無所見，則不知其然而然。孰爲近道？曰：不知其然而然，即道也。非無所見也，不可見也。不得不然者，聖人所以合乎道，非可即以爲道也，聖人求道，道無可見，即衆人之不知其然而然，聖人所藉以見道者也。故不知其然而然，一陰之陽之迹也。學於聖人，斯爲賢人。學於賢人，斯爲君子。學於衆人，斯爲聖人，非衆可學也，求道必於一陰之陽之迹也。

按：《淮南子》〈原道訓〉高誘注：「原本也，本道根眞，包裹天地，以歷萬物，故曰原道。」實齋先生固仍舊題，惟義多新創，其要旨，示例甚繁，本文僅錄十之一、二，或有以偏蓋全之失！惟先生〈與陳鑑亭論學書〉曰：「道無不該、治方術者，各以所見爲主。」（葉瑛注）

古之治原道者三家：淮南託於空蒙，劉勰專言文指，韓昌黎氏特爲佛老塞源，皆足以發明立言之本。鄙著宗旨，則與三家又殊。……古者道寓於器，官師合一，學士所肄、非國家之典章，即有司之故事，耳目習而無事深求，故其得之易也。後儒即器以求道，有師無官，事出傳聞，而非目見，文須訓故，而非質言，是以得之難也。（〈原道〉上、下）

先生於〈原學篇〉曰：「古人之學，不遺事物，蓋亦治救未分，官師合一，而後爲之較易也。司徒敷五教，典樂教胄子，以及三代之學校，皆見於制度。……」，夫治教一，而官師未分，求知易，而實行已難矣！……『夫子曰：吾嘗終日不食，終夜不寢，以思，無益，不如學也。』夫思，亦學者之事也，……蓋謂必習於事，而後可以言學，此則夫子誨人知行合一之道也。……後之時官師分，而諸子百家之言起，於是學始因人品詣以名矣！所謂某甲家之學，某乙家之學是也。學因人而異名，學斯舛矣！是非行之過而至於此也，出於思之過也。故夫子言學思偏廢之弊，即繼之曰：「攻乎異端，斯害也已。」夫異端之起，皆思之過，而不習於事者也。

諸子百家之患，起於思而不學，世儒之患，起於學而不思。蓋官師分，而學不同於古人也。學術貴能持世兒救偏，故宜以導虛之學矯其弊。張爾田云：「先生當舉世溺於訓詁，音韻、名物、度數之時。自盧恆幹之將亡，獨昌言六藝皆史之誼，又推其說施之於一切立言之書，而條其義例，比於子政辯章舊聞，一人而已。爲先生之學，則務矯世趨，群言殽列，必尋其原而遂之於大道。」此所謂「持世救偏」也。

按：實齋論學以爲必習於事，而後乃能經世而致用。然博綜須歸乎自得，從入多本於情。性有所偏，則所長不能兼備，極其所致，則以專家爲歸。故曰：「道欲通方，而業歸專一。」此「博約」所爲作也。劉咸炘〈識語〉曰：「章炳麟謂『《文史通義》遺害甚大，後生讀之，

但知抵掌談六藝諸子，繙閱書錄而無所歸宿』。此弊誠有之，但，坐不讀〈博約〉篇耳。」（葉瑛注引）

〈博約〉篇下：「或曰，子言學術，功力必兼性情，爲學之方，不立規矩，但令學者自認資之所近與力能勉者，而施其功力，殆即王氏（守仁）良知之遺意也……。王氏致良知之說，即孟子之遺言也，良知曰致，則固不遺功力矣。朱子欲人因所發而遂明，孟子所謂察識其端而擴充之，胥是道也。」或曰，孟子所謂擴充，固得仁義禮智之全體也。子乃欲人自識所長，遂以專門而名其家，且戒人之旁騖焉，豈所語於通方之道歟？答曰：道欲通方而業須專一，其說並行而不悖也。

## 三　倡公言實學喻於世

先生直截發其題旨曰：「古人之言所以爲公也，未嘗矜於文辭，而私據爲己有也。志期於道，言以明志，文以足言。其道果明於天下，而所志無不申，不必其言之果爲我有也。」《虞書》曰：「敷奏以言，明試以功」。誓誥之體，言之成文者也，此以言語觀人之始也。聽其言觀其行，《論語》〈述而〉曰：「士志於道。」

仲尼曰：「志有之，言以足志，文以足言，不言，誰知其志？言之無文，行而不遠，愼辭也。」夫子之言，見於諸家之稱述，而《論語》未嘗兼收，蓋亦詳略互託之旨也。夫六藝爲文字之權輿，《論語》爲聖言之薈萃，創新述故，未嘗有所庸心。蓋取足以明道而立教，而聖作明述，未嘗分居立言之功也。

周衰文敝，諸子爭鳴，蓋在夫子既歿，微言絕，而大義之已乖也，然而諸子思以其學易天下。由於道術既裂，而各以聰明才力之所偏，每有得大道之一端，而遂欲以之易天下。其持之有故，而言之成理者，故將推衍其學術，而傳之其徒焉。苟足顯其術而立其宗，而援述於前，與附衍於後者，未嘗分居立言之功也。章氏舉史證義例良多，茲擇首要，申其大略。夫子因魯史而作《春秋》，孟子曰：「其事齊桓晉文，其文則史。」孔子自謂：竊取其義焉耳。載筆之士，有志春秋之業。固將惟義之求，其事與文，所以藉爲存義之資也。世之識史遷者，責其裁裂《尚書》、《左氏》、《國語》、《國策》之文，以謂割裂而無當（出蘇明允《史論》）。世之譏班固者，責其孝武以前之襲遷書，斥之盜襲而無恥？（出鄭樵《通志》）此則全不通乎文理之論也。夫子曰：「我欲託之空言，不如見諸行事之深切著明也」。此則史氏之宗旨也。苟足取其義，而明其志，而事次文篇，未嘗分居立言之功也。

古人不著書，其言未嘗不傳也，治韓《詩》者，不雜齊、魯。傳伏《書》者，不知孔學。諸學章句訓詁，有專書矣，門人弟子據引稱述。雜見傳紀章表者，不盡出於所傳之書也。而宗旨卒亦不背乎師說。則諸儒者述成書之外，別有微言諸論，口授其徒，而學者神明其意，推衍變化，著於文辭，不復辨爲師之所詔，與夫徒之所衍也。而人之觀之者，亦以其人而定爲其家之學，不復辨其孰爲師說，孰爲徒說也？蓋取足以通其經，而傳其學，而口耳竹帛（即如今之傳播體之具），未嘗分居立言之功也。

世教之衰也，道不足而爭於文，則言可得而私矣，實不充而爭於名，則文可得而矜矣！不得不如是也。……古人之言，欲以喻世，而後人之言，欲以欺世，非心安於欺世也，有所私而矜焉，不得不如是也。古人之言，欲以淑人；後人之言，欲以炫己，非古人不欲炫，而後人偏欲炫也，有所不足與不充焉，不得不如是也。古人立言處其易，後人立言處其難，何以明之哉？古人所欲通者，道也。不得已而有言，譬如喜於中而不得不笑！疾被體而不能不呻，豈有計於工拙敏鈍，而勉強爲之效法哉。

《易》曰：修辭立其誠，……學者有事於文辭，毋論辭之如何？其持之必有其故，而初非徒爲文具者，皆誠也。有其故，而修辭以副焉，是其求工於是者，所以求達於誠也。

文，虛器也，道實指也。文欲其工，猶弓矢欲其良也。弓矢可以禦寇，亦可以爲寇，非關弓矢之與不良也。文可以明道，亦可以叛道，非關文之工與不工也。……聖人之言，賢人述之，而或失其指。賢人之言，常人述之，而或失其指。人心不同，如其面焉。而曰言託於公，不必盡出於己者，何也？蓋謂道同而德合，其終究不至於背馳也。……前人有言，後人援以取重焉，是同古人於己也。前人有言，後人從而擴充焉，是以己附古人也。仁者見仁，智者見智，言之從同而異，從異而同，殆如秋禽之毛，不可偏舉也，是以後人述前人，而不廢前人之舊也，以爲並存於天壤，而是非所得，自聽知者之別擇，乃其所以爲公也，君子惡夫盜人之言，而遽鏟去其跡、以遂掩著之私也。……

是〈言公〉之篇，論道不足而競於文，實不足而爭於名，其弊流爲盜竊。劉咸炘〈識語〉云：先生議論多被人竄取，故有此論，於是「氾濫文林，迴翔藝苑，離形得似，弛羈脫韁。」（《荀子》〈禮論〉。脫韁），馬服之革也。揚注：此言求神似，去拘束。上窺作者之指，下挹時流之撰，口耳之學既微，竹帛之功斯顯，窟巢脫足，遂啓璇雕，毛葉禦寒，終開組纂，名言忘於太初，流別生於近晚……隄防拯於橫流，必方舟而濟亂：（《莊子》〈山木〉：「方舟而濟于河。」《爾雅》〈釋水〉：「正絕流曰亂。」（注：「橫流而濟之也。」））推言公之宗旨，得吾道之一貫。

質言當今，放眼世界，即《荀子》〈樂論〉之文誼然！曰：「亂世之徵、其服組，其容婦、其俗淫、其志利、其行雜，其聲樂險、其文章匿而采……。」正是時下帝國霸權控制下，不分國界，任何一墮落頹廢地區之共通狀貌。在所謂「國際化」一詞掩飾下必然之醜惡。因爲各個國家民族文化迥異，是則不免彼以爲美，此以爲醜，彼以爲善，此則爲惡。社會習尚不同，人性之所近亦迥異其趣。推之於治學爲人處事，信念亦然。

先生於〈史釋〉篇云：「君子苟有志於學，則必求當代典章，以切於人倫日用，必求官司掌故而通於經術精緻。則學爲實事，而文非空言，所謂有體必有用焉！夫學貴專門，識須堅定。皆應卓然自立，不可稍有游移者也。攻習之餘，必靜思以求其天倪……求於制數，更端而究於文辭。反覆而窮於義理，循環不已，終期有得。」（一九七〇年，家書七，時年五十三歲）

## 四　樹「文德」以闡發敬恕之義

《遺書六》〈答問篇〉曰：「文人之文與著述之文，不可同日語也。著述必有立於文辭之先者，假文辭以達之而已，譬如廟堂行禮，必用錦紳玉珮，彼行禮者，不問紳珮之所成，著述之文是也。錦工、玉工未嘗習禮，惟藉製錦，工玉以稱功，而冒他工所成爲己製，則人皆以爲竊矣！文人之文是也。故以文人之見解！而識著述之文辭，如以錦工、玉工議廟堂之禮也。」此概見章氏之重著述之文，而輕文人之文，故於其〈文理〉篇則概乎言之：「夫立言之要，在於有物，古人著爲文章，皆本於中之所見，初非好爲炳炳烺烺之文，如錦工秀女之矜誇采色已也。」又於人〈答沈楓墀論學〉云：「文非學不立、學非文不行，所以攻文而仍本於學，則既可以持風氣，而他日又不致爲風氣之弊。」

由上述先生對文人之文、學術之文之示例，其所以提出〈文德〉之觀念，乃水道渠成耳。

非徒爲理念，且躬履篤行而不殆！何以驗證其言行一致？試以其說見之：「凡言義理，有前人疏，而後人加密者，不可不致思也，古人論文，惟論文文辭而已！劉勰氏出，本陸機氏說而倡論文心，蘇轍氏出，本韓愈氏說，而昌論文氣，可謂愈推而愈精矣！未見有論文者，學者所宜深省也。夫子嘗言：『有德必有言。』又言：『修辭立其誠。』孟子嘗論：知氣養氣，本乎集義。韓子亦言仁義之途，『詩』、『書』之源，皆言德也，……凡爲古文辭者，必敬以恕，臨文必敬，非修文德之謂也。論古必恕，非寬容之謂者，能爲古人設身而處地也。嗟呼！知德者鮮，知臨文之不可無敬恕，則知文德矣。

接本篇所論，與〈史德〉相發明、互出所見，爲文著史，皆當以德爲準繩，先生推崇史（文）德，以爲著書者之心術，不可不正，尤更慎惕。惟能慎其德行，常存敬恕之心，則褒貶予奪患秉至公，而人禍天刑可無顧慮，非僅視劉知幾之說而益進，且得春秋微婉知義。

當先生時，學者溺於聲音文字，相習成風，別樹漢幟，其極也，支離破碎，先生乃一言蔽之曰：「六經皆史。」窺先生之意，六經爲先生政典，孔子所以刪述之旨，實萬事著述之所從出，漢儒以禹貢行水、以公羊決獄，皆原本經義潤飾吏治，斯可見先聖經教，無不可措之行事者也。後之儒者，高言心性之學、既失之玄虛，而又斤斤於名物訓詁，亦不免爲苟取譁眾，博而寡要矣。（嘉業堂，〈章氏遺書序〉之光和孫得謙）

章氏既重著述之文，而不重文人之文，雖不同道學家之故爲高論，視爲玩物喪志。然亦不同古文家之溺於文辭，徒取詠嘆抑揚之致以自娛。答沈楓墀〈論學〉云：「今之宜亟務者，古文辭也。」彼亦如一般古文家相似，以提倡古文辭爲急務，〈文理〉篇云：「求自得於學問，故爲文之根本，求無爲於文章，亦爲學之發揮。」此說與方望溪所謂：言之有物與言之有序，頗爲相近。就其對爲學之態度言，先生與古文家之主張，相差不遠。

實齋先生雖稱揚古文辭，然其不贊同刻意執而不化，一味仿作古文體裁。彼且以爲文辭中雜有時文句調，乃無妨於古意，並認爲如此運筆，爲能合於古識。與邵二雲論文，以明其說意：「文人之心隨世變而轉移，古今文體升降、非人力所能爲也，……每見工時文者，則曰不辭古文，擅古文者則曰不解時文，如曰不能，此無足怪耳，並其所爲之理而不能辭。則其所謂工與擅者，亦未必其得之深也。僕於時文甚淺近，因攻古文而轉有窺於時文之奧，乃知天下之文理可通也。」（《遺書》補佚）

「古人文無定格，意之所至，而文亦至焉！文而有格，學者不知所以爲文，而競趨於格、於是以格爲當然之具，而其文喪矣。」（〈文格舉隅序〉）又曰：「古人論文多言讀書養氣之功，博古通經之要，親師近友之益、取才求助之方。」（〈文理篇〉）此所謂方（法）即是所以明其理，能明其理，自不致有種拘泥，來縛於古文家之所謂法。又於古文十弊舉例，及黠陋、俗嫌、雜說等所言不外二種意義：自己有卓則，不隨流俗，乃合乎義，當於事理。再者：不拘於摹仿古貌、突出古文家之「法」。（清．郭紹虞《中國文學批評史》第四篇）

## 五　章氏學書淵源有自

溯自實齋先生年輕時（乾隆卅一年丙戌，一七六六年），先生二十九歲，尚肄業於國子監。學文於朱筠，並寄居朱家，與同學程晉芳、吳烺、蔣秦樹、雍植等，爲燕談之會，自謂「晏歲風雪中，高齊歡聚，脫落形骸、不知有人世。」此爲先生黃金歲月，雪泥鴻爪之零縑。方其時，學植初奠，其與族孫汝楠論學書云：「讀書當得大意，年少氣銳、專務涉獵，四部九流，泛濫不見涯涘！好主議論，高而不切。攻排訓詁，弛鶩空虛，蓋未嘗不憪然自喜。以爲得之，……。」胡適認爲，此乃章氏早年重要文字，最可注意者。以下章氏一段話尤得窺其學術觀之一斑。「近從朱先生（筠）游，亦言甚惡輕雋後生，枵腹空談義理，故凡所授，皆欲學者先求徵實，後議擴充，……博詳返約，原非截然分界，及乎泛濫停蓄，由其所取愈精，故其所至愈遠！當卓然自立，以不媿古人，正須不羨輕雋之浮名，不揣世俗之毀譽。……一旦庶幾之日，斯則可爲知者道矣！未宜一一爲時輩言耳。」章氏學問之所以有成？胡適以爲得力於章氏早年立志爲學之有正確方針使然。（胡適《章實齋先生年譜》，頁一八，乾隆三十一年）

章氏生際考據風氣極盛之世，思有以救弊補偏，乃昌言課虛之學，其於文史之創見，近世學者，多能言之，乃就其書各篇要旨，及時賢修正之說，亦酌採取，略見其餘，惟實齋爲學之初衷，乃欲步趨邵氏（廷采、字念魯）萃合馬班文史、韓歐之文、程朱之理，陸王之學，以成一家之書。而其性耽史學，出於天授，發凡起例，多爲後世開山。

爰浙東黃梨洲氏，獨衍蕺山之傳，下開二萬兄弟，再傳而得全謝山，三傳而得邵二雲，惟實齋先生集其成。先生之學，其縝密繁博，或不逮吳皖淮魯諸儒遠甚，即其文事僿蔓，亦不如容甫輩之淵雅。然識足以甄疑似，明正變，提要絜綱，卓然有以見夫經史百家之支與流裔，而得大原。則有非諸儒所能諦言者。蓋吳皖淮魯之學，諸儒精於覈，而先生之學則於推。吳皖淮魯諸之學譎於析，而先生之學則密於綜。吳皖淮魯諸儒所用以爲學之術徑，惟先生能會其通！亦惟先生能正其謬。（吳興、劉承幹《嘉業堂章氏遺書》之三）

先生著《文史通義》書成，受當時人非議之窘狀，見其《上辛楣宮詹書》云：「學誠從事於文史校讎，蓋將有所發明，然辯論之間、頗乖附人好惡，故不欲多爲人知，所上敝帚，乞勿爲外人道也！……。惜，錢大昕（即辛楣）亦未賞識先生之史學見解。而其竟爲後人推重者，恐非先生所料及也。」

## 六　後記

《文史通義》所刻本，學識次子章華紱跋其書：「先君子幼貧甚魯，賦秉復孱弱，少從童子塾，日誦百餘言，常形亟亟！……塾師所授舉子業。不甚措意，塾課稍暇，輒取子史等書，日夕批覽。常自具識力，知所去取。意所不愜，輒批改塗抹，疑者隨時箚記以俟參考。

實齋先生勤讀力耕，乃收穫於後人，時非久遠，如請，宣統二年秋九月，霍邱王潛剛跋湖此通志稿曰：「余少讀《文史通義》，歎其隱木枯群書，甄明乖舛，辨章學術，疏通倫類，考古今述作得失之故，閒置短長，袪絀牴牾，……鎔治哲理，造論訓懿，可謂良史之才，博物善作者也。」

又：咸豐四年八月周爾墉跋曰：實齋先生《文史通義》內外篇凡八卷。刻於道光壬辰，而先生所著古文辭不與焉。敝篋中尚存實齋文畧一巨冊，皆先生手鈔以遺先大父，冀彼此互藏，以為傳世之計。」惟予所研讀《文史通義校注》為民國學人葉編次，漢京文化出版，友《新編本文史通義》為臺北華世版社印行。亦拙者《先秦儒學人本思想峯梁》初版亦經華世出版。越文版旋由越南河內國家大學等譯，尚未付梓。附贅語末，笑我宥我。

二〇〇三年六月十六日臺北初稿

# 河洛文化與民族命脈、神髓蟬聯

## 一 前言

爰就比年陸續發現文物史料佐參，中華文化的孕育成熟，當再評估其發生年代，及其成長因素之淵源所自，尤其在年代推論上，似當更上溯數千年。茲特採擷高明先生撰述「中文百科全書」序之大略。從地緣關係審度中華文化孕育於河洛文化之大要：

古之所稱河洛，乃指現代河南省各重要地區之簡括義吾人可以開門見山，顧名思義說：河洛者，河南洛陽哉！「河南地處九州腹地，號爲天下之『中』」何以故？乃以其山川形勢所說，河山拱戴，形勢甲於天下也。試披閱歷史、地理素材以觀，河南曾是長期爲中國政治經濟文化中心。早在數萬年前，我們的祖先就在這片肥沃的土地上勞動生息、繁衍，到了五、六千年前，這裡的原始村落已是星羅棋布。在我國史前文化和進入文明社會後的文化發展過程中，中原文化尤其是其中的河洛文化，始終發揮著中心作用和導向影響！並因而成爲華夏文明的核心。可說是炎黃文化的發源地，和深遠而豐富的民族文化的奠基石。

以華夏民族爲主體的中華民族各地域文化，都或多或少的與中原河洛文化有著淵源和聯繫，而中原河洛文化經過夏、商、西周、東周、西漢、東漢、曹魏、西晉、北魏、隋、唐、後梁、後晉等十三個主要王朝的發展，乃澤被全國、擴及整個神州大地！姑且以臺灣全境散居之閩南族群或客家族群，都自覺其祖裔皆源始於河洛系脈！近世以來，又自大陸、東西南北各地區擁來臺灣之數百萬新住民及號稱有九個族系之原住民，大家通婚雜居、互市、和睦相處，乃形成一新文化體卓越之社群，生命之共同體。吾人當欣幸此一難能可貴的民族文化鎔冶之機緣。

凡所見地球村內任何一族，爲維護其生存，改善其生活，促進其生計，綿延其生命，都會憑其天賦智慧創造各類佐助其美好生活之事物，並滋潤其本能文化思維，蛻化爲文明張本。

試一回顧我中華民族成長歷程，自遠古之世，我先民聖哲即啓蒙導引全民族，融溶一體，共同締造，福利家國，榮顯開椕個人業績。

按：《易》〈繫辭〉所透析初民創見之明智功業曰：「神農氏作，斲木爲巢（耜），揉木爲耒，耒耨之利，以教天下，蓋取諸『益』……（卦）。」

在神農之前，庖羲氏就已充分顯見我先氏之智慧，感應於天賦，記錄於《易》〈繫辭〉

云：「古者庖羲氏之王天下也，仰則觀象於天，俯則觀法於地，觀鳥獸之文與地之宜，近取諸身，遠取諸物，於是始作八卦，以通神明之德，以類萬物之情，作結繩而爲網罟、以佃、亦漁，蓋取諸「离」。

從「离卦」之〈繫辭〉，可見庖羲氏時代，先民已自原始時穴居野處、鑽木取火、宿命天聽的原始爭鬥躍進於游獵生活，進而開發畜牧農業惟仍止於「神」權時代。

在「益」卦〈繫辭〉傳曰：「黃帝、堯舜繼作，乃更通其變，使民不倦，神而化之，使民宜之。」

吾人當知神農氏時代，我民族已進於農業社會，人們日中爲市，致天下之民，聚天下之貨（以物易物），交易而退，各得其所。蓋取諸「噬嗑」。往後工、商亦隨農業而俱進。又，神農嚐百草、醫藥肇興，這當視爲生物學知識之啓蒙。因而啓迪民族文化之發展。

世傳黃帝命大撓作甲子，倉頡作文字，伶倫定律呂，隸首定算數，並咨岐伯作內經，創醫藥之方，此爲繼神農百草之後，把生物科學研究，創發醫藥寔用之方法或記錄施藥之處方。方其時，嫘祖（帝妃）育蠶治絲，創衣裳之制，顯見人類文明，畢具大備。

司馬遷撰《史記》，本紀則以黃帝居首，陝西、橋陵黃帝之冢墓尚在。我同胞每自以爲黃帝子孫。據考察得悉，黃帝之支裔族姓，其可資鑑者約一千八百餘世系，其綿聯之後者爲高陽顓頊氏，高辛帝嚳氏……而至堯、舜即司馬遷之所謂五帝。孔子訂《尚書》，始於《堯典》，繼之以商周之書，清末光緒年間，於河南安陽之小屯，即盤庚以來，殷商之故墟發現甲骨卜辭，羅振玉、王國維等據以考《尚書》、《商書》及《史記》。殷本紀中，所載殷商之人與事皆非向壁虛造，蓋其來有自焉。

前臺大教授、中研院士、甲骨文大家董作賓曾經校訂陰曆譜，於是乃考知《商書》、《堯典》之可信（見《平廬文存》卷一）。孔子熟讀唐、虞、夏、商、周之書，集古代中華之大成者，乃即中華族緒之神髓，此與河洛文化蟬聯，義蘊脈絡之可稽也。孔子讀《易》，竟韋編三絕、良有以也。孔子上承庖羲氏，肯定周文王思想，刪詩書、訂禮樂教弟子三千，傑出者七十有二賢，其高足弟子亦兼通《易》與《春秋》，後世乃以六藝推崇爲中華文化之精華，歷數千年而仍輝光日新，且大行於中國，此蓋因孔氏傳揚有以致之。

方今，中國大陸正大力推闡廣設「孔子學院」於全地球村中。未來地球村新世代，人類文明必更發皇！筆者以爲新世代之地球村，於其推廣孔子學說，中華文化之外，而歐美、非洲各地區遠古時期的先哲同樣締造了巴比倫文化、埃及文化、印度文化，不過這些古人類之遺跡文明，早已先後蛻化衰落，代之而起的乃希臘文化、羅馬文化、希伯來文化，這些盛極一時新生文明，又被後起之拜占庭文化、波斯與阿拉伯文化所取代。中古之世歐洲陷入「黑暗時代」，教皇攬權霸政，壓迫人類思想心靈之桎梏！物極必反，終致掀起「文藝復興」運動。由先前之神權霸政轉爲理性時代，後世嘉諭爲「人文主義」文明。但，工業革命，科技發達，由人工生產邁進機器生產，而亞當斯密「原富」論之經濟思維、資本主義擴張於歐美，並逐漸侵入亞非澳諸地區。由於資本家剝削廣大之勞工人群生產所得，使富者愈富，貧者竟淪爲赤貧——失業者生計煎迫，憤而罷工！使勞資對立，致使社會共產思想瀰漫，馬克斯共產主義宣言，烜赫於時歷經百數十年之驗證，在俄羅斯地區宣告失敗！在中國則爲毛澤東搞「人民公社」、「文化大革命」，經過十年災難，證明共產主義不適合於中國，至鄧小平乃主張開放經濟、修正爲「具有中國特色的社會主義」。復經江澤民、胡錦濤篤行踐覆，經濟發展迅速、國家漸趨富強、擺脫西方殘餘之資本帝國主義政軍威迫，故西方發生經濟海嘯般風暴，中國幸未遭此經濟連鎖禍殃！

美國歷史學家桑戴克博士（Dr. Lynn Thorndike）在其《世界史綱》中云：「中華文化自孔子以前傳至今日，歷數千年而連續無間，此實爲文化史上絕無僅有之一現象！此文化曾迭受亞洲之游牧民族的摧殘蹂躪，而猶能巍然獨存，其根柢之深厚可知矣。」

在河南之中原地區，洛陽曾是千年帝都，爲中國建者時代最早、朝代最多、年代最長之古都，洛陽之龍門石窟爲中國三大石刻藝術寶庫之一，此外，這裡發掘十幾座古城址，有近千處的古文化遺址，有數萬座古墓葬出土之文物達數十萬件，先民所遺之寶貴文化遺產，都是歷史之眞見證。

《易經》〈繫辭〉：「河出圖，洛出書，聖人則之。」孔子曾感慨曰：「河不出圖，洛不出書，吾已矣夫！」後來河圖洛書被南宋朱熹列在《周易本義》卷首，從此家傳戶誦。河圖洛書是人類文明之瑰寶。不過至今，還無人能伸確切之解釋，大陸著名數學家華羅庚教授曾從數學的角度提出過：「河圖洛書，可能作爲『地球村文明』和另一星球交流的媒介。」最近掀起火星探測熱潮，若干年後若眞能探得另一星球有人類生存，而華羅庚之預言或可期其兌現矣。

中原地區是中華民族的發祥地，中原文化（或稱河洛文化）是中華民族文化的主體，以孔子爲代表的儒學，以許慎《說文解字》爲代表的文字訓詁之學，以李斯小篆爲代表的漢字書法藝術，都發源於黃河中下游，隨著歷史變革和民族遷徙，中原（河洛）文化逐漸與少數民族文化和地方文化融合在一起，形成以中原（河洛）文化爲主體的華夏文化。至今仍蓬勃發展的江南文化、東南沿海文化、臺灣文化，以及傳播到世界——地球村中之漢文化（以孔子爲中心的儒學）都與河洛文化有密切之淵源關係。

## 二　文化道統裔脈相承

黃河流域是中華民族的搖籃，也是中華文化的發源地，所以產生於黃河流域的中原（河洛）文化無疑是中國最古老的文化，甚至可強調爲中國的核心文化。

古代人把黃河中下游及相近的地區統稱爲中原，但是隨著歷史的變遷，現代人往往把中原、中州等同於現在的河南省這塊祖國的腹心地區環繞此一中心約方圓五百里的廣大範圍，大體相當於現在的河南省以及山東省西南部的一部分，並包括今河北、山西、陝西、湖北、安徽與河南相鄰近的部分，皆可謂之中原，併爲中國中部地區之泛稱。

就考古發掘大量的文物見證從新石器時代有裴李崗文化按其時序來看，至今已有七千至八千年之久，裴李崗文化遺址遍布現在黃河南北約二百多個縣，是中原地區最早的文化。一九二一年在河南澠池縣仰韶村發現的仰韶文化，距今也已五千至七千年；又，河南龍山文化，距今也有四千至五千年。二里頭文化，因爲河南偃師二里頭發現而得名，其淵源是龍山文化，其絕對年代在西元前一千七百至二千年。中原遠古文化同其他地區的遠古文化一起，形成了中華民族優秀的早期文化，吾人深切體認肯定爲歷史悠久，內容豐富的卓越文化，並願呈現於地球村新世代所典藏。

上述裴里崗、仰韶、龍山、二里頭文化，都分布在黃河中下游地區，它對其周邊文化，都產生過巨大的影響。文化不是孤立的、封閉的，中原（含河洛語意）地區周邊文化，必然影響中華民族全民文化，並也吸納多種類之文化，使其本體不斷的更新興替，歷久不衰；這正如前述美國歷史學家桑戴克對中華文化之欽讚，良有以也。

## 三　中華文化孕育之突出人物

先秦時期的中原地區，儒、墨、道、法並興，百家薈萃，開中華民族古代文化之先河。略舉各家之代表人物：

老子（李聃），河南鹿邑人，舉世聞名之《道德經》寫於河南靈寶之函谷關。老子為哲學家、思想家、教育家（若就《老子》一書研析其文義，他也算政治家），其學說體系博大精深，他是最先提出本體論的古代哲學家，他的辯證法思想為古今中外所稱頌（約二十年前美國發起推選世界十大哲學名著《老子》一書膺選第一！）。

莊子，祖籍河南商丘，他發展了老子思想，倡導相對主義，並為世人所稱道。

吾人試讀二十五史，其記載天文氣象曆律資料之詳備，世界上孰可與我相比？吾人試讀十通，其記載氏族、禮俗、政治資料之詳備，世界上又孰可與我相比，此僅就自然科學與社會科學若干資料而言，已可知其內容之豐富如此，尚能謂我中華文化無永恆之價值乎？

按：《易》〈序卦〉曰：「有天地，然後有萬物；有萬物，然後有男女；有男女，然後有夫婦；有夫婦，然後有父子；有父子，然後有君臣；有君臣，然後有上下；有上下，然後禮義有所錯。」可見先氏之探索人道以人倫之體認為先，至孔子時，人倫之觀念已大定，魯哀公問政於孔子，孔子答以「爲政在人，取人以身，修身以道。」且告以天下之達道五：君臣、父子、夫婦、兄弟、朋友，五者天下之達道也（《禮記》〈中庸篇〉）。於是五倫之說乃大行於世，欲修五倫之道，則宜行「十義」，即父慈、子孝、兄友、弟恭、夫義、婦德、長惠、幼順、君仁、臣忠是也。此十義者，乃就五倫之相對方面，行之各得其宜之謂（《禮記》〈禮運篇〉）。既修「十義」更益之以講信、修睦、尙辭讓、去爭奪。而天下、國家不難治平矣！

孔子教弟子，既示以人倫之體認，又進而告以「人性之追究」。語及人性，孔子僅言：「性相近也」（見《論語》〈陽貨〉）而未言人性爲何如？後學者沿而究之，其說紛紜。言「人性有善有惡」者，世碩也（見《論衡》〈本性篇〉）；言「人性無善無惡者」，告不害也（見《孟子》〈告子篇〉）；言人性傾向於善者，孟軻也（見《孟子》各篇）；言人性傾向於惡者，荀況也（見《荀子》〈性惡篇〉）；言人性無有不善者，莊周也（見《莊子》〈繕性篇〉）。終東周之世，未有定論也。

宋、元儒者，承隋唐之後擷取玄學中言「無」、言「道」、言「自然」之思想，擷取道教中言「虛」、言「眞」、言「無極」之思想，擷取佛法中言「空」、言「識」、言「眞如」之思想，融會貫通，別立體系。以言儒家之「人道」，乃致「人道」之談亦入於高遠精微，閎通而深妙。此即宋代興起之「道（統）」學，「理學」非僅思辨講說之事，所重實在踐履、篤行，與夫「人格」之陶冶，故宋元儒者精神生命之超卓，道德境界之高遠，乃勝於前。

若藉「篤行、踐履」品格超卓，定慧之律，堅毅至上以況之現代政治人傑，在中國當推胡錦濤、溫家寶，在他國則以歐巴馬（美總統）爲地球村所矚目之偶像。時下臺灣，無分朝野人才倍出，惟不便侈談。

我中華文化之精神爲何？乃於上述：特重視人道之探索，民族神髓之聯貫，如：「人倫之體認」、「人性之追究」、「人品之敦勵」、「人生之昇華」、「人格之陶冶」、「人生之研尋」諸端，可以一言蔽之曰：「人文精神而已！」析言之，則有三：曰「中」、曰「誠」、曰「仁」。我中華民族以「華」爲名之故，上已言之。其以「中」爲族名者，非僅謂其居於四夷之中或居於天下之中也，實以「中」爲我民族之德性，爲我民族之理想，乃往古聖哲相繼倡導與培養，遂成爲我民族之文化精神，而我民族亦因以得名。《論語》〈堯曰篇〉載，「堯曰：「咨爾舜：天之曆數在爾躬，允執其『中』，四海困窮，天祿永終。」舜亦以命禹。是堯以舜，舜以命禹者，皆爲執持此一「中」字，《尚書》〈大禹謨〉載舜以命禹之辭曰：「人心惟危、道心惟微、惟精惟一、允執厥中。」此即後世所謂「十六字心傳」者，其重心仍在一「中」字。孟子稱「湯執中、立賢無方（見《孟子》〈離下〉）」，是知湯亦執中。《論語》〈雍也篇〉載孔子之言曰：「〈中庸〉之爲德也，其至矣乎！民鮮久矣。」孔子始提出「中庸」一辭，又以「中庸」與否爲辨別君子與小人之標準，嘗曰：「君子〈中庸〉，小人反〈中庸〉。「謂舜能「執其兩端，用其中於民」，指一般人「擇乎〈中庸〉，而不能期月守」，謂

「天下國家可均也，爵祿可辭也，白刃可蹈也，〈中庸〉不可能也」，極言「中庸」之難爲。以「過」與「不及」爲非「中」，賦與「中」以明確之定義，謂君子依乎「中庸」，故能「遯世不見知而不悔」，又謂：「君子和而流，中立而不依」，故爲強者。又言顏回爲人「擇乎〈中庸〉，得一善則拳拳服膺而弗失」（上述並見《禮記》〈中庸〉），對「中」道之思想可謂發揮盡致矣。孔子孫，子思更作〈中庸〉一篇稱「喜怒哀樂之未發謂之中，發而皆中節謂之和，中也者，天下之大本，和也者，天下之達道也，致中和，天地位焉、萬物育焉！」直以「中」爲性，道之本原，極言其功化之大。孟子繼之言「執中無權，猶執一也。」（見《孟子》〈盡心上〉）使「中」道之思想更臻圓融。此「中」道之思想，《周易》中已甚顯見，所謂「時中」、「位中」觸目皆是，凡「中」則吉，違「中」則凶。「中」者云何？則恰到好處之謂也。自宋以後，列〈大學〉、〈中庸〉於四書之中，與《論語》、《孟子》爲士子必讀之書。而執「中」，用「中」之思想更深入於中華民族每一分子之潛意識中，而成爲中華文化之基本精神矣。大學言「脩身」，先以「誠、意」，所謂「誠其意者，毋自欺也」，「毋自欺」，則眞實無妄，而其心正矣。〈中庸〉言「明善」、「誠身」，謂「誠者不勉而中，不思而得，從容中道，聖人也，誠之者，擇善而固執之也。」以前爲「自誠明」，出於先天之本性，後者爲「自明誠」出自於後天之教育，又謂「唯天下至誠，爲能盡其性，能盡其之性，則能盡人之性；能盡人之性，則能盡物之性；能盡物之性，則可以贊天地之化育」此則就「誠者」而言其功化者也，謂「其次致曲」，曲能有誠，誠則形，形則著，著則明，明則動，動則變，變則化，唯天下至誠爲能化，此則就「誠之者」而言其功化者也；謂「誠者物之終始，不誠無物」，極言「誠」之爲貴，謂「誠者自成也……誠者非自成己而已也，所以成物也……合外內之道也」，此言修己、安人、內聖外王之道，無不出之於「誠」，謂「至誠無息，不息則久，久則徵，徵則悠遠，悠遠則博厚，博厚則高明」，此就「誠於中形於外」，而極言其徵驗——悠遠、博厚、高明——可與天地宇宙同其德用也。宋儒周敦頤據此，遂以「誠」爲宇宙之本體，以其出於《周易》之乾元、純粹至善、無爲，而爲善惡之幾，發微不可見，充周不可窮，乃性命之源，五常百行之本（見通書），於是理學家乃無一不言誠，而此其寔無妄之「誠」道，遂入於中華民族每一分子之內心深處，形成爲中華文化之基本精神。仁字以从人二，二人相處，彼此唯相親相愛，始能獲得關係之美滿。父愛其子則慈、子愛其父則孝、父慈子孝，則父子之關係必美滿，推而至於兄弟、夫婦、長幼、君臣、師生、朋友之關係皆然。能愛人者，亦必爲人所愛，則彼此關係必諧和而美滿，一家庭中人人相愛，則其家安得而不齊？一邦國中人人相愛，則其國安得而不治？天下人若果相愛，則天下又安得而不平？人人皆知愛其家人，如能推其愛家人之心，以愛國人，則國內人人相愛，國自治矣，此即所謂「家齊而後國治也」。人人皆知愛其國人，如能推其愛國人之心以愛天下人，則天下人人相愛，天下自平矣，此即所謂「國治而後天下平」也。中華民族此種崇高之理想，皆由一念之「仁」推衍而出。孔子謂：「夫仁者，己欲立而立人，己欲達而達人，能近取譬，可謂仁之方也矣。」（見《論語》〈雍也篇〉）……中華文化既以「中」、「誠」、「仁」爲其基本精神，二千五百六十餘年來，都無異辭。

我中華民族之生命，既如是之悠久，我中華文化之氣運既如是之宏闊，我中華文化之內容既如是之豐富，我中華文化之精神既如是之高卓，我中華之祖先，歷盡艱苦所獲得之經驗，費盡心血所創造之智慧，我中華民族已享用之數千年。吾人且欲將此完美文化之結果，奉獻於「地球村」新世代人群，參詳之，應用之！使未來之「地球村」人群受益無窮。

# 臺灣與河洛文化之淵源

頃翻閱二〇〇二年十月十五日至十七日，由臺灣同胞聯誼會，河南大學、河南博物院等單位聯合舉辦之「河洛文化與臺灣」研討會，彙輯之文集、金玉良言，美不勝收，有些文章讀來沁人心脾，百讀不厭！個人淺薄無文，乃將有關臺灣與河洛文化淵源有自的文史記敘，予以摘要，匯爲一篇綱要旨略，再呈「第七屆河洛文化研討會」，就教於大雅方家，不吝指正！

## 一　臺灣方言之故鄉在中原

河洛地區乃中華文明之發源地。博大精深的中華文化由河南發端，五千年的文明歷史在河洛孕育。河洛文化之於中華文化，有如「千丈樹之根，萬里水之源」。而臺灣文化同樣根在河洛，多年來臺灣最爲普遍語言、文字被全民認爲國語文學。其與大陸地區所通用之語言文字全無差別。猶憶二〇〇五年由河南省府、鄭州市、新鄭市等聯合舉辦之拜祖活動，臺灣有百數十之民間社團，總約近萬人，紛至沓來擁至新鄭軒轅黃帝之故里，當天新鄭市萬人空巷，男女老少站滿大街小巷，翹首顧盼，歡迎來自臺灣的新河洛人之後代同胞！

在臺灣辦學有成的王廣亞博士，組成一支教授訪問團，愚亦幸獲隨團歸來，在鄭州、新鄭升達大學來回參訪，諸承省、市各有關單位之熱誠款待！我等有「賓至如歸」的親切感受。此一莊嚴溫馨的拜祖旅遊，永銘在懷。臺灣名詩人瘂弦、王慶麟教授，有感而發：看到升達大學的隆盛矗立，五百年後王廣亞之名，仍將有口皆碑。

## 二　閩南與客家方言探賾

閩南方言與客家方言差異殊甚？原因是歷史文化的變遷所致，客家人大批南遷，是從南宋（一一二七～一二七九年）年間至明朝中葉始稍停歇！講閩南方言的中原人，和講客家方言的中原人南移的時間相距五百年。在此漫長之時段，遼金元朝統治過中原，各種文化語言，自然而然的發生分化，但本於發生學之觀點及歷史比較方法，閩南方言與客家的兩種方言原是同根生，相去並不遠。

二〇〇〇年在廈門大學召開「海峽」兩岸閩南方言研討會，有學者提出，把臺灣話（指閩南方言）文字化、畫面化，臺灣近八年間，曾粗糙的試驗這一方案之可行性，結果未如預期之理想。

## 三　河洛地區範圍之界定

所謂河洛地區，應是指黃河和洛水相交匯處之廣大境域，若更具體明白的界說，「即指以洛陽爲中心，西至潼關、華陰，東至滎陽、鄭州，南至汝潁，北跨黃河而至晉南，濟源一帶地區」。（朱紹候著：〈河洛文化與河洛人、客家人〉，見《文史知識》，一九九四年第三期），又《史記》〈貨殖列傳〉曰：「昔唐人都河東，殷人都河內，周人都河南，夫三河在天下之中。」關於古河南地之說：陳昌遠著〈先秦河洛歷史地理與河洛文化歷史地位考察〉，見《河洛文化論叢》第一期一九九〇年八月刊，文中指述河洛地區：「黃河由河曲，渭河而東，中經砥柱之險，過孟津、洛河，流出大伾，開始散爲滎播，這一大段大河之南地。」回頭說「河南」之正式作爲行政區劃，時間應晚於漢代「河南郡」：上溯自戰國秦莊襄王元年（西元前二四九年）秦於河洛及周邊地區一帶置三川郡（以境內有黃河、洛河、伊河，故名），郡治雒陽（今洛陽市東北，即漢、魏洛陽故城）。西元前二〇五年，西漢高祖劉邦曾初都雒陽，後因婁敬、張良諫言遷都長安，改三川郡爲河南郡，治雒陽。轄雒陽，河南（漢置縣，治王城）偃師、緱氏、平縣（偃師西北）、平陰（孟津東北）、新成（伊川西南）、穀城（新安東）、鞏、新鄭、中牟、開封等二十二縣。東漢、光武帝時改河南郡爲河南尹，隋置河南道、河南郡，唐置有河南道、河南府，宋置有河南府，元置有河南江北行省、河南路、河南府，明置有河南布政使司，河南府，清置有河南省、河南府。上述各朝代所稱河南的行政區劃，級列不一，其轄境範圍亦不一致，且有重疊者。

敘述了河南之古今建制名稱，自然啓發關於「中國」名稱之由來的情興？這要參稽一九七六年《文物》刊一期中有馬承源著〈何尊銘文初釋〉及陳昌遠著〈有關何尊的幾個問題〉文之大略：「中國」一詞的最初含義，原指洛陽一帶之稱謂。

且閱一九六五年陝西寶雞縣出土之青銅器「何尊」銘文曰：「唯王初遷宅於成周，復稟武王禮福自天，在四月丙戌，王誥宗小子於京室，曰：昔在爾考公氏克達文王，肆文王受茲因（命）。唯武王既克大邑商，則廷告於天，曰：余其宅茲中國，自之乂民。」何尊爲西周初年第一件有紀年銘文的青銅器。係名「何」者作於周成王五年。

這一文獻史料所稱之「中國」，乃指周王朝疆域的中心地區，即成周也即雒陽（今洛陽）一帶。因雒邑成居天下之中故稱「中土」、或「土中」，也是後來河南省地區稱「中州」或「中原」的由來。以洛陽中心的河洛地區，不但最早跨入文明時代。而且在以後的數千年裡，長期是我國政治、經濟、文化、交通中心。《史記》〈封禪書〉說：「昔三代之居，皆在河洛之間。」《逸周書》〈度邑篇〉說：「自洛汭延於伊汭，居易勿居，其有夏之居。」《國語》〈周語上〉說：「昔伊洛竭而夏亡。」足見河洛地區和夏王朝關係極爲密切。一九五九年考古工作者，在偃師二里頭村南發現，以後又長期進行考古發掘的二里頭遺址，不少學者認定，這裡就是「太康居斟鄩，羿亦居之」，而「桀又居之」的「斟鄩」所在地，是夏王朝的都城，也是最早的洛陽城。

「君從哪裡來？來自黃河邊。」客家人「根在河洛」，河洛文化是客家文化之源。

## 四　漢人南遷，河洛文化澤被四方

中國歷史上第一次大規模，中原漢人南遷發生在西晉末年，自晉末戰亂迄今，一千多年歲月流逝了，但有些歷史故實，卻永遠烙印在散處各地之客家人世世代代子孫的腦海裡！承傳不歇。雖然當年宮闕壯麗，四方輻湊的京師洛陽，早已化爲廢墟！而今日之河洛地區，也無法與當年盛景同日而語，但還是有不少遺物遺跡被保存下來。

據有關資料記載，目前生活在我國南方各省及海外各地的客家人，有將近一億之眾，幾乎趕上英、法兩國人口的總和，這是傲人的數字。世人興起的口頭禪，有人類的地方就有華人，有華人的地方就有客家人！在這些人群中，不乏企業大腕、政壇揆要、文化泰斗。「煌煌祖宗業，永懷河洛間。」客家人公認「根在河洛」！遷臺的客家人自稱「河洛人」、「河洛郎」。閩南話也叫「河洛話」。客家人的姓氏堂號、民風民俗、節日慶典，都源於中原河洛，他們對中原河洛，洛陽有極厚的感情！先祖故鄉的發展，振興和騰飛，他們感到由衷地高興。

南遷的漢人中，有一些和當地土著居民通婚，融合了。還有大量人數沒有和當地人通婚融合，仍保持著漢族原有的血統、文化和風俗習慣，這就是今日客家人的先祖。繁榮發達的漢、魏、晉、隋、唐、宋文化，富庶美麗的河洛及中原大地，繁華熱鬧的京都洛陽，都會在南遷漢人、客家人的思想中，留下難以磨滅的印象！成為他們世世代代傳人，取之不盡、用之不竭的精神力量。「白頭宮女在，閑坐說玄宗。」洛陽城，河洛大地，許許多多的人和事，是他們詠不完、表不盡的談資。那情景遠遠超過山西洪洞縣的大槐樹！正是這些南遷漢人，客家先祖帶來的先進文化和先進生產技術！極大的促進了長江流域等地區的社會經濟發展和文化的進步。此種源遠流長博大精深、輝煌燦爛的河洛文化，不但是南遷漢人、客家先祖，客家人最重要的精神財富，而且也透過他們得到了最廣泛、最深入的傳播，極大的擴大了河洛文化的影響，永植人心。（徐金星著：《河洛文化與臺灣》，〈河洛文化、漢人南遷和客家文化〉，頁九至十七）

## 五　河洛文化與臺灣之血緣永續

中原先史文化約於五千年前傳入臺灣，三十年前臺北市文獻委員會舉辦「中原文化與臺灣」研討會，所獲得之結論。在考古論文中指出：「五千年前海退的緣故，大陸文化傳入臺灣的遺物，最重要的有彩陶與黑陶，而這些彩陶首先在河南澠池仰韶村發現，發生的年代距今約爲四、五千年。臺灣發現之地點，有澎湖良文港、西嶼鄉小池角、高雄桃子園、埔里大馬等處，此外在遼東及杭州地區沿海向南傳佈渡海而入臺灣。

中原人移民來臺灣，多數學者皆認爲係起自唐朝，就具體的史證：「中國自唐朝以來，福州與莆田已成爲中原各大民族向南發展的必經之地，他們在南遷的過程中，都是先到福州或莆田落戶。之後其子孫則陸續發展於閩南各地區，到潮州入邑，再到廣、惠、肇三府，或至海南島、臺灣。」移居臺灣的內地人，被稱客家人，他們保持永久的生活文化習慣可約略幾項特性：首先就是「愛鄉念舊文化之重視與發揚」。其次是「祭祖報本文化之維護與發展」。再則是「民族自強精神之堅持與發揮」。

又：「中原人是閩臺人血緣之根」，「閩臺文化雖有自己的特色，但與中原文化本質上相同。」這是一九九六年九月十八日，河南省鄭州市「首屆豫、閩、臺姓氏源流研討會」，經出席學者所共同認定的臺胞祖根兩個部分再加申論，以證明彼此深厚之關係。

## 六　補述河洛文化之本質與內涵

探討河洛文化的性質，當自地理、區域範疇走出，轉向文化歷史寶藏抉微。河洛文化之涵義，是「河圖」、「洛書」之簡稱。依：中國最早經書：《書》〈顧命〉云：「太王、曳玉、天球、河圖，在東序。」按，孔傳「伏羲氏王天下，龍馬出河，遂則其文，以畫八卦，謂之〈河圖〉；禹治水，洛出書，法而陳之，作洪範，曰〈洛書〉。」又：《易》〈繫辭上〉曰：「河出圖；洛出書，聖人則之。」 清儒．黃宗羲《萬公擇墓誌銘》云：「河圖洛書……余以爲即今之圖軍經、地理誌也。」又：聞一多與梁實秋討論時亦言：「河圖取義於河中馬圖，伏羲得之演爲八卦，作爲文字，更進而繪畫等等，所以代表中華文化之所由始也。」

河洛文化的體現是〈八卦〉，本質是「中華文化的因種」。復引《史記》對禪書所言「昔三代之君皆在河洛之間」。

## 七　結語

河洛文化，乃指我國歷史上「春秋」之前，曾經孕育並產生在河南省與洛河之間的地域文化，至「春秋」末，被孔子發爲「儒學」之基本素質。並逐漸替代了河洛文化，以儒學滋潤整個中華民族，但以後各歷史時期奠定河洛文化深厚根基，而呈現於儒學之「仁愛」特質。因此，自我先民已培養出「厚德載物」、「自強不息」的精神，而且「日新又新」。

以孔子所揭之「孝弟（悌）思想」，是這一優越文化精髓！在《論語》中，仁字出現一〇九次。《說文解字》釋仁爲：「仁，親也，从人二。」凡事，當推己及人！

「孝弟」乃「仁」之始，孔子以孝順父母、敬愛兄長爲人類最基本、最重要的道德規範。是人類最高尚的德性，即是「仁」，或行「仁德」的根基。如《論語》〈學而篇〉曰：「其爲人也孝弟，而好犯上者，鮮矣！不好犯上，而好作亂者，未之有也，君子務本，本立而道生。孝弟也者，其謂仁之本歟。」若謂河洛文明，是在文化熔爐中產生的話，那麼，在進入文明時代的商、周以後，基於其深厚的文化底蘊，充分顯示了文化的凝聚力和影響力，同時發揮一生無窮的力量輻射四方。

# 俗文學〈臺灣諺語〉選釋

## 一　引言

俗文學是我國文學的一部分，不論在過去或在目前，它都在民間生活中扮演著相當重要的角色，是民間文化也是民族文化的重要創造。我們應該如何對待它才是正確、合理的？這在過往的時代和當前的環境中，都呈現出一些在價值觀念方面讓人困惑的現象。（黃志民：〈有關俗文學研究的幾個價值的問題〉）

大陸編著之《中國民間文學論文選》，頁二九七：〈從民間來到民間去〉有一段話：本來，在整個的文學發展史上，民間文學與正統文學之間的關係，是相反而又相成的。民間文學雖然經常被宮廷中以及官府中的士大夫、知識份子、文人、學士之流所鄙視，認爲「不能登大雅之堂」；但是，民間文學中的許多積極因素，如嶄新的形式、大膽描寫、深入的技巧、堅實的內容等，卻常常向正統文學灌輸了新的生命，使得正統文學能夠隨著歷史的發展，不斷地有所創新，有所改進；而正統文學在自己創新與改進中間，也常常使得民間文學的作者獲得了借鏡、吸收了經驗、提高了能力、擴大了眼界，因而把民間文學的內容與形式，向前推進。

（《中國民間文學論文選》，轉錄自黃志民老師：《中華學苑》）

## 二 俗文學名義的界定

研讀了前面所引〈從民間來到民間去〉文中的論點；我們當斟酌把「俗文學」這一題名釐正爲「民間文學」似更貼切。因爲，無論俗文學創作的內容、使用之語辭，應是統攝民間的通俗語言，其素材尤當以民間大眾生活爲資據。如，在臺灣各地民間所見，多樣頻繁的廟會活動，昔日農業社會型態，民間諸多之禮俗往來、節日慶典等，皆爲採錄文藝創作的豐富資料。前人且已留下許多文藝性之歌謠、戲曲、繪畫、攝影、文學、說唱等多樣的珍貴作品。及在舞臺扮演的劇場型式。約略分其類目則爲：一、故事（說）。二、歌謠（唱）亦有（唸誦）。三、戲曲（演）指小戲（如草臺戲）。四、說唱（說、唱、演）。上述四項括號內子目，有用以區別士大夫文學創作演出之差異性。

## 三 臺灣民間文學發展略說

一、民間文學的初步認知。首先我們當知民間文學的面向當寬廣，它不同於「部定版」的教科書上以爲是正統的：自堯舜禹湯……蔣××那種帝王將相一條鞭的官樣文學統屬、「歌、德式的」線的糾結。而民間文學則能供給各階層創作者以廣泛地、面的民族歷史的全部素材，且是生活化的有血、有淚的鮮活的內容與多樣形式。

二、臺灣自光復後四十餘年來，在特定的意識型態。政治因素的誘因下，所呈現的是感傷無奈地傾向於頹廢、全盤西化；向西方資本帝國主義末流劣質的文化軀殼，盲目的膜拜學樣、投降、東施效顰的結果，徒自招惹西方人的嘲諷揶揄；攸關全民族的尊嚴之喪失，吾人能不痛定思痛！力圖振作。

三、中國先民在中古時期就已建立了博大精深的文學理論。魏晉時以南朝·劉勰之《文心雕龍》，獨樹民族風格、炳耀千古，雖然其統系至今未稍中斷，然而近代受西風東漸之衝擊，民族自信心喪失殆盡；中國文學日漸由形變而蛻化其內質，價值判斷混亂，直令人目迷五色、莫衷一是。結果，中國當代文學之國際市場，還擠不上「諾貝爾文學獎」的上市日程，寧不徒遺伊戚之貽譏。

四、比年以來，臺灣在生活富足之餘，有識之士著眼於鄉土文學的整理，民俗資料的彙編、一片蓬勃生機、毋寧是可喜的現象，綜覽時下民間文學的型態，可概分爲：一、描繪型。二、歷史型。三、詮釋型。四、理論型。謹就個人手頭所有若干：臺灣諺語；客家童謠大家唸；臺灣囝仔歌；臺灣猜謎；臺灣文學入門文選。及中國諺語集粹等書，稍加涉獵，如入寶山，只可惜個人至今不通臺灣方言，不過三十八年五月抵臺，入伍於第四軍官訓練班入伍生教導總隊，即曾隨營學習臺語，不久因孫立人不能見容於權力集團，卒致被排擠，我等旋即改編至裘甲兵，此後即不再學習臺語，而孫立人召訓之「臺灣軍士團」亦因政治秘辛而解散，臺灣同胞乃漸能警覺當政者之有心作爲，不幸的是，孫立人竟由於精心御制之「兵諫案」羈靡近三十年且齎志以歿。回想既往，不堪回首。雖然已花甲之歲，乃不揣愚陋，潛心向學、不虞師長、同學之見譏。求吾心之適志耳。

## 四　臺灣諺語摘錄

茲按作業規定，蒐錄臺灣謠諺數十條目，惟不免於「取銅於錢」之不肖。（[明]顧炎武：〈日知錄〉）難免於剽竊之譏訕，強其識力不足以赴之，謹摘錄如下：

### （一）　臺灣諺語之一

**一、少年不會想，吃老不成樣**

箋析：不會想，即不知檢點，含不努力之意，不努力的人也許還有個貧苦的晚年，不會想，則可能在貧苦之外，不乾不淨，妻離子散，爲人唾棄，這就眞的不成樣了。猶記早年在軍中混日子，長官師友即曾誡以「少壯不努力，老大徒傷悲」對照這句臺諺，感慨繫之。

## 二、做田要有好田底，娶媳婦要揀好娘奶

箋析：所謂好田底，就是田地的土壤肥沃、深厚、排水良好等狀況，娘奶是媳婦之母的代稱。由其母之好壞，判斷媳婦之好壞，八九不離十。以媳婦、田地互喻，道理乃相通。

## 三、一日徙栽，三日豎黃

箋析：這句諺語實際上指的是人不宜常換職業，換一次就可能令你有一步趕不上，步步落後的感傷，何況長久失業，恐怕不只豎三日黃呢！

## 四、心歹無人知，嘴歹上厲害

箋析：這裡喻嘴壞之二種意思，一是多言，亦如常諺：「言多必失」、「多言賈禍」；另一種意思是惡言。包括詛咒、恥笑、辱罵、攻訐、中傷，這是不道德的，所以說：「嘴歹上厲害。」

## 五、三代粒積，一代傾空

箋析：常言道「富不過三代」，就字面看，一粒粒累積的過程，長而且辛苦。「傾空」就是敗壞精光的意思。

## 六、生子師仔，飼子師父

箋析：「師仔」指的是學徒，這句話是說：能生孩子不算高明，只算是學徒階段，能把孩子養

好，才眞正是「師父」功夫。生子容易，養子難。

**七、人情世事陪到到，無鍋與無灶**

箋析：人爲了愛面子，應付所有的人情酬酢，便可能入不敷出，而連鍋灶都賣了，雖稍嫌誇張，亦有警惕之意。

**八、貪字貧字殼**

箋析：貪貧二字，不僅形似，連筆劃數也一樣，但字義完全不同，然而這二字卻有因果關係，一筆之差，而「貧」之所以爲「貪」之果，往往是一念之間所造成的恨。

**九、大好大敗，無好無歹才長在**

箋析：常言說：爬得高、跌得重，如能不妄求，不貪戀，恭謹從事，即使跌下去，也不會那麼重，無好無歹才長在，是相對於大好大敗說的。

**十、吃緊損破碗**

箋析：「吃緊」是吃得快，因快而慌張，便容易打破碗，警惕人謀事要考慮周詳，從容不迫，操之過急反易失敗！和「欲速不達」相映成趣。

**十一、驚驚，不得等**

箋析：驚驚是怕，猶猶不決的意思。不得等，爲得不到等弟，就是不會成功的意思。

**十二、驚某大夫丈，打某豬狗牛**

箋析：這句諺語押韻帶諧趣。意思是怕太太是男子漢大丈夫，打太太是豬、是狗、是牛。總括的說：是禽獸！它的隱示：家和萬事興。

**十三、真珠藏到變老鼠屎**

箋析：這是勸誡人們有用的東西藏著不用，就變成廢物了。這話也有諷刺「守財奴」的作用。

**十四、做牛著拖，做人著磨**

箋析：這句話以牛不能改變其命運，比喻人有時也擺脫不了命運的羈絆，但，如將「磨」字解釋爲磨練的意思，則有積極開拓的意義，雖然，卻與原意相反。

**十五、愛出頭，著損角**

箋析：這是警惕人，愛出風頭的人，會傷到自己，著損角，大意是你出風頭有損別人時，就難免他人之暗箭傷害。

**十六、甘願做牛，免驚無犁可拖**

箋析：只要肯做事，不怕沒有工作做，析其做牛含義當是指工作態度問題，不肯工作、挑剔工作，便是不願做牛，那就無犁可拖了。

**十七、戲棚下站久就伊哎**

箋析：戲棚下站久了，那片地便是你的。這是到處可見的現象，如擺地攤、計程車位地盤。從好處說這句話是激勵人，凡事當持之有恆。

**十八、乞食，擱飼貓**

箋析：「乞食」就是指乞丐，擱飼貓，是還養貓的意思。以此比喻，人再怎麼窮，還得做些利己、利他的事。

**十九、龍一條，較贏肚滾一畚箕**

箋析：「肚滾」是蚯蚓的別稱，但與龍不能相比，這句話當是隱喻一個有用的人，勝過千百個沒用的人。

**二十、田螺含水過冬**

箋析：引申人遭遇逆境時，宜善自韜養，蓄勢存精，以便待時而發，度過難關，否極泰來。

**二一、坐的不知站的艱苦**

箋析：這句話是借喻，並非指站或坐兩個動作，通常用以教訓子女不知父母的含辛茹苦。

**二二、貪吃無補，漏屎艱苦**

箋析：這句粗俗的話的後面，蘊含著深刻的人生智慧，除了吃之外，人的行爲也常「貪吃無補」、「漏屎艱苦」，意思是人欲求過度，常會引發不良後果，應量力而爲，勿因貪小而失之大。

**二三、打虎捉賊，也著親兄弟**

箋析：勸人珍惜兄弟之情，是否打虎捉賊？都是次要的了。這與「兄弟鬩牆，外禦其侮」歸於一輸。

**二四、一更窮，二更富，三更起大厝，四更拆昧付**

箋析：這句話原是描述賭徒的大起大落、起大厝是蓋房子，「拆昧付」是指拆房子，這話用來觀察人生的起落，有些人雖無賭性，卻也有此暴起暴落的情形，值得人省思。

**二五、一貴破九賤，一賤破九貴**

箋析：這是指看相的用語，意思是一個貴相可抵得過其他九個賤相；而一個賤相，也能抵消其他九個貴相，一個人不能因一時的恃寵而嬌。

**二六、看田面，不可看人面**

箋析：這是說自己努力最可靠，不應寄望別人的幫忙。

**二七、打斷手骨，顛倒勇**

箋析：這句話，不能拘泥「手骨」二字，它是一種反激作用，是說：人失敗後更加韜厲奮發，更加積極進取而有成就，因此，「手骨」二字，只可視作表達的工具。

**二八、有食著會有行氣，有燒香著會有保庇**

箋析：這是說：只要做了，多少會有成績，推其實例：食物是生命的源泉（行氣）藥物治病，燒香敬神，誠則靈，由心理作用，影響生理的變化。事若做了，就有其一定的效果。

**二九、黑干仔裝豆油**

箋析：這是句歇後語的臺諺，黑干仔是黑瓶子，豆油就是醬油，以此警惕人們，行事要有隱晦、收斂，不要「透明干仔裝豆油」，以免招人嫉妒，惹禍上身。

**三十、歹勢，自己想**

箋析：「歹勢」就是不好意思，是人心純眞的表現，但在某方面看，歹勢的確不是好東西，因爲它會阻擋一個人的勇氣。事事歹勢，固不必稱善，事事不歹勢，卻也不好，當平衡運用。

**三一、青盲，不驚槍**

箋析：「青盲」是瞎子，面對一個一無所知的未來世界，人人都是「青盲」不驚槍，似是鼓勵「盲勇」不要怕眼前所遇之困頓，要鼓勇向前。

**三二、錢四腳，人兩腳**

箋析：意思是錢不好賺，好像有四隻腳，比人跑得快，花錢容易，賺錢難；當知儉約。

**三三、人在做，天在看**

箋析：如有人爲善卻沒有好日子過，可用這句話安慰他。這裡的天是指「上帝」也就是「老天爺」。

**三四、龍身，借狗腹出世**

箋析：這句話在提醒人：「將相本無種，男兒當自強」。但若不努力，龍身也會變得狗模狗樣哩。

**三五、一孔，掠三尾**

箋析：這句話是說機會好，收穫多。三尾，只是一種比喻。

**三六、一人一家代，公媽隨人拜**

箋析：「代」是事的意思。「公媽」則指「祖先」。這句話有二重含義：（一）每家有每家的事，不容外人干涉。（二）勸人少管閒事。

**三七、一頭擔雞，雙頭啼**

箋析：形容一個男人父兼母職，兩難兼顧，實際描繪是一付擔子，一頭帶著幼兒、一頭裝著雞，挑起來時兩頭哭叫，不知如何是好？

**三八、一兼二顧，摸蛤兼洗褲**

箋析：往年鄉下溝圳裡常有蛤蜊，農民趁一天工作完了，就到溝圳裡「摸蛤」。如今溝圳已不再有蛤（唸ㄌㄚㄚ音）只剩下這句諺語，發思古之幽情了。

**三九、一嘴，掛雙舌**

箋析：每人只有一根舌。若口才好，會被形容是「舌粲蓮花。」「三寸不爛之舌」，如有兩根舌，豈不更會說話嗎？實則不然，這句話的眞意是：形容說話不負責任，對好說謊、造謠的人的反譏。

**四十、目睭，起濁**

箋析：就字義言是說：眼睛變混濁了，其實是借喻人被某些事物迷住，其他的都看不清了。實則可能是內心變混濁了。

**四一、無錢煙，大把吞**

箋義：「煙」唸「ㄏㄨㄣ」和「吞」押韻，這是說人有時遇到不用自己花錢的吃喝、吸煙，就狼吞虎嚥般大吃大喝，猛吸煙，用心是撈夠本呢。

## （二）臺灣諺語之二（輯錄序號，承接前條四十一目，以下續四十二目）

在鈔錄了四十一條諺語的同時，並作簡淺的析義之後，不自覺地也憧憬著先民們在純樸的農村裡、田埂邊，細細地訴說著往昔的酸甜苦辣，如今竟都變成了溫馨的生活情趣，然而往事如煙，就在老一代人唏噓唉嘆中，時光悄悄地流失！過去的點點滴滴也都隨風而逝！

新時代新事物的來臨，步調是快速的，老一代人眞會眼花撩亂，難以適應。他們在迎新送舊的過程，感傷自是不免，有時他們喋喋不休，有意無意中說了些有感而發的俗言俚語，在他們脫口而出的時候，絕不會想到能否傳之後世。然而，這些吉光片羽地俗諺，經歷歲月的洗濯之後，有心人的蒐輯整理，成了珍貴的文獻，吾人用心咀嚼，它香醇的泥土味，越令人心曠神怡！

自四十二條始，僅摘錄若干諺語的原句，不加析義之詮釋，目的是用以提供我鄉親長幼品味推敲，試一比較其與中原地區之民諺，質素上有何差異之點？

## 五　其餘諺語舉隅

四二、識人較好識錢
四三、一舉二運三本事
四四、做著好田望後冬，娶到歹妻一世人
四五、人飼人一支骨，天飼人肥津津
四六、歹歹馬，也有一步踢
四七、人牽不行，鬼牽溜溜走
四八、千算萬算，不值天一劃
四九、一枝草也會絆倒人（新蔡家鄉是說：一塊磚頭碗碴也能絆倒人）
五十、一好配一歹，無兩好可相排
五一、看人吃麵，不可看人打架
五二、細漢偷挽瓠，大漢偷牽牛
五三、衫著新，人著舊

五四、猴死，豬哥也著沒命

五五、銀白，心肝烏

五六、便宜物可食，便宜話不可講

五七、會扛轎，才可開轎間

五八、小漢父母生，大漢妻生

五九、山雞想水鴨

六十、死皇帝不值活乞丐

六一、龜笑鱉無尾

六二、相打雞，頭無冠

六三、做牛著拖，做人著磨

## 六　民謠選粹

### （一）識要

以上選錄六十三條臺灣諺語，摘自李赫編著之：《臺灣智慧》第一、三、五、七冊共收錄一千餘條的約百分之六的一小部分。研讀玩味之餘，意猶未盡，乃再閱讀：馮輝岳編著：《客家童謠大家唸》一書之童謠，續予選摘若干條，藉廣篇目。

童謠是百唱不厭的詩篇，可說是天籟的聲音，沒有造作，在兒童心中可能引起共鳴；在成人聽來能發思古之幽情，人人傳誦，歷久不衰，其所詠內容，上自宇宙人生，下至蟲魚鳥獸之名，無所不包！傳統的習俗與文化，也藉著它的流傳，得以保存和維護。

## （二）民謠詞錄

### 甲　客家民謠（一）

一、**樹頂鳥仔叫連連，愛討輔娘又無錢，兜張凳仔同爺講，講來講去又一年。**

箋析：這則謠諺，無論文句結構，或內容敘事，皆寓成年人之怨懟，只是藉童兒之口代為申訴。

二、**年卅暗晡出月老，瞎眼看到賊偷秧，狐狸喊雞來相打，老鼠同貓相爭郎。**

箋析：這首以逗趣取勝，調侃取笑，蹩拗繞口兼而有之，顯見文字表現技巧。寓遊戲於童謠。

三、**點指人王，水浸馬堂，馬尾一拂，拂轉奈隻。**

箋析：這是群兒嬉戲之歌，遊戲前點兵選將，唸到某字點到誰，便得當「鬼」，或當「兵將」。

**四、天皇皇，地皇皇，俺家有個夜哭郎，路邊君子唸三遍，一覺睡到大天光。**

箋析：民國四十年前後，我在南部鄉下市鎮的街頭巷尾還常看這首童謠的紅紙條，貼在牆角、樹上，早在大陸河南家鄉，也屢次看到這一景象。

**五、莫叫莫叫，乖乖上轎，又有鑼鼓，又有花轎，暗晡夜，又有新郎公同你嬲。**

箋析：這首對新嫁娘又調侃又安慰的童謠，也許是往古社會中的婦女出嫁時，潛藏胸中的心聲與期盼，藉著孩子的天眞口語，平添些熱鬧諧趣。

**六、愛叫，愛笑，鴨嬤打孔竅。**

箋析：孩子們玩耍，有人哭了，大夥圍上去哄一哄，逗一逗，一會兒又笑了，大家不約而同唸這首歌取笑他。

附識：「打孔竅」似指身子不穩而失勢，栽了跟斗。

**七、又好叫，又好笑，阿公刺老貓，貓仔叫豺豺，阿公著紅鞋，紅鞋脫阿忒，貓仔鑽入泥。**

箋析：這裡生動的把阿公宰老貓的經過，配合自然流利的韻腳，做一番精彩簡潔的敘述。阿公沒宰著貓仔，大快人心！孩子停止哭啼，笑起來。

**八、又叫，又笑，蝦公鬚茂茂。**

箋析：這是調侃又愛哭，又愛叫的玩伴。

附識：鬚茂茂，指鬍鬚多而翹起。

**九、赤牛餵，面黃黃，三餐食飯愛撈糖。**

箋析：這短短三句話，道盡昔日農家生活的苦楚，食無菜時，只得以臼飯配烏糖，打發面黃肌瘦的孩子的饑餓！

**十、伯勞仔，喙窊窊，有喙講別人，冇喙講自家。**

箋析：這是借伯勞諷刺多嘴——談別人是非的人。

## 七　其餘童謠舉隅

以下若干首，僅錄原文不加箋析，若能通曉客家方言者，當能望文生義，稍加品味，其義自見。

一、阿秋劍，阿秋唧，上屋阿婆做生日，要給俺去，抑不給俺去，害俺打扮兩三日。

二、駁古盤，團團圓，做人辛臼眞艱難，豬肉魚肉俺冇份，臭風鹹菜送上前。

## 八　後記

「客家童謠大家唸」的作者，馮輝岳先生在他書中有這樣的一段話：「客家童謠散失太多，也無法挽回，筆者就手邊現有的一百多首客家童謠加以考察，雖然難免偏頗，但仍可採尋些許脈絡，希望藉此引發更多人對童謠的關心與推展。」又說：「童謠的內容千變萬化，有的逗趣、敘事兼而有之，有的既屬逗趣又爲遊戲之歌，不易釐清界限，甚至有的童謠流傳久遠，原先也許是遊戲歌，因爲遊戲動作已忘，只留下『聲音』，而變成另一類的童謠，這也是傳統童謠在傳承中常有的現象。」（馮輝岳：《客家童謠大家唸》）

臺灣諺語的分類固屬不易，而客家童謠的區別或較省力。惟亦不易明白界定每首童謠的屬性。無論童謠、諺語基本上都是民間口語文學，它出自各行業，各階層年齡不同的男女老少隨性而發，隨俗編造的無心創作，有些謠諺雖是三言兩語，但含義甚廣，有哭有笑，敘事抒情兼容並蓄；諷刺調笑兩相互用。先民們以口語傳誦這些片言隻字時，當初何嘗想到日後竟也躋入廟堂黌宮，心力交瘁地鑽研、整理、記錄。換言之，當初殊少有心人爲傳之百代而創作此些雪泥鴻爪的雋語，綴輯成書以示後人。

正如老師所說：摘錄作業是不得已的方法，實則應親自深入民間採錄訪問，所得資料才算純眞，事實上有諸多限制困難，今以蒐集書冊，鈔錄紀要，堆集成帙，是爲下策，蓋不得不爾然矣！謹爲之記。

## 附記

這首簡淺之搖籃歌，是拙荊鍾德卿幼年時聽到媽媽脫口唱出這幾句詞，記憶深刻！應予之請，重憶原詞、曲大意、寫出簡譜，由小女伴奏，拙荊以臺語唱出，並錄音存證。

一九九一年七月二十日　附識於新店

### 搖　籃　歌

鍾德卿詞曲（台語發聲）

```
   1 2  6 1 2  ○ | 1 2  6 1 2  ○ |
①搖    啊 搖        搖    啊 搖
②搖    啊 搖        搖    啊 搖
   1    7 | 6 5 | 4 ———   ○ ○ |
   一   夜   長 一  寸。
   一   夜   長 一  尺。
```

# 貴州《方志叢書》臺灣度藏選本略指

## 一　前言

客歲爲「中原文化國際學術研討會」暨「第十五屆中國歷史文獻研究年會」所提論文《乾隆版新蔡縣志點校編目軼聞辨識人名索引》倉促著筆，洒將往日閱讀「邑志」之隨感箚記與統計表四種等零散材料彙爲整篇，以之「應卯」，殊嫌草率。因而至今仍忐忑於懷！

個人未曾修習史志專業，但對歷史掌故之探索，興趣甚濃。今年復蒙貴州師範大學主辦單位之寵邀！予欣幸再度躬逢其勝，曾以論文範圍之取向，請教於劉會長乃和教授與張教授新民先生。旋奉劉、張二先生函示：可就閱讀之便，如臺灣所見《貴州志書》之研讀取其一得之報告。竊甚欣忭，若有所悟，決以今日之聞道，形諸筆墨，藉補前愆！可謂一舉兩得。連日來進出於國立中央圖書館方志叢書專櫃，流連泛覽。對貴州省《方志》可算是「情有獨鍾」。館藏之貴州志籍，較諸其他省分志書數量，可以「鳳毛麟角」一辭譬況之，但卻也可以「量少質精」言喻之。本文之作，不過拾掇舊篋，取前人既有之成果，尋章摘句耳。

## 二　貴州勝蹟先睹為快

前清・黃葆眞，字誠齋，所增輯之《事類統編》〈輿地篇〉，對當年貴陽等地帶描述之盛景是：

苕苕繡嶺，屹屹銀屏，栖霞標赤，留雲靄青，來仙寄跡，望夫存形。罔以忠節著號，峰以文秀垂名，筆架堪玩，書案可憑。銀盤燦爛，銅鼓砰轟。鳳凰翔夫廖廓：麒麟遊於郊垌……。

這些生動的風景區之擬名，予人遐思冥想，亟欲親臨其境以探秘辛。除了對崇山峻嶺的刻意描敘，至於江河溪谷之情狀又如何？他這樣說：

烏江泛泛，清水盈盈，三潮漲（長）落，九曲迴縈。沼上蓮花，香聞盛夏；洲邊芳渡，色絢朝晴。繞翠則周迴匼匝，涵碧則上下空明，鰲磯則百尺樓聳，漁灣則千箇舟橫。玉池流潔，珠泉漾清，觀風景與讀書之臺並建，省耕偕問農之亭久成。樓萬卷而堪貯。

玩易窩中煌煌蓍草；循陔園裡燦燦蘭英。步紫薇之堂而懷孟介；過何陋之軒而仰陽明……。

這些飛瀑流泉，水聲淙淙，亭臺樓閣，巍然蒼莽！黃氏生花妙筆，發思古之幽情！王守仁之玩易窩，豈止享名於貴州，並傳佳話於後世。惟王氏之何陋軒雖也在修文縣境，似不若玩易窩聲名之盛。何陋軒建成，王氏並作記以銘之。至於張孟介之紫薇堂，建築於當時府治（貴陽）布政司署內。張氏正是當時在任的布政使。四百餘年後的今天，布政司的署衙想已灰飛煙滅，正是江山依舊，人物全非，歷史演進之軌轍，今古一同啊！雖然，貴州之物華天寶，人傑地靈的勝概，是無少減損的。

## 三　貴州省地理人文狀況

按五十年前後所得之貴州省地理資量：貴州全境面積約一七一〇九六．二三平方公里。全省人口為：一〇五一八七六五五人。而人口分布率是：每平方公里平均人數為六一．四八人。以之與其毗鄰之雲南省的全境面積：四二〇四六五．五〇平方公里，而其總人口為：九一七一四四九人。每平方公里，平均只二一．八一人來看，貴州省的人口較稠密。其次再看滇、黔兩省的森林覆蓋率，貴州全境森林約一六九二〇〇〇公頃。而雲南則爲九四〇三〇〇〇公頃。結果則貴州省約百分之九點九的覆蓋率。而雲南則約爲百分之二十二點三六的覆蓋率。依此推斷，貴州雖有優越的青山秀水，而森林的覆蓋面尚嫌不足。

高山峽谷，川流起伏，鍾靈毓秀，渾然天成，說貴州是天然孕育之寶地，殊不爲過。

黔省位於雲貴高原東部地區，地勢西高而東低，北東的赤水河、烏江、沅江是長江流域，南東的北盤江和柳江是粵江流域。中部東西綿亙的苗嶺，是兩大水系侵蝕殘餘的原地形面。「地無三里平」十足表達了黔之天然地形，稻米是貴州之主要作物，雖然，產量不多，惟煤鐵之蘊藏極富，汞帶又橫亙全省，境內河川，多屬急湍，水力豐沛。然而五十年前舊時代，貴州之天然資源多未開發，尤其利用水力發電之科技，與今日相較，恐怕有天壤之別。貴州之省會貴陽，非昔日之吳下阿蒙了。而省轄之遵義、畢節、安順、都勻、銅仁、鎭遠等都是省內交通樞紐。久別故土的遊子，突然回到貴陽一看，眼見欣欣向榮之景象！會驚訝不已。

## 四　貴州志籍文史逸事舉略

### (一)《黔志》、《黔記》、《黔遊記》三朶奇葩

#### 甲　《黔志》一卷

《黔志》一卷。爲明．天臺人王士性所著，全文約三千字，故不得以「正史」或「大綱」稱。察其體例，或謂之參考志傳之屬，允當與否？猶待方家之裁正。

志之前半，猶若簡、田二家族興衰史記事，後半則以簡練之筆記述貴州之山川、石壑、奇岩、秘洞有三大奇特之景觀。作者說：

貴州多洞壑，水皆穿山而過，山之空洞可知，如清平十里雲溪洞，水從平越會百里來，又從地道潛復流雲洞盡處，水聲湯湯……流水入山椒穿洞過，出水處亦一洞，乃名母珠。嘗有樵者至洞中，數石子，隨見一大石，似子逐母狀，夜有珠光，故名也。

這是作者筆下之第一奇景，其次，他記敘仙人洞之奇云：

普安碧雲洞爲一州之壑，州之水無涓滴不趨洞中者，乃洞底有地道，隔山而出，洞中有仙人……拾級而上，仰視層巖，如蜂房燕巢，級窮上小平臺，石欄圍繞。臺後岀嵌入巉巖絕，巖上如居人，重巖復出，而石乳懸竇，怪詭萬狀。

這是第二奇景。其所謂之第三奇曰：

洞前立二石，突兀更奇。他如鎭遠凌園洞，清平天然洞，安莊雙明洞與平壩喜客泉，安莊泉，或道左而未過，或與過之而未窮其盛，不能一一記之。

王氏寫景筆法工力直與柳宗元〈永州八記〉相捋映矣。

## 乙　《黔遊記》

《黔遊記》作者，陳鼎，字子重，江陰人，以行雲流水之筆，記黔之風景名勝處，令人激賞、茲不贅引。他對於黔境少數民族之大宗苗人稱名之分岐，有切實而深入地記敘，察其所記，似乎散居各地之苗裔，多以地爲稱謂，且因居地之高低、方位不同而區別其名稱，舉其名如：

花苗、東苗、西苗、牯羊苗、白苗、青苗、谷蘭苗、紫姜苗、平代苗、九股黑苗、天苗、紅苗、生苗、羅漢苗、陽洞苗、黑羅、白羅、八番苗、打牙犵狫、剪頭犵狫、木狫、仲家苗、土人苗、羊黃苗、蠻人苗、楊保苗、狗耳龍家苗、馬鐙龍家苗、僰狪人、宋家、蔡家等三數十種。這些稱名繁雜的苗人，風俗各異，出處亦不同。惟宋家、蔡家、馬鐙龍家，乃戰國時，楚伐宋、蔡、龍三國，俘其民放之南徼，流而爲苗，知中原禮儀，衣服祭祀，婚嫁喪葬，揖讓進退，一秉於周，……。

陳氏於苗人習性之敘述，應爲清代以前之寫照，民國以後，各民族共和，昔日種族間械鬥爭戰之事，早已跡息。

## 丙 《黔記》

《黔記》爲李宗昉，字芝齡所著，李氏山陽人，嘉慶十八年以資善大夫爵秩督學黔中，有鑒於《貴州通志》，近八、九十年未加增葺，乃矢志於補偏救漏之懷抱而作斯記，文中多見奇聞佚事，隱遁名士，乃至鳥獸蟲魚，花卉藝文之趣識，皆併雜記之。茲引敘數事，乃見一斑。如：

沔陽張蓮濤，錫穀，署開泰縣令，有秀才薛上國，素不至縣廷。忽通謁，長跪而泣，問何爲？對以逕來一瞻好官。越日，上國死，懷手書遺子侄！戒勿爲不善！中曰：縣公清簾寡欲，其後必有達人，所藏張鴻臚銅雀石硯，可持贈公之子，勸其學。蓮濤受其硯，以銘其齋。

早熟稻，名蟬鳴，俗呼早市香。

前胡遍生山谷間，春初吐葉，土人採爲菜，味極香俗名羅鬼菜，又名姨媽菜。黔中婦女好遊，相識即通往來，呼爲姨媽，飯則必設此，故名。

夷人稱漢官曰：大老黃，吏士曰小老黃。黔俗稱人皆曰公，老者曰老祖公，稱長隨曰二公。凡女皆曰婆，婦曰奶，曰太，老者曰老奶，老太，其尤老者，曰老祖太，間稱婦女乃通曰老太。其大公二公，三公；大婆，二婆，三婆，則依次爲稱。小者曰么，曰滿。至稱女爲妹，則賤之矣。父母於兒亦不名，皆曰大爺，二爺，以次呼。

董耀先先生論文中，有精闢之闡述，董文中說：

近代苗族人民生活習慣，除保留傳統風俗，更吸收鎔入於現代文明社會之優美質素，此在凝聚著苗家人豁達樂觀，崇敬歷史的道德情感的文化中，服飾藝術可謂最瑰麗的一部分，苗族服飾式樣紛呈，苦難的遷徙之路，沒有使苗族人民放棄新生活的奮鬥信心。這一點在苗女盛裝上得到充份的展現。……在苗婦的百褶裙上，有美條花邊，分別代表「河水黃央央的」黃；河水白光光的長江和「稻花飄香的大西南」，其陰鬱哀惋的色彩和寓意。令人不得不驚服這個民族歷史傳承和凝聚力的強韌。

苗族人的〈檳榔詞〉反映了苗族同胞的「習慣法」之規則，如：穿衣同匹布、做活同一處、地方才繁榮、人口才興旺、我們團結地方，我們團結村寨、我們心朝一處、頭扭一邊。」歌詞中強烈表達出集體利益高於一切，這就如同他們自古承傳的戒律和憲章般。這首詞中並說：「要富長遠富，就要開包濟貧，要多兒多女，就要扶貧救困。這種重義輕利的義利觀，懸爲道德規範，至今仍爲苗族人民於矢遵篤行。」

數千年來，苗族同胞以口頭傳續歷史，但一些精粹的文學歌謠及歷史神話都能完整地傳遞下來。〈苗族古歌〉是苗族先民對自然、遷徙、風俗、醫藥之理解。經歷千百年後，仍完整的保存，這是苗人智慧之所出的明徵。也是他們自尊、自信的標示。

遵義，貴陽以烏江爲界，烏江之西，山色秀潤，樹木蔥蘢，過江則皆童隼，多臃腫狀，一水之隔，而風景迥殊……。

這正是貴州人文多姿采的特徵。

《黔記》中於政爭、兵事敘述尤多，可能當時人們厭於兵禍，黔省自明初歸附建制之後，迭有變亂，可以從《獨山平匪記》、《遵義平匪日記》（上皆咸豐間空六居士著）、及上溯自明萬曆年間李化龍編著之《平播全書》中記敘靖亂平匪事件之實錄，可見人民大眾受兵連禍結戰火之迫害，早已不堪其苦，所以非常關心政治生態之變化移轉！

## （二）遵義府志雙璧輝映

### 甲 《遵義府志》

《遵義府志》一、二兩冊，清·道光二十一年知府黃樂之、平翰等修，縣舉人鄭珍纂。臺北市成文出版社影印刊行。臺北中央圖書館珍藏。

鄭珍在本志目錄末尾附記一段話說：

右卷凡四十八，爲目三十三，成書八十餘萬言。其爲體例匪依只編，亦云纂集，匪一家言，溯古究今，必著厥原，毋敢身質，以欺世賢，乃底厥基，待我後人，亦惟舊託，咸釐咸瑧，惟譜惟碣，亦惟德鄰，重光赤奮，已事而竣……。

本志新版濃縮（把兩頁縮至一頁分上下兩欄）後仍有一千一百二十五頁。分裝兩巨冊。這本志書參考資料多至三百五十八種書目。參與纂輯的人，列名四十六人，相信還有名不列志尾者多人。

本志的鑒定者是貴州巡撫賀長齡。他在序文中說：

遵義之有志，創於前明，孫太守（知府）敏政後平播僅十年，書雖不及稽古，而事詳現在，簡檢可觀，今世無傳本，僅有舊鈔，前半棄在民間，國朝康熙二十四年，遵義令（知縣）陳君瑄，奉下各修府州縣志，迫於奏部，三月纂成其書。率盡抄孫志，略為增減……。道光戊戌冬，山陰平太守翰，始議重加纂輯，繼順德黃給事樂之來作守，因踵為之，前後閱三載，書乃勒成……。

## 乙 《續修遵義府志》

《續修遵義府志》為民國二十五年纂成，全書三十五卷，二十五單元（綱目）審刊時詹燦湘序文中首先讚揚舊志云：

號爲精鍊周密，流傳海內，中原人士比之「華陽國志」，匪特爲地方生色已也……

而對《續修編義府志》修撰之始末，鄭氏云：

周君恭壽來宰此邦，關心文獻，延楊君兆麟等續修。斷自清季爲止，曾歷十餘年初稿甫集……。不幸政局猝變，事又中輟……。惟此書稿刊版獨獲保全……。越五年又八月，全書始梓就……幸能存此書而已。

本續志之特色，莫過於它的編輯群，參與者學位出身之繁雜，而且新舊融合，把他們按各人出身背景與工作職位之不同，分別賦予適當之排名，分述如次：

創修——周恭壽爲省府委員兼教育廳長兼遵義縣知事。

督修——周西成爲貴州省主席。另有十位縣長掛名。其中一位劉千俊是貴州第五區行政督察專員兼任者。

督採——全煥勳等八人都是縣知事。

總纂——遵義縣恩貢趙愷、安順縣進士楊恩元。

初纂——楊兆麟爲翰林院編修，進士，知府。戶部主事吳國霖，也是進士出身，知縣。另有七名舉人，一名貢生。

會辦——陳正猷爲翰林院檢討，進士，法政學校校長。另五人中拔貢三人、文生一人、舉人一人。

採訪——秦三銓等五人有三舉人、一稟生、一文生。

協採——喻克溥等二十六人，有恩貢一、貢生一、附生六、文生五、舉人一、稟生十。

審刊——周澐等六人，有舉人二、歲貢一、增貢一、稟生一、童生一。

分書——楊文湘等五人。稟生三、貴州大學畢業生二。

監刊庶務——詹玉章、鄭石鈞共二人都是遵義中學畢業生。詹君並畢業於貴州地方行政人員訓練所，曾任綏陽縣長。

從以上之廣大編輯群的成員素質一觀，他們學歷出身職歷的優越，不僅爲貴州其他府縣所僅見，即便其他人文薈萃之省分，亦鮮能出其右者。本續志〈雜記〉有云：

右《續遵義府志》都三十五卷，爲二十五綱，言亦九十餘萬，成書混同所有體例，悉本舊章……緬仰前志，堂構縱橫，模山範水，妄作雕龍……。具此粗糲，敝帚自享，聊同繪素，敬俟賢良，平水里人，趙愷迺康謹識。

原文中段約略去三百字，以其引敘冷典僻字甚多，慮及電腦字模不盡齊備，徒增排版困擾。乃予割愛，恐不免於削足適履之譏削。

本文作者趙愷僅貢生（舉人同級）出身，他的文墨功力令人歎服。這也許是他能任總纂首席（召集人）的原故吧！他的二把手楊恩元卻是進士出身。

本志另一項值得稱道的是本志十巨冊，共四千一百二十頁，都是毛筆正楷書寫石印版。書法之精美直與手寫之《四庫全書》相符。加上印工精良，牡丹綠葉，相得益彰。

爰方志叢書中與《遵義府志》、《續遵府志》相似者，以臺灣志書之《臺灣府志》、《增修臺灣府志》、《重修臺灣府志》、《續修臺灣府志》等四種，可謂無獨有偶之雷同。實則臺灣還有一種稱名之《重修福建臺灣府志》，這顯然是在臺灣尚未建置爲省之前，而隸福建屬下時所修志書，應在清·康熙初年時段纂成者，因不屬本題範圍，茲從略。

遵義二志各具特色：《遵義府志》參稽三百五十餘種書目，應屬第一手資料，況部分書目今已缺佚，益見其素材彌足珍貴，而《續遵義府志》除對舊志每一單元之融入修飾，了無隙痕，更見其史學、才、識之卓越，及其文字淬鍊之功，爐火純青，眞可謂「前修爲密，後出轉精」矣。

## （三）《黔南識略》

由愛必達（似爲滿人）撰著之《黔南識略》三十二卷，它的特點正如凡例所言：

是書專記風土，以備服官者之採擇，故於都邑之建置，疆域之遠近，山之起伏，水之分合，其中田畝肥瘠，財賦轉輸，以及關隘驛傳之設，稼穡樹藝之宜，皆從其詳。而於人物藝文及星野占候之說，則概不登。

這一本屬地理參考的志書，因其不談人事，所以予後人羼雜之隙，纂刊本書的羅繞典在目錄附言中說：

書中有嘉、道間事，不知出何人手？或曰滇中李復齋文耕也。……是編於方志之外，多所增益、糾正，洵黔中不可少之書也，道光丁未之夏，予得其抄本於士人家，因付之剞劂氏工畢，識其緣起於此云。

愛必達在本志總序中由黔之建置變革說起：

貴州省在京師西南七千四百六十里，禹貢梁州南裔荊州之西鄙也。春秋屬楚爲巫黔中地，秦置黔中郡，漢置牂牁郡，屬益州。晉屬寧州。隨置牂牁郡，唐置黔中督都府，尋改爲黔中道設採訪使治黔州，乾寧二年陷於蠻，宋時牂牁盤諸州，皆爲羅甸于矢普里等部，元置順元路立總管府，置貴州等處長官司，於是有貴州之名。明初置貴州安撫司，尋陞爲宣慰使，設貴州都指揮使司，永樂十年始設貴州等處承宣布政使司。計明時領府十二，州九，縣十四。

以下風土、山水、都邑、財賦、關隘、驛傳等……。（略）

## （四）《平播全書》

《平播全書》十五卷，明．李化龍原著，交當時任四川等處承宣布政使司右參政王嘉謨整理出書。王氏於書成後，萬曆辛丑元日所作云：

本朝西南夷部落以百數，常有事，以其聲教阻絕不甚治也……。殆播事起，輒皆以爲難，不輕議勦，然圖事成功，赫赫可稱！斯固未易言矣。李公既定播西還，因出記數百篇，以視嘉謨，曰：「此軍中奏檄書記也，可論而存之否？嘉謨退而序品，踰年書成。」

與王嘉謨同僚張文耀者亦爲《平播全書》作序，張氏亦任四川承宣布政使司右參政。但他兼按察司僉事，管分巡上川東道兼整飭兵備職銜。他是沅陵人。而王嘉謨爲薊邱人。

張文耀序除了記錄討賊戰況，及對李化龍以御史大夫受詔命兼司馬（實職爲四川巡撫總督四川湖廣貴州軍務），其於用兵戰術策略，有優越才智，如：

聞公少喜言兵，已而敭歷中外，振鐸梁魯，薦登入座，即羽書倥偬中，雍雍鎮以儒雅……。然公之功在動府，勞在程書，根本之計在內地，訏謨在邊陲。

王灝爲《平播全書》作的序較短，但其言必有中，他文之起始即引《四庫全書總目提要》，直指播州楊氏：

自唐乾符中據有其地，歷二十九世八百餘年。萬曆初楊應龍爲宣慰使，恃險作亂，詔起李公化龍進討平之。以其地置遵義平越二府，因集軍中前後文牘，編爲是書。前五卷爲進軍時奏疏，六卷爲善後事宜奏疏，七卷爲咨文，八卷至十一卷爲牌票，十二卷至十四卷爲書札，十五卷爲批詳，爲祭文……。平播一役，自出師至滅賊，凡百有十四日，成功頗速。

此書所載之文，不必出李公之手，皆書記吏胥，秉命而作……。雖非出自李公，亦可謂詳明矣。

## （五）《黔書》、《續黔書》

### 甲　《黔書》四卷

《黔書》四卷，爲清·濟南人田紋，字蒙齋所著。本書雖僅四卷，但區分六一綱目，（單元）內容頗具深義，且看徐嘉炎於康熙庚午九月爲之序言：

……先生之書專爲治黔者法也，黔地居五溪之外，於四海之內爲荒服，其稱藩翰者，未三百年，其地尺寸皆山，欲求所謂平原曠野者，積數十里而不得袤丈……。其土田物產之無可利賴也如此。夫國家亦何事於黔哉？曰：無黔則粵蜀之臂可把，而滇楚之吭可扼！先生之爲是書，又不獨以經濟自負也。蓋其英偉之才，深沉之識，其雄奇而擅奧博者，又實爲詞人學士之宗。草木、山川、人材、土物皆幸有先生以發其菁英，而抒其藻麗……後之讀是書者，既賴以治黔，而又資其餘材，以考據史傳，乞靈詞賦。則是書也，豈獨與《爾雅》、《方言》與夫嵇含之狀，酈元之注，同日而語哉！至於龍場之祠記，尊昔先民，而不以異相抵訾，則尤崇獎激勵之盛心矣……。仁者見之謂之仁，智者見之謂之智者也，蓋著術之兼美者莫踰於此矣。

茲摘錄《黔書》最末一章〈黔士制義〉文之片段：

黔三苗鬼方，習格鬥，喜兵戎，不可以文章治也，故自莊蹻唐蒙，拓疆通道以來，治黔不乏名賢，曾未聞有與之稱詩書，崇儒術者，余心竊疑之……。說者謂，山童澤涸，石磽土瘠，蠻荒天末，其地不靈，即偶有奇瑰倜儻之才，生乎其間，而耆舊不逮益州，載籍難留四庫，況兵燹之餘，家貧智短，志隳學疏，鮮不拘據固陋，甘與草木同腐耳。余是以疑而信，信而復疑，以爲黔不當若是也。遂於勸農講武之暇，進黔士而語之，見其人多磊落通脱，其文亦蘊藉深沉，如玉在璞！如珠在淵，如馬之偃伏，苟無以琢磨而騰踔之，求其清輝發越，追風逸群也難矣……。

田氏這番話於識人、用人的深切啓迪，慮事之深契情理，其經濟文章之可爲世之資鑑者若是。

## 乙　《續黔書》

《續黔書》八卷，爲嘉慶初，武威人張澍所著。全書綱目有一百整數，以「星野」始，至「九香蟲」終。

本書作者張澍在爲其書作序有幾句話或足以發人省思！如：

……百餘年來蓋浸浸乎濟美華風矣！且其鐻鍝兜偪，可圖王會也，蘆笙劍鏃，可入國風也。木瓜金筑，沿革可稽也，鼇磯龍洞，幽勝可探也，白水碧雲，奇情可詠也。諸葛禡牙之地，李恢鏖戰之方，尹珍讀書之宅，山圖尋藥之崖，可提襟而散煩胸也……。

在張氏眼底筆下，黔之人物風光都是可愛的。貴州高原這一尙待採掘的寶藏！有若不爲人知之璞玉明珠般，有賴達人方家之鑑識！略舉一二以概其餘。如卷五〈釐〉字：

黔之人儕輩相呼其偶，不往赴，則唉曰，釐。質問之則釐者不來也。案古釐字本有來音。劉向引詩來牟作釐麰；郭顯卿指釐字從𠩺。徐仙民指與來同。鄭康成〈儀禮〉注曰：貍字言不來也。徐廣云：貍，一名不來，天子設貍侯，所以射諸侯之不來者，取此意也。是黔人之不來爲貍。獨貍名不來。爲反切之音，如并夾爲篇，終葵爲椎，邾婁爲鄒，勃鞮爲披，舉矩爲莒，勃蘇爲胥，扶胥爲輔，於菟爲虎，不律爲筆，軒轅爲韓，……不可爲叵，奈何爲那，何莫爲盍者，之於爲諸，之焉爲旃，徒格爲斥，如是爲爾之類，皆以雙聲合爲一字。其學起於涿郡高誘，其注《呂氏春秋》，《淮南子》，往往詳其音讀，而韋宏嗣注《國語》亦有音切。今人相承以爲始樂安孫叔然者，誤也。

張氏對若干字有雙聲合讀爲單字省音之緣起，舉例以證其詳，其於校勘學力之功深，可見一斑。

## （六）〈獨山平匪記〉、〈遵義平匪日記〉

這兩篇短文可謂之「雜史記事」，是同一人之撰著，作者署名空六居士，算是別號而非眞姓名。由於他是追隨韓超主辦之貴州團練營署中任幕僚，並先後在兩地平亂戰事，親自身經目睹，並隨筆記事，且以其於咸豐乙卯夏遵義事平之後，整理日記並爲之序云：

獨山凱撤，予隨韓公赴省，上憲飭公仍履清江署任，閏七月至清八月十六日，接到巡撫飛檄，知桐梓縣匪徒楊龍喜占據城垣，分攻正安州及仁懷、綏陽、安南、普安等縣。仁懷復失，飭公身率親練……合四營兵共九百五十人往桐梓，中途聞遵義郡城緊急，又連接該郡移文，敦請救援！遂先赴郡以保未失地方。川滇之兵亦陸續畢集，凡八閱月而事平。遂日記載彙成一編，以備久而遺忘云。

在道光、咸豐年間正是捻匪與洪楊起事方熾之際、貴州地方之不靖、間接受到太平天國抗清之影響。倘若兼敘洪楊起事非三言二語所能賅述，況且這也涉及史評觀點之執持。個人既非專志史學、而又無暇於校讐！尤不宜喧賓奪主，超越本題之外。茲暫略之。

## （七）〈印江縣志〉

這是一冊獨特的方志文獻！約述其特別之點：一、全部文字不足二萬言。二、它的目錄只有十二字。惟編目之後有一段說明：

設縣三百四十有五年矣！而無志。余意闕如，爰徵文獻略敘述之：翼軫餘分，莫知其度，地理所具宜先也，作「地理」第一。有地理然後建置之事基焉！作「建置」第二。建置之大者莫祠祀若！作「祠祀」第三。賦由田出，教養所資，以成民事！作「田賦」

第四。治民事神，官師責也！作「官師」第五。彰往勸來，猶有人焉，邑無大小作「人物」第六。凡有六篇。

這段敘述編目理念的短文，逐次推闡簡潔明快，文字練達！直率婉曲、交迭互用。且以地理之開端記事爲例：

印江古思邛（或當爲印之誤）之地也，隋以前文獻無徵，莫詳沿革。唐開元四年，開生獠置思卭縣……。

由原名「卭（印）江，變成「印」江之緣由，且看印江人戴錫之（進士、翰林院庶吉士）爲〈印江縣志〉寫的序：

舊史氏曰，子考印江蓋以思邛水得名云。胡三省《通鑑》注，唐開元四年置思州，謂州西七十里有思邛水也。……明孝宗宏（當爲弘之訛）治八年始改今縣，蓋因字形相近而訛，志稱字隨聲轉者誤矣。

戴氏說是字形相近而訛，似應可採信。但舊志若說字隨聲轉將邛誤爲印，似覺勉強。個人以爲若是字形之訛，則當是以「卬」訛爲「印」的，其字形更相近似。而現志爲手寫本，重複的邛字數較多，只有一二寫成卬字形。又以志中把弘治寫爲「宏」治，這倒是「字隨音轉」之誤了。且以民國初年制訂之聲韻符號爲例證，來判斷邛（ㄑㄩㄥˊ）、卬（ㄤˊ）、印（ㄧㄣˋ）。若以舊韻部言，以卬之誤爲印，比邛之隨聲轉爲印的可能性較高。由於個人對舊聲韻不甚了了，是否妄言？亟盼方家指正！

## （八）〈正安州志〉

本志之內頁附舊志篆書之題名：〈正安州志〉字樣。

本志的州縣圖考與樂源八景圖顯然是其特色。繪圖的人是當時即已七十六高齡的徐以敷，字子言。想必他也是正安人。

《正安州志》最具善本（木刻版線裝）書風貌。除了繪圖藝事之精美，它的編撰過程，可說歷盡滄桑！先是明末時的盜匪肆虐，文獻典章，悉遭燬絕！入清以後，遲至乾隆三十八年，州牧袁治創修成書。越嘉慶二十三年州牧趙宜霦補修分爲四卷。至咸豐八年州牧朱百谷重修仍四卷，皆燬於賊。

新志說：續修因舊志遺本，廣加採訪增成十卷。在凡例中有幾項記事，約錄之：

舊志有目無綱，事多雜亂，今續修新志遵憲示條例：以天文、地理、職官、食貨、風教、選舉、人物、藝文八條爲綱。以舊志目錄分彙於各條下，舊目五十三，新增爲七十九。

# 五 後記

拙文起草，從泛覽貴州現存於臺北中央圖書館之方志文二十餘種，及臺北新文豐出版之《叢書集成新編》收錄地理志各家之文集三數種。經予選讀、摘記大綱、撰寫草稿歷時匝月，間又旁騖紛擾！庸碌而不克專心，況以未曾修習史志之專業，果眞執筆有如「椽」之重焉。初欲藉斯作以補前愆！終以膚淺粗疏、而益增內疚。

前人有「赴諸棗梨葦莊，以蕆厥事」之語，予默念之，猶自愧憾。乃不避「優孟衣冠」之譏！疏陋若是，竟仍恣意而爲者，徒恃千古之人已不我知焉，當亦不我咎耶？惟望後之君子，幸勿以螳臂自肆，踐我之拙已。

夫事之僅作於始，固未見其爲功，事不成於終，不惟前功盡棄，且將一生一世陷漫漫長夜之渾然草昧，而自貽伊戚！吾人生居近代，繼前人未竟之事而卒成之，乃歷史循環軌轍之必然，豈能詡詡然自以爲功哉！予不敏敢以拙文爲惕勵之鑑、復贅於篇末云。

曹尚斌一九九五年八月七日初稿於臺北新居

貴州文化與傳統文化國際學術研討會暨中國歷史文獻研究會第十六屆年會論文

# 新蔡明代曹都御史鳳曹工部尚書亨史蹟牌坊軼聞辨識

幼年在家鄉嘗聞縣域西大街，曹尚書牌坊頂上有一謝（解）家小牌坊，因而流傳一個詼諧無稽的故事，及入塾初識字，每到曹家兩座牌坊腳下低徊流連，想一窺大牌坊上又有小牌坊的眞實景況，幾度察看並無傳聞之故事——曹尚書牌坊頂上雖有一類似小型閣門之石碑，乃是強表勅誥之銘文，可惜當時我看不懂那些文句，認識一小部分單字，無法在記憶中連貫成完整的辭義，至今已完全忘記那些斷續的字句了。但有一點我留心要記的，並未發現有謝或解家牌坊的字樣，來臺新察鄉親不下數百人，雖然都知道西大街曹尚書牌坊，也都聽說過這個膾炙人口的故事，但卻人云亦云，未眞正去牌坊上察看究竟，自不能印證傳聞故事的眞實性。個人至今尚能清楚記得的是曹鳳都御史與曹亨南京工部尚書，他們的職銜、名諱那些題目的大字，然而也並非一字不差的原來文句了。

每與我邑鄉親敘及曹家掌故，我非常驚異外姓鄉親比曹姓宗人更多知道，有個曹鳳與曹亨祖孫兩代的史事軼聞；惟傳述故事與史志記載頗有出入，尤其來臺曹姓宗人竟無一家攜來家譜者，幸而在我縣志中有關曹氏遠祖（明武宗以迄清世祖）歷百年間之人物志、宦蹟志等史料甚多。個人在〈新察曹姓譜系記略〉一文中，作了簡要的摘敘。這裡不再重複。

民國六十二年秋間，我在文化學院仁愛路宿舍中，偶然發現一本破舊的「千家詩」（未記版本）書上端部位有連環插圖，附有文字記一個完整故事，竟然就是我新蔡家鄉傳聞的，曹尚書與謝（解）學士（縉）爭執立牌坊位置的無稽故事，不過此曹非彼曹；此解亦非彼謝。千家詩插圖記敘的故事之人物是指明爲，江西某縣之曹××尚書與其同籍之解縉（確有其人）二人，白髮、紅顏相對爭辯的趣事。依稀記得故事的大略是：明．洪武年間江西某縣域內一家豆腐店，有一幼童名解縉者於某年歲末除夕，貼一副門聯，語句是：「門對千竿竹，家藏萬卷書」上聯之一句顯然有感而發的寫實之作，因爲解家豆腐店之對門鄰居，正是茂林修竹的曹尚書庭園！而解家幼童竟能興道神來，即景生情寫出這種聯語，委實是才華畢露，不過下一聯說：家藏萬卷書，未免言過其實，按當時社會一般情況來說，一個賣豆腐營生的人家，是不太可能藏有萬卷書的。出自一個幼童的狂妄之作，引致他人笑談，想必是不能避免的。當曹尚書風聞內情之後，頗爲訝異解家果有此才華横溢的幼童？於是便召家人邀請解縉到家會見，縉得意之色形諸言表，與曹尚書對話過程，不甚愉快，由詞鋒相對乃至爭吵，按插圖故事的粗淺記敘且有曹尚書諷刺解縉是「井底蛤蟆穿綠襖」，解反譏曹爲「油炸螃蟹著紅袍」之類的話，顯然是舊時說唱俗文學的通見之老套筆法。在上述解縉所寫聯語，藉著故事的發展作了兩度修改。即傳述中所謂：門對千竿竹「短」（第一次針對曹家園丁砍短竹子），第二次再加一

「無」字。其下聯對句自然是加「長」與「長有」。這種粗淺的文字遊戲，是舊小說故事中常常出現的技巧與賣弄。如《鏡花緣》一書之文字聲韻的技巧表現，是較顯著的例子。

回到本題從解縉質問曹尚書說：「你立的牌坊占用了我日後立牌坊的位置。」曹故示輕視的回答：「你以後要建牌坊，可以立在我牌坊頂上。」解辭去曹府時又重複問曹尚書剛才說的話是否當眞？曹尚書更以堅定語氣說：「我豈能戲言！」後來，解竟以弱冠之年登進士第！曹尚書只得兌現其諾言，讓解縉於其牌坊頂上，立一小型之解氏牌坊。這本千家詩抽敘的這一故事，如有與解縉同籍之宗人，在其家鄉或亦曾聽過這個民間故事的千古「俗」談吧！希望就您所聞所知的故事史料予以補充校正，相信我所說的那種插圖本的千家詩，必定有更多的人都見過，或曾浸潤其間，三復玩味！

這則軼聞雖假託一眞實人物——解縉其人貫串整個故事，但其情節必非眞實，其所以盛傳我新蔡鄉里村夫市井之口，主要是曹家兩座牌坊太顯眼了。一般人每喜以己意妄斷千家詩插圖故事，就是影射曹尚書。雖然又把江西之解縉張冠李戴扯到新蔡縣來，人們哪裡會以史據考證其是非呢！便這樣把一個荒誕不經的民間傳聞，深植我鄉人記憶中。所謂眾口鑠金，信非虛語矣！

在古代一般平民是不易與《尚書》之尊的達官顯貴相交遊，如有親誼姻戚師友關係，自當別論，人們對官宦之家欣羨，時而詆毀。官府人家風吹草動，均爲外人所矚目，富貴人家的故事，一星一點都可能不脛而走，繪影繪聲，似眞似幻，誇誕時會不一而足。

即使科學昌明的現代社會，蜚短流長尚且難免，況且民智閉塞的中古社會，好事之徒把一個無稽之談的故事，推波助瀾，作生動之描繪，這就如火之就風，助長它的聲勢。到了今天像這一類的故事，就引不起人們的關注了。一般人都是中等以上的智識水準，文獻資料俯拾即得，誰還肯自甘愚矇，即便有杜撰故事的天才，別人要你拿出證據來，眞假立可判明。

或有人以爲我乃曹氏後人，有心爲此事澄清辨正！我不否認特別留意及此，但無意要編一個故事，徒滋紛云。近曾翻閱我新蔡縣志之人物志、官師、官蹟、選舉、援例等各部分，俱未得見有謝或解姓人氏，功名著於志乘者。曹尚書則固有之也。如有人確能提供上述故事之可靠史料者，不僅我個人翹首企盼，想我每一曹姓宗人亦樂聞稱道，草此短文以俟大雅方家之匡佐正之，爰爲之記。

新蔡曹利堂記述於曹氏宗親秋季祭祖前夕

一九八二年秋於新店

# 先秦諸子學綜述

## 一 前言

爲先秦諸子作簡要之撰述，說來容易，起筆難，此蓋因緣「腹笥甚窘」之故。雖然坊間資料汗牛充棟，且反覆於上志下求之思索，尚難得完善之抉取。屢屢翻閱文獻鉅著，要從中覓得任何一學派根柢，予以提要勾玄，仍非輕易可致。誠如羅素所說：「儘管歷史上思想家，無一人與我之抱負爲同一目的者，以其所處之時代及生存環境，都有其個別的意義。況他人於推動歷史的發展，總已盡過一份心力。惟爰於知識進步不止的因素。而前人所努力創造的成果，已不足爲吾人之典範！」

這一引導性啓迪之辭，使人驀然警惕，吾人首要之務，當自省檢視！平日蓄積之學力，能否遍覽諸子百家之學？或曾否專心於某一家人之學的深入研讀，抑受教於專家學者的提領指導。

個人膚淺不敏，貿然承劉會長明軒先生之囑咐，試爲先秦諸子學說，作一簡捷之蒐述。敢效，「述而不作，信而好古」之明訓，引錄若干資料，彙爲此稿：

綜括先秦諸子學說，雖百家爭鳴，百花齊放，然其大恉，要歸於文化範疇；而中國文化之特色，乃爲一民族一國家所獨創，歷史五千年一脈相承，綿延不輟，日新又新。顧我中華民族之形成，亦經長久之融和演進，由分而合，約爲：

一、秦以前上推三千餘年，而奠定大一統之傳承基礎。

二、秦、漢以後歷史百年，爲文化發達開展燦爛成長。

三、宋明以後至近代又千餘年，且吸收歐西文化之優質者以促進我固有文化之質變，而有新生之機素，乃爲文化之成熟期。

我中華文化根植於我民族之天性良知，以德爲本。如所謂：「親親而仁民，仁民而愛物」。視萬物爲一體之人本的理性的。較之歐西地域則以科學昌盛，是理智之根基，方今西方文化瀕於衰落之境，而中華新文化，方興未艾。其所以如此者，蓋以我文化溯自春秋戰國以上，自唐虞以來，即奠定文化傳承的道統：「禮義三百，威儀三千」的鼎盛狀況！迨至春秋戰國之世，禮樂崩壞，綱常式微，《論語》有「季氏八佾舞於庭」的僭越禮分。又有「宰予問三年之喪」的規範，已不存完全之孝思不匱的眞心！

當文化道統之生變，掀起長期的文化蛻變，所謂「百家爭鳴，百花齊放！」形成先秦諸子學說的昌明衍進，爲中國思想奠定優良的傳承道統。

本當就孔子以前，中國哲學之觀念作敘述，藉以明白哲學思想之特質，及哲學史之分期。

這當然以孔孟學爲大宗，其次則爲墨子學派，先秦之世，儒墨兩家爲當時之顯學。（詳見拙文〈儒墨顯學掇說〉爲《華學月刊》第六十六期，一九七七年六月刊布）至於道家學派，乃爲魏晉玄學所推重。

## 二 《莊子》〈天下篇〉要略

有關莊子之事歷，本文亦略（莊子學研究的書不下百數十種，故不備敘）。茲就其書外篇之〈天下篇〉述其概要，後人推崇〈天下篇〉爲先秦諸子學說總匯，堪稱中國學術史最古之著述；溯古道之淵源，敘末流之散佚。……曰：「天下之治方術者多矣，皆以其有爲不可加矣。古之所謂道術者，果惡乎在？曰，無乎不在。曰，神由何降？……兆於變化，謂之聖人。以仁爲思，以義爲理，以禮爲行，薰然慈仁，謂之君子。……後世之學者，不幸不見天地之純，古人之大體，道術將爲天下裂。」

首段之文爲總敘，有「內聖外王」之道一語，包舉中國學術之全部，旨歸則在於內足以資修養，而外是以經世。

……以自苦爲極，曰：不如此，不足謂墨，相里勤之弟子，五侯之徒，南方之墨者苦獲，已齒，鄧陵子之屬……相謂別墨。以堅白同異之辯相訾，……墨翟，禽滑釐之意則是，其行則非也。

此段有「天下之好也眞墨子」，乃讚美墨子兼愛非攻，眞天下之好人也。

古之道述有在於是者。宋鈃、尹文，聞其風而悅之。

本文提及宋鈃，齊宣王時宋人，嘗遊稷下。有《宋子》十八篇，《漢書》〈藝文志〉載，書未傳世。

尹文齊人，與宋鈃俱遊稷下，曾說齊宣王，與齊湣王，《漢書》〈藝文志〉，列名家，有尹文子上下篇。

公而不黨，易而無私……彭蒙，田駢，愼到，聞其風而說之，齊萬物以爲首。

彭蒙，齊之隱士，邃於黃老之學，爲田駢之師，餘不可考。愼到，趙人爲稷下學士，亦學黃老之術，著書四十二篇。漢志列於法家，不知所終。

以本爲精，以物爲粗……淡然獨與神明居，關尹，老聃……以濡弱謙下爲表，以空虛不毀萬實。

關尹，姓尹，名喜，字公度，平王時爲函谷關令，故亦名，漢志載道家關尹子九篇。老聃，《道德經》之著作者，身世未考定。

芴漠無形，變化無常，死與生與，……上與造物者遊，而下與外生死無始終，其理不竭，其來不蛻，莊子自述。

其理不竭，其來不蛻，言事物變化之理，無窮。上與造物者遊，而下與外生死無終始爲友——造物即造化，謂陰陽也。其來不蛻，事物之來不斷。

惠施多方，其書五車，其道舛駁，其言也不中，……萬物畢同異，此之謂大同異。卵有毛，雞三足，犬可以爲羊，馬有卵，丁子有尾，火不熱。

卵有毛——指卵之中有構成羽毛之元素，雞三足，但雞足實爲二，雞足之名爲一，合名與實，故爲三。犬可爲羊，乃非指犬可以變羊也。可以變者，體之改也。馬有卵，當是「卵有毛」之推演。丁子有尾，丁子爲科斗所化，火不熱，熱乃人遇火之感覺，火本身無所謂熱。

惠施，戰國時之宋人也，嘗爲魏惠王相，多才善辯。

桓團，公孫龍，辯者之徒，飾人之心，易人之意，……辯者之囿也。

桓團，列子作韓檀，趙人，莊子當時之辯士，與公孫龍齊名，言行無考。

公孫龍，字子秉，趙人，爲平原君之門客多年，著書十四篇，現存六篇。

飾人之心，飾猶蔽也。易猶亂也，蔽則晦。囿，苑有牆也。又識，不通廣日囿，猶拘墟也。

本篇洋洋大作，接古學之眞派，隱以老聃思想，銜諸家學術而新義。

## 三　莊子其人其書

《史記》〈老莊申韓列傳〉云：「莊子者，蒙人也，名周，周嘗爲漆園吏，與梁惠王、齊宣王同時。其學無所不窺，然其要本歸於老子之言。故其著書十餘萬言，大率皆寓言也。作〈漁父〉、〈盜跖〉、〈胠篋〉，以詆訾孔子之徒……其言洸洋自恣以適己，故自王公大人不能器之。……我寧遊戲污瀆之中自快，無爲國者所羈，終身不仕，以快吾志焉。」這是對想要了解莊子身世之最可靠之史料。

《莊子》一書雖多寓言，重言，卮言，但不宜隨處尋章摘句，過於當眞，莊子師事何人？皆不易辨認，惟在〈山木〉篇提到有藺且這個人與對話，後之注疏解釋說藺且是莊子弟子。

莊子既爲思想家，其於知識性論辯緣故，而接觸一些友人，惠施就是最明見的人。而在莊子書〈逍遙遊〉、〈德充符〉、〈徐无鬼〉、〈外物〉、〈寓言〉諸篇，屢見莊子、惠施之論辯，針鋒相對，觀點各異。試一顧司馬遷以「洸洋自恣」辭，形容莊子，不僅是對世俗標準之抗言，且亦是體驗證悟後之心靈境界的反映！此可見莊子特殊的人格風範。以牟宗三所謂顯豁透脫。

論列了《莊子》〈天下篇〉之對秦以前之諸子百家的評騭之後，秦代荀卿，亦有警世之作，此即荀子書中之〈非十二子〉篇，在本篇之始，先略敘荀卿其人。

《史記》〈孟子荀卿列傳〉曰：「荀卿因嫉濁世之政，亡國亂君相屬，不遂大道，而營於巫祝，信機祥，鄙如小拘如莊周等，又滑稽亂俗，於是推儒墨道之行事興壞，著書數萬言而卒。」荀子雖爲儒學異績——主性惡說，而爲後之儒者之擯斥。他特立獨行，博學睿思，參融諸子百家，自成一家之言，其於孟子，無取其「性善」，而取「人可以爲堯舜」之論，發而爲「善僞」之反調，於莊子無取其「任天化時」之說，而取「天道自然」之論，發而爲「天生人成」的原則，於墨子，無取其「非禮非樂」之說，而取「非命」之論，發而爲積極進取的意志。荀子乃傳承六藝經傳，昌明孔學儒術！居蘭陵受其潛移默化之影響，風氣丕變，人才輩出。（許秋梅《荀子禮義之統》諸論，頁二）

嘉義大學周天令教授說：「荀子時代，貴族沒落，宗法觀念已廢除，農奴制度已消滅，封建國家已瓦解，舊日一切禮制已崩潰。另一方面，分久而合一之大一統王國，卻逐日形成，新的價值體系，新的政治制度，勢必重建，荀子處此新舊交錯，鉅變紛亂之情境，對於傳統舊有之一切，不得不加反省與批判。對其所面臨之新局面，抱以相當之期望！他於〈天論〉篇大破天道之迷惘，直指人祆之禍害，詳述勘天之理論，堅定善僞之信念。於〈王制篇〉則廣從政治、經濟、社會、文化各方面提出一系列之主張與論證，並描繪出一幅統一王國之理想藍圖。

## 四　荀子〈非十二子〉

### （一）　對儒家人物批判

#### 甲　非子思

略法先王而不知其統，然而猶材劇志大，聞見雜博，案往舊造說，謂之五行，甚僻違而無類，幽隱而無說，閉約而無解，案飾其辭……子思唱之，孟軻和之，世俗之溝猶瞀儒，嚾嚾然而不知其所非也，遂受而傳之，以爲仲尼子弓爲茲厚於世，是則子思孟軻之罪也。（《荀子》〈非十二子篇〉）

子思，孔子孫，漢志有《子思子》二十三篇已佚，〈孔子世家〉云：「伯漁年五十先孔子死，伯漁生伋，字子思，年六十二嘗困於宋，子思作《中庸》。」

#### 乙　非孟子

生之所以然者，謂之性；性之和所生，精合感應，不事而自然，謂之性。性之好、惡、喜、怒、哀、樂，謂之情，情然而心爲之擇，謂之慮，心慮而能爲之動，謂之僞，慮積焉，能習焉，而後成，謂之僞。（《荀子》〈正名篇〉）

荀子明確表示「性」所代表之意涵，爲天賦的本質，意即指明其爲生理上的性，大致上是指人之耳目等的感官功能。

章太炎《國學概論》（頁三十三）說：

荀子和孟子都稱儒家，而兩人學問的來源大不同，荀子是精於制度典章之學，所以「隆禮義而殺《詩》、《書》」，他書中的王制、禮制、樂論等篇，可推獨步。孟子通古今，長於《詩》、《書》，而於禮甚疏，他講王政，講來講去，只有「五畝之宅，樹之以桑，雞豚狗彘之畜，無失其時，百畝之田，勿奪其時」等語，簡陋不堪，哪能及荀子之博大！但孟講《詩》、《書》，的確好極，他的小學也精……眞可冠絕當代！由他們兩人根本學問的不同，所以產生「性善」，「性惡」兩大反對的主張。再荀子主禮儀，禮儀多由人爲的，因此說人性惡，經過人爲，乃走上善的路。在孟子是主張《詩》、《書》，詩是陶淑性情的，書是養成才氣的，感情和才氣，都出自然，所以認定人性本善的，兩家的高下，原難以判定。

由於學問所學所重者不同，故主張亦南轅北轍，孟子偏於內聖，以修養自身爲重。〈孟荀列傳〉言孟子「述唐虞三代之德，是以所如不合」。……孟子曰：「夫仁政必自經界始。經界不正，井地不均，穀祿不平。是故暴君污吏必慢其經界，經界既正，分田制祿可坐而定也。」

孟子將自然與人爲的養成，混爲一談，而未來將需要後天擴充的善，歸於僞，是不知性僞之分。且看荀子〈性惡篇〉言：「今人之性，生而有好利焉，順是，故爭奪生而辭讓亡焉。生而有疾惡焉，順是，故殘賊生，而忠信亡焉；生而有耳目之欲，有好聲色焉，順是，故淫亂生，而禮義文理亡焉！然則從人之性，順人之情，必出於爭奪，合於犯分亂理，而歸於暴。故必將有師法之化，禮義之道，然後出於辭讓，合於文理，而歸於治。用此觀之，人之性惡明矣！其善者僞也。」

## （二）對道家人物批判

### 甲　非老子

老子有見於詘，無見於信（《荀子》〈天論篇〉）

（詘信即「屈伸」，古今字。）老子以柔弱勝剛強，不爲先天下先，專務以詘信，而不知自強不息，「日進無疆之美德」，此所謂無見於信也，老子曰：「道常無爲而無不爲，侯王若能守之，萬物將自化，化而欲作，吾將鎭之以無名之樸，無名之樸，夫亦將無欲，不欲以靜，天下將自定。」

荀子以禮義之統爲教，推論人生，文化的宗旨在於禮義的規範下，蓋如只知屈全柔順之安，夫其不只失之消極，用於治世，更爲不足，故荀子反對老子的一味屈全爲貴。荀子曰：「君子時詘則詘，時伸則伸也。」荀子主張君子之屈伸，須依於禮義，通變應事，可至柔，亦可至剛。

老子之回歸自然，反對人文禮儀，乃遠古時之契仰，然文明之進程，不可使人類返於自然之境！老子的理論（想）充其量只能作亂世人心之安慰，而非治亂世方策。

## 乙　非莊子

莊子蔽於天而不知人。（《荀子》〈解蔽篇〉）

莊子思想，徒尚自然，以爲物不勝天，故凡事以復歸自然，爲道之極軌，乃演而爲崇天道黜人爲，「無爲尊者，天道也，有爲而累者，人道也。」

韋政通以爲：「崇天而黜人，必然導致因任自然爲天人的最高原則。」而許秋梅碩士

（《荀子禮義之統》作者）說：「荀子則大力彰顯人類的存在價值。」

水火有氣而無生，草木有生而無知，禽獸有知而無義，人有氣，有生，有知，亦且有義，故最爲天下貴也。（《荀子》〈王制篇〉）

荀子天人之論，在先秦諸子中獨放異彩，有其重大歷史意義，在荀子以前之天人關係依天令先生的分類，則區分爲以下四種：

一、敬天畏天，以儒家代表之。
二、天志明鬼，以墨家代表之。
三、知天法天，以道家代表之。
四、順天應天，以陰陽家代表之。

諸子百家或蔽於天而不知人，或蔽於人而不知天，其末也則儒家趨於封閉自足，退藏於密，道家流於遊戲人間，滑稽亂俗，墨家之攝於鬼神，而陰陽家則屈於五行，人心之無所歸宿，是紛亂之世。荀子晚出，則承負振衰起蔽之大任，故以知天，制天，用天以自命。

陳大齊《荀子學說》頁十五有云：「荀子爲先秦思想界集大成者」，他說：「荀子的自然論，尤其有關天的學說，具有獨到精闢見解，爲當時思想界於異彩。且與近代自然本學的精神相吻合。」

## 丙　非它囂、魏牟

> 縱情性，安恣睢，禽獸行，不足以合文通治，然而其持之有故，言之成理，足以欺惑愚眾，是它囂，魏牟也。（《荀子》〈非十二子篇〉）

它囂事蹟已無可考，在秦以前論及諸子之著作中，《莊子》〈天下篇〉、《尸子》〈廣譯篇〉、《呂氏春秋》〈不二篇〉、《韓非子》〈顯學篇〉，皆不見提及它囂之人事，而魏牟，即魏公子牟，《漢書》〈藝文志〉，〈有公子牟〉四篇，在道家。

荀子深悟縱情性爲亂之根源，故曰：「然則縱人之性，順人之情，必出於奪。合於犯分亂理，而歸於暴。」魏牟以萬乘公之名……其說，天下必應風而偃！至於末流，必以縱情性爲窮聲色，極嗜欲之藉口，荀子溯源力斥，評之爲禽獸行。但，近代有人（梁啓超）以爲太過。惟許秋梅以爲，荀子生當戰國末期，欲結束百家爭鳴之紛亂，自必於言辭上有較重之語氣。其於魏牟之行事並不爲過，況與學術評論，亦無扞格。

## （三） 對墨家人物批評

### 甲 非墨翟

不知壹天下建國家之權稱，上功用，大儉約，而僈差等，曾不足以容辨異，縣君臣，然而其持之有故，其言之成理，足以欺惑愚眾，是墨翟宋鈃也。（《荀子》〈非十二子篇〉）

荀子於先秦諸子中，對墨子的批判最多，主要原因在於墨子非禮、非樂、僈差等，而與荀子之重視禮樂，明分，正所對反之故。

誠如韋政通先生所云：

孔子後，儒家出了兩位大師：孟子、墨子彼二人都對荀子有極嚴厲批評，蓋由墨子的誤解，所引起之不幸後果，孟子主張要思想在心性、道德、人格建立之本上，其與墨子的反激言論，還較少有正面之衝突！而荀子的思想以禮義爲宗，禮是他思想系統之核心，

不可避免的與墨子發生正面衝突，在現存的荀子書中，除非十二子十二篇外，評及墨子者竟達十七次之多。（茲不備錄）

## 乙 非宋鈃

宋鈃（堅音），孟子作宋榮子，宋人。和孟子、尹文子、彭蒙、愼到同時，墨子之徒。顧頡剛先生（《古史辨》第四冊，頁四九六）從《呂氏春秋》推測《老子》之成書年代中引《荀子》〈正論篇〉：「子宋子曰：明見侮之不辱，使人不鬥。人皆以見侮爲辱，故鬥於也。知見侮之爲不辱，則不鬥矣。」一段，認爲宋子主張不鬥，即墨子之非攻。又引《荀子》〈正論篇〉「子宋子曰：『人之情，欲寡，而皆以己之情，爲欲多，是過也。』故率其群徒辨其談說，明其譬稱，將使人知情之欲寡也。」認爲宋鈃同於楊朱「全生保眞，不以物累」之說，顧頡剛則斷言宋鈃以楊朱之說治身，以墨子之說救世，其學說兼具道家與墨家情操，但相互雜揉情形之梗概。

## （四）對法家人物之批判

### 甲　非愼到、田駢

司馬遷曰：「自騶衍與齊之稷下先生，如淳于髡、愼到、環淵、接子、田駢、騶奭之徒，各著書言治亂之事，以干世主，豈可勝道哉」《史記》〈孟子荀卿列傳〉。愼到，趙人；田駢，齊人；環淵，楚人。皆學黃老道德之術，因發明序其指意，故愼到著十二論，而環淵著上下篇，而田駢、接子皆有其所論焉。

荀子曰：「尚法而無法，下修而好作，上則取聽於上，下則取從於俗，終日言成文典，反紃察之，則倜然無所歸宿，不可以經國定分，然而其持之故，其言之成理，足以欺惑愚眾，是愼到田駢也。」（〈非十二子篇〉）

荀子有評愼子言二則，一見〈解蔽篇〉曰：「愼子蔽於法而不知賢。」一見〈天論篇〉：「愼子有見於後，無見於先。」與〈天下篇〉（《莊子》書）稱愼到之言合觀，愼到蓋以道家爲體，而用於法家。

### 乙　非申不害

《荀子》〈解蔽〉解曰：「申子蔽於勢而不知知。」《漢志》法家有〈申子〉六篇，其書今佚。年代稍晚於慎到，而同是前期法家之申不害，在思考政治問題時也跟慎到一樣思索著國君與臣僚的地位與相互的關係，及合理之君臣關係如何？慎到偏向於整個國家的基本政治原理，申不害較側重於國君對臣僚支配與控制的論題。如申子言：「明君如身，臣如手。君若號，臣如響，君設其本，臣操其末。君治其要，臣行其詳，君操其柄，臣事其常。」

## （五）　對名家人物及其他諸子之批判

### 甲　非惠施、鄧析

不法先王，不是禮義，而好治怪說、玩琦辭，甚察而不惠，辯而無用，多事而寡功，不可以為治綱紀，然而其持之有故，其言之成理，足以欺惑愚眾，是惠施鄧析也。（《荀子》〈非十二子篇〉）

惠施、鄧析二人事蹟，據梁啓超先生考訂：惠施，魏惠王時人，曾為魏相，與莊周為友，

《漢志》有〈惠子〉一篇，在名家，書已佚，其遺說散見《莊子》、《荀子》、《韓非子》、《戰國策》等書。清·馬國翰有《惠子》輯本，采錄未備。漢志又有〈鄧子〉二篇，在名家，原注云，鄭人與子產並時，書已佚，今所傳《鄧析子》，乃後人僞託，不甚可信。《列子》〈力命〉：「鄧析操兩可之說，設無窮之辭。」而《呂覽》〈離謂〉：「鄭國多相縣以書者，子產令無縣書，鄧析致之，子產令無致書，鄧析倚之，令無窮，則鄧析應之亦無窮矣，是可不可無辨也。」析蓋長於智辯，故後此推爲名家之祖。

《呂氏春秋》對鄧析之記載：「以非爲是，以是爲非，是非無度，而可與不可日變，所欲勝因勝，所欲罪因罪，鄭國大亂，民口讙譁。子產患之，於是殺鄧析而戮之。」（《呂氏春秋》〈離謂〉）

鄧析混淆是非，使民眾譁然，常發異論與執政者相抗，子產下令不得匿名誹謗，鄧析便故意寫匿名信，送子產，子產改命令，鄧析找命令之漏洞，而其兩可之辭，更操弄是非於口舌。荀子以鄧析、惠施並題爲名家，可能認定二人思想淵源亦同爲一派。

## 乙　非陳仲、史鰌

忍性情，綦谿利跂，苟以分異人爲高，不足以合大眾，明大分，然而其持之有故，其言之成理，足以欺惑愚眾，是陳仲，史鰌也。（《荀子》〈非十二子篇〉）

關於陳仲的事跡，孟子的記載最爲詳盡。

匡章曰：「陳仲子，豈不誠廉士哉？居於陵，三日不食，耳無聞，目無見也，井上有李，螬食實者過半矣，匍匐往將食之，三咽，然後耳有聞，目有見。」孟子曰：「於齊國之士，吾必以仲子爲巨擘焉，雖然，仲子惡能廉，充仲子之操，則蚓而後者也，夫蚓，上食槁壤，下飲黃泉。仲子所居之室，伯夷之所築與？抑亦盜跖之所築與？所食之粟，伯夷之所樹與？抑亦盜跖之所樹與？是未可知也。」曰：「是何傷哉！彼身織屨，妻辟纑以易之也。」曰：「仲子，齊之世家也，兄戴，蓋祿萬鍾，以兄之祿，爲不義之祿而不食也？以兄之室，爲不義之室而不居也，辟兄、離母，處於陵，他日歸，則有饋其兄生鵝者，己頻顣曰：『惡用是鶂鶂者爲哉！』他日，其母殺是鵝也，與之食之，其兄自外至，曰：『是鶂鶂之肉也。』出而哇之。……是尚未能充其類也乎，若仲子者。蚓而後充其操者也。」（《孟子》〈滕文公下〉）

孟子對陳仲以隱居爲清高，則大不以爲然，故而舉其故事加以諷刺，其意即在反對陳仲隱居以逃避倫常，違背人情。

至於史鰌之事跡，依梁啓雄先生曰：

其名亦見於《韓非子》、《戰國策》，馬國翰有《田仲子》輯本。史鰌即《論語》之史魚。孔子稱其直：「直哉史鰌！邦有道如矢，邦無道無史。」（《論語》〈衛靈公〉）外傳記其以尸諫。《說苑雜言》亦記孔子稱揚史鰌的話，說：「史鰌有君子之道三，不仕而敬上，不祀而敬鬼，直能曲於人。」

荀子批判陳仲，史鰌「忍情性，綦谿利跂」，恰與前一例的它囂、魏牟「縱情性，安恣睢」相反。按，于省吾曰：「谿讀作蹊，蹊徯同用。一切音義引通俗文：『邪曲通曰徯，蹊徯同字，綦蹊利跂，應讀作「極徯利歧」，言極其邪徑而利其歧途也。』」就荀子對人類情性的看法而言，不主張放縱恣睢。然亦不主張過度強忍意志，孟子對陳仲的行徑，已評之爲「充仲子之操，則蚓而後可」，荀子對於其行徑亦云：「苟以分異人爲高，不足以合大眾，明大分」，正說明其標新立異之言行，不合於大眾的情性，也違反了社會的群體生活，只是欺世盜名之輩，故荀子亦云：

人之所惡者，吾亦惡之，夫富貴者，則類傲之；夫貧賤者，則求柔之。是非仁人之情也，是奸人將以盜名於晻世者也，險莫大焉，故曰：盜名不如盜貨。田仲（即陳仲）、史鰌不如盜也。（《荀子》〈不苟篇〉）

綜觀莊勞二人對先秦諸子之評論，吾人當能了解諸子百家思想的不同傾向！並略以衡量諸子的思想價值與侷限。尤以莊、荀二人之客觀的批判精神及中肯的方法令人欽敬！從荀子對儒家重要人物，孟子、子思、子張、子游、子夏等人的批判，而使得逐漸迂闊僵化不合時宜的佛學，得以復甦振興！近世更見地球村遍設「孔子研究學院」其於儒學人文風貌，廣被人世！毋寧視爲世界性文藝復興之先兆，吾人當翹首以盼。

二〇〇八年十一月二十九日初稿，原載於《中原文獻》卷四十一第二期

# 儒學以人本開宗

所謂人本主義，就是以人爲中心的思想學說，和這相對的是自然主義、超越主義。例如道家之以「法自然」爲立說之根據，顯然否定人爲本位的。先秦儒家除了孔、孟學說強調人本主義外，尤其荀子更是主張以人爲中心的典型人物，當然他是主張性惡說的，他以爲人之爲善人，爲善，乃是「僞」，僞即人爲，意即人須努力向善，方能得善。

先秦儒家之人本思想是以人類爲社會的存在爲前提的，不過所謂社會性，在儒家中，諸如孟子、荀子，他們的看法多少有所不同的。孟子由人倫亦即人間關係肯定人的存在，而荀子則主張人由於經營群眾生活而得以戰勝其他動物（〈王制篇〉），所以人是離不開群眾的。換句話說，孟子著重共同社會，而荀子著重在利益社會，孟子注重存在於諸種人間關係中的個體，所以主張性善，而荀子則注重集團中的人類，因而認爲與個人人權，無關的統制集團的外在制約是必要的，所以才主張性惡說。換句話說：孟子的主張是論理的、荀子的主張是政治的抑或社會的。

在把人類看作是社會存在的儒家，自然就不得不把人間關係當作問題，荀子注重君臣、父子、師弟等人倫關係，而最具代表性的孟子五論說：「父子有親、君臣有義、夫婦有別、長幼有序，朋友有信。」這五倫間所當遵守的規則親、義、別、序、信五者間不但不互相排斥，更是相輔相成，它就是儒家人本思想所揭示的中心德目。（《中國思想之研究》）不僅是孟子學說中顯示出人本主義的思想，即早在孔子以前的古藉中，就已經孕育了人本主義的樸素哲學理念。

先秦早期春秋時，人本思想，可由《左傳》的記載得到證明的，而像《春秋》等人本思想的史書初次的出現，以為時代稍後的《論語》等個人言行記錄的編纂，更值得注目，也就是說，《春秋》以前的文獻，《書經》是帝王的記錄，《詩經》雖說是民謠，民謠能表現的是眾人共同的感情，不是個人意志情感的表現，春秋卻有完全是個人事跡的記載意義存在，重要的是還可看到有關個人的記錄，那表示對人類行動關心的強化，這種趨勢之形成，是由於封建制度的崩潰，以前的體制、社會習慣漸漸不適合於現實，人們不得不注意自己而來的。

孔子說：「天生德於予」（〈述而篇〉）。這話承認天的賦與（即不忽視天），同時提示了人具有固有德性的自覺和自信，那是值得注意的。又古代文獻所看不到的忠，也就是人的誠心，這概念的發生，也可說是個人自覺的強化。孔子又說：「人能弘道，非道弘人。」（〈衛靈公〉）這話又強有力的表現了孔子天人合德的思想見解。

孔子由敬天思想而展開人本思想的見解，是以《詩經》、《書經》為中心的看法，而《詩經》和《書經》說不定是春秋時代的作品。至少《書經》中的〈周書〉是周初的記錄文獻已成定論，而現在問題關鍵所在的敬天思想是其中最可信的部分。

孔子所創建的「仁」的思想就是像人，以此爲前提，在孔子門人之間產生了探究人本來面目的人性論，其後，儒家始終在這人性論上下功夫，而其他學派卻對人性問題漠不關心，不就是最好的說明嗎？也就是說，由於孔子開始以像人爲中心的仁爲主題，所以弟子們才屢向孔子問仁，而所問的不只是仁的定義，弟子們的意識中，往往以如何才能成爲仁者，仁者之心境是如何等爲問題的中心。也許那是由於孔子嫌惡抽象的觀念論也說不定，不過，在弟子們的眼中，孔子已是仁者的典型，所以對於何謂「像人」、或「人」的問題不懷什麼深的疑問！但自孔子歿後，眼前那模範已消失，看著世間的人心不古，於是對人性的懷疑增加了，因此，仁的探究變成人性的探究。孔子同時之其他學派似無人性論究的問題（《莊子》書中雖出現過性字，但意義不同），那就是儒家特別以人的探究爲主題的證據，這不得不說孔子仁的主張是有他內在原因的。（《中國思想之研究》）

儒家之以「仁」爲出發的學說，雖然有其承續脈絡，例如自古以來之「人心惟危、道心惟微、惟精惟一、允執厥中」十六字心法的中道思想。而孔子受到啓迪，發爲人本學說，可以說是承先啓後，其命維新的人文哲學。

《論語》末篇，孔子揭出：「堯曰：咨爾舜、天之曆數在爾躬，允執其中，……舜亦命禹。」這說明孔子思想之所本。故孟子稱道孔子爲「祖述堯舜憲章文武」，又揄揚孔子爲聖之時者，這並非過譽之詞。

中華民族建立王朝，進入文明世界，有說自夏開始，甚而遠溯到堯、舜。也有傳說是從黃帝時代就開始的，不過，今日能確實肯定的是殷商的後半期。

自殷墟出土的大量的甲骨文及其他的遺物、遺跡，我們不但可以了解殷的整個時代，且可推知自殷以前的狀態至殷商成立的經過。殷王朝爲了對抗來自西方，西北方異族的入侵以黃河流域爲中心的各氏族，爲了維持和平，才以它爲中心而結集起來成爲一個王朝的。

一旦，一群人集合而營共同生活，當有一種東西作爲共同的目標，支持其共同精神，而且超越個人使其不離規範，維持團結，像國家這種大團體，必有那種東西存在，而且水準相當高的。太古時代，各氏族部落都有其固有精神來維持部落的團結及集體行動。結合諸氏族而建立王朝的殷，創造了使諸氏族尊崇至高的神聖存在者上帝，憑對祂的信仰而服從殷王。

上帝成爲支配人事和自然的唯一超越者，憑此解決了人力無可奈何的國家全體的共同問題。依今日所知殷王朝是中華民族最初的國家建設與氏族部落結合的完成者，而上帝便是他們爲結合諸氏族共同的善意底神聖存在。到了後世，雖名與本質不同，但就如儒家的天命、墨家的天志、道家的天道，或其後的對天崇拜，乃成爲人道、物事的根源。並孕育了人本主義人文思想的種籽。

到了殷末，上帝的神威漸衰，主權遂增，周武王就是以武力推翻殷王朝而建立周王朝的，這也顯示了由神權時代過渡到人權時代的徵兆。

周王朝一方面憑人為的力量改編諸侯組織，另方面，繼承殷祭上帝之禮，以上帝為王國共同的權威。只是周革殷之後，上帝成為間接監臨諸侯。所謂天命，不只在王國的統一，而且超越它，表示諸侯諸國共同完成的理念。

由原來以自然發生的習慣為基礎的上帝祭禮，或以此為中心的朝廷儀式中，增加了鞏固周王朝秩序的強制力，及使其承續化的傳統性。祭典中諸侯百官、眾士的位置及其所掌職務、行儀等，乃是王朝秩序的象徵，而且是依天命所定的憲章。這顯然已超出了商朝的宗教性祭禮，而更加提高了人倫秩序的禮制意識。《論語》載孔子讚美周朝禮制說：「周監於二代，郁郁乎文哉吾從周。」從事奉上帝的完整的統一概念，衍變為具體的共同秩序的禮制，已成為人倫秩序的典型。也就是文化傳統的奠定和形成。

與人倫秩序同時，人的意識已逐漸脫離神的隸屬，是周文化特色之一。任何民族都有創始其民族光輝歷史的英雄，而周是人文色彩較濃厚的王國，這王國的建立者便是文王。文王是中華民族文化之父。到了後世，儒家和墨家崇拜文王，倡「先王之道」主要的理由在此。（《中國思想之研究》）以孔子為中心的儒家學說，更著重人本主義的闡揚，故對後世影響之深廣度，遠超過墨家等學說為甚。

孔教，由時代的趨勢和《論語》或儒家的傳統來看，是由恢復人的信心開始的，人既不是在相競爭，也不是依賴對上帝或神的信仰的；人是要由互信而結合以維生的，是要積極的相親相助的，所以禮教、儒教乃至儒學都是道德倫理之教。後世人性之發皇，由人取代了神權威嚴，並創造超越神的理念，奠定人爲萬物之靈的思想概念，確立了人在宇宙間之唯一主宰地位，而儒家所倡說之人文思想實爲一切啓迪人性導向人本主義思想學說之根源。

儒家學說的始祖孔子，他之所以受後人尊崇爲至聖先師，確有其特立獨行之思想行爲所以致此者，孔子時，王綱式微、邪說暴行有作，但他既不維護某一諸侯國的權威，也不受貴族的支援，但憑己力以興學傳道，他所授弟子沒有地域的區別，沒有階級的區分，有教無類。從學之徒數逾三千，由此可證，孔教在當時是含有普遍性的，孔子終生追求眾人行爲的規範，即所謂道。求道就是孔子所謂學，我們可以說孔子是最先把學問放在完成人格的必須具備之重要條件。（《中國思想之研究》）

由後天的教養以完成人的一定範型，使人皆爲堯舜的至善至眞之理想，這是先秦儒學的超越創見，也是後人極力推崇儒教的主要原因。

以上散敘泛引略揭先秦儒學「仁與禮」說之範圍綱領，予人一綜括之概念，即一切皆以「人本」爲圭臬。由於針對「人世」種種而孕育之仁道哲學。故而具有一種隨時生化的特性！正如孟子稱說：孔子，聖之時者也。因此，我們又可以現代民主思潮附會於先秦儒家之人本哲學體系中。如張其昀所說：

儒家思想富於革命精神，以伸張民族爲其職志。歷代政治制度凡稱爲良法美意者，苟深探其本原，莫不含有伸張民權之用意。歷史上只有盛衰隆替之變遷，苟以慧眼觀察之，則中國歷史可說是一部爲民治奮鬥的歷史。

先秦儒學之民治思想由於內發，而非舶來，蓋幾千年來民本哲學的淵源國民的心習，人文歷史的傳統，物豐土肥，地理的背景，凡此種種均足爲我國未來民主政治奠定深厚的基礎，果能取固有民本思想的良法美意，與西洋的憲政成規，鎔合一爐，則中國的民本政治前途，一定是異常光明。並深信我由來已久之人本主義的民族特性，仍將爲決定歷史潮流的最大因素。」（〈民族思想序〉）

# 《論語》揭櫫「道、德、仁、藝」學旨索要

## 一　導言

理想人道之建立，有賴於仁、孝、忠、恕之實踐；仁、孝、忠、恕之實踐，有賴於教育之培養；故孔子於一切人事之中，最重教育，以教育爲積極救世之不二法門。

推孔子教育之目的，唯在實現「仁」之理想。而所以實現之原則，要言有二：

一爲主觀的仁心之培養，曰：「興於詩，立於禮，成於樂。」（《論語》〈泰伯〉）

一爲客觀的仁行之實踐，曰：「志於道，據於德，依於仁，游於藝。」（《論語》〈述而〉）

所謂興於詩者，乃言要培養人有詩一樣豐富、純摯而含蓄之感情；立於禮者，乃言興於詩之感情應以禮爲基礎，始不致流爲荒誕不經，於辟邪侈；成於樂者，乃言興於詩而立於禮之感情，須以音樂陶冶之，使喜、怒、哀、樂之發皆能中節。

所謂志於道者，竊以此道之意義可從幾方面說，首先以求學言，第一要立志。孔子曰：「吾十有五而志於學。」（《論語》〈為政〉）孟子曰：「士何事，曰尚志。」（《孟子》〈盡心上〉）志大者，志於道。學者志不立，一經患難，便見消沮，志不眞，則用功未免間斷。清儒張爾岐曰：「學者一日之志，天下治亂之原，生人憂樂之本矣。」

無論志於學或道，約其要旨皆在由為學工夫，以建樹其人本的「仁道」典則。

夫志者，學術之權威，樞機正，則莫不正矣！其次言道。道是超越時空，而天人合一的基本原理。孔子曰：「人能弘道，非道弘人。」（《論語》〈衛靈公〉）可見道由人立。整部《論語》，處處可以發見孔子以「人」為中心；以「人」為主體。有見《荀子》〈儒效篇〉曰：「道者非天之道，非地之道，人之所以道也，君子之所道也。」中國人生活的興趣，是寄託於現實，當下俱足的人世間。

孔子之「仁」學，一切以人為本位，其出發點在此，是即所謂人本哲學。因其樹立以人為本之人道典則，故當以志道始。

道是人生宇宙之基本原理。由原理原則來指導現實，起而力行以解決現實上之諸問題，稱之曰德。

儒學以人為本，由人出發而認識了道。道之原意為道路。道字從首，即人向前看的意思。從行路的大道，引申為做人的大道……道乃人類文化的結晶，完整統一的理論，人生崇高的理想，和立國基本的精神。道是孔子學說的中心思想，求得了此一中心思想，然後爲學做人始得有所準據，此即志於道的本義。分析言之，則爲天人合一之道、心物合一之道，與知行合一之道。

道是崇高的理想，德是具體的實踐。孔子所言之德，乃總攝德行而言，亦即諸德目之大共名。乃可據此而達於道。德行之表現，或秉汎愛之仁，或重分別之義，或出於自效之忠，或出於踐言之信，要其所向之目標，爲人類之公善。仁爲諸德之長。仁者統一諸德，而有最高之價值。是乃一與多之問題。仁是一，諸德是多。

孔子論仁，自有承襲前人之部分，仁，乃諸多德行中之一目，而孔子提高仁之地位，使其成爲統攝諸德之總名，並更新其意義與內容，作爲完成人格之總目標。孔子把仁看作其一切德行之根本，或培養其他一切德行的起點，仁爲德行的起點，仁爲德行踐履之事，而非文字語言之事，仁的觀念是先秦儒學核心觀念，也是形成我中國民族性最大的因素。孔子倡導仁的觀念，實爲人類思想最偉大的創見之一。不僅值得中國人珍視，而且應成爲全人類共同精神遺產的一部分。

道、德、仁、藝是前後一貫，相因而至的，道德與仁都是哲學之事；藝即六藝，禮、樂、射、御、書、數是教育之事，是各種教材。禮是文化，樂是音樂，射、御是體育，書是文學，數是科學，構成了孔門教育全部的內容。然必先識仁，才能游於藝。游的意義是要出於愛好，出於自動，如鳶飛於天，魚游於淵，又如清渠之溉稻，流泉之濯足，要做得精熟、學得瀾透，然後取而應用，得心應手。惟其如此，才能使道、德、仁、藝的精神修養，融凝一體表現爲仁心仁行，表裡如一的完美典範。

人若於修道、立德、行仁皆以悅樂心情赴之，則道之實行也必易，甚而游刃有餘。優遊涵泳，心神奮發，穎悟自得。無論是對「仁心」的培養，或「仁行」的實踐，其最終目的則是奠定一完美的人格範型。亦惟如此，才把人道哲學的體功用顯現出來。

孔子教育弟子，即注重道德的實踐，以完成其人格，能自立立人方稱爲士。在政治上應該實行忠恕之道，以謀理想社會的實現。孔子最重視政治道德，於經濟軍事自然也不輕視。但如食、兵、信者必不得已而須裁減時，他主張先去兵，次去食，惟有信義不能去。他說：「自古皆有死，民無信不立。」（《論語》〈顏淵〉）先秦儒學既是人本哲學，而於人生方面有獨到的見解，並確能代表中國民族性完整輪廓之寫照。全人類對於人生能忠實態度的人，對於以孔子爲代表的先秦儒學，必能感到同情與興奮。

中華文化以倫理爲中心。所謂倫理，總括地說，不外乎仁。仁有三個方面，對天、對己、對人。對天的仁，就是事天與順天，就像孔子對魯哀公說：「仁者事天如事親。」（《禮記》〈哀公問〉）《易經》說：「湯武革命，順乎天而應乎人。」（《革卦》〈彖辭〉）對己的仁，就是忠，忠於人之所以爲人的天性，這是修己的工夫，也就是孟子所謂：「反身而誠，樂莫大焉。」（〈盡心上〉）至於對人的仁，在消極方面，當然是「己所不欲，勿施於人」（《論語》〈衛靈公〉）。世界上的學者，大都把這句話當作孔子的黃金律。其積極方面，則如所說：「夫仁者，己欲立而立人，己欲達而達人，能近取譬，可謂仁之方也矣。」（《論語》〈雍也〉）對人的仁，就是恕。恕也就是《大學》裡所謂：「絜矩之道。」和這裡所謂的「仁之方」。儒定學說，尊重人格，提高人的地位。仁與生命相終始，人生的整個過程，生生不息，永無輟止之時。其所謂生生不息，雖係自然法則，亦當盡人爲之力。即如先總統 蔣公所謂：「生命的意義在創造宇宙繼起之生命；生活的目的在增進人類全體之生活。」至於此種抱負之實現，乃在完成仁道的人本主義理想。

孔孟學說是始終肯定人的內在美德，故主張把人的內在性情盡量發揮於外。孔子提出原始共感的同情心——「仁」來作人類行爲動機的基點。而求敬天愛物，忠己恕人，一以貫之，以化成天下爲仁義世界。孟子繼而緊扣「不忍人之心緒」，要「先立其大者」，而後加以普遍妥當而必然的規範——「義」來指導人類的道德情操，以及創造衝動，加以「大而化之」，「盡心盡性」，以至於「知天」，「怡養」「浩然之氣」以充塞宇宙。如此一來，要求人人自覺地去發揮美德，以同情相處；努力地去順應自然，以謀厚生。天下都在愛的氣氛之中，各盡其能，各抒其情，則國家與君王的存在，是以教化人生，愛養萬民爲尚。要之，人性是善，故人應該去開發善性，更努力的去發揮良能，親人愛物敬天，以充實和諧。則人是把同情心由內向外，可以成爲大我的存在。進而實現天下爲公，世界大同之仁道人本主義崇高理想。

孔子學說較中國任何其他學派，擁有一個更爲完備、一致，與實際的現實生活的道德系統。孔子深刻體認世界一切問題，都是人的問題；人與人間的倫理關係與仁之確立，爲一切問題的先決。故曰：「父子有親，君臣有義，夫婦有別，長幼有序，朋友有信。」（《孟子》〈滕文公上〉）又曰：「五者天下之達道也。」（《中庸》）道德爲人類生共存之具體規定與實行。故曰：「本立而道生。」（《論語》〈學而〉）在儒學中，各重要概念，都以人爲中心，是相互依憑，彼此分不開的。

孔子及其信徒，對於每一人與人的價値，都平等的加以肯定和尊重，而西方所謂個人平等、個人自由，以至由每個人對己，對人，對家國、天下的責任，都一樣有所肯定，孔子則從每一人的道德責任上談平等、談自由、談個人對團體的關係，所言自可異於西方，然其義絕不和西方相衝突，且可有相輔相成之效。孔子倫理以仁爲中心，仁就是人，就是人之所以爲人的本質或要素。仁是宇宙的本體，也是人的本體。孔子學說乃是完整的人本哲學，把人當人看待，尊重個人人格。它在促進全人類之進步，無階級之分，無種族之分，無性別之分，無富貴之分。人本哲學之要旨，便是要建立一種政治、經濟、社會的秩序，以爲人類服務，並幫助他人與團體，獲得人性的尊嚴。這一理想之實現，應是人類共同的期望，共赴以進的責任與使命。惟我炎黃子孫，當以完成此重責大任相期勉。

吾人放眼未來世紀，將是以儒家人本哲學爲導源的新人文科學之興起，亦即以中國文化爲本位的，新思想所形成新世紀文明之建立。此後人類將逐漸解脫物慾桎梏，追求並創造崇高的精神生活，以開拓人類自我的福澤園地，以進大同之境域！這一新世紀之光明遠景，即將如旭日之初升，此情此景，殊令人振奮而感觸良多。且一瞻顧新世紀輾轉之軌轍，益發人深省，懲前毖後，足資鑑戒！

以中國文化之中心觀念以「人」爲本的世紀，即人的世紀，或人文的世紀。而二十一世紀之中國，亦即人的中國或人文的中國。這種人本文化最後必覆被全人類之思想具有啓導領悟功用。

放眼世運之轉移軌跡來看，十九世紀爲西方向東方侵略的世紀，而二十世紀則爲東方民族次第自西方壓迫中求獨立的世紀。也是東方求與西方平等，亦對西方有若干報復之世紀。東方在二十世紀之升起，顯然見一世運之轉移。（古今世界現勢之實例甚多，勿庸列舉）

由二十世紀七十年代到二十一世紀之三十年中之人類，必當更開啓一新時代。此時代東方將不再對西方求報復，東方的文化與政治，亦將以一新姿態出現於世界。

《中庸》有言：「繼絕世、舉廢國、治亂持危，厚往而薄來」。這是先秦儒者「以天下爲家，中國爲一人」（《禮記》〈禮運篇〉）的大德而化的人本思想，由此而影響於文學藝術者，乃顯見其廣被化育的高超境界。以下各節約略申敘，以見其梗概。

## 二 文字與文學的互文生義

孔門之文學觀，最重要者有兩點：一是尚文，一是尚用，惟其尚文，所以不同於墨家之節喪非樂；惟其尚用，所以不同於道家之清虛自守。儒家崇文致用的文學觀，像似矛盾，而孔子卻能善爲調劑，絕不用其衝突。「中庸不可能也」，而孔子思想卻是處處能恰到中庸的地步者。大抵其尙文的觀點本於他論「詩」的主張；尙用的觀點又本於他論「詩」的主張；尙用的觀點又本於他論「文」的主張。而同時論《詩》未嘗不主應用，論文也未嘗不主修飾，所以能折中（衷）以維中道。這是先秦儒家本於「仁道」哲學的人本思想，化爲一切經濟文章的基本原則。由於此種執兩用中的精神徵兆，所以處處顯見其人本主義的特徵。

周秦諸子的學術思想在後世頗有權威，對於文學未嘗不有相當的影響。尤其以素主尙文之儒家爲尤甚，後人以崇奉儒家之故，遂以宗其著述，以宗其著述爲文學模範之故，遂更連帶信仰其文學觀念，先秦儒家之文學觀，必然植基於人本的仁道思想領域內，故而形成根深柢固，影響深遠的傳統勢力，並深契人心。

先秦儒家之所謂文學，是向於學術的。如，《論語》〈先進篇〉云：「文學子游子夏。」此所謂「文學」，其義則廣漠無垠；蓋是一切書籍，一切學問，都包括在內者。揚雄《法言》

〈吾子篇〉云：「子游，子夏得其書矣。」邢昺「《論語》疏云：『文章、博學則有子游子夏二人』」。曰「一書」曰「博學」，則所謂「文學」云者，偏於學術可知。故邢氏所謂文章、博學，並非分文學爲二科，實以孔門所謂「文學」，在後世可分爲文章、博學二科者，在當時必兼此二義也。是則「文學」之稱，雖始於孔門，而其義與今人所稱的文學不同。

孔門雖不曾分文章、博學爲二科，而在文學總名之中實亦分括文章、博學二義。大抵時人稱名：就典籍之性質言，則分爲「詩」、「書」二類；就文辭之體裁言，則別爲「詩」即邢昺所謂「文章」一義；其所謂「文」或「書」則邢昺所謂「文章」一義，其所謂「文」或「書」則邢昺所謂「博學」一義，而「文學」一名，又所以統攝此二種者。

中國固有之著述，當簡要清通。顧亭林曰：「辭主乎達，不論其繁與簡也。若今日謂文辭有繁有簡，繁者不可簡之使少，猶之簡者不可增之使多。孔子曰：『辭達而已矣』，不在華藻典瞻」。中國文字遠在兩三千年以前，就其使用於文字詩歌中者，隨手舉例，淺顯明白……中國古文使語言文學化，文學人情化，一切皆以人生之眞情感爲主，此正顯示儒家表現於文學上之人本特色。

《易》〈乾．文言〉：「子曰：修辭立其誠」。《禮記》〈表記篇〉：「子曰，情欲信，辭尚巧。」《左傳》載，「仲尼曰：『言之無文，行之不遠』。」（〈襄公二十五〉、〈襄公二十五〉、〈襄公二十〉、〈襄公二十五年〉）都是講孔子對文學的見解。蓋古人所謂誠，即正心誠意之誠，在文學上則是眞實不妄，有內容，而不是言之無物。

文學貴簡明扼要。衹要達意，便不多說，常會有含蓄。至於辭尚巧，乃文學的技術問題。陸機〈文賦〉云：「其會意也尚巧，其遣言也貴妍，暨音聲之迭代，若五色之相宣。」文字要有形式，形式是文字組織的完美。孔子無所不學，無所不知，對於文學的看法，雖在二千年前，即立正確不易之理，眞令人仰之彌高。吾人相信，即再二千年後，其人本的仁道哲學，仍將光被寰宇。

明白儒家文尚質樸，修辭以誠的精神，由此而發展爲人本的文學特色，探其本原，得先自中國文學、文法的特性，析其相互爲用的連帶關係。

就中國文字之形式與內容析述其與文學、哲學之密切關係者：

## 三　就形式方面講文字與文學的特殊意趣

中國文字都是單音的，而音與形都有意義，不僅音表義，形亦表義，因此要了解中國的文字，一方面了解它的音，一方面又要了解它的形。此言了解文字之方式，是要耳目並用。譬如日暮之「暮」字。《說文》云：「莫」，日且冥也。从日在茻中。會意。茻亦聲。而「莫」、「悶」、「瞞」——「暮」是雙聲，意義也相近。莫、勿、弗、沒，是疊韻字，意義亦相近。

中國文字中，雙聲疊韻字意義多可相通。故而有同義假借之爲用。

又因一字之聲變韻轉所成之字義多相通，所以爲適合一定之音律，我們亦易於找著互相代用的字，以綜合照顧到文學的形象性與音律性。但其他的拼音文字，卻只能從其聲音方面知道它的意義，而不能從其形體方面，來察其意義。拼音字是以異音表異義，不能兼利用形之異來表示之異。因而亦不能有二字同音的情形。又拼音字一字恆有多音節，故一字多無與其義相通之其他雙聲疊韻字，在詩文字，不能用變音轉韻的方法，以聯想同義的字，而自由加以組織運用，以適合音律的標準。而拼音字又缺乏直接之形象性，而中國文字兼重形與聲以表義，使人易於兼顧到文字之直接的形象與音律性，是更適於文學的。由我文字的結構特性以觀，它比拼音字更具有活用的完美性，也更具人文色彩。

中國文字音、形皆表義，故中國地名與人名等皆有其意義，而無純粹的地名與人名。因爲中國文字中人名地名之字，皆原另有其意義，便可引起種種聯想與情意。所以中國的地名人名，亦大都可以入文學。如，張繼〈楓橋夜泊〉詩「姑蘇城寒山寺。」姑蘇原是地名，寒山是一僧名。然「姑」「蘇」「寒」「山」都原有其他意義，可引起種種聯想與情意，便可入詩。東坡詩「綠楊城郭是揚州」。揚州是地名，但揚字原有意，揚與楊音近而義通，便可融成一詩境。除人名地名外，連商店名亦皆有意義，如：同仁堂、大生堂、不醉無歸、杏花村等皆可入文學。再推廣來說，歷史上之每一朝代名，如「漢」「唐」，年號如「開元」、「天寶」。園名、房屋名、書齋名，以至街名，亦都有其意義，而可引起人之聯想心與情意。

## 四 中國文學與哲學的關係，亦可從文字表達來析說

一、中國文字兼用形音表義，須耳目並用，能耳並用，則耳聰目明，謂之有智慧。可說是一綜合的方式之聰明。中國哲學之思維方式，大體說不長於分析，而較長於通觀與綜合。因中國文字聲音富暗示性，重形而有形象性，所以中國之哲學的語言，亦富於暗示性、形象性，而近乎文學。

二、中國文字之寓關係於形象之結構中，與中國文句之組織，不重寫出介詞、連結詞，及中國哲學不重抽象關係之分析，而重將抽象關係隱涵於具體事物之聯結中，加以指示之態度，可說互為因果。由此而知，中國哲學重即器見道，即事言理、即事即物以喻理，如以水之源泉不息，喻性體之流行，以鏡喻心之類，此亦使中國哲學近乎文學。蓋中國文學更適於表達人文思想。

三、中國之人名、地名、朝代名等皆表義，而此義中亦可有哲學之義。故中國人之哲學思想，亦可說無所不在。我國人把自己之名字一想，此中幾皆有哲學涵義。中國的都城名，如：長安、建業；紀元名，如：開元、建安，城市名之保定、永寧。北平故宮殿名，如太和

殿、文華殿。書齋名，如：養性齋、遜志齋、尚文齋等；堂名，如：同仁堂、永安堂，皆處處是人文，亦處處有哲學。而哲學在具體之人地之名中，亦即類似文學。

四、中國文字不因時間、格位、人稱、多數少數，而有語尾之變化，中國哲學亦重講普遍於各時代，對你、我、他；對一人與多數人，對主體、客體同具的道理。中國哲學喜講常道而非變道，喜講人之道，而非個體自我之道；而非主客對峙之道。中國文學亦樂描述萬古不易之常情，而非怪異特出之情；喜表達你我他相通之情，而非我與你他相敵對之情。喜表達主客、天人、物我合一之境，而非主、客、天、人、物、我對峙之境。而依中國文字之無此種語尾之變化，亦實宜於表達此種哲學之理趣，與文學之意境。此種哲學之理趣，與文學之意境，原是相通的。隨處表現出人本的仁道精神。

以上從形式方面略析中國文字、中國文學、中國哲學三者之密切相關之處。文字的最主要功用之一，是它爲語言的表達符號與永久記錄。人類一切文化活動之歷史傳續，都藉文字得以保存與呈現在當代，或未來人世之眼簾。吾人深以中國文字有其獨特的活性，與人文色彩而欣慰！

中國的文字，大多數是用典雅的古文寫成的，但是也有地方的方言和最大多數人民說著的北方口語寫成了的。當然，南方也在很早時期，便產生了風格別致的文學作品——屈原之《離騷》。

《詩經》是中國最早的文學結晶，也是一部詩歌總集，遠在孔孟時代，《詩經》便有一種權威性的影響，當時無論政治家或文人哲士，其所引爲辯論諷諫的根據，或宣傳討論的證助者，往往爲《詩經》的片言隻語，這可見《詩經》的詩在當時流傳至廣，且有莫大之威權似的影響。

繼《詩經》時代之後的，便是所謂《楚辭》的一個時代。在名爲《楚辭》的總集之中，最重要的作家是屈原。《楚辭》之後，蛻變而爲「漢賦」之濫觴。

「先秦儒家在文學上綿歷之久，涵蓋之大，孕育之厚、滋潤之深，亦可謂蓋世無匹者也，夫舉文學之全者，莫不分形神二端、形而爲其表、而神運其中，內外雙美，而後煥乎可觀也。其所謂六藝之教，蓋諸學之神者乎；五經之文，其樹眾製之骨者乎！何以言之？溫柔敦厚、廣博良易，則詩歌辭賦家之髓也，疏通知遠，屬辭比事，則史博論說家之精也，絜靜精微，則科學哲學之極致也。恭儉莊敬，則政學辭學之良規也。恭儉莊敬，則政學辭學之良規也。」然而，仁、禮、中道亦人本思想之綱領耶？（著者附識）劉氏這番話似將高明博大之先秦儒學，作一科際整合的工夫，雖然，其說蓋有本爾，本文不再繁引贅敘。

## 五　人文、歷史、哲學之生化美育的特徵

中國哲學之一大道理，即是生化之道理，以之印證中國文化生化之性質則爲：一、一字之聲不變而韻轉以成新字時，名之曰「化」。如由「莫」化爲「夢」。二、一字之聲變而韻不轉以成新字時，名之曰「生」。如由「情」而「清」而「琴」。據此，可見凡雙聲字皆可相化，疊韻字皆相生。生表示韻之來復，化表示韻之轉變，中國文學無不有期雙聲字，亦無不有其疊韻字，故皆可相生相化。

中國哲學以儒道二家爲主流，後來輸入之佛家可與道家合爲一類。儒道二家都講生化，但儒家所長者，偏在講生，道家所長者，偏在講化。生是相繼相續，此是生命之韻律之來復，化是轉易變化，此是生命中之韻律之轉變，合而以成生命之節奏。換言之，我們可說儒家思想善於講，如何使宇宙人生之莊嚴的一面，能生生相續下去；道家思想善於講，如何從宇宙人生之平凡庸俗的一面，超拔轉化出來。孔子言四時行百物生，孟子言生則惡可已，《易傳》講生生，是重生之意。老子言反覆，莊子言變化無常，遊於變化之途，是重化之意，而中國之文學，如從內容看，亦可說或受儒家之影響，或受道家之影響。

大約受儒家影響者之中國之文學，多善於表現生之「情」。而以性情勝，氣象勝；受道家

影響之中國文學，多善於表現「化」之意，而以神韻勝，胸襟勝。茲各依其性質不同，述其要旨。

## 六　受道家影響之詩詞作品表現「化」之意境者

### （一）超塵俗化於自然之例

這一類文學，屬於道家思想型——如陶淵明的田園詩，每表現道家型之超塵俗的精神，而自化於自然的心情者。如：「久在樊籠裡，復得返自然」（〈歸田園居〉）「白日掩荊扉，對酒絕塵想」（同上）。「采菊東籬下，悠然見南山」（〈飲酒之五〉）。「嘯傲東軒下，聊復得此生」（同上）。這些詩都表示一種由塵俗中超拔，或化除種種塵想，以返於自然的心情。又如王維的詩：「下馬飲君酒，向君何所之，君言不得意，歸臥南山陲，但去不復問，白雲無盡時。」歸臥是超塵俗，說白雲無盡時，即心自化於白雲，以與白雲俱無盡。再如李白詩句：「我本楚狂人，狂歌笑孔丘」。此是假定孔子遠在塵俗，故要笑他，李白笑孔子嘯傲於自然，然卻並不去答復，他何以要嘯傲於自然？故有詩曰：「問余何事棲碧山，笑而不答心自閑」。他雖不答，卻知「桃花流水杳然去，別有天地非人間」。此非人間而寄情於別有天地，即一超塵俗以化於自然之心情。這是著重於提升人本的性靈情趣一面之表現。

## （二）質實之自然物化於虛靈之例

這一類文學，重在將一質實之自然物，化於空靈的意境中。如王維之「空山不見人，但聞人語響，返景入深林，復照青苔上」。錢起之「曲終人不見，江上數青峰」。蘇東坡詞之「時見幽人獨往來，縹渺孤鴻影」。將實在之人，化爲一聲音，一影子，一似有還無的東西，這就形成一空靈的意境，又如《莊子》之〈齊物論〉有化莊子爲蝴蝶，又化蝴蝶爲莊周。於是莊周蝴蝶，皆似有還無了。

## （三）取自然人、物美化之以入文學之例

道家型文學不僅擅於化質實之物，以歸於空靈，而且亦最長於本來善化之人物以入文學。如：雲、水、煙、霞、花草、雁、鶴等，這些都在自然界中本來善於變化往來的東西，高人逸士、俠客神仙，居無定處、行無定蹤，是善化的人物。都是道家型之文學的題材。

## （四）寂天寞地中化入驚天動地之英雄史蹟之例

蘇東坡〈念奴嬌〉詞：以「大江東去，浪淘盡千古風流人物」開始，以下再說周郎事。〈赤壁賦〉先說曹孟德與周郎之義，然後再說「固一世之雄也，而今安在哉」。將驚天動地三

國時之史事，皆納人寂天寞地中，而加以超化。而陶淵明在〈桃花源記〉中說桃花源中人「不知有漢、無論魏晉」。則將漢、魏、晉之無數歷史上驚天動地之大事，輕輕一筆便帶過去了。其超化人間歷史之本事更大。

## 七　受儒家讚「美」重「生」的文學創作舉例

### （一）人之自然生命之延續的讚美文學

這類文學表現人對自然生命之「生」的本身，加以讚嘆。如《詩》〈大雅〉之大明：「有命自天，命此文王。於周於京，纘女維莘，長子維行，篤生武生。」如〈行葦〉之「曾孫維之，酒醴維儒，酌以大斗，以祈皇考，皇考台背，以引以翼。壽考維祺，以介景福」。乃讚美生命之長久，生活之充盛。及說到道德，如「既醉以酒，既飽以德。君子萬年，介爾景福」。此皆由儒家重視人生之思想本源，亦是後世一切慶賀頌美之文學本原。

### （二）人與自然中之「生」意相通的體之文學

此指於人自己之生命與自然界生命之相感，而「生」意相通，有所寄意之文學，如陶淵明讀《山海經》詩「眾鳥欣有託，吾亦愛吾盧」。此即一鳥、樹之欣欣此「生」意，相通相融而如相環抱之家，而見一儒者之心情。如：朱子（熹）嘗稱道梅聖俞之「樂意相關禽對話，生香不斷樹交花」。其所表現之思想是「天人合德」、「民胞物與」的人本「仁道」精神。

## （三）現實人生與往古生命相通之文學

此種就人生現實與往古生命相通之文學，與道象觀化者不同。這一類文學觀是依於過去雖逝，然我現在之懷念，若使過去者復活於現在，亦永生於現在。如陶淵明〈詠荊軻〉詩「其人雖已沒，千載有餘情」。又如：孟浩然詩「人事有代謝，往來成古今，江山留勝跡，我輩復登臨」。人事自有代謝與古今，然我輩今日復登臨此勝跡，則此勝跡中之往事與古人之範型，亦在我之此登臨之心情中。雖代謝有古今，而實無代謝與古今矣。人之懷古念舊，並非只留戀過去，而是要我就一現在生命，與過去往古的世界之相通，使我們更認識一生生相續的世界之存在。此亦即由儒家所謂尚友千古，不忘故舊，事恐如事生，事亡如事存之意發展而來。

## （四）人我相感相生的人本文學

「生」可指我們自己個人之生，亦可指我與他人相處相通之生。如人在夫婦、父子、兄弟、朋友、君臣之情之文學。而此種文學之表現儒家思想，是很明白的。

中國文學中常把各種倫理之情，彼此加以貫通起來，加以表現，夫婦、朋友、朋友、君臣之情便都可相貫通，如蘇武〈答李陵〉詩：「結髮爲夫妻，恩愛兩不疑」。古人乃以此喻朋友之情。又如辛稼軒詞：「君莫舞，君不見，玉環、飛燕皆塵土」。皇帝見了便知是怨君。……此類至情至性之文學，受儒家人本「仁道」思想之影響，不難明白，而儒家之教，即性情之教，這又得一明證。

儒家之美的觀念，源於詩禮樂之教。《詩經》原是文學、莊子的書，在文學、哲學之間。儒學兩家之哲學中之美的觀念，亦表現在中國文學的體裁和風格之中。《詩經》和《楚辭》是中國文學史上最早結集的作品。《詩》的內容有〈風〉、〈雅〉、〈頌〉。〈風〉是描寫各地風土人情，可表揚人情、人物的美；〈雅〉是敘述王政的廢興，可表現社會的風俗、典則和教化之美；而〈頌〉是歌頌讚美人物人格之德行之美。美化人的心性品格及頌贊人事德行，皆原本思想之發揚。

在中國文化思想上，美的觀念，初是從人物和人文風俗美中發展出來的，再由器物與藝術美至自然美，以至神靈美。在《詩經》、《禮記》中有不少關於美的辭句。如：酒醴之美，宮室、文章、黼黻、鸞和、車馬之美等，這些東西既是人們日常所需，同時也是精神之美的藝術品。這正表現了中國人本主義哲學孕育出特有的唯美觀念，和西方大不相同。

《詩經》還提供了不少關於語言上和祭祀禮儀中演變出來的是人文美、人物美。人物美中包括人之外表的形態美與內在的精神美、心靈美或德性美。完整的美是以外表的形體美，配合內在的精神美而成的。我們知道眼睛最能表現人的內心的，《詩經》便常：以眼睛表現人之形態美。如說：「巧笑倩兮，美目盼兮」（〈風〉〈碩人〉）。此與希臘雕刻之不重眼睛之美不同。至於說：「洵美且仁，洵美且好，洵美且武」（《詩》〈鄭風〉〈叔于由〉），則是注重內在的精神美，德行之美的觀念。《禮記》〈少儀〉中所謂「言語之美，穆穆皇皇；朝廷之美，濟濟翔翔；祭之美，齊齊皇皇」，再配上下文之「車馬之美，匪匪翼翼；鸞和之美，肅肅雍雍」，則整個是一人文之美的景象。此種人文之美的觀念，不但影響了中國文學，而且也影響了中國的哲學。凡所論述，皆傾向於人本主義旨趣之揭舉。

諸子百家中眞重視美的，只有儒家和道家。儒家之美的思想，當溯源古代之詩、禮、樂之教，前已述及，《詩經》敘述了不少器物之美、人文之美，而這些美的表現的核心，則是人物美或人格美。由此而儒家之美的思想，即直接以人格美之觀念爲中心。人格美以內在之心靈、精神、德行之美爲主，而表現於外形。如，孟子說：「可欲之謂善，有諸己之謂信，充實之謂美，充實而有光輝之謂大」（《孟子》〈盡心下〉）。充實即是「有諸內，形諸外」。內在之心靈，德行之表現於外，即形成整個之人格美。《易傳》說：「君子黃中通理，正位居體，美在其中，而暢於四肢，發於事業」（《易》〈坤卦．文言〉）。荀子說：「君子之學也，以美其身」（〈勸學篇〉）。都可見儒家著重由內美的培養，以更表現於外，以形成整個之人格美乃至心性美，從而塑造一人本的完美之思想體系。

孔子及其後生之傳述詩禮，乃能於詩、禮中發揮出人道大本大原之所在，此乃一種極精微之傳述，同時亦即爲一種極高明、極廣大之新開創，有古人所未達之境存其間。吾人應再深思玩味，探其奧妙之情趣。

## 八　書後

先秦學者——儒家雖不盡以文學爲業，但，他們的文章卻也是光彩煥發，風致遒美，他們每能以盛水不漏的嚴密的哲學思想，裝載於美麗多趣的文字裡，軀遣著豐富的想像，生動的譬喻，活潑而有情致的文辭，爲他們自己的應用。因此，他們的作品，便不惟成了哲學上的名著，也成了文學上的名著。雖然，儒家立說之旨，固不在此也。何以故？如劉永濟說：「儒者之教，具在六經，六經之傳，實惟孔子，孔子刪述之功，在刊落神怪之談，切於生民之用，不爲高激之論，一準中正之道。夫婦之愚，可以與知聖哲之智有所不盡，是以大而國政，精而學術，遠而回裔，下而習俗，莫不取正焉，其影響之大，已可知矣。」

先秦儒家經濟文章，源於六經義理，落實於六藝之踐行。更發爲人本的淑世言則，夫一言而爲天下法，百世而爲王者師，師必志於學，學則揭櫫道、德、仁、藝之旨歸，推而教之導之，庶乎近焉。

# 漫談地球村與孔學

中國文化的性格——馮友蘭《中國哲學史》，稱周秦爲子學時代，把西漢到清末稱經學時代，馮氏主張，以孔子與先秦諸子作相等之評比、並列，如是則孔子與希臘之蘇格拉底同爲思想家。

而胡適《中國古哲學史》，把老子至韓非時段稱爲「古代哲學」（又名諸子哲學），他不以孔子爲諸子之首，而以老子爲首，與時代學者起爭辯，彼終認定：老子年代在孔子前，並非考證問題，而爲宗教信仰問題。

從馮、胡二人見解，可以看出：民國以來，孔子由聖人變爲與諸子並列，再就是從具有道德宗教意義，而歸於思想層面。何以故？迺自民國時抄襲西方的科學觀點，理解孔子、儒學，乃至中國文化。惟科學是價值中立的思想家、學者，並不擔負道德教化的責任。所以馮、胡二人的思維，是把孔子的聖人色彩，以及儒學的道德內涵濾掉，而將孔子約化爲西方式的思想家。但這種以西方模型，硬套在中國歷史文化的本體上，不是很正確的作法。而中國之文化哲學，其本質、型態並不同於西方的「愛智」（哲）學，中國哲（儒）學是重實踐的道德運動。

孔子學院的創設旨趣，不用玄談奧義，而是一種對世道人心的關懷，是要起教化作用。所以把孔子學院與師範教育融貫一致，卒使孔學揚芬。後人推崇孔子為「萬世師表」、「至聖先師」，就是以「道德典範」為圭臬。尤以當前已為「地球村」世代之興起，在教育上，要使人們「志於道，據於德，依於仁，游於藝」，而集道學、儒學之大成。

《論語》〈述而篇〉曰：「述而不作，信而好古，竊比於我老彭。」這可以看出孔子學問的根本性格。姑且把這兩句話引申其要義：所謂「述」，是繼承群聖而不立一家之言的意思。但，究竟要繼承些什麼？是眞實的歷史經驗。所謂「古」，不是偏指歷史典籍，而應落實在歷史經驗中。素樸的歷史經驗，蘊藏著往聖先賢，乃至全民的生命感情與道德覺醒，是比任何一家之言更為眞實。

文化非任何一人所獨創！而是眾多人民、各有所嘗試發明，然後交光互映，會凝聚結為一整全之文化體，這套全的才是具體又眞實。孔子不願意僅見到文化體的一端，而寧願掌握那整全的大體，而不願在某一端鑽研為創作專家，但，其矢志貫穿古今之通人。所以儒學的首要性格，就是重視經驗，承接歷史，掌握全體。

一般所見對「述而不作」，解釋為孔子自謙之辭，其實這不是謙虛，而是他誠懇的自述！先秦儒者，孔子不同於諸子，獨擅一己之抱持個別的思維，如墨家（激烈改革派），主張廢舊革新，道家（返璞歸眞），懷疑一切文化制度存在之意義。道、墨各是極端，非中庸之道！且引導人生與整全的宇宙斷裂或疏離，從而致使生命的矛盾與痛苦。故春秋之際，惟孔子獨出諸家之上，深刻體認掌握生命文化整體的重要，而獨以一身，承繼全盤的民族文化經驗，若乃認定孔子與儒學爲中國文化的代表與主流，那不是孔子或什麼人爭來的，而是歷史文化的傳統就擺在那裡，卻人人都不要，只有孔子毅然承擔之故。拙文芻議：以儒學與西方科學、民主之文化體接軌，建構地球村未來世代之道統文化的新風貌，使全人類自然選擇，創造另一種人與人、人與物（指大自然一切有生命之動物、植物）皆能交互爲用。

除了中國孔（儒）學之外，而西方之先賢明哲，如蘇格拉底、柏拉圖、黑格爾等哲學，皆得以與孔學相權衡，適者取用，不適者去之，此胥視地球村新人群之抉擇。

# 荀子學淺辨

## 一　道學問，以言制天

《荀子》〈勸學篇〉曰：「吾嘗終日而思矣，不如須臾之所學也，吾嘗跂而望矣，不如登高之博見也，登高而招，臂非加長也，而見者遠。順風而呼，聲非加疾也，而聞者彰，假輿馬者，非利足也，而致千里；假舟楫者，非能水也，而絕江河。「君子生非異也，善假於物也。」

此不特說明，吾人欲通曉學問、洞澈事理，必須勤學，且學必有方，不能只靠空思冥想，禪機自悟。（如姚江學派王陽明所謂之頓悟說）登高而望及假輿馬舟楫之利，皆治學方法之啓導與治學工具之善於利用。至於學問之門徑固非一途：有所謂學而知之，困而知之，勉強而知之。要之，總以師承爲本。困思衡慮爲務，故荀子乃指出善假於物之機趣。

荀子雖云：思不如學，然不反對好學深思，如曰：「君子博學而日三省乎己，則知明而行無過矣！」

然，戰國季，已歷千年文化傳統之廣被深植，以言學問，則浩如瀚海，皓首窮經，亦難窺其涯岸。況泛涉諸子百家言乎？惟個人心性之向，及業師之啓導，迺對荀子學說，漸感識趣。何以故，如本課授業師韋教授日春於「荀子學述」垂訓；荀子學說是講求外王的學說，此就個人言，是求「經緯天地、而財官（冠）外物」以養民的學說，就人群與政治言，是求社會國家「正理平治」的學說。個人企經天緯地，財官萬物以養民的結果，乃能致國家達於正理平治，而社會國家之正理平治，則胥視人爲之利已達成。所以兩者是一貫的，因名之曰外王。而荀子〈天論篇〉，述天人之分，而其實意，則爲示人「天生人成」之義。所謂人成就是外王。而人成應係就所以成之憑藉經過說；而外王則係就其結果說。閱此一節文本，不僅將荀子〈天人學說〉之精義，提要鈎玄，揭舉大端，尤堪玩味，乃爲「正理平治」一語。道出爲學之旨歸焉。儒家自有孔子以來，即以治國平天下爲己任，並率直表明「學而優則仕」之志向，若欲完成此理想，則篤履於行事者，乃應當「經緯天地而財官外物」以養成，何屢申此言？曰：「民以食爲天」也。

天地之大德曰生，而行此道者，胥視人爲之方。於此可見人在天地間之中位，不言而喻焉。故我國傳統的學問，尤其儒家學說，特強調人本之旨歸。人乃一切哲學之中心，學問以人而俱生。（有別於自然科學以物爲中心說，亦不同於宗教以神爲教本之說）。《論語》的仁恕、孟子的性善。《易》之天地大德曰生，《尚書》之正德利用厚生。諸說皆可爲之佐參。荀子爲儒，自不例外。儒家先肯定人，然後而立學理。講求學問。荀子說：「天地生君子，君子理天地。」基於此義，人當自勵於「制天用人」的才具之發揮。故荀子慨乎言之曰：「大天而思之，孰與物畜而制之，從天而頌之，孰與制天命而用之，望時而待之，孰與應時而使之，因物而多之，孰與騁能而化之，思物而物之，孰與理物而勿失之也，願與物之所以生、孰與有物之所以成，故錯人而思天，則失萬物之情。」

閱此章書之語氣，乃豪氣縱橫，質諸《荀子》全書以證：荀子眞乃誠樸篤實之君子，以誠樸篤實之人，而有此豪語，可見其貫注於人成實踐的心思之重。人成實踐，非徒託空言可致。必須制物用物。天生萬物，依荀子之意，天者，物之總稱也。故對於天，可有物畜而制之，用之之意，是制天用天之名由此出。而實乃爲制物用物也。

## 二　說性惡，是以禮攝理

荀子學說受人疾疵者，即其所謂「性惡」之理念，且以其〈性惡〉篇文義以推闡之，荀子曰：「人之性惡，其善者僞也。今人之性，生而有好利焉：順是，故爭奪生，而辭讓亡焉。生而有疾惡焉，順是，故殘賊生，而忠信亡焉；生而有耳目之欲，有（同又）好聲色焉，順是，故淫亂生，而禮義文理亡焉。然則從人之性，順人之情，必出於爭奪。合於犯分亂理，而歸於暴，故必將有師法之化，禮義之道（同導），然後出於辭讓，合於文理，而歸於治。用此觀之，人之性惡，明矣！其善者，僞也。」

至於「性惡」之說。究否的當？聚訟千古，猶無已於時。惟自宋儒攻擊荀子以來，其學闇而不彰者，亦歷千百年。致成荀學千古公案之故，無乃其與孟子「性善」說，爲相對之立論，善惡之旨歸相悖逆。孟子推一般習禮之所適性理念，而斷爲性善之說，荀子有見於人心日趨澆漓變詐迭乘，無有已時，惟有制天用物，利導人性之擇其善念而從之，故斷言人性之所以向善慕義，是人爲之致，曰：其善者僞也。

設若吾人能繞攝於「人性二元論」之知見，或則另闢蹊徑，執兩用中，制訂禮儀規範，矢守善念，視爲天職！善惡二者，互爲抵斥，免於偏頗。惜乎，持中之言，未作深析理辯，人每習焉不察、語焉不詳，行而不篤！且狃於「非」之不舉，乃德之「賊」的拘囿。況，文人相輕，自古已然！學之者，且識淺不察，順是而下，不敢亦不欲妄引故實！遽作定論。

## 三　結語

從學於韋師日春教授〈荀子學述〉課，限於學期末撰讀書報告，撮舉受業心得。乃不揣固陋，謹就荀學之本體——性惡說。略抒管窺之一隅，綴爲文章。荀子〈儒效篇〉有云：「君子之所謂賢者，非能偏能人之所能之謂也；君子之所謂知者，非能偏知人之所知謂也；……有所止矣。」

一九七二年九月　訒記

## 後記：

荀子性惡之說。受到駁斥辨白已久，然觀乎近代民主政治制度，多以輿論與法律限制行政上的「權」與「弊」，並有立法，監察爲之制衡。足證荀子性惡說之實。孟子性善學說之深中仁心，乃在於鼓勵人人向善。此兩相異之說，性善用之教化爲優，性惡用於政治有效，譬如誘導與懲罰可以相互爲用，不必拘於一說爲是。此屬個人體會，當否提供參考。

# 儒墨顯學掇說——讀沈成漆「先秦仁學與政論」有感

## 一 引言

我國學術思想，春秋之世即已形成源流各出，分頭並進之趨勢，洎乎戰國以降，終至百家爭鳴、競立門派，九流十家之說，不過約略其大概耳，夫支類之繁，豈止十而倍之，惟於諸子中戛戛乎獨稱顯學者，儒墨兩家乃彰明著者也。

韓非子〈顯學篇〉有謂：「世之顯學，儒、墨也，儒之所至，孔丘也；墨之所至墨翟也。自孔子之死也，有子張之儒，有子思之儒……。自墨子之死也，有相里氏之墨，有相夫氏之墨，有鄧陵氏之墨。故孔、墨之後，儒分爲八，墨離爲三，取捨相反、不同，而皆自謂眞孔、墨，孔、墨不可復生，將誰使定世之學乎？」就所謂儒分爲八，墨離爲之以觀，可見當時諸子學說衍義駁雜之一斑，況之續出者，於孔、墨學說之彰顯，猶有可觀者也。

## 二　儒家學說要略

儒之緣起亦如《漢書》〈藝文志〉序曰：「儒家者流，蓋出於司徒之官。助人君，理陰陽，明教化者也，游文於六藝之中，留意於仁義之際。祖述堯、舜，憲章文、武，宗師仲尼以重其言，於道爲最高。」可見先秦之世，儒家即曠達於時矣。近人劉師培對《班志序疏》證之曰：「師徒以治民之官而兼教民之責。夫儒家出於司徒之官者，以儒家之大要在於教民，周官冢宰言儒以道得民，道者即儒家教民之責也，而總推行儒者之職者則爲司徒。……舍施教而外，固所謂治民之具也。」東周（戰國）官失其守，諸子爭鳴，孔子之學與古儒相近、故《班志》明其源始，以爲出於司徒之官，孔子歿後，儒家寖然成爲顯學者，乃水到渠成之勢歸也。

### （一）儒學思想中心——仁

儒家學說，質言之，以仁爲本，以禮爲用。《論語》〈顏淵篇〉：「仲弓問仁。子曰：『出門如見大賓，使民如承大祭，己所不欲，勿施於人。』」此乃推己及人恕道之要旨，亦實踐禮之起始，「恕」與「禮」，是爲仁之本。如：

克己復禮，仁也。

又：《論語》〈八佾篇〉：

林放問禮之本，子曰：大哉問，禮，與其奢也，寧儉；喪，與其易也，寧戚。

是禮之爲用實例舉證。

孔子未嘗明確指出仁與禮之區別，然推其涵義不同者：第一，禮較重形式，仁較重實質。故《論語》〈八佾〉曰：「人而不仁如禮何，人而不仁如樂何」，第二，禮似偏於消極接受社會行爲規範之約束。至於仁，不獨消極做到「己所不欲，勿施於人」，更要積極做到「己立立人，己達達人」，以發揮袍澤愛人精神，於此可見「仁」之學說，實爲人類精神領域開拓一新境界。（見沈著《先秦仁學與政論》第二章第二節：「孔子重仁之歷史背景分析」末段）

宋儒張載擴充仁之義界曰：「民吾同胞，物吾與也」，橫渠先生以爲仁者之襟袍當：「爲天地立心，爲生民立命，爲往聖繼絕學，爲萬世開太平」。其於儒家思想學說之倡明，眞可謂至於此極矣。

## （二）仁之輔翼之具——禮與義

儒家雖倡仁以爲仁之本，但同時肯定禮之價值，並以之作爲仁之內涵，顏淵請問仁之目，子曰：「非禮勿視，非禮勿聽，非禮勿言，非禮勿動」，此蓋由於禮早被認定爲社會共通之行爲規範，故孔子要求門弟子嚴守此一規範，平平實實做一社會中人。（沈成漆《先秦仁學與政論》第三章：「孔子論仁」，頁三十一）

禮之渠範社會逮乎百世而不爽者，以其合乎義，《禮記》〈禮運篇〉曰：「禮也者，義之實也，協諸義而協也，則禮雖先王未之有也，可以義起也。」觀此，可知禮若非義以實之，則爲虛矯之飾矣。反之，行義若不合於禮，則難免魯莽滅裂之妄矣。必二者和協並進，方爲仁之具也。

《說文》訓禮爲履。

《白虎通》：「禮者履也，履道成文也。」

《論語》：「子張問政，子曰：……君子明於禮樂，舉而錯之而已。」可見禮貴履行，所行爲何？曰道理。故又訓禮爲理。孔子曰：禮也者理也、君子無禮不動。又《禮記》〈禮器篇〉：「禮也者，合於天時，設於地財，順於鬼神，合於人心，理萬物者也。是故天時有生也，地理有宜也，人官有能也，物曲有利也。……故必舉其定國之數，以爲禮之大經，禮之大倫。」此乃將禮之涵蓋，擴及山澤鬼神之間，其爲用則更泛被萬事萬物之疇矣。

至於禮之效用如：《禮記》〈哀公問政篇〉：「民之所由生，禮爲大。非禮無以節事天地之神也，非禮無以辨君臣上下長幼之位也，非禮無以別男女父子兄弟之親，婚姻疏數之交也。」夫禮不僅維繫人倫常德，且堪足爲治國平天下之準繩。孟子嘗言：「人之異於禽獸者幾希，倘人而無禮，豈非禽獸之倫乎。」

觀人之具，察體之實，斯可以窺儒家之堂奧矣！

## 二 墨家學說旨歸

《漢書藝文志》〈諸子序〉曰：「墨家者流，蓋出於清廟之守，茅屋采椽，是以貴儉；養三老五更，是以兼愛；選士大射，是以尚賢；宗祀嚴父，是以右鬼；順四時而行，是以非命；以孝視天下，是以上同；此其所長也。及蔽者爲之，見儉之利，因以非禮樂、推兼愛之意，而不知別親疏。」孟堅於墨家之源出，固知之甚諗，而於其學說義理之評隲，似無踰長情之忖度焉，雖未爲繩範，然亦有可取者。

## （一）墨家學說之本——墨經

春秋之世，各國交往頻繁，行爲奉使，大抵以三百篇詩爲辭令書，及至戰國，遊說之士漸由詩轉爲縱橫詭辯之詞鋒，以「可不可、然不然」逞其詭謀，墨子身處此境，鑒天下大勢，知時變日亟，求善者寡，好功利者眾，乃以爲不強說人，人莫之知，故控名而責實，益致辯乎言談，故作《墨經》以立名本，其以開華夏二千年前辯學之先河耳。

《墨經》之外有所謂別墨，然俱誦墨經。所謂《墨經》，乃指〈經上〉、〈經下〉、〈經說上〉、〈經說下〉四篇而言，此四篇書實即墨家學術思想之主旨，縱非全爲墨子所著，亦其門第子親承講授，紀錄薈訂而成者，《墨經》約計一百七十九條文，〈經上、下篇〉字簡意賅，極艱深。〈說上、下篇〉，意豐辭富，較爲易知，其於知識之本體溯源，知識知所以濬發運用，若何而得眞，若何而墮謬，皆析之極精，出之極顯，於是特以辯名實事理，每標一義訓，其觀念皆穎異而刻入，墨子常以授徒，當時親詣門牆者，耳其宏聲，心其玄旨，一堂濟濟相得益彰，故後期墨者榮於天下者眾突。墨子既歿，徵言在經，大義在說。其所以立千秋之業者，其來有自矣！

## （二）墨家踐履之務——兼愛、非攻

墨子時，其徒甚眾，教律甚嚴，乃至摩頂放踵以利天下，其所以言教者，曰愛與智，觀其〈尚賢〉、〈尚同〉、〈兼愛〉、〈非攻〉、〈節用〉、〈節葬〉、〈天志〉、〈明鬼〉、〈非樂〉、〈非命〉諸篇之作，可概見思想行事，恆異乎常情也，如〈兼愛篇〉曰：「若使天下兼相愛，國與國不相攻，家與家不相亂，盜賊無有，君臣父子皆能孝慈，若此，則天下治。故聖人以治天下爲事者，惡得不禁惡，而勸愛，故天下兼相愛則治，交相惡則亂。」夫墨子之言，陳意甚高，當其時也，天下交爭利，人羣關係交通狹隘，一般人思想領域亦未見廣闊，故墨子學說難以深植人心，乃可預見之事也。雖然，其影響力仍倡盛於時，故而孟子以楊墨並言，韓非子以儒墨同稱，由是而知，墨家之顯於當世，亦無可諱言耳。

《呂氏春秋》〈尊師篇〉曰：「孔墨徒屬彌眾，弟子彌豐，充滿天下。」又，〈公輸篇〉，墨子之說楚王曰：「臣之弟子禽滑釐等三百人，已持臣守圉之器，在宋城上而待楚寇矣，雖殺臣，不能絕也。」見乃墨子師徒於其兼愛、非攻之說篤行踐履之實證也。

## 四、儒、墨學說思想之異同——結語

儒家倡仁義，乃以親親而仁民，仁民而愛物，循序發展其仁心仁術，墨家倡嗛愛，無分親疏，視人父若己父，其積極性固有過於儒家，然不若儒家之別親疏，分等差，較合於天性，順乎常情，是其學闇而不彰，且不能與儒家相抗衡者歷千百餘年。毋寧爲我國學術發展之莫大頓挫乎？儒墨學術旨趣雖不相同，然皆以愛人爲立說之本，若相通焉。

荀子解蔽篇以「墨子有見於齊，無見於畸。」故曰：「墨子蔽於用而不知文。」此因文敷義之說，而不足爲論理之憑斷。

儒家學說之仁放之則彌六合，卷之則退藏於密，合于中道因時而適，其人文價值，早已爲人類所公認。而墨子學說質諸西方科學方法，亦不宜輕估其價值。墨子善推理，與西方論理學精神若合符契，然我傳統文化自古以來即偏重人文精神，而勿視科學研究，墨學不能光大發揚者，蓋由於環境使然也。

晚近以還，墨學漸有復起之勢，實由於西風東漸，自然科學思潮激盪啓迪之功。吾人自不宜拘泥於狹隘觀念之束縛，於整理維護國故之間，亦當擷長補短，特補偏以救蔽！以開創我先哲睿智思想之新境界。

予偶有所感，竟不揣婼陋，遽發　蕘之議，其有不逮者，亦學力之不足也，庶幾乎敢望有以教我者也。

原載於《華學月刊》第六十六期

# 先秦儒、道思想對兩漢黃老儒術之影響

## 一　前言

所謂黃老之學，並非純粹之道學思想，而是以道家思想爲基礎，綜合陰陽、儒、墨、名、法，各家之長，以應付一切現實變化的學問。如《史記》〈太史公自序〉，引司馬談〈論六家要旨〉說：

道家使人精神專一，動合無形、贍足萬物，其爲術也，因陰陽之大順。采儒、墨之善，撮名、法之要，與時遷移，應物變化，立俗施事，無所不宜，指約而易操，事少而功多……去健羨、絀聰明，釋此而任術……道家無爲……無不爲。……其術以虛無爲本，以因循爲用，無成埶，無常形……不爲物先，不爲物後，……因時爲業，有度無度，因物與合……因者，君之綱……，神大用則竭，形大勞則敝，形神離則死，死者不可復生，離者不可復返，故聖人重之。

老子以後，道家思想有兩種發展方向：一、以其主體精神逍遙自由爲目標。二、是掌握現實的成敗、得失、禍福吉凶的規則爲目標。黃老之學並非一種新方向，而是後一種方向的發展。一種學說之產生及形成，必先種其因，而後成其果。（王邦雄：《中國哲學家與哲學專題》）

## 二　儒、道與黃老之學的淵源

### （一）道原、經法之基本概念

漢帝劉邦承殘破之後統一天下，然因其不文，所用又皆武夫、戚舅，（舊）故國家雖定，而民猶未安，是以至文、景之世，乃尚黃老之治，以與民休息。道家黃、老之，因而大盛於時。

黃老之學的基本概念仍然是「道」。在馬王堆漢墓出土的《黃老帛書》之一《道原》上說：

> 恆先之初，迵同大虛，虛同爲一，恆一而止。……古無有形，大迵無名，天弗能覆，地弗能載。……盈四海之內，又包其外……。萬物得之以生，百事得之以成，人皆以之，

莫知其名，人皆用之，莫見其形。

「道」，是宇宙萬物之根源，它存在於萬物之中，卻又超越萬物之外，它不僅是物質存在的起因，也是精神、性理存在的根源。如《帛書》〈經法〉〈名理〉說：「道者神，神明之王。」能體會道，效法道者，就了解道其實就是自然而然，萬物生滅變化，皆出於「道」，也就是都出於自然，所以，人亦應任順自然萬物的變化，不要妄圖以人的意思去宰制或改變萬物。（王邦雄：《中國哲學家與哲學專題》）

## （二）法家興起之社會背景

「道」，表現於萬物中，則成爲萬物變化的規律，表現於人間，則成爲「法制」。如《帛書》〈經法〉〈道法〉說：

道生法，法者，引得失以繩，而明曲直者也，故執道者，生法而弗敢犯也，法立而弗敢廢也。

從這裡可以看出法家之學，孕育於道源的脈絡。但在〈經法〉〈君政（正）〉說：

法度者，正（政）之至也，而以法度治者，不可亂也。

而〈經法〉〈明理〉則說：

是非有分，以法斷之，虛靜謹聽，以法爲符。

這些法制理念，早在先秦戰國之世，即已漸行於時，商鞅變法即爲實例。據《前漢書》卷二十〈食貨志〉記載「商鞅變法」之影響：「壞井田、開阡陌……王制遂滅，僭差無度，庶人之富者累鉅萬。」這依社會主義習用語來說：是「農奴」解放後，能崛起占勢力，一變而爲「大地主」者也。所指「井田制」之破壞，亦爲當時必然普及之趨勢。蓋因政治上之制建，制度已廢，而農業經濟體制隨之改變。土地私有制歷兩千年，不只是造成貧富懸殊，到了近代（工業革命後）資本主義興起，弱肉強食，乃形成階級對立，以致共產主義應運而生，至今兩者之爭諍（戰）不已。三十年代共產黨播植土地改革思想於大陸人心，而國民黨徒以三民主義爲口號，實則淪爲資本主義帝國強權之附庸。終不免於失去人心，而「轉進」來臺，於是洗心革面，小試「三民主義」之牛刀，博得「亞洲四小龍」之經濟業績，乃又自請其辭曰：把臺灣經驗帶到大陸。但願能成功……十三億中國人曷幸賴焉！（馮友蘭：《中國哲學史》）

## （三）道、法、黃老表裡為用

由於秦以後，可以說：王制滅、禮法墮，庶人崛起而營私產。是上古農業經濟制度之一大變動。迨至近代土地改革。（臺海兩岸皆倡斯言）勝負誰屬，尚未確定，但卻是中國歷史又一轉捩點。是大變動之第二期，秦漢當爲第一期。當時舊制度崩壞之眞空期、有擁舊反新、有力主新制，更有反對一切制度者，人皆徘徊歧路之時，黃老之術應運而興。

黃老並稱：淵源有自，如《史記》以老莊申韓並列一傳，顯係各家之學有相續濡染之故。如云：「韓非者，韓之諸公子也，喜刑名法術之學，歸本於黃老。」政大呂凱教授說：後之沿用「黃老」一詞，僅爲史家行文時同行並列，蓋無學術專指。近人顧實在其《漢書藝文志講疏》自序曰：「惟周人施教，詩出禮樂，官府所守，三代是宥。三五（指三皇五帝）先典，秘在柱下，惟史氏則習之。故周衰而黃老之術大盛，則周之柱下史老聃，傳黃帝道經，故曰黃老也。」

有關黃帝之名，春秋以前的甲、金文或五經經文均不見任何記載。惟《左傳》〈僖二十五年傳〉，說：「晉侯將納王。使卜偃卜之，曰「吉」，得「黃帝戰阪泉」之兆。又〈昭十七年〉敘及，（略）又《逸周書》〈嘗麥解〉說到蚩尤、赤帝、黃帝之戰的事蹟。惟《大戴禮》記敘黃帝事最詳。說：

軒轅生而神靈，弱而能言，動而彗齊，長而敦敏，成而聰明，治五氣，設五量，撫萬民，度四方……以順天地之紀、幽明之故……曆離日月星辰，極畋土石金玉，勞心力耳目，節用水火材物。

這段話可以代表儒家後學口中的黃帝，是：言為圭臬，行為儀表，好德親賢，近悅遠來，事功赫赫的聖王典型。這或許就是所謂「黃老之術」為人津津樂道的原因之一（陳麗桂：《戰國時期的黃老思想》）

然而戰國時的政治社會狀況是：

聖王不作，諸侯放恣，處士橫議。（《孟子》〈滕文公下〉）

天下大亂，賢聖不明，道德不一，天下多得一察焉以自好……天下之人各為其所欲焉以自為方。（《莊子》〈天下篇〉）

天下大亂，天地不仁以萬物為芻狗，兵連禍結的漢之末世，士庶人苟且偷生之不暇我顧，於是逃避現實，放浪形骸，重黃老之禍而輕儒學，是必然之趨尚。降至漢、魏、南北朝，這種放浪形骸，清談避世的思想臻於頂峰，兩晉以後，……殘唐五代，宋元明清，每至末代亂世，士庶人各有其遁世之法，更由佛教傳入中國之影響，除了山林隱逸思想，而遁身寺廟，迷信佛法，嚮往天竺之國，取經成佛思想，發生更廣泛之感染力。其副作用則是寺廟林立，諸神並起，到了民國以後，乃有打神之邪風驟起，一返往常之乖謬行事，而「文化大革命」之風潮實源於生活困乏之苦悶，故而造反有理之悖逆思想，貽禍尤烈。歷史文物之破壞，是難以縫之創傷。

# 三　先秦儒學體大思精

## （一）《淮南子》綜攬各家要旨

漢・淮南王劉安於景帝至武帝之間著《淮南子》一書，據《西京雜記》曰：

> 淮南王安著《鴻烈》二十一篇，鴻，大也。烈，明也。言大明禮教。號爲淮南子。

同一書，高誘謂大明道：《西京雜記》謂大明禮教，而班固謂著書者率多浮辯，是其書不純於一家，可以確知。今看《淮南》全書，陳事之眾，足過《呂氏春秋》，淮天安於文帝十六年立，經景、武之盛世，因其所好，故多見古書，然其折中混合之思想，於淮南鴻烈中處處可見。更由其自述足資爲證。如《淮南鴻烈解》卷二十一要略云：

若劉氏之書（淮南王自謂也）觀天地之象，通古今之事，權事而立制，度形而施宜。原道之心，合三王之風，以儒爲扈冶、玄眇之中，精搖靡覽，棄其畛挈，斟其淑靜，以統天下、理萬，應變化，通殊類，非循一跡之，守一之指，物繫牽連於物，而不與世推移也。故置之尋常而不塞，布之天下而不窕。

這段路和司馬談所說之道家：雜採陰陽儒墨名法諸家之言，其所以然之故，乃卻達到統天下、理萬物，應變化，通殊類之目的。是同一形貌，因司馬談也是一位非常不純於「道」的學者。

## （二）儒學體系因勢嬗蛻

自漢初至文、景皆倡「道家」之說，而「黃老之術」因以勢張，故各家之學說混於道。至漢武帝罷黜百家，獨尊儒術，而各家之學，又漸附於儒。所以武帝尊崇之儒，已非孔、孟之儒，爲內陰陽、外仁義之儒；爲內法家、外孔孟之儒。因此時之儒已與陰陽家及法家相雜也。

孔子始創儒家，孟子承其學而光大之。儒家於先秦之世，雖僅爲各家中之一派，然中國有系統之哲學，實自孔子而開始。且儒家學說，自漢以後行於中國者二千餘年，則中國文化之傳統，又實由孔子而奠立也。故儒家學說雖為眾流之一，然其地位，則居眾流之主。以此，對其質變不可不究。孔子之學以禮為表，仁、義為裡。故仁、義、禮三者為儒學之主脈。

孔子之禮，不據天道，而據人事，孔子所以重人者，以人之能自覺也。夫人之能顯其理性而建立道德，即賴於此自覺之能力。《論語》〈里仁篇〉曰：

子曰：惟仁者能好人，能惡人。

仁者愛人，出於自覺之理性，故能依理而斷好惡。依理為斷，則道德之標準立矣。因此，孔子於禮雖兼重文質，曰：「文質彬彬然後君子。」若二者不可得兼，則孔子更重其本也。如，《論語》〈八佾篇〉曰：

林放問禮之本，孔子曰：大哉問！禮，於其奢也，寧儉；喪，於其易也，寧戚。

孔子學行每能通權達變！後之儒對孔子罕言之性與天道且變易而其義界，孔子言性「善」：荀子言性「惡」：告子謂性無「善、惡」：揚雄以「善惡相混」，各持其故，言之成理。上述各家對性之前提設喻固不相謀，然其結論則似趨一致。即人性無論其善、惡皆可以人爲導引之趨向。並可教育之變化其氣質，但王充獨持異議，他認爲性命皆秉之自然天賦者，如其《論衡》〈命祿篇〉曰：

凡人遇偶及遭累害，皆由命也。有生死壽夭之命，亦有富貴貧賤之命。……命當貧賤，雖富貴之，猶涉禍患矣；命當富貴，雖貧賤之，猶逢福善矣。

他也認爲：

論人之性，定有善有惡。其善者，固自善矣；其惡者，故可教告率勉，使之爲善。（〈率性篇〉）

王充所說之率性：與中庸「率性之謂道」之率性，辭雖相同，義則相異。此率字爲引導之義，即教化也。但其將性命定於「初稟自然之氣」，如〈初稟篇〉曰：

命謂初所稟得而生也。人生受性，則受命矣。性命俱稟，同時並得；非先稟性，後乃受命也。

他以天性不可變易之理念，評價孟、荀、揚雄等人之學說等差（次）曰：

余固以孟軻言人性善者，中人以上者也；孫（荀）卿言人性惡者，中人以下者也；揚雄言人性善惡混者，中人也。若反經合道，則可以爲教，盡性之理，則未也。（〈本性〉）

王充以材質之性合自然與命定而成爲不可移易之性，魏晉才性之說，即緣是而興。

# 四　兩漢儒學之質變

## （一）儒學由盛而衰之故

兩漢儒家之學由極盛而質變，影響經學義理敷雜而漸式微。經學衰落，促成魏晉玄學之生發。而經學衰落，促成魏晉玄學之生發。而經學衰落之原因約爲三端：一爲經學內容之轉變。二爲經義訓詁之支離。三爲經學重心之更易。學術一經功利之腐蝕，必駁離不純矣，看似與盛，實則衰微之象呈矣。

班固《漢書》〈儒林傳〉贊曰：

> 自武帝立五經博士，開弟子員，設科射策，勸以官祿，訖於元始，百有餘年，傳業者寖盛，支葉蕃滋。一經說至百餘萬言，大師眾至千餘人，蓋祿利之路然也。

漢武帝雖採董仲舒之賢良策對，罷黜百家，獨尊儒術，然而劉徹私好陰陽之術，喜方士之譎諫，故方士乃託名於儒家，以陰陽五行之說，實於群經之內。纖緯之學潛滋暗生，故漢之儒者，多非純儒，以其皆習陰陽五行之說也。蓋董仲舒、韓嬰、匡衡、翼奉，劉向，京房之倫，皆精於讖緯之說，且據此以解經，至使經之內容發生質變。

至於經訓之支離，病在訓詁博辯，使經之注疏愈多，而經義愈惑。《漢書》〈藝文志〉第十，班固曰：

> 後世經傳既已乖離、博學者又不思多聞闕疑之義，而務碎義以逃離。便辭巧說，破壞形體，說五字之文至於二三萬言，後進彌以馳逐，故幼童而守一藝，白首而後能言……，安其所習，毀所不見，終以自蔽，此學者之大患也。

這一段思想卓見之誓言，值得後人玩味三思，更求治學方法之改進。

## （二）經學微而玄學興

至於經學重心之更易，在兩漢之世，以道名分之《春秋》爲重心，到魏晉之世，更而由道陰陽之《易》爲重心，《春秋》所重者人事。《易》所談者天道性命。蓋春秋事繁，難得其要，易理意廣，樂得其致。

經學內容，變則失其原旨，經訓支離，駁則難明其義。春秋道名分，魏晉不適其用。惟「易」可以變化無窮，深契於玄談，故經學衰落，而玄學生焉。（呂凱：《魏晉玄學析評》）緣拙作《魏晉玄學與黃老之術興替指略》及《中國經學的常與變》兩篇短文中涉入淺見，藉備參稽，茲從略。

# 五　書後跋——樸學承兩漢儒業之餘緒

夫漢世近古，傳經之儒，各尊所聞，而義據質古，師法既衍蔓生，各擅顓門，自是必然。惟經義訓詁典雅，固玄之末雜，實篤守之爲功，所以異於魏晉之玄談，終兩漢之世，士習醇樸，義有典據，雖異說間出，未防風尙也。然降至魏晉之世，玄學興起，特爲兩漢儒業另起新貌。其與經學有臍帶關係，自不待言，其反待於治世之道者，厥爲黃老之術是倡矣。

玄學之名起於劉宋之季，宋書，何尚之傳曰：尚之爲丹陽尹，立宅南郭外，置玄學，聚生徒……謂之南學。此蓋以南學爲玄學始已。梁世合《老》、《莊》、《易經》總稱三玄，故治《易》者多崇五弼，而玄風遂倡。南學既以玄言，流風所沾，固不獨《易》有玄趣也。即以《論語》而言，慧琳著說，思致新，是而儒者也；沈麟士爲〈論語〉訓注，言跡言化，尤涉玄宗。而顧歡著論，多本何晏，所以聃、周之餘盛，而媚佛之俗尚成矣。有不蹈玄虛之說，而貴尚古質者，亦不乏其人也。（簡博賢：《今孝南北朝徑學遺籍考》）

在魏晉玄風浸淫廣被，物極必反，歷宋、明理學之後，清季樸學應運而起。實爲玄、理之反動，另生新機，乃非本文輯述之旨要，俟另爲專題，敘其梗概。

# 先秦儒、道、法三家文學觀對後世之影響

## 一　引言

周秦時期所謂文學，兼有「文章」、「博學」二義，文即學，學不離文，這是廣義的「文學」觀念，也是初期的觀念。

至於兩漢以後把「文」與「學」分別言了，「文學」與「文章」也分別言了。漢有「文學」、「文章」之分，是文學觀念進程中承先啓後的關鍵。

迨至魏晉南北朝，較兩漢更進一步，別「文學」於其學術之外，於是文學一名之含義始與近人所用者相同，並有「文」、「筆」之分，「筆」重在知，「文」重在情；「筆」重在應用，「文」重在美感，略與近人所說純文學與雜文學之別，意義相似。

降至隋唐五代，因不滿意於創作界之淫靡浮濫，於是對六朝文學根本上起了懷疑。唐人說文以貫道，而不說文以載道。則是因文以見道，而道必藉文而始顯，把文與道看作兩種物事，雖重道而仍有意於文。這是文學觀念復古的現象。

## 二 文學觀念的演進

語及文學定義之內涵及其演進概況，這必然涉及「文學批評」乃至「文學批評」之分期。在郭紹虞的《中國文學批評史》中，把中國文學批評的分期，標舉以下幾項：

「一是文學觀念演進期」，「一是文學觀念復古期」，「一是文學批評完成期」。

自周秦以迄南北朝，爲文學觀念演進期，自隋唐以迄北宋爲文學觀念復古期，南宋金元以後至現代，庶幾乎爲文學批評之完成期。簡言之，則文學觀念之演進與復古二期，恰是文學批評分途發展的現象。前一時期的批評風氣偏於文，而後一時期則偏於質；前一時期重在形式，後一時期重在內容。至於文學批評之完成期，一方面完成一種極端偏向的理論，一方面又善於調劑融合種種不同的理論而匯於集大成。從「質」言較以前爲精確完備，從「量」言，亦較以前爲豐富爲普遍。

復古，創新兼容並蓄，這是進化歷程的必有現象。抱咫尺之義，食古不化的冬烘思想固不可取，一味求新，捨本逐末的激進莽撞，同樣不足爲訓，中西合流，汰劣取優，應屬正途。

在文學觀念演進期中，重在文學之外形，而以對文學有清楚的認識，所以有性質上文、筆之分，在復古期中重在文學內質之討論，而輕視了文學之特性，所以唐以後只有形式上的「詩」、「文」的分別。由前者言，則言「文」可以賅「詩」，由後者言，則言文便不足以賅詩，此又所以演進期中的論「文」見解，較爲融通，而在復古期中，則適成爲傳統的文學觀而已，此則復古的潮流，終究爲逆流的進行而已。

## 三　儒家——孔門之文學觀

孔門之文學觀最重要者分爲二：一尚文，一尚用，惟其尚文故不同於墨家；惟其尚用又不同於道家，此兩點雖似矛盾，而孔子卻能善爲調劑，絕不見其衝突。「中庸不可能也」，而孔子思想卻是處處能恰到中庸的地步者。大抵其尚文的觀點，本於他論「詩」的主張，尚用的觀點又本於他論「文」的主張。而同時論《詩》未嘗不主應用，論文也未嘗不主修飾，所以能折衷調劑恰到好處，後人論詩論文雖自謂淵源於孔子，實則都不過各執一說，互趨極端，所以對於尚文、尚用二者亦覺其顯有衝突了。

《論語》〈雍也篇〉對「中庸」一辭的申說：「中庸之爲德也，其至矣乎，民鮮久矣。」這說明「中庸」之精神理念並非玄奧高妙，莫測高深，只是簡單樸實的人情之常。如《中庸》

第四章云：

道之不行也，我知之矣；智者過之，愚者不及也。道之不明也，我知之矣；賢者過之，不肖者不及也。人莫不飲食也，鮮能知味也。

依孔子的話來看，中庸只是無過與不及的意思。這意義雖簡單，但卻有其深刻的哲學根源，不過孔子罕談抽象的原理，在這些話中只告訴我們「君子時而中」、「用其中於民」、「中立而不倚」，卻不曾說明這個無過與不及的「中」的本體是什麼。

在這篇短文裡，不擬作深入的哲理探索、只就淺顧之思維理念，佐證以孔子爲代表的儒家之文學觀，及其對後世的普遍影響。

孔子尚文思想隨處流露，「郁郁乎文哉吾從周」，這猶可說是對於文化的觀念，不足以概定其對於文學的見解。但在《禮記》〈表記〉引孔子的話說：「情欲信，辭欲巧」。則其尚文之意，固顯而易見了。清代以性靈論詩的袁枚在《隨園詩話》中屢次稱引此語，爲其性靈說作護符，以他這樣純美論的文學批評家，猶藉孔子之言以自重，亦可知孔子文學觀中本有尚文一義了。

《左傳》〈襄公二十五〉年引孔子語：

「志有之，言以足志，文以足言，不言，誰知其志，言之無文，行而不遠」。這是主於尚文之證。

至其尚「用」之恉，更爲明顯，孔子論文本偏於學術的意義，其主應用固宜，乃其論「詩」是指純文學言者，卻亦依舊不離應用的主張。如《論語》中論「詩」的話：「不學詩，無以言」（〈季氏篇〉）。又：

小子何莫學夫詩，詩可以興，可以觀，可以群、可以怨，邇之事父，遠之事君，多識於鳥獸草木之名。（〈陽貨篇〉）

又云：

誦詩三百，授之以政，不達；使於四方，不能專對，雖多，亦奚以爲。（〈子路篇〉）

上引各節，含義相當廣泛，有以詩爲助，助德性之涵養，或以之爲足資知識之廣博，或以助社會倫理之實施、或以助政治應對的辭令。這樣看來，雖以純文學作品作標榜，也不能離於政教的應用了。

## 四　修辭立其誠的影響

孔門文學觀之影響，可分兩方面言之：一是道的觀念，一是神的觀念，道的觀念是從尚用方面以發揮者，蓋所以盡其用，神的觀念則較重在討論文事，又所以闡其文。茲略如下述：

孔門論文，因重在道的關係，於是處處不離應用的觀念，不免於文道合一的傾向，《論語》〈憲問篇〉謂：「有德者必有言，有言者不必有德」。這是後世道學家重道輕文的主張之源出。所以〈述而篇〉中「志於道、據於德、依於仁、游於藝」數語，諸家解釋均闡發孔門重道輕藝之意。孔子論詩重在無邪。論修辭重在「達」，重在「立誠」。則知其主旨所在，固是偏重在質。所謂質，必含有濃厚的道德意味。

孔門這種文學觀影響所及，一般人對於文學家，則認爲文人無行，咸認爲文人便不足觀；至於視文學作品乃玩物喪志，而無裨教化。蓋孔子固已說過：「君子欲訥於言而敏於行」。重在行而不在言，故文人若有言無行，便不免於爲世人詬病。

大抵孔子之所謂「道」只重在人事，其後雜以陰陽道家之言，始說得微妙一些，遂與道家不同，並有其對「神」的觀念差異。

# 五　儒、道二家標舉之「道」各異其趣

蓋儒道二家之所謂「道」，其含意則各不相同；於所謂「神」，其意義也不一樣。道家之形而上學是重在「無」，儒家之形而上學是重在「變」。重在「無」，所以覺得道的本體微妙玄通而深不可識；重在「變」，所以能恆易以知險，恆簡以知阻。所以能「彰往而察來」、「溫故而知新」。因這一點的不同，所以對於「名」的觀念也不同，道家尚無名；而儒家尚正名，尚無名所以謂道體是「繩繩不可名」，而文字書籍全屬糟粕。因此，道家之所謂「神」也是虛無縹緲的，不可捉摸的，不可言說的，不著邊際的。至於儒家，則於《易》論天道，於《春秋》論人事。《春秋》的「正名」與《易經》的「易」所以有關係，即由於「變」。《易》所以說明這個變，《春秋》所以防止這個變。《易》是說明宇宙現象的變，《春秋》是防止人事狀況的變。這是儒家的形而上學之實際的應用。儒家之於道的認知，可通權達變，即物以窮理。而道家所言於道，則謂：道可道，非常道。二者判然有別。

《易》〈繫辭傳〉云：「夫易，聖人之所以極深而研幾也」。所謂「深」、所謂「幾」，都是將變而未顯之兆，所以又說：「幾者動之微，吉（凶）之先見者也。此〈易繫辭傳〉所以有「知幾其神乎」之語也。我們明乎此，纔知儒、道兩家所言的「神」其意義不同。其及於後世文學觀念之影響亦大相逕庭。後世以爲道家向於山來隱逸之文學觀，而儒家則以經世致用爲文學之本。

## 六　儒家對文學之「作」與「評」的態度

儒家之「神」的觀念直接影響到文學批評之準繩，或對後世之影響，茲就「作」與「評」兩方面舉證儒家對此一形而上之「神」（道）的轉化，爲形而下之「器」的踐履篤行。

其應用到「作」的方面，只是切切實實修辭的問題。蓋儒家神的方面之應用，即《春秋》的「正名」主義，影響於文學者乃是修辭問題，亦即鍊字鍊句的法門，用字的鍛鍊得其意義之內涵，恰如其分量，這便是「正名字」。此乃韓愈所謂「凡爲文辭宜略識字」（〈科斗書後記〉）者是也。用字鍛鍊得與所謂述的身分恰恰相當，這便是「正名分」。此又昔人所謂「夫子作春秋筆則筆，削則削，游、夏不能贊一辭」者是也。（〈尚書序〉）

《文心雕龍》〈宗經篇〉云：「春秋辨理，一字見義」。此即正名主義在文學上的應用，而後世古文家之講義法，蓋即本是以推闡者。名正則言順，所以《荀子》〈正名〉一篇，兼論正辭，亦即鍊字工夫之澈底表現。

其在「評」的方面所指出者，即是體會的方法，《易》〈繫辭傳〉引孔子云：「書不盡言，言不盡意」，又云：「其旨遠，其辭文」，其意似亦求之言意之表，頗與道家相近。但以其泥於知、偏於用，故不與莊子一樣，不取直接欣賞的態度，不帶神秘性，蓋孔子教人重在散發，所以「舉一反三」，所謂聞一知十，都是彰往察來、溫故知新的推理作用。是以儒家所謂「知幾其神」，有待於經驗，有待於知識的領悟。《易》〈繫辭〉傳云：「夫易其知名也小，其取類也大」。然而儒家之所謂「神」不過是這般觸類旁通法耳。道家論「神」則無待於知，故成玄學的；儒家論「神」有待於知，故近於科學的。這是儒、道兩家對於「神」的觀念之解釋與應用之大區別。

## 七　儒、道二家對法家的啓迪——法家治世之道影響深遠

孟子答公孫丑問曰：「我知言，我善養吾浩然之氣」。其所謂知言是孔門思想之相續，所謂養氣，則爲自得之處。公孫丑再問：「何謂知言」？孟子說：

> 詖辭知其所蔽，淫辭知其所陷，邪辭知其所離，遁辭知其所窮。

《易》〈繫辭傳〉有謂：「將叛者其辭慚，中心疑者其辭枝」云云，意思與孟子所說相

同。

至於論世的方法，《孟子》〈萬章篇〉說：

> 以友天下之善士爲未足，又尚論古之人，頌其詩，讀其書，不知其人可乎？是以論其世也；是尚友也。

孟子提出的「氣」字與莊子提出的「神」字一樣，在莊子、孟子的本意，其所謂「神」與「氣」本與文學批評無關。但後人論文，卻偏偏要在這種不可捉摸的抽象名詞上去推敲。論文講到精微處，總不外「神」與「氣」。發其要旨：莊子所謂神，是道家修養之最後境界；孟子所謂氣，是儒家修養之最後境界。所以論「神」必得內志不紛，外欲盡蠲；論「氣」必得配義與道。其虛實之別，即「神」、「氣」之分。後人把神與氣運用到文學批評上，也覺得論神則較爲玄虛，論氣則較爲切實。這種擬人化之文學批評，散見於古人詩、詞話之類著述中，頗有精妙之辭采。

孔門之文學觀，發展爲孟、荀兩大系，孟子所謂主於詩，荀子所論主於文，主於詩近文章一義，故受孔門「神」的觀念之影響者爲多；主於文近博學一義。故又以本於孔門「道」的觀念者爲多，孔門論詩論文本有區別，其影響所及亦本有「神」與「道」兩方面，孟、荀不過各執一端而已。

荀子〈非十二子篇〉之論子思、孟子，稱其「略法先王而不知其統」，此蓋荀子主於文，而出於孔門「道」的觀念，所以後來文、道合一的文學觀，得有傳統的權威者，其關鍵皆在荀子。何況，荀子論文，雖偏於尚用，而仍不廢尚文，與孔門文學觀尚文尚用二義正相符合，所以由道言，則孟子爲得其「統」，由論文見解言，則荀子爲得其「正」。

荀子〈非相篇〉屢言「君子必辯」，且稱聖人之辯爲「成文而類」，稱士君子之辯爲「文而致實」。又云：

> 凡人莫不好言其所善，而君子爲甚。故贈人以言，重於金石珠玉，觀人以言，美於黼黻文章，聽人以言，樂於鐘鼓琴瑟，故君子之於言無厭，鄙夫反是，好其實不恤其文。

其所鄙者，夫何所指？楊倞注云：「但好其實而不知文飾，若墨子之屬也」。則《荀子》〈尚文〉之意，固顯然可見矣。

〈非相篇〉又云：

> 凡言不合先王，不順禮義，謂之姦言。

這又與後人論文主於明道者何異？故傳統的文學觀，其根基即確定於荀子。

## 八　墨子、韓非之文學為生新利用——墨子功利思想顯揚於時

墨家思想極端尙質，所以論文亦主應用，此雖有類於儒家之以善爲鵠，而實則不同。儒家主非功利的尙用，而墨家則主功利的尙用，尙用而非功利的，故與尙文思想不相衝突。尙用而主功利的，則充其量非成爲極端的尙質不可。這是儒、墨文學觀之異點。

墨子書中所謂「文學」，其意義乃同於學術，而其爲文學之方法，亦更近於科學化。如其〈非命篇〉中說：

> 凡出言談，由文學之爲道也，則不可而不先立義法，若言而無義，譬猶立朝夕於員鈞之上也，則雖有巧工，必不能得正焉。

這種言必立儀的說法，即爲後來墨子「凡議必將立隆正」之說所自出。這種要先立個「義」或「隆正」以爲標準的大前提的，都是演繹法，不過他和荀子有些不同。因爲墨子的「義」是表法，而荀子僅得其一端而已。

墨子因欲立義，故以爲言必有三表：

一、有本之者——於何本之？上本之於古者聖王之事。（天鬼之志）（此據〈非命中〉補）

二、有原之者——於何原之？下原察百姓耳目之實。

三、有用之者——於何用之？發以爲刑政，觀其中國家百姓人民之利。

由墨子的實用主義看來，所謂本之，是言其用之根據，亦即其言所以適於應用之已往的證據；所謂原之，是言其用之對象，亦即其言所以適於應用之現在的證據；所謂用之，是言其用之成績，又爲其言可以適於應用之未來的證據。

以天志作爲言談文學善與不善之標準者，是宗教的墨學之方法，這種文學觀僅以善爲標準。《墨子》各篇大都出其弟子所記錄，所以互有異同。惟〈非命中〉一篇中有「考之天鬼之志」一語，使吾人得以考知宗教的墨學之論證方法——或者可說是宗教的墨學之文學觀。

儒家只以善爲應用之鵠的而已；墨家則以爲善的，必須合於應用的，此即帶「功利」的眼光了。墨家這樣主功利的用，所以對於墨家尚文之說是最反對的。《韓非子》〈外儲說〉中有一節對墨家的文學觀指說甚詳。（茲從略）

墨家尚用而不尚文的觀念，也影響到韓非之於文學的態度，傾向功利主義。如〈五蠹篇〉云：「工文學者非所用，用之則亂法」。又〈問辯篇〉云：「亂世不然，主上有令而民以文學非之」。這種上下交征利思想，墨家猶未必有此態度。然而墨家推理論事的思維，開後世論辯散文之先路，其演進之軌跡，殊爲明顯。

韓非之以儒、墨並稱顯學者，其來有自也。如其〈顯學篇〉曰：

世之顯學，儒、墨也。儒之所至，孔丘也。墨之所至，墨翟也。自孔子之死也，有子張之儒，有子思之儒……。自墨子之死也，有相里氏之墨，有相夫氏之墨，有鄧陵氏之墨。故孔、墨之後，儒分爲八，墨離爲三，取舍相反、不同，而皆自謂眞孔、墨，孔、墨不可復生，將誰使定世之學乎？

就所謂儒分爲八，墨離爲三以觀，可見當時諸子學說衍義駁雜之一斑。墨家倡兼愛，故孟子斥之曰無父無君，是禽獸也。《荀子》〈解蔽篇〉又以「墨子有見於齊，無見於畸」。故曰：「墨子蔽於用而不知文」。這是因文敷義之說，自不足爲論理之憑斷。

在班固《漢書》〈藝文志〉〈諸子序〉中說的那段話，不失爲持平之論：

墨家者流，蓋出於清廟之守，茅屋采椽，是以貴儉；養三老五更，是以兼愛；選士大射，是以尚賢；宗祀嚴父，是以右鬼；順四時而行，是以非命；以孝視天下，是以上同；此其所長也。及蔽者爲之，見儉之利，因以非禮，推兼愛之意，而不知別親疏。

這段話已指出墨家超脫世俗之繩準，其特立獨行，猶不止此也。竊以「兼愛」與「博愛」是一體之兩面。至於近世人每以博愛一辭爲口頭禪，而於兼愛之說則鮮能聞見，頗令人深思歧惑。

## 九　道家崇尚自然——山林文學綿衍後世

道家對於文學態度與儒墨異趣，他以爲「道可道非常道」。所以要行不言之教；又以爲「名可名，非常名」。又說：「信言不美，美言不信。」不用立言，言也不求其美，所以道家之態度，視文學爲贅疣，爲陳跡，爲糟粕。但若由道家思想及於文學批評之影響，則足以間接幫助文學的發展，何以故？蓋由於其提示之重要觀念故。

其所提出者，一是重在「自然」，一是重在「神」，蓋道家因反對人爲，所以崇尚自然——求其質樸，深一層說，則祁其神妙。

老子說：

處其厚，不居其薄，處其實、不居其華。

此雖不是論文，而後世論文者拈出華、實、厚、薄、諸字，實本於此。韓非子解釋這段話說：

夫君子取情而去貌，好質而惡飾。夫恃貌而論情者，其情惡也；須飾而論質者，其質衰也。何以論之？和氏之壁不飾以五采，隨侯之珠，不飾以銀黃，其質至美。物不足以飾之。（〈解老〉）

本此說以論文，蓋即極端主張自然美者。

表現於文學、藝術作品中之田野風的題材，多爲道家思想之浸淫薰被，如中國繪事中之立軸中堂條幅，和畫在瓷器上的圖樣，有兩種流行的題材；一種是闔家歡、即家庭快樂圖，上面畫著女人，小孩正在遊玩閑坐。如清代學人蔣士銓「鳴機夜課圖記」，文中所擬意之簷几剪燭，母織子讀的娛親圖，正是中國家庭天倫和樂的生動寫眞。另一種卻是超越家庭之外的閒散快樂圖，如漁翁、樵夫隱逸文人，悠然閑坐松蔭之下的畫幅，這在士林中山博物院珍藏之宋、元、明、清歷代山水畫中，很多這類題材之畫作。顯示受道家逍遙飄逸思想情景影響的一斑。

老子崇尚自然，而莊子更提出「神」字。由文學創作或文學批評的觀點言，自然的頂點，本即是「神境」，這種出神入化的思維，與文藝的神秘性息息相通。蓋以「神」的觀念，本是抽象的，不可捉摸，難以言說，於是利用寓言以藝事相遇合，則論道而及於藝，其妙解入微處，遂爲後人論文者之所宗。

寓言以藝事相遇之例特以〈養生主〉篇中庖丁爲文惠君解牛，出神入化，難以言傳者。又〈天道篇〉中輪扁斲輪，不疾不徐，心領神會情境。〈達生篇〉中仲尼適楚見佝僂者承蜩及紀渻子爲王養鬥雞，皆用志不分之啓迪。〈齊物論〉中藉天籟一詞述感興之情境。又在〈達生篇〉中梓慶削木爲鐻，鬼斧神工之妙契，在於齋以靜心，乃達以天合天之高妙境界。

上述諸寓言例，皆以具體事物、喻心神悟識之契機。莊子的知識論立意高超，富神秘色彩。他所重的知識是性知，是先天之知，是無須經驗，不以觸、受、想、識、知的。如〈人間世〉云：「無聽之以耳，而聽之以心，無聽之以心，而聽之以氣。耳止於聽，心止於符，氣也者，虛而待物者也。惟道集虛，虛者，心齋也。」莊子所謂聽之以氣云者，即是直覺，其所欲探討而認識者，即其所謂「道」。

「道」，乃宇宙本體，而非現象，明宇宙之現象，須後天的經驗之知，是常識所能辨別的。然而明宇宙之本體，貴先天的性知，是超常識的。藝術的鑑賞與道之體悟，有同樣性質，所以應用這種見解以推到藝術方面，當然重在神遇，而不重在「泥跡象」以求之。而純文學之鑑賞，本宜別有會心，與作者之精神相合一，纔能得其神趣。

## 十　兩漢以後儒、道之影響互有參差——文以載道淬勵宋明理學

由先秦諸子學遞嬗至兩漢與魏晉南北朝長時期的演進，於是漸歸於明晰，可是不幾時又復為逆流的進行，於是再經過隋唐與北宋兩個時期，一再復古，而文學觀念，又與周秦時代沒有多大的分別。

隨唐五代之時，因不滿意於創作界之淫靡浮濫，於是對於六朝文學根本上起了懷疑。遂不得不以古昔聖賢之著作與思想為標準，此所以演變為文學觀念的復古風潮。

在復古的潮流中，唐、宋又各有其分別。唐人論文以古昔聖賢的著作為標準。宋人論文以古昔聖賢的思想為標準。以著作為標準，所以雖主明道、而終偏於文。所以唐人說文以貫道，而不說文以載道。雖亦重道而仍有意於文。這是文學觀念復古第一期的現象。

至於北宋，則變本加厲，主張文以載道，主張為道而作文，則便是以古昔聖賢的思想為標準了。曰「貫」曰「載」，雖只是一個字的分別，而其意義實不盡相同。影響所及，到了北

宋，把文學作爲道學的附庸。宋史所以有「道學」之目，其來有自矣。

由於文以貫道的文學觀，於是造成了一輩古文家的「文」。雖口口聲不離「道」字，只是作幌子，作招牌。所重視的只是修辭工夫。

由於文以載道的文學觀，於是造成了一輩道學家的「文」，卻偏重「道」，而文只是載道之具。於是上溯兩漢「文」與「學」之分，六朝「文」、「筆」之分皆混淆不清。傳統的文學觀於已形成。這種以「衛道」爲使命的傳統文學觀在學術文苑裡，仍根深柢固，不可動搖。

一九九三年八月十三日於新店

# 魏晉玄學與黃老之術的興替指略

## 一　引言

凡任何一種學說思想之興衰，皆受物質的精神的環境之限制，春秋戰國時，因貴族政治之敗壞，以致政治、經濟、社會各方面，發生根本的變化，王官之學失守、自由講學之風興起，百家爭鳴，處士橫議；開創中國學術思想之輝煌時代；政治上亦發生巨大變化，開啓秦漢大一統之局面。然而天下大勢，分久必合、合久必分，自三國伊始，中國歷史上又開始了約四百年的分裂時期。司馬氏篡魏稱晉，雖一度呈現統一之局面，但，不旋踵胡人入主中土，而有五胡亂華之支離破碎政局。後之治史學者爰自曹魏之代漢，天下三分，至隋文帝之滅陳，此一漫長之大動亂時期，統稱之曰：魏晉南北朝。

由於長期戰亂之紛亂，軍閥暴政、殘民以逞，學者多生厭世思想。如王粲詩有句：「出門無所見，白骨蔽平原、不知身死處、安能兩相完」。可見當時社會一般人愁苦淒慘狀況之一般。無可奈何之際，清談之風於焉滋漫。

所謂「清談」即鄙棄世俗不問，而專務玄理空談之謂，始於魏廢帝（齊王芳，西元二四〇至二四八年）正始年間，爲清談極盛時期，頗有「正始之音」之稱，以何晏、王弼最著名。何、王二人緣出於儒，卻入於道，崇尚老莊之虛無主義，以爲天地萬物皆以無爲本。王弼嘗說：聖人體無，無也者開物成務，無往而不存者也，是與儒家正統思想相背的，迨阮籍，稽康、阮咸、山濤、向秀、王戎、劉伶等出，號稱「竹林七賢」。彼等行事放浪形骸，皆不與司馬氏篡竊詐僞相應，或由於自然名教之爭……。初時。竹林七賢有共同風貌，皆好老莊、同易，在行爲上主張曠達，其原因蓋不外憤時俗之敗壞、恨政爭之激烈！處此情境、惟有「不與世事」、「酣飲」以爲常矣。

## 二　漢興以黃老之術用世

漢初思想分爲兩大主流，其一爲道家之說，其一爲儒家之學，由於道、儒二家之混合，而形成魏晉之玄學，然其演變頗爲複雜，其初，道、儒二家壁壘分明，各欲出其鋒芒，以願於世，二者爲應世所需，欲以其學炫世，故各取他家之學以自固，道家初與名法相雜、後復與儒墨陰陽相合；儒初混於名法，後復與陰陽五行相雜，故形成漢代道非純道，儒非純儒之雜學。此種混雜之思想，愈演愈烈！至漢末魏晉之世，竟至道儒相雜，而形成魏晉之「玄學」。茲就前言，徵之於後。

> 夏曾右〈中國歷史〉有言：「漢時與儒術爲敵者，莫如黃老。案，黃老之名，始見《史記》，申不害傳，韓非傳，曹相國世家，陳丞相世家並言『治黃老術』。《史記》以前，未聞此名，今曹、陳無書。申不害書僅存，韓非書完然俱在，中有〈解老〉、〈喻老〉，其學誠深於「老」者，然絕無所謂「黃」。然則「黃老」之名何從而起。吾意此名必起於文景之際，其時必有以黃帝老子之書合而成一學說者，學既盛行，謂之「黃老」。日久習慣成爲名辭，乃於古人之單治老子術者，亦舉謂之「黃老」。如，《史記》〈孝武紀〉：「竇太后治黃老言，不好儒術。」〈封禪書〉同。〈申公傳〉「竇太后好老子言，不說儒術。」……〈外戚傳〉「竇太后好黃帝老子言，景帝及諸竇不得不讀老子書，尊其術」。竇太后者，其「黃老學」之開祖耶孝文本治老子術，代王之獨幸竇姬，非以色進也，學術同也，惟其學說不傳，僅於《史記》、《漢書》之〈儒林傳〉載轅同生與黃生爭湯武受命之事。
>
> 又：《史記》〈自序〉，「太史公學道論於黃子」。是司馬談者，黃生之弟子也。今觀談所述六家指要，歸本道家，此老子也；而其將死，則執遷手而泣曰：「其命也夫，其命也夫。」此黃子也，黃生者，貴無而又信命者也，故曰「黃老」也。

反觀二十世紀末之臺灣社會，在科技文明的傘蓋下，到處有算命卜卦占星術之迷信者，豈不是黃老之術的深遠影響？

夏曾右先生又說：

漢時民間盛行壬禽占驗之術，皆謂之「黃帝書」。今所傳黃帝龍首經，黃帝金匱玉衡經，黃帝元女經（名見於《抱朴子》，書在道藏）備列占歲利、月利、嫁娶、祠祀、天倉、天府日遊，婦人產，吏遷否，盜賊亡命，六畜、囚繫、遠行、架屋宅舍、田蠶、市賈、馬牛豬犬奴婢、架新衣、子第事師、怪祟，惡夢、死人魂魄出否、葬、風雨、入水渡江，往來信諸家庭瑣屑事。而其書有功曹，廷掾，外部吏，五曹，對簿，王者，諸侯、將軍、卿相、二千石，令長等言，皆漢時名物，是必漢時民間日用之言也，「黃老學者，即以此等書而合之《老子》書，別為一種因循詭隨之言。

## （二）黃老之術的涵義

道、儒二家，於漢初之際，各欲用世，爭論頗烈，惟因時乘秦楚之敝，戰亂之後，國亟欲定，民亟欲安，故道家黃老之術應運而生。黃老之說，雖主清靜無為，但後世黃老亦與刑名連稱，名曰黃老刑名之術，是道家在漢世已雜有名法之學也。儒家起於「獨尊儒術」的景、武之世、然其學又雜於陰陽之說……兩家之學，雖皆不純，然猶互詆相攻。

綜上所述，可見黃老之學，並非純粹之道家思想，而是以道家思想為基礎，混合陰陽儒墨名法各家之長，以應付現實一切變化的學問，老子以後，道家思想有兩種發展方向：一是以主體精神的逍遙自由爲目標；二是掌握現實的成敗、得失、禍福、吉凶的規則爲目標。黃老之學便是後一種方向的發展。

中國大陸於本世紀七十年代初期，在湖南長沙出土的「馬王堆漢墓之中，有四種著作與《老子》合抄在一起，分別是《經法》、《十六經》、《稱》、《道原》。今人一般合稱爲《黃老帛書》。這算是黃老之學的重要文獻，根據這些著作，可有助於對黃老之學的理解與溯源。

黃老之學的基本概念，仍然是道。「道」是宇宙萬物之根源。

## （二）黃老之術振興的機勢

在政治思想上，儒家和法家之間，黃老之學毋寧是比較接近儒家的，他必不肯盲目肯定君主的無上權威，也不贊同法家主張的君主以勢位權謀來駕馭臣下，統治百姓。它認爲君主應禮賢下士，就像《經法》〈六分〉所說的「王天下者輕縣國而重士，故國重而身安，賤財而貴有知；故功得而財生；賤身而有道，故身貴而令行」。甚至應以賢臣爲師、友，像《稱》所說的：「帝者臣，名臣，其實師也，王者臣，名臣，其實友也」。這種尚賢的態度，顯然是近於儒家的。但政治的目的在「正信以仁，慈惠以愛人」（見《十六經》〈順道〉語），爲政者，必須實行仁義之政，才能贏得民心，所以《經法》〈君政〉說：「俗者順民心也，德者，愛勉之」……。但刑法的使用必須小心謹愼，否則便流於殘暴，失去民心，故應以德爲本，所以《十六經》〈觀〉說：「春夏爲德，秋冬爲刑，先德後刑以養生……。順於天。」以德治爲基礎，任賢使能，並樹立法制，執行刑律，以達到節用富民的目的，正是漢初的政治趨向和目標。

魏晉去漢未遠，身歷喪亂殺伐無已的世代，有識之士雖懷安邦富民之理想，卻不能遇合於時，乃呼朋結友，徜徉林下，任誕放蕩，縱酒爲樂，散髮、去衣自命曠達，甚焉者蔑棄禮法。時有鮑敬言者嘗者：「曩古之世，君臣穿井而飲、耕田而食、日出而作、日入而息……禍亂不作、干戈不用……機心不生，含哺熙，鼓腹而遊，君臣旣立，眾慝日滋」。這種非君思想，是對當時混濁暴戾之政的抗議，同時也對黃老之術的政治理想之憧憬。

## 三　黃老思想的理路

道家黃老之術，大行於西漢文景之世，然其成說，則似早在戰國之世即已萌生，至於黃帝、老子，所以合稱爲「黃老」，則因黃老之黃有相通者，惟古所傳黃帝之書已佚，無法與老子書相較，因此黃老並稱。有人以爲是戰國時齊國學者追遠託古，以高其學者……。

《史記》〈太史公自敘〉云：「惟黃帝、法天則地」，蓋道家之以天地自然循環規律是尙，其來有自也。後世率以黃帝爲道家之祖，非盡無據矣。

《漢書》〈藝文志〉〈諸子略〉：道家有黃帝四經，黃帝銘等書。又：《史記》〈老莊申韓列傳〉第三云：「韓非者、韓諸公子也，喜刑名法術之學，而其歸本於黃老」。又，《孟子》〈荀卿列傳〉第十四：愼到，趙人；田駢、接子，齊人；環淵，楚人，皆學黃老道德之術」。由此可見黃老之學，戰國之世已頗盛行，其歷史之久遠，勿庸費辭。

黃老之清靜無爲，是其所以安民治國平天下之術。此與魏晉之士對「老莊思想」的新詮，命意絕不相同。至於道家之質變，就黃老之術而論，其重者在術，此「術」又每與刑名之學連言，則其內容已非純道。

## 四　魏晉玄學與黃老思想的淵源

### （一）魏晉玄學「清談」的緣起

所謂魏晉思想，是就這個時代的「普通思想」或「一般思潮」來說，這個「時代思潮」發展的情形，在此短文裡只能約述一些大的結論。講到魏晉時代的「普通思想」，它在某些方面，可以有跟別的時代相同的地方，本文僅從魏晉時代不同於別的時代不同之處著眼。茲約略如下：

蔡元培〈清談家之人生觀〉文中有更貼切之析論，他說：清談家之所以發生於魏晉以後者，其原因頗多，勾其要旨爲：

一、經學之反動：漢儒治經，囿於詁訓章句，牽於五行災異而引以應用於人事，積久而高明之士頗厭其拘迂。

這說明當時士人，亟欲突破儒家思想之固蔽，而另創新意。

二、道德公信力之喪失：漢世以經明行修，孝廉方正等科選舉吏士，不免有行不副名者，而儒家所崇拜之堯、舜、周公，又迭經新莽，魏文之假託，司馬氏之篡竊劣行，而懷疑歷史事實。道德倫喪。

三、感傷於人生之危險：漢代外戚宦官，更迭用事，方正之士頻遭慘禍而無救於危亡，由是兵亂相尋，賢愚貴賤均有朝不保夕之勢，持儒家學說以自重者，時人以爲迂贅。

四、南學勢力之茁壯：漢武以後，儒家言雖因緣政府之力，占學界統一之權，而以其略於宇宙論之故，高明之士，無以自饜，故老莊哲學終潛流於思想界而不滅，揚雄當儒學盛行時而著書兼採老莊，是其明證。及王充時，潛流已稍稍發展，至於魏晉，則前述三項因素已達極點，思想家，不能不援老莊方外之觀以自慰。而其流行漫遂衍矣。

五、佛教輸入之影響：當思想界散漫頹喪之際，而印度佛教乘機輸入，其厭惡現實之苦，有欲超度至彼極樂世界之說，以持之有故，言之成理，於是大爲南方思想之助力，蓋清談之風應時而起。

## （二）魏晉玄學落英紛披

這個時代各派思想同時進行不同的組合，要對於各派思想面目都有清楚的認識，那是很難的，這裡只能提出那主要的「潮流」來討論，看它們彼此消長的情勢，再進一步的推論這個思潮的成長與發展。講到魏晉時代思想的特別成分，當然要涉及外來宗教的侵入，或印度佛教的流布，因爲這種因素，此後在思想界發生了重大的影響，如上所引蔡元培之說。

後世多認爲魏晉時代思想的主潮是「玄學」。但非抽象的意念，乃是就現實人生的直覺之「玄」想耳。蔡元培於〈清談家之人生觀〉文中引《列子》書頗多（略）。

茲就清談家之悲觀主義者浩嘆人生無常至短至弱之論點，特舉阮籍之大人先生傳爲例，以概其餘。籍曰：

> 天地之永固，非世俗之所爲也，……往者天嘗在下，地嘗在上，反覆顚倒，未之安固，焉得不失度式而常之。天固地動，山陷川起，雲散震壞，六合失理，汝又焉得擇地而行，趨步商羽，往者群氣爭存，萬物死慮，支體不從，身爲泥土，根拔技殊，咸失其所，汝又焉得束身修行，磬折抱鼓。李牧功而身死，伯宗忠而世絕，進求利以喪身，營

爵賞則家滅，汝又焉得挾金玉萬億，祗奉君上，而全妻子乎。

要之以「有命」爲前提，而以「無爲」爲結論而已。彼輩玄談者，既認定人生苦短，世事無常，因而起縱欲之念，彼所謂無爲者，謂無爲而爲之者也。無所爲而爲之，則如何？曰：視吾力之所能至，以達吾意之所向而已。

清談家中如阮籍、劉伶、畢卓之縱酒，王澄、謝鯤等之以任放爲達，不以醉裸爲非，皆由此等理想而演繹之者也。

彼等由「有（宿）命論」、「無爲論」而演繹之，則爲安分知足之觀念，故所謂「從欲」焉者，非縱欲而爲非也。

玄學所概括的含義究爲何？又有哪些具有「玄」之意味的著作，而魏晉時代有代表性的「玄學家」之主要人物有誰？茲按其學說要項：四本、三玄、三理之區別重要著述及人物，依本師呂教授凱所著《魏晉玄學析評》第四章：玄學之內容所列著作名表摘印於後，期以存眞。

（見原書，頁一〇三至一一一）

## 五　魏晉玄學「清談」家論述撮要

| 著論名稱 | 撰者 | 談（論）辯要義 |
| --- | --- | --- |
| 四本論 | 鍾會 | 尙書傅嘏論同，中書令李豐論異，侍郎鍾會論合，屯騎校尉王廣論離。晉人善此者有殷浩、謝萬等。（今佚） |
| 聲無哀樂論 | 嵇康 | 爲三理之一。心能辯理善譚，而不能令內籥調利，猶瞽者能善其曲度，而不能器必清和也。氣不假妙瞽而良，籥不因慧心而調，然則心之與聲，明爲二物，二物誠然，則求情者不留觀於形貌，揆心者不借聽於聲音也，察者欲因聲以知心不亦外乎？（見《嵇康集》）晉人善此說者有王導等。 |
| 養生論 | 嵇康 | 爲三理之一。外物以累心不存，神氣以醇白獨著。……然後蒸以靈芝，潤以醴泉……庶可與羨門比壽，王喬爭年，何謂其無有哉？（見《嵇康集》）難之者爲向子期。晉人善此說者爲王導等。 |

| | | |
|---|---|---|
| 言盡意論 | 歐陽建 | 爲三理之一，理得於心，非言不暢；物定於彼，非言不辯。……名逐物而遷，言因理而變，此猶聲發響應，形存影附，不得相與爲二矣，苟其不二，則言無不盡矣。（見《藝文類聚》卷十九〈人部三言語「論」〉）善此說者爲王導。 |
| 忘言亡象得意論 | 王弼 | 爲三玄中有關周易之論著。略謂：盡意莫若象，盡象莫若言，然言者所以明象，得象而忘言。象者所以存意，得意而忘象。是故存言者非得象者也，存象者非得意者也。然則忘象者乃得意者也，忘言者乃得象者也。（見《周易略例》〈明象〉）與此意相反者，有歐陽建之言盡意論。與此相同者有稽康周易言不盡意論。 |
| 言象不盡意論 | 荀粲 | 爲三玄中有關周易之論著。略謂：蓋理之微者，非物象之所舉也。今稱立象之盡意，此非通於意外者也，繫辭焉以盡言，此非言乎繫表者也；斯則象外之意，繫表之言固蘊而不出矣。（見《三國志》〈荀彧傳〉）其兄俁曾難之。殷融有象不盡意論。 |

| | | |
|---|---|---|
| 不用舌論 | 張韓（翰？） | 三玄中之易論。略謂：留意於言，不如留意於不言；徒知無舌之通心，未盡有舌之必通心也。仲尼云：天何言哉？四時行焉。夫子之文章可得而聞也，夫子之言性與天道，不可得而聞。是謂至精，愈不可聞……。（《藝文類聚》卷十七）此蓋易囊括之意。 |
| 著龜論 | 庾闡 | 亦三玄中之易論。略謂：尋理之器，或因他方，不繫蓍龜。然經有天生神物，不載圓神之說，言者所由也。直稱神之美，以及其跡。亦猶筌雖得魚，筌非魚也；蹄雖得兔，蹄非兔也。是以象以求妙，妙得則象忘；蓍以求神，神窮則蓍廢。（見《藝文類聚》卷七十五）此與忘象得意之說略同。 |
| 易大衍論 | 王弼 | 爲三玄中周易本體論之著作。略謂：演天地之數，所賴者五十也。其用四十有九，則其一不用也。不用而用以之通；非數而數以之成，斯易之太極也。四十有九，數之極也。夫無不可以無明，必因於有，故常於有物之極而必明其所由之宗也。（見韓康伯《周易繫辭傳注》）荀融曾難之。 |

| | | |
|---|---|---|
| 易太極論 | 紀瞻 | 爲三玄中周易本體論之著作。略謂：昔庖犧畫八卦，陰陽之理盡矣。文王仲尼係其遺業，三聖相承，共同一致，稱易準天，無復其餘也。夫天清地平，兩儀交泰，四時推移，日月輝其間，自然之數，雖經諸聖，孰知其始？吾子云曚昧未分，豈其然乎？聖人人也，安得混沌之初，能藏其身於未分之內？老氏先天之言，此蓋虛誕之說，非易者之意也。亦謂吾子神通體解，所不應疑意者，直謂大極，極盡之稱，言其理極，無復外形，外形既極，而生兩儀，王氏（指王弼）指向，可謂近之。古人舉至極以爲驗，謂二儀生於此，非復謂有父母，非天地其孰在？（見《晉書》卷六十八〈紀瞻傳〉）與瞻共論者爲顧榮。 |
| 易以感爲體論 | 釋會遠 | 爲三玄中易本體之論辯。略云：殷荊州（仲堪）曾問遠公：易以何爲體，答曰：易以感爲體。殷曰：銅山西崩靈鐘東應，便是易邪？遠公笑而不答。（見《世說新語》〈文學〉第四）由殷仲堪問，慧遠答。 |

| | | |
|---|---|---|
| 易無互體論 | 鍾會<br>王弼 | 爲三玄中易象之爭論。漢人爲濟象數之窮，初以二至四三爻互一卦，繼又以三至五爻又互一卦，則爲二體成卦，互體後四體成卦，而卦象亦以增倍。此爲鍾會、王弼所反對。（見《三國志》〈魏書鍾會傳〉：會嘗論易無互體及王弼《周易略例》：互體不足，遂至卦變。）荀顗嘗難鍾會易無互體。 |
| 易象妙於見形論 | 孫盛 | 爲三玄中易象之爭論。其論略謂：聖人知觀器不足以達變，故表圓應於蓍龜。圓應不可爲典要。故寄妙跡於六爻。六爻周流，唯化所適，故雖一畫，而吉凶並彰，微一則失之矣。擬器托象，而慶咎交著，繫器則失之矣。故設八卦者，蓋緣化之影跡也；天下者，寄見之一形也。圓影備未備之象，一形兼未形之形。故盡二儀之道，不與乾坤齊妙；風雨之變，不與巽坎同體矣。（見《世說新語》〈文學〉第四第五十六條劉孝標注）與孫盛論難者爲殷浩、劉惔。 |
| 無名論 | 何晏 | 三玄中論老之作。略謂：夫道者，惟無所有者。自天地以來皆有所有矣；然猶謂之道者，以其能復用無所有也。故雖處有名 |

道論

何晏

之域，而沒其無名之象；由以在陽之遠體，而忘其自有陰之遠類也。夏侯玄曰：天地以自然運，聖人以自然用。自然者，道也。道本無名，故老氏曰彊爲之名。仲尼稱堯蕩蕩無能名焉下云巍巍成功，則彊爲之名，取世所知而稱乎。豈有名而更當云無能名焉者邪夫唯無名，故可得以天下之名名之，然豈其名也哉？惟此足喻而終莫悟，是觀泰山崇崛而謂元氣不浩芒者也。（見《列子》卷第四〈仲尼篇〉注）

三玄中論老之作。略云：有之爲有，恃無以生；事而爲事，由無以成。夫道之而無論，名之而無名，視之而無形，聽之而無聲，則道之全焉。故能貽音響而出氣物，包形神而章光影；玄以之黑，素以之白，矩以之方，規以之員。員方得形而此無形，黑白得名而此無名也。（見《列子》卷第一〈天瑞篇〉注）

| | | |
|---|---|---|
| 自然好學論 | 張叔遼 | 近於三玄中王弼之儒、道相合之說。略謂：況於長夜之冥，得照太陽，情變鬱陶，而發其蒙也。故以爲難事以未來，而情以本應，即使六藝紛華，名利雜詭，計而後學，亦無損於有自然之好也。（見《稽康集》第七卷〈自然好學論〉）難之者爲稽康。 |
| 難自然好學論 | 稽康 | 爲三玄中儒、道合離而爭論。康云：今若以明（原缺，程本作塾，二張本作講）堂爲丙舍，以諷誦爲鬼語，以六經爲蕪穢，以仁義爲臭腐，睹文籍則目瞧，修揖讓則變傴，襲章服則轉筋談禮典則齒齲；於是兼而棄之，與萬物爲更始，則吾子雖好學不倦，猶將闕焉。則向之不學，未必爲長夜；六經未必爲太陽也。（《稽康集》第七卷〈難自然好學論〉）爲難張叔遼而作。 |

| | | |
|---|---|---|
| 崇有論 | 裴頠 | 爲崇儒反道而作。略謂：夫至無者，無以能生；故始生者，自生也。自生而必體有，刞有遺而生虧矣。生以有爲己分，則虛無是有之所謂遺者也。養既化之有，非無用之所能全也。理既有之衆，非無爲之所循也。心非事，而制事必由於心，然不可以制事以非事，謂心爲無也……由此觀之，濟有者皆有也，虛無奚益於已有之群生哉？（見《晉書》卷三十五〈裴頠傳〉）王衍之徒，攻難交至，並莫能屈。 |

| | | |
|---|---|---|
| 學箴 | 李充 | 爲主張儒、道合而作。略謂：老子云：絕仁棄義，家復孝慈。豈仁義之道絕，然後孝茲乃生哉？蓋患乎情仁義者寡而利仁義者衆也。道德喪而仁義彰，仁義彰而名利作，禮教之弊，直在茲也。先王以道德之不行，故以仁義化之，行仁義之不篤，故以禮律檢之；檢之彌繁，而僞亦愈廣，老莊是乃明無爲之益，塞爭欲之門。夫極靈智之妙，總會通之和者，莫尚乎聖人。革一代之弘制，垂千載之遺風，則非聖不立。然則聖人之在世，吐言則爲訓辭，涖事則爲物軌，運通則與時隆，理喪則與世弊矣。是以大爲之論以標其旨。物必有宗，事必有主，寄責於聖人而遺累乎陳跡也。故化之以絕聖棄智，鎮之以無名之樸。聖教救其末，老莊明其本，本末之塗殊而爲教一也。（見《晉書》卷九十二〈文苑李充傳〉） |

## 放達非道論　戴逵

亦主張儒道合同而作。略謂：夫親沒而採葉不反者，不仁之子也；君危而屢出近關者，苟免之臣也。而古之人未始以彼害名教之體何？達其旨故也。達其旨，故不惑其跡。若元康之人，可謂好跡而不求其本，故有捐本徇末之弊，舍實逐聲之行，是猶美西施而學其顰眉，慕有道而折其巾角，所以爲慕者，非其所以爲美，徒貴貌似而已矣。夫紫之亂朱，以其似朱也。故鄉愿似中和，所以亂德；放者似達，所以亂道。然竹林之放，有疾而爲顰者也，元康之爲放，無德而折巾者也。可無察乎！且儒家尚譽者，本以興賢也，既失其本，則有色取之行。懷情喪眞，以容貌相欺，其弊必至於末僞。道家去名者，欲以篤實也，苟失其本，又有越檢之行。情理俱虧，則仰詠兼忘，其弊必至於本薄。夫僞薄者，非二本之失，而爲弊者必託二本以自通。夫道有常經，而弊無常情，是以六經有失，王政有弊，苟乖其本，固聖賢所無奈何也。（見《晉書》卷九十四〈隱逸戴逵〉）

| | | |
|---|---|---|
| 老子疑問反訊 | 孫盛 | 爲崇儒反老之作。略謂：堯孔之學，隨時設教；老氏之言，一其所尚。隨時設教，所以道通百代；一其所尚，不得不滯於適變。……或問老莊所以，故發此暢。蓋與聖教相爲表裡，其於陶物明訓，其歸一也。盛以爲不然。夫聖人之道，廣大悉備，猶日月懸天，有何不照者哉？老氏之言皆駁於六輕矣，寧復有所愆之俟佐助于聃周乎？即莊周所謂日月出矣，而爝火不息者也。至於虛誑譎怪矯詭之言，尚拘滯於一方，而橫稱不經之奇詞也。（見《廣弘明集》卷五） |
| 逍遙義 | 向秀（郭象） | 三玄中談莊之論著。略云：大鵬之上九萬，尺鷃之起榆枋，大小雖差，各任其性，苟當其分，逍遙一也。然物之芸芸，同資有待，得其所待，然後逍遙耳。唯聖人與物冥而循大變，爲能無待而常通，豈獨自通而已？又從有待者不失其所待；不失，則同於大道矣。（見《世說新語》〈文學〉第四第三十二條〈劉孝標〉注）諸名賢所可鑽味，不能拔理於郭、向之外。 |

| | | |
|---|---|---|
| 逍遙論 | 支遁 | 三玄中談莊之論著。略謂：夫逍遙者，明至人之心也。莊生建言大道，而寄指鵬鷃。鵬以營生之路曠，故失適於體外。鷃以在近而笑遠，有矜伐於心內。至人乘天正而高興，遊無窮於放浪；物物而不物於物，則遙然不我得，玄感不爲。不疾而速，逍然靡不適，此所以爲逍遙也。若夫有欲當其所足；足於所足，快然猶似天眞，猶饑者一飽，渴者一盈，豈忘烝嘗於糗糧，絕觴爵於醪醴哉？苟非至足，豈所以逍遙乎？（見同前）支遁卓然標新理於二家之表，立異義於眾賢之外，皆是諸名賢尋味所不得。共論者有馮太常（懷）、王逸少（羲之）、劉系之等。又釋僧光與道安亦嘗分析逍遙。 |
| 旨（指）不至論 | 樂廣 | 三玄中談莊之論著。略云：夫藏舟潛往，交臂恆謝，一息不留，忽焉生滅；故飛鳥之影莫見其移，馳車之輪曾不掩地。是以去不去矣，庸有至乎？至不至矣，庸有去乎？然則前至不異後至，至名所以生；前去不異後去，去名所以立。今天下無去矣，而去者非假矣？既爲假矣，而至者豈實哉？（《世說新語》文學第四第十六條注）樂廣與客剖析旨不至之意。 |

從表列各家論著要旨以觀，可見當時風靡整個社會人心的「清談」玄學，亦若先秦時期百家爭鳴的盛況，突顯了各派思想同時進行不同的組合，要對這些紛歧的學說，作條理的綜析，或企欲辨白清楚的思想理路，確非易事。這裡只選取對那個「時代思想」有代表性的論點以見其鳳毛麟角耳。

以上所列玄學論著，或經談辯，或論述，要皆玄學內容之重要材料，至於其他論著，或未經談辯者，或不甚重要者，或經談辯而僅有題目，但未存文字者，尚多不可勝數……。然此僅見辯論而未睹著論，由是可見玄學內容豐富之一斑，但就要旨言，範圍不出四本，三理、三玄之外，而論辯方向不離才性及儒道同異合離之別，即此，則可勾其要矣。餘略而不述，以俟後之達者。

## 六　魏晉玄學的旋風驟歇輯識

魏晉時代思想界頗爲複雜，表面上好像沒有什麼確切的目標，但是大體上仍能理出頭系，如上表所指出者，再就這些著述之思想理路以觀，可看出其中有兩個方面，或兩種趨勢：即一方面是守舊的，另一方面是趨新的，姑且以「舊學」與「新學」一詞簡括之。「新學」就是「玄學」；「舊學」即是「儒道」。

漢末，中原大亂，上層社會士人多有避難南來，比較保守的人們仍居留北方。（一九四九年大陸撤退之大遷徙狀況有相似之處，臺灣之社會狀況亦頗有雷同之點。）新學最盛的地方在荊州和江東一帶，至於關中、洛陽乃至燕齊各處，仍是舊學占優勢……。西晉以後，「新學」（玄學）特盛於江左，晉朝末年的思想，南北新舊之分，眞可算判然兩途了。因此，南北朝（如時下之臺海兩岸）的名稱，不僅是屬於政治上的區別，也成爲思想上的分野。（如今日臺灣倡說之三民主義，相對於大陸實行之共產主義，而三民主義乃稱之爲新學。）當時這種風氣的影響，不僅及於固有學術面目，就是南北佛教因爲地域的關係，也表現了不同的精神狀態。如禪宗一支自神秀、慧能以後有南北兩派。（關於佛學，茲從略）

魏晉時代「一般思想」的中心問題爲：「理想的聖人之人格究竟應該怎樣」？因此而有「自然」與「名教」之辨，漢代學者多講所謂「天人相應」之學，其時特別注重「天道」的著作，如揚雄的「太玄」。桓譚說：「揚雄作玄書（太玄）以爲玄者天之道也，言聖賢制作法事，皆引天道以爲本統，而因附屬萬類王政人事法度。」（見《後漢書》〈張衡傳注〉）漢以前的書，《周易》最言「天道」。所以漢末談「天道」的人們都奉《易經》作典要。而魏晉玄學早期所推重的書就是「易經」，也就是它的學說之根源。亦即其顯揚於後世者，其來有自也。

魏晉清談之風雖熾，然仍有持異議者，如晉武帝時，傅玄上疏曰：

先王之御天下也，教化隆於上，清議行於下。近者魏武好法術，天下貴刑名，魏文慕通達，天下賤守節。其後綱維不攝，放誕盈朝，遂使天下無復有清議。

傅玄所謂之「清議」，是與當時「清談」之流的含義相對的，除了傅玄攘斥之詞外，而在惠帝時，裴頠曾作「崇有論」曰：

利慾雖當節制，而不可絕去。人事雖當節，而不可全無，今清談者恐有形之累，盛稱虛無之美，終薄綜世之務，賤內利之用，悖吉凶之禮，忽容止之表，瀆長幼之序，混貴賤之機，無所不至，夫萬物之性以有爲引，心者非事，而制事必由心，不可謂心爲無也，匠者非器，而制器以必須匠，不可謂非有匠也。由是觀之，濟有者皆有也，人類既有，虛無何益哉。

不同於傅玄之以正教化，尙倫常辟斥清談者之放誕乖謬，頗似形而上意識的芻形，而裴頠則直斥清談者，虛妄無本，乃倡說貴形器之表，然傅、裴二人之言，皆不足以扭轉其時既已形成風潮的清談趨勢，故蔡元培先生評之曰：「其言非不切著，而限於常識，不足以動清談家思想基礎，故於世道人心之振作未能有濟也。」蔡先生所謂之「常識」，實乃指現代較科學化的語意學之條理分析，或哲學之論證推理方式。這在中國古代哲學獨特體例內，是不能以此準繩批判的，此外，蔡先生並認爲魏晉清談肇始於先秦之楊朱思想的衍化，他列舉了楊朱篇幾段文字，標其目曰：人生無常，排聖者，舊道德之放棄，排自殺等爲清談思想滋生之根源，這也可視爲提要勾玄了。他又在其〈清談家之人生觀〉中，對魏青「清談」（玄學），所作之評判是：「清談家之思想，至爲淺薄無聊，必非有合群性之人類所能耐，故未久而熠，其於儒家倫理學說之根柢，初未能有所震撼也。」這可謂蔡先生獨特之見。竊取之以就教於識者。

魏晉清談之所以風起雲湧的興起，另一促成因素，乃自魏始建立九品中正選舉制的偏失所激越，「上品無寒門，下品無世族」，一般在野士人深爲不平，相與攻伐的輿論乃造次蓬生。

# 七　結語

魏晉玄學之生成有兩個主要因素：一、研究《周易》、太玄……等而發展出的一種「天道觀」。二、是當代偏於人事政治方面的思想行事之評騭。爲現存劉邵「人物志」之類著述爲代表。那時所謂「形名」（刑名）派的理論，並融合三國時流行的各家之學。上述二者乃是「玄學」所以成爲魏晉時代特有思想的根源。而「自然」與「名教」之辨，以至體用本末的關係，以及「最理想的聖人的人格應該是如何」的討論，都成爲最重要的問題。上接《周易》、太玄的思想，下合名法儒道各家，都以此貫串而成爲新（玄）學的創造動力。

新（玄）學之價値觀的結論，是聖人方可以治天下，所謂「聖人者」，以「自然」爲體，與「道」同極，「無爲而無不爲」。此聖人觀念便是以老（自然）、莊爲體，儒學（名教）爲用，道家「理念」因此風行天下，魏晉「玄學」隨之長成。

道家思想固然對魏晉玄學有推波助瀾之催化作用，然而兩漢經學之衰落，亦爲魏晉玄學產生之要因。經學衰落之原因約有三端：一爲經學內容之轉變。二爲經義訓詁之支離。三爲經學重心已更易。

兩漢重經學，惟漢武帝好陰陽術，嬉狎方士，時方士多託名於儒家，以陰陽五行之說，滲入群經之內。故漢之儒者，多非純儒，如董仲舒、韓嬰、匡衡、翼奉、劉向，京房之倫，皆精於讖緯之說，且據此以解經，使經學走向滋漫之途，乃失其源矣。

至於魏晉玄學對後世的影響約爲二端：一爲後世對清談之沿襲。二爲促成後世學術之轉變，至於任誕失檢，藥酒聲色，此不俱論。

清談之末流，不惟不讀書向學，而且將清談本應熟知之學問，亦全部置之度外，此爲清談家對後世之一般影響，至於特殊之影響，則爲對佛理之啓發。自東漢明帝時佛教傳入中土，至魏晉譯經之成就，義解之發達，使佛學綻放異彩。

魏晉玄學在清談上，雖有致後世於虛浮不實之弊，然其引領佛理之開展，喚起儒學之復甦，與有力焉。至於玄學家之注經雜以道家之說固爲其失，然掃漢人之弊，開理學之先，則又其功也。

一九九一年十一月三日

# 王弼敘傳箋疏

## 一　生平為學

王弼生於三國之魏文帝黃初七年丙午（西元二二六年），卒於魏廢帝正始十年己巳（西元二四九年）虛言之弼得年二十四歲夭折。籍隸山陽高平。正史無傳，爰《三國志》卷二十八〈魏書鍾會傳〉載，曰：「初，會弱冠與山陽王弼並知名。弼好論儒、道，辭才逸辯注《易》及《老子》，爲尚書郎，年二十餘卒，裴松之注「弼字輔嗣，何劭爲其傳」何劭（註一）並就王弼之時代背景及其生前之交遊，用識其學而明其文，以弼幼而察惠，年十餘好老氏，通辯能言，父業爲尚書郎，時裴徽爲吏部，弼未弱冠，往造焉，徽一見而異之。

**箋**：《三國志》卷二十三，〈裴潛傳〉注曰：「潛少弟徽。字文季，冀州刺史，有高才遠度，善言玄妙。」《世說新語》〈文學四〉載：「傅嘏善言虛勝，荀粲談尚玄遠，每至共語，有爭而不相喻，裴冀州釋兩家之誼，通彼我之懷，常使兩情皆得，彼此具暢。」據此，徽實當時論壇高士，弼未弱冠往造，即能特蒙鑒賞，豈特天資之卓越，不同凡響，抑亦識見過人，議論精妙，有以致之耶。

## 二　注易釋老

徽問曰：「夫無者，誠萬物之所資，聖人莫肯致言，而老子申之無已，何邪？」弼曰：「聖人體『無』，『無』又不可以訓，故言必及有；老莊未免於有，恆訓，其所不足。」

**箋**：此文之「無所不足」，當作「其所不足」。《世說新語》〈文學第四〉載：「王輔嗣弱冠詣裴徽，徽問曰：夫無者，誠萬物之所資，聖人莫肯致言，而老子申之無已，何邪？弼曰：聖人體無，無又不可以訓，故言必及有；老莊未免於有，恆訓，「其」所不足。」「其所不足」，即「無」也。……老子雖以無爲言，而志在全有，老子四十章弼注所謂「將欲全有，必反於無者」，即其義也。

## 三　傳嘏（註二）讚弼

尋亦爲傅嘏所知。

**箋：**《三國志》卷二十一，嘏弱冠知名，裴松之注引傅介子曰：「是時何晏以才辯顯於貴戚之間，鄧颺好變通，合徒黨鬻聲名於閭閻，而夏侯玄以貴臣子，少有重名，爲之宗主，求交於傅嘏而不納也，友人荀粲有清識遠心，然猶怪之，謂嘏曰：夏侯泰初一時之傑，虛心交子，合則好成，不合則色至，二賢不睦，非國之利！此藺相如所以下廉頗也。嘏答之曰：泰初志大其量，能合虛聲而無實才，何平叔言遠而情近，好辯而無，所謂利口覆邦國之人也，鄧玄茂有爲而無終，外要名利，內無關鑰，貴同惡異，多言而葉前，多言多釁，葉前無親，以吾觀此三人者，皆敗德也。遠之猶恐禍及，況昵之乎」。觀之，嘏之深識遠見，品題人物，眞非常人之智矣，蓋何晏、鄧颺、夏侯玄皆才高名重之人，可謂一時之選，嘏並無所取，而特有知於一方弱冠之少年，然則弼之非常，從可知矣。

## 四　何晏景弼

於時何晏爲吏部尚書，甚奇弼，歎之曰：「仲尼稱後生可畏，若斯人者，可與言天人之際乎？」

**箋：**《三國志》卷九，〈曹爽傳〉載：「晏，何進孫也，母尹氏爲太祖夫人，晏長於宮省，又尚公主，少以才秀名，好老莊言，作道德論及諸文賦，著述凡數十篇。」《初學記》卷十九引〈何晏別傳〉云：「晏方年七、八歲，慧心天悟，形貌絕美，出遊行，觀者盈路，顯謂神仙之類」。《世說新語》〈文學第六〉載：「何晏爲吏部尚書，有位望，時談客盈坐，王弼未弱冠往見之。晏聞弼名。」晏之爲人，蓋當世一天資清妙之貴公子，在學術史上首開玄論之風，成就斐然，有足多者，且彼一見弼之注老，以爲精奇，即爲神伏，此固弼之才智過人，然晏之推誠服善，其精神懷抱，爲何如哉？

## 五　曹爽嗤弼

正始中，黃門侍郎累缺，晏既用賈充，裴秀、朱整，又議用弼，時丁謐與晏爭衡，致高邑王黎於曹爽，爽用黎，於是以弼補臺郎，初除，覲爽，請閒，爽爲屏左右，而弼與論道，移時，無所他及，爽以此嗤弼之（略）。

時爽專朝政，黨與共相進用，弼通儁不治名高。尋黎無幾時病亡，爽用王沈代黎，弼遂不得在門下，晏爲之歎恨！弼在臺既淺，事功亦雅非所長，益不留意焉。

**箋：**弼不得在門下，晏爲之歎恨，此固晏之有心惜才！然事功既非弼之所長，抑亦非其志之所在。正始十年，太傅司馬宣王弒爽兄弟、晏、鄧颺、丁謐、李勝、畢軌、桓範等皆伏誅、夷三族。爽之廢也，弼僅以公事免，雖其秋亦病亡，第能不死於斧鉞，豈非幸哉。蓋何晏、王弼雖於思想上齊名，然無論學問道理，或性情氣質，自有其不同者在焉。

## 六　劉陶（註二）屈弼

淮南人劉陶善論縱橫，爲當時所推重，每與弼語，常屈弼，弼天才卓出，當所得，莫能奪也。（前段政治話題略）

**箋**：陶之所長，擅於詭辯，弼之所善，則精於玄論，道不同不相爲謀，此陶每與弼語，所以「常屈弼」。而弼天才卓出，當其所得，所以「莫能奪也」。

## 七　弼善投壺

性和理、樂遊宴解音律，善投壺。

**箋：**「性和理」，言弼之體氣精妙，性情純柔。「樂遊宴」者，既可盡情享樂，且便與道友清談，至於「解音律、善投壺」，則是其藝術生活之一面，音律，謂五音六律，《孟子》所謂：「師曠之聰，不以六律，不能正五音」、「投壺者，每與客燕飲，講論才藝之理也，亦即古時貴族宴飲遊戲節目，其載於《禮記》〈投壺篇〉，弼以高才俊識遊於公卿士大夫之門，彼亦嫻於斯道焉。

## 八　易、老闡微

其論道附會之辭不如何晏，自然有所拔得多晏也，頗以所長笑人，故時爲士君子所疾。

**箋：**《世說新語》〈文學第四〉載：「何晏注老子未畢，見王弼自說注老子旨，何意多所短。」蓋弼之義精，晏之辭美，又《三國志》卷二十九〈管輅傳〉曰：「裴使君（徽）問何平叔一代才名。其實何如？輅曰：其才若盆盎之水，所見者清，所不見者濁，神在廣博，志不務學，弗能成才，欲以盆盎之水，求一山之形，形不可得，則智由此惑。」何晏「神在廣博，志不在學」，故其論老莊「巧而多華」，「辭妙於理」，其病在文勝質，故多浮而不實。至若弼之注老，則義以爲質，故「自然有所拔得多晏也。」

## 九 鍾會（註四）崇弼

弼與鍾會善，會議論以校練爲家，然每服弼之高致。

**箋：**《三國志》卷二十八〈鍾會傳〉曰：「會嘗論易無互體，才性同異。及會死後，於會家得書二十篇，名曰《道論》，而實刑名家也，其文似會」，蓋會之學雜揉易、老、申、韓、《隋書》〈經籍志〉有《周易盡神論》，魏司空鍾會撰！而鍾會之學既實近於刑名，故論議以校練爲家，其志亦耑在於事功，至於論道講學，彼雖非附庸風雅，至少並無野心，此其所以頗能每服於弼之高致，而必不能同與鄧艾共事也。

## 十 無累於物

何晏以爲聖人無喜怒哀樂，其論甚精，鍾會等述之，弼與不同，以爲聖人茂於人者，神明也；同於人者，五情也。神明茂，故能體沖和以通無；五情同，故不能無哀樂以應物。然則，聖人之情應物而無累於物者也，今以其無累，便謂不復應物，失之多矣。

**箋**：何晏之聖人無情論，其詳不可得而聞，鍾會等述之，想必有足觀者，蓋弼既與不同，主「聖人不能無哀樂以應物」，「應物而無累於物」耳。此實以「有情無累」爲言，「有情」就「體」上講，「無累」就「用」上講。準此，晏論似以「聖人」無「喜怒哀樂」，故亦「不復應物」。此實以「無情不應」爲言，「無情」就「體」上說，「不應」就「用」上講。此兩家立說之異也。至於兩說之是非優劣，與夫境界之高低，在義理上實有進一步研究之必要，當另以專文辨證之，此不及論，約而言之，「無情不應」終是小乘偏教之談；「有情無累」乃是大乘圓教之義也。

## 十一　荀融難弼

弼注易，潁川人荀融難弼大衍義，弼答其意，白書以戲之曰：夫明足以尋極幽微，而不能去自然之性，顏子之量，孔父之所預在也，下文「足下之量」，義與此同。（「預在」不可解，暫付闕疑，以俟高明）然遇之不能無樂，喪之不能無哀，又常狹斯人以爲未能以情從理者也，而今乃知自然之不可革，是足下之量，雖已定乎胸懷之矣，然而隔踰旬朔，何其相思之多乎？故知尼父之於顏子，可以無大過矣。

**箋**：大衍義《易》〈繫辭傳〉上曰：「大衍之數五十，其用四十有九，弼注曰：「演天地之數，所賴者五十，其用四十有九，則其一不用也。不用而用以之通，非數而數以之成，斯易之大極也。四十有九，數之極也，夫無不可以無明，必因於有，故常於有物之極，而必明其所由之宗也」，融嘗難之，而弼答書以戲之，所戲實與大衍義無關，何劭於上節既述王弼所言，聖人不能無哀樂以應物，特於本節即事以補其義（意）。蓋弼所戲於融者，謂其人雖深明道理，而實不能忘情，所謂「明足以尋極幽微，而不能去自然之性」，與夫下文「是足下之量，雖已定乎胸懷之內，然而隔踰旬朔，何其相思之多乎？」言所隔不過旬朔，而融之多情，未免相思，此正所謂「以情從理」而小之，今乃知人之有「情」，實自然之「性」，而不可革者，故終曰：「知尼父之與顏子，可以無大過矣，何劭補敘此節，意在爲上節王弼所謂：「聖人茂於人者，神明也，同於人者，五情也。」作舉例之說明，當與上節會通觀之。（註五）

## 十二　弼啓王濟（註六）

弼注老子，爲之指略，致有理統注道略論。注易往往有高麗言。太原王濟好談、病老莊，常云：見弼易注，所悟者多。

**箋**：本節著錄弼之著述有三：一爲老子注，二爲道略論，三爲周易注，其中「道略論」不詳，

《隋書》〈經籍志〉載梁有《老子雜論一卷》，何王等注，今亡，疑即此「道略論」，唐·陸德明《經典釋文》〈敘錄〉曰：「老子王弼注二卷，弼又作老子指略一卷」，《唐書》〈經籍志〉：「玄言新記道德二卷，王弼注」。又《老子指例略》二卷，不著撰人。《新唐書》〈藝文志〉：「王弼注新記玄言道德二卷，又《老子指例略》二卷」。《宋史》〈藝文志〉：「王弼老子注二卷，又《道德略歸》一卷，鄭樵《通志》〈藝文略〉：「老子王弼節解二，指例略二卷」。弼既著老子，爲之指略，因注「道略論」，即諸家所著錄之「老子指例略」是也，其書未行於世，道藏有書，獨缺著者。民國四十五年連江嚴靈峰氏自道藏正一部攷字號檢極出，特加考訂，景印行世。復次、弼之注易，掃落象數，獨標義理，言簡意賅，義約辭美。〈繫辭〉以下不注，相承以韓康伯注續之。弼另有《周易略例》一卷，附於書末，得行於世，疑「老子例略」所以湮沒者，未能附於老子書末故也。又弼另有《論語釋疑》三卷，見《隋書》〈經籍志〉，馬國翰有輯本，合爲一卷。（註七）

## 十三　弼絶荀、黎

然弼爲人淺而不識物情，初與王黎、荀融善，黎奪其黃門郎，於是恨黎，與融亦不終。

箋：淺而不識物情，謂世故不深，不懂事也，弼爲人雖天才睿智，超然俊逸，然而世事既不練達，人情亦不通透，蓋精於論道，長於談玄，而拙於應事，短於處人，此所以與曹爽論道不契，見嗤於前，與黎融相善，亦不免「始乎諒」，而「卒乎鄙」也，嗚呼！凡天才怕寂寞，古今一例，而「德不孤必有鄰」，良有以也。

## 十四　英年殤逝

正始十年，曹爽廢。以公事免，其秋遇癘疾，亡時年二十四。無子、絕嗣。弼之卒也，晉景王聞之，嗟歎者累日，其爲高識所惜者如此。

箋：正始十年，改元嘉平，是年爲己巳，王弼當生於黃初七年丙午。趙一清曰：晉．張湛列子序，輔嗣女婿趙季子，爰弼早年夭折且無子嗣，詎其女婿趙季子出，證明弼並非絕嗣，按現代人倫親族風俗言，傳宗接代，可將女兒後人過繼爲裔親，況留名後世，不只以嫡系血親爲必然可恃！即以王弼爲例，其所以千百年之後，仍享盛名者，是其生前之著書——注易、注老方得揚名立萬。此足以儆示吾人，釐正已往之誤傳思維，此題外贅語、殊堪玩味。（註八）

## 註釋

一　何劭（西元？～三〇一年），字敬祖，陳國陽夏人生年不詳卒於晉永寧元年，少與武帝同年，有總角之好，友即位，以劭爲散騎常侍，累遷侍中尚書，惠帝即位遷左僕射，劭博學善屬文，陳說近代事，若指諸掌。驕奢以貴有父風，然優遊自足，不貪權勢，諸王交爭時，劭遊走其間，無怨之者，故不爲所害卒諡康，劭所撰〈荀粲〉、〈王弼傳〉，及諸奏議文章並行於世。（《隋書》〈經籍志〉注錄，有文集一卷）。

二　傅嘏（西元二〇九～二四五年），字蘭石，北地泥陽人，生於漢獻帝建安十四年，卒於魏正元二年，年四十七歲，弱冠知名，司空陳群辟爲椽，正始初，除尚書郎與曹爽、何晏等不洽，因事免官，爽誅，再爲尚書，以功封陽鄉侯，卒諡元，嘏作有文集二卷傳於世。

三　劉陶（約西元一五七年前後在世），一名偉，字子奇，潁川潁陰人，生卒年不詳，約漢桓帝中年前後，通《尚書》、《春秋》，爲人居簡，不修小節，桓帝初，遊太學，上書言事，後舉孝廉，官侍御史，封中淩卿侯，三遷尚書令，拜侍中，屢切諫爲權臣所畏，徙京兆尹，徵拜諫議大夫，陶上陳要急八事：言亂由宦官，由是宦官交讒之，卒被收下獄死。陶著書數十萬言，又作七曜論，匡老子，反韓非，復孟軻及上書言當世便事條，教賦奏書記，辯，疑百餘篇。

四　鍾會（西元二二五～二六四年），字士季，潁川長社人，生於魏文帝黃初六年，卒於元帝咸熙元年，四十歲，少敏慧夙成，有才數技藝，博學精研名，以夜繼書，由是得名。正始中爲秘書遷鎮西將軍，會死後，於其家發現書二十篇，名曰：《道論》，皆刑名家言，察其文氣，似為會所作，但今所能見者，僅文選收入〈檄蜀文〉一篇而已。

五　王弼以為：無為為本，有為為末，認為去「有」，亦不能體「無」，自然為本，名教為末，以為名教即是自為之體會。易言之，王弼認為名教由無為而生，故名教合於自然。他將老子的「無為」、「有為」認識的如是深入和透澈，無人能出其右，所以說王弼是最深明老子之道者。殊為的當之論評。

玄學興起：玄的觀念，最早見於老子，所謂「玄之又玄，眾妙之門」，玄學思想實為儒、道、佛之混合思想，以道家無為主義為根本，並融合佛家出世思想，儒家之宿命觀，厭世而厭生，寄情山水，隱匿山林，或則驕奢淫逸，極度享受。

六　王濟（西元？～二九〇年左右），字武子，太原晉陽人，王渾之子，生年不詳，約卒晉惠帝永熙元年，年四十六歲，少有逸才，風姿英爽，好弓馬，勇力過人，善易及莊老，文詞秀茂，與姊夫和嶠及裴楷齊名。

七　王弼，註《老子》三十八章云：「是以天地雖廣，以無為心聖王雖大，以虛為主。……故滅其身而無其身，則四海莫不瞻，遠近莫不至，殊其已而有其心，則一體不能自全，冗骨不能相容。」

八　昔在漢西京，黃老縱橫刑名之學，與儒術並行，光武中興以後，世主專尚儒術，百家之學幾黜馬，及其衰季，天下名流與於黨錮之禍者，則有三君、八俊、八顧、八友等號……郭泰、李膺，陳蕃之倫為之領袖，進退必守經義，本於禮教，道德學術，一而不雜。

正始玄風，雖導於王、何，至七賢，則相互標題，其流派始廣！大抵陋儒崇老蔑棄禮法。七賢者：山濤阮籍、嵇康、向秀、劉伶、阮咸、王戎。而嵇、阮文章尤顯於世云。

# 宋明理學融貫「道統」思辨述要

## 一 緒言

就「理」學的字面看，可以直截了當的說，理學就是理氣之學，而氣之所含：天理與人欲並充其間。析言之：理者包含外在的天理、物理、事理；與內在的性理、心理。專自心性理氣論其根源變化，及天人合一之道，則必涉及宇宙論，形上學、認識論、心理學、神靈學、倫理學等。後人以「理學」統括之。或曰：「性理學」、「道學」等名義。各具識見，但以「理學」一詞，似較貼切。

國人於「哲學」的思考，往往不如西方人細密，如以「知易行難」（傅說）、「知難行易」（孫文）、「知行合一」（王守仁）三者作比較，殊不合宜。顯見思維推理之不周延。此一病癥，其來有自也。

唐君毅〈中國哲學原論〉曾舉文、名、空、性、事、物六「理」學術之冠名。

如果這六種「學理」融入「理學」之內涵，現所謂「宋明理學」之稱，似較「性理學」或「道學」之稱較周延而廣深。

自宋以來歷代對「宋學」之稱說甚多，茲不備舉。

按理學家程頤、宋熹倡言「性即理」。蓋以性理名其學雖無不當。但此名稱卻不能賅括陸九淵、王守仁所講倡的「心即理」之說的內涵。再就性理群書、性理大全、性理精義等書的採輯內容以觀，收錄的有周敦頤，邵雍、張載、大小程子、朱熹等人著述，卻無陸象山、王守仁的作品。可見「性理」之名，並不能代表理學的全整內涵，故而今人多不採用。

宋明理學的發展，大別為兩派：一為程頤、朱熹，一為陸九淵、王守仁。程、朱倡言「性即理」；一、王倡言「心即理」，所談皆偏重於「心性」，故又稱理學為心性學云……。又西方學者稱我國宋明理學為（New Confucianism）中譯名稱：「新儒學」。

## 二　理學興起的因緣——社會、政治、宗教等誘因

### （一）外緣

#### 甲　書院的創設

早期書院原不具學校性質，延至唐末藩鎮坐大，中央政權萎弱，地方政權膨脹，但教育事業衰落，惟有識之士，藉書院之成長，蓄植人才，一時蔚為風尚、逮宋（北）初有四大書院創

設之業績斐然成風。至南宋以降，書院林立，多至數百餘所，賡續至元、明而不衰，洵至近世私立大學之勃興，實爲宋代書院制之深遠影響。

### 乙　活版印刷術的便利

自畢昇發明活字（膠泥）版印書，因之書籍得以大量印刷，學術易於流通傳布、私人講學之風日熾，其學說講義亦便於留存實錄，形成流派家法統系林立。資料龐雜豐富。

### 丙　宋室獎勵文教政策之導向

宋太祖即帝位不久即巡視太學、並爲孔、孟塑（繪）像。題贊聖賢、藉示尊崇學術。宋仁宗並以范仲淹之奏議，詔告天下飭知州、郡、縣各設學校。由此一上行下效風尙之廣被，民間生活亦有餘裕，受教育機會增多，並刺激教育事業之成長。學術氣氛濃郁。

### 丁　宋室承平之影響

宋自開國即強敵寰伺，外患頻仍，然而京畿之地繁華豪奢，令人目迷五色！且看孟元老《東京夢華錄》〈序〉中一段話：

僕從先人宦遊南北、崇寧癸未到京師……正當輦轂之下，太平日久，人物繁阜、垂髫之童，但習鼓舞，斑白之老，不識干戈，時節相次，各有觀賞，燈宵月夕，雪際花時，乞巧登高，教池遊苑、舉目則青樓畫閣，繡户珠簾，雕車競駐於天街，寶馬爭馳於御路，金翠耀目，羅綺飄香，新聲巧笑於柳陌花衢；按管調弦於茶坊酒肆。八荒爭湊，萬國咸通，集四海之珍奇，皆歸市易；會寰區之異味，悉在庖廚。花光滿路，何限春遊！簫鼓喧空、幾家夜宴。伎巧則驚人耳目，侈奢則長人精神。……

好一句「侈奢則長人精神！」怕不是「消人志氣」之反諷語乎？這一段描述宋都汴京（開封）的繁華狀態之文字、可以對照張擇端之「清明上河圖」的畫面。正反映出當時工商業繁榮盛況，及一般市民之冶豔生活之一斑。南宋臨安（杭州）的情景又如何？且以林升的〈題臨安邸〉詩為證：

山外青山樓外樓，西湖歌舞幾時休？暖風薰得遊人醉，直把杭州作汴州。

南北兩都城相互輝映比美！主張揮軍北上的岳飛、李綱之輩，其被處斬與罷黜自是必然！後之視今亦猶今之視昔啊！在這種浮華虛靡的浪潮下！學者惟以護道自居。

### 戊　變法的失敗

王安石新法，對考試，學校制度，有甚大之變革。但由於舊派士人以司馬光爲首的一些人，反對王氏之變法維新，卒致兩敗俱傷。有識之士惶惑於現實與學術理想之邊緣。對傳統經傳注疏之詁訓正義，產生懷疑！是理學興起之另一緣由。

## (二) 内因

### 甲　訓詁、詞章、科舉之反動

溯自漢書儒家，經生多做訓詁、詞章工夫……然而訓詁學、詞章學卻給儒家自己以厭惡！是宋學（理學）勃興之內因。同時釋、道兩家是在對面給儒家以壓迫之外力，乃可謂宋。理學勃興的外因。」

有宋之世，除了典章制度一仍唐之舊制，初時拘守唐人經傳注疏，更甚於唐人。且把科舉之「明經科」，改爲「學究科」。章太炎說得好，這學究兩字是他們無上的諢號。在詞章學方面，自漢武帝好制詞賦，始啓虛浮之習，歷兩晉南北朝、文章皆尚駢儷，諧聲韻，文辭絢爛，後世稱之曰「六朝文」……爲浮華虛靡之徵！而唐代的學術可以「科舉」爲代表，而科舉又可以「詞章」爲表徵。

## 乙　宗教勢力消長之激越

至於宗教方面的發展，佛教則歷陳、涉隋以逮，初唐諸宗並起，舉其大概，有禪宗等十大宗派。至於道家，因佛教之勢甚盛，道家則自老、莊虛玄之說，一變而爲方士神仙之術。前者後來稱「玄學」，後者稱「道教」。由於佛教經唐武宗一番抑毀，到宋太祖時，修廢寺，造佛像，刊行《大藏經》……但宋徽宗則設道階、置道觀、立道士學，置道學博士，又修道史，給道士俸，道教之盛莫過此時，至於道教之怪誕，方東美有評斷。」（茲略）

不過，從漢迄宋，一種「三教統一」的呼聲甚囂塵上……釋、道、儒三家皆同聲一氣地說：「你我原是通家」。或云「儒佛一致」，或說「道內儒外」，或云：道佛之教同體異用，或竟說：三教一致。聲音雜沓，一時難別是非。至今仍是懸案。

在釋、道、儒三家爲學術，宗教競立門派，又倡言統一之際。宋儒似已不耐「學究」之譏言。內則向訓詁、詞章之學革命、外則與釋、道兩家斷絕關係，自命是王孫貴胄，不與蠻種異類「通家」。宋儒的前驅者孫泰山、石守道分別向訓詁、詞章之學起革命，並激戰佛、道二家，彼二子者可說立了「破舊」之功。後繼者之正統派代表人物：周濂溪、程明道，程伊川、張橫渠等嶄露頭角，組織新學，創立新規模，於是儒家蛻化爲宋「理學」之大宗。

## 三　理學

宋代學院之勃興，印書和藏書事業的發達，爲宋之學術界特殊狀況。由於傳播資訊之便利，直接影響學術思想流通之普及，並激發新思潮之萌芽茁壯、而這些新儒家「理學」之興起，亦呈百家爭鳴之勢，若作一鳥瞰（後人歸納之統系，或有見仁見智之不同），則北宋以伊川（程頤）爲主，南宋以晦翁（朱熹）爲主。伊川以前爲「洛學前期」，其本期爲「洛學期」，北宋之末，南來之初，伊川以後，晦翁以前，爲「洛學後期」，晦翁本期爲「閩學期」，晦翁以後爲「閩學後期」。

茲將這四個不同分期所突顯的學派及其代表人物舉述於次：

一、洛學期

（一）濂溪之學——周濂溪敦頤

（二）涑水之學——司馬光涑水

（三）百源之學——邵雍百源

（四）洛學——程明道顥、程伊川頤

（五）關學——張載橫渠

（六）蜀學——蘇洵老泉、東坡、軾、潁、濱、轍

（七）新學——王安石荊公

二、洛學後期

（一）洛中本系——呂原明希哲等十二人

（二）南劍系或道南系——遊薦山酢等十餘人

（三）藍田系——三呂晉伯兄弟

（四）永嘉系——許橫塘、景衡等永嘉九子

（五）湖南系——胡文定安國父子叔侄等多人

（六）涪陵系——譙天授等多人

（七）吳系——王信伯蘋等多人

三、閩學期

（一）閩學——朱晦翁熹

（二）湖南學——張南軒軾

（三）浙學——又分三支

1. 婺學——呂祖謙東萊

2. 永嘉之學——薛艮齋季宣、陳止齋傅良、葉水心適

3. 永康之學——陳龍川亮

（四）江西之學——三陸兄弟梭山九韶，復齋九齡，象山九淵

四、閩學後期

（一）金華系——勉齋等多人

（二）鄱陽系——饒雙峰魯等多人

（三）新安系——董介軒等三人

（四）義烏系——徐文清等多人

（五）四明系——又分傳朱學與陸學之別：

1. 傳朱學者二人：余正君端臣，黃文傑震

傳陸學者有楊慈湖簡爲代表，袁絜齋燮、舒廣平璘、沈定川煥，稱甬上四先生。

象山之門，遠不及晦翁之盛，其學脈流傳偏在浙東。晦翁亦說：浙東學者多子靜門人。……四明王深寧應麟爲獨得呂學之大宗，兼取諸家。綜羅文獻，推呂氏世嫡，然東萊學派二支最盛：一自徐文清再傳而至黃文獻，王忠文，即所謂義烏系；一自魯齋再傳而至柳文肅，宋景濂，即所謂金華系，皆兼朱學，爲有明開一代學緒之盛，四百年文獻之所寄。

# 四　朱、陸二人學旨舉要——鵝湖之會分歧未決

## （一）朱熹學說撮要

朱熹的心性論、約其旨要：

一、心兩分觀念——他以爲道心，乃純粹之善心；人心乃雜惡念而不純，如其對心體之說：

性是未動、情是已動，心包得已動未動，蓋心之未動則爲性，已動則爲情，所謂心統性情也。欲是情發出來的，心如水，性猶水之靜，情則水之流，欲則水之波瀾。（《朱子語錄》）

此心之靈，其覺於理者，道心也，其覺於欲者，人心也。（《朱子語錄》）

有道理底人心，便是道心。（《朱子語錄》）

饑欲食，渴欲飲者，人心也，得飲食之正者，道心也。（《朱子語錄》）

二、性兩分觀念——他以爲義理之性純善性；氣質之性雜揉惡質、如云：

論性要須先識得性是箇什麼樣物事？性即理也，仁義理智而已矣！然四者有何形狀？只有此理。便做得許多事出來。所以能惻隱、羞惡、辭讓、是非。譬如論藥性寒熱，亦無討得形狀處，只服了後，卻做得寒，做得熱便是性。今人往往指有知覺者爲性，只說箇心。（〈答陳器之書〉）

天命之性，不可形容，不須贊歎、只得將他骨子實頭處談出來，乃於言性爲有功，故某只以仁義理智言之。（《朱子語錄》）

上兩節引述《朱子語錄》及答客問書中語辭意含，可以看出他的心性觀是：心統性情（當係義理之性）、性即理（有道之理）。據此，我們不難推斷朱子的心性修養：一是主敬——伊川學術之持續。一是窮理——伊川之格物窮理說，惟朱子乃以認眞實在地讀書致知。「聖人之先得我心之所同然者」。以下略揭其讀書之方：曰少看熟讀，聖賢垂訓，託其大要。曰反覆體玩，乃玩索自得矣。曰不必想像計獲，勿急功近利，不存成見。只此三事，守之有常。朱子學案有言：

學者讀書，須是於無味處當致思焉。

又云：

始讀來知有疑，其次則漸有疑，中則節節是疑。

他這種質疑精神啓迪了清代考據之學興起，並影響及於近代，如胡適嘗引朱子讀書之明訓：寧詳勿略、寧下毋高，寧拙毋巧，寧近毋遠。緣此可見他是一個踏實爲學，誠懇爲人的一代宗師，因之他的理氣能不雜不離。

## （二）朱子的學術成就

一、融匯北宋理學之大成，使理學體系趨於完整。

二、勘定四書，並以周、張、二程諸子續於〈四書〉義理（道統）之下。

三、在本心涵養之外，兼重察識工夫，補救程門教法之偏，主張讀書明理，使格致之法有以啓迪。

四、承認客觀知識的存在，影響後人對知識領域之擴展，日進不已。

## 五　陸象山學說綜述

### （一）心即理說的啓悟

陸九淵十三歲讀古書時便領悟「宇宙即吾心，吾心即宇宙」的大道理，故陸氏學的重點：一是「心即理」、他在〈與李宰之〉書中引孟子語，三復斯言曰：心即理也。孟子四端之心是自辭受取與間見本心遍在，理亦先在……終歸至善！

陸氏所謂之心乃寄託格物，物各有理，但超越世俗之善惡理念。一是復其本心，若孟子求其放心，先立乎其大。陸氏曰：「六經注我，非我注六經」。他遠紹程顥，幸未淹沒；近宗胡銓，人鮮知之。（註七）

〈灞陵文集序〉：「聖賢蓋以心傳道，而非專取於詩書之文辭而後已也，道苟得於心，則不得已而作書作文，當然要發於心。」（集十五）又〈策問四〉云：「誦其詩，讀其書，不知其人可乎？知其人者非他，知其心與道也，心與道蓋不同條而共貫哉？（集五）又答譚思順云：

> 詩、書、禮、樂、易、春秋，蓋堯、舜、禹、湯、文、武、周公、孔子數聖之心法在

焉。(集九)

又在〈僧祖信詩集序〉云:「自得於心,不假外鑠,則德全神王。」陸氏與胡季隨書曰:「大學言明明德之序,先於致知;孟子言誠身之道,在於明善。今善之未明,知之未至,而循誦習傳,陰儲密積,廑身以從事,喻諸登山而陷谷。愈入而愈深;適越而北轅,愈鶩而愈遠。」(《象山文集》卷一)

凡上所引皆可見陸九淵心學之特重本心的闡發,並強調人爲主體,方足以據爲義利之辨的準的。但他卻未對義利之辨提具體思路,或可資遵循之方式,然而,他卻以爲:「萬物皆備於我,只要明理」。

## (二)九淵「以仁識心」指微

九淵先生認爲學問的知識種類繁多,但學問知識之極點在於仁,「仁者,人心也。」故學問知識之道在求放心而已!如其所言:

仁,人心也,心之在人,是人之所以爲人,而與禽鳥蟲獸草木異焉者也,可放而不可求哉,古人之求放心,不啻如餓之於食、渴之於飲,焦之待救,溺之待援,固其宜也,學

問之道，蓋於是乎在。（《象山文集》卷三十二）

又曰：

義理之在人心，實天之所與而不可泯滅者也，彼其受蔽於物，而至於悖理違義，蓋亦弗思焉耳。誠能反而思之，則是非取舍，蓋有隱然而動、判然而明，決然而無疑者矣。（《象山文集》卷三十二〈思而得之〉）

人皆有是心，心皆具是理，心即理也。……所貴乎學者，爲其欲窮其理，盡此心也。（《象山文集》卷十一〈與李宰之〉）

## （三）存心、養心、求放心

九淵先生認爲：「人失其本心，有兩種原因，一是不肖之徒，蔽於物欲，而失其本心；另一是智者賢者，蔽於意見，而失其本心。」如其所言：

道塞宇宙，非有所隱遁，在天曰陰陽、在地曰柔剛，在人曰仁義。故仁義者，人之本心

也。……愚不肖者不及焉，則蔽於物欲而失其本心；賢者智者過之，則蔽於意見而失其本心。（《象山文集》卷一〈與趙監〉）

人失了本心，其救助挽回之法，是存心、養心與求放心。如其所言：

古人教人，不過存心、養心、求放心。此心之良，人所固有，人惟不知保養而反戕賊放失之耳。苟知其如此，而防閑其戕賊放失之端，日夕保養灌溉，使之暢茂條達，如手足之捍頭面，則豈有艱難支離之事。……此乃爲學之門，進德之地。……得其門，有其地，是謂知學，是謂有志。既知學，既有志，豈得悠悠，豈得不進。（《象山文集》卷五〈與舒百美〉）

九淵先生之學，使人求放心而躬行實踐，此乃格物致知後的「學以致用」。如其所言：

爲學有講明，有踐履。大學致知、格物，中庸博學、審問、愼思、明辨。子思始條理者智之事，此講明也。大學修身、正心，中庸篤行之，孟子終條理者聖之事，此踐履也。（《象山文集》卷十二〈與趙詠道〉）

講明是爲學求知之功，踐履是實行驗證之事，此二者乃知行並重之論，亦是宋儒諸子講論的重心，不特象山而已也。

降至明季王陽明的致良知、知行合一之說，顯然受陸九淵心即理、知行並重之以仁識心的啓發甚多。雖然王氏自有持志養氣之思路、足以召納好學者授其門下。

至於姚江學案「王陽明學說」論著繁夥，本文從略。

## 六　陸、朱論心同具「自然」與「超越」雙層面之融貫

黃光國教授在其《儒家思想與東西現代化》書中第二部分「探討儒家思想的內在結構」裡，藉康德的概念判定：儒家思想在本質上是「實踐理性」，而不是「理論理性」；再以韋伯的概念來說：它是「實質理性」，而不是「形式理性」；用平常的話來說：「它是『規範性知識』（normative knowledge），而不是「科學性知識」（scientific knowledge）。然而，這種「實踐理性」卻蘊含有一種強旺的成就動機，能夠促使個人去追求「理論理性」或「科學知識」。

又：《儒家的心之模型》第三章裡黃先生說：

倘若我們以「心」作爲認識對象，來看儒家諸子有關「心」之討論，則吾人應當可以看出：儒家諸子所討論的「心」，也分別屬於自然及超越兩個不同的層次。大體而言，從孔子提出「仁」的概念之後，儒家學者對於「心」的討論，可以分爲「以仁識心」及「以智識心」兩大系統，「以仁識心」的一系，以孟子爲首，陸象山、王陽明等人繼之加以發揚，形成新儒學中的「心學派」。「以智識心」的一系，則以荀子爲代表。……儒家（應涵蓋宋之新儒——理學家）諸子「以仁識心」時所提到的「心」，包括良心、天心、本心，道德性心，赤子心，或心本體、良知本體等，而可統稱爲「仁心」。以「智識心」時提及的心，又稱爲形氣心、氣質心、人心、認知心、或情識心，而可統稱爲「識心」。……

更清楚地說：儒家諸子所體會到的「心」基本上是一種「雙層次的存在（bi-level existence），它包含有超越層次的「仁心」，也包含有自然層次的「識心」。「識心」其實就是一般心理學者所謂的「認知心」。儒家思想的最大特色，不在於「識心」，而在於「仁心」。」

這雖非以宋之理學家紛然雜陳的「心、性」討論其所自呈現的「心」之模型歸類。但上引黃教授的論點，乃爲審觀的以「識心」推斷儒家——包括宋儒「心、性」論說的內涵，可以省卻以經驗層次作長篇累牘的解釋推論。

## 七　宋明理學家之於「道統」貢獻——宋史為「道學」立傳是一特例

元代重修宋史曾以「道學傳」之例目，標榜宋之「理學」對中國「道統」所具之深義，降至今世，作冷靜之省識，可以察見其於「道統」之承先啓後的功能，約爲：

一、對宇宙論之形上學始有涉入探討，足以補充先秦儒學之缺失，並使儒學體系趨於圓融。

二、對心性問題作親切平和之擴展、更具人情化，影響後人研究之興趣，並試從多方面認知，逐步趨於系統思想體制。日後並將與現代心理學融會貫通。

三、修養方法之構求，因而提升學者之崇高人格典範之建立，並擴大其影響。

四、學者志節操守之堅持，自宋以後節操之士多於前代，顯係理學家流風餘韻，如響斯應。

五、胸襟氣魄之培養，宋儒多能抱持萬物一體理念，把個人心志投注於社會全體，關心民瘼，且以天下興亡爲己任。

六、對教育重視理想，尤能以道德培養爲方針，並申明義利之辨，是非之別、善惡之分。

## 八　書後——兼及朱、陸學說比較

最後引錄蔡仁厚教授〈新儒家的精神方向〉書中一段話，以爲本文之結語。

宋明儒學有六百年的發展，他們重建道統，把思想的領導權從佛教手裡拿回來，重新挺顯了孔子的地位，使民族文化生命返本歸位，而完成第二度的「合」。他們最大的貢獻，應該是復活了先秦儒家的形上智慧。道家講玄理所顯發的「無」的智慧，以及佛教講空理所顯發的「空」的智慧，雖皆達到玄深高妙的境界，但由玄智空而開顯出來的「道」、畢竟不是儒聖「本天道爲用」的生生之大道。儒家之學，一面上達天德，一面下開人文，以成就家國天下全面的價值。這樣的道，當然比佛老更充實、更圓滿。這「於穆不已、純亦不已」的天人通而爲一的浩浩大道，是通過「仁的德慧」而彰顯。這是先秦儒家本有的宏規。北宋諸儒由《中庸》、《易傳》之講天道誠體，回歸到《論語》、《孟子》之講仁與心性，至到陸王之心學、良知之學，正表示儒家形上智慧的復活，和道德文化意識得重新發揚。

蔡先生指出「陸、王心學」爲形上智慧的復活，使人聯想到「形而上者謂之道、形而下者謂之器」這句話，如把話題轉到「朱、陸比較」的論點上，而朱學則較傾向於「器」之形塑；而陸學則較偏於「道」之闡發。而朱子有師承，重視經驗理念的實踐！屬於「規範性知識」的傳達。而陸象山學無師承，自謂因讀《孟子》書而自得啓悟之道，尤其他自髫齡即豁然領悟「宇宙即吾心」之深奧義理。可見他的學養似乎來自天機逸趣、這也難怪王守仁等強調「良知良能」之格致頓悟，引來顧炎武之譏嘲曰：

今之君子則不然，聚賓客門人之學者數十百人，譬諸草木區以別矣。而一一皆與之言心言性，舍多學而識，以求一貫之方，置四海困窮不言，而終日講危、微、精、一之說，是必其道之高於夫子，而其門弟子之賢於子貢？（陸象山指子貢未得孔子之道）祧東魯而直接二帝之心傳者也，我弗敢知也。（〈顧亭林與友人論學書〉）

顧炎武這篇似是而非的論學書，在當時確予「理學家」以重創，其時正値亡國之痛，顧先生發出：「士而不先言恥，是爲無本之人」的沉痛呼聲，他自己不肯受清廷以「博學鴻詞」之利誘，氣節之士望風景從，致有清之世，「理學餘緒」形同中斷。其實明朝之亡，理學家何辜？只不過凡此衰世，適逢其會耳。

蔡教授還有幾句中肯的話：

宋明儒（指理學家）的成就和貢獻，畢竟偏重於「內聖」一面。「外王」事功則缺少積極的講論和表現，此即所謂「內聖強而外王弱」。所以宋明「理學」，所代表的「合」，仍然不夠完整。而明末顧亭林、黃梨洲、王船山諸儒自覺地，要求由內聖（心性之學）開展出外王（開物成務，利濟天下）事功，這是切中時弊的中肯之論。因而有清一代「樸學」當道，蓋以時勢轉移之必然也。

原刊載於《中原文獻》第二十七卷第二期（一九九五年四月一日）臺北刊行
〈中原文化與傳統文化〉刊（一九九六年十月）大陸刊行

# 建安文學人物曹操及其〈短歌行〉酌識

## 一 引言

近代社會各方面的急劇變化，使人生的內外生活失去了平衡。日本學人廚川白村在他所著《文學十講》中這樣形容：「物質文明俗化了人人的生活……變化了人的外部生活，使它平凡了、散文化了，變成了無趣味枯淡的東西了，古時是玩賞本位，現代是實用本位，詩趣失了，變成俗惡，歡喜珍貴的，現在以類多爲佳了。……生存競爭的苦痛，更加利害了。天天在煤煙裡，要勞動了，所以有人說：『現在是『急』和『醜』的時代。』」

廚川白村氏所說的「急」和「醜」，確是這個時代的寫照。姑以臺北的生活環境，放眼一觀，空氣污染的煙塵機械噪音的吵雜，熙熙攘攘的各類型人群、車陣、暴力、強盜、吸毒、拐賣人口等等罪惡淵藪，花花綠綠、衣冠楚楚的男女，誰知道他（她）們背後掩藏了多少「急」和「醜」。千奇百怪的分類小廣告，美麗的謊言散播著糖衣毒素……這說明現代的人生和文學之美質是多麼不調協。

然而人生所不可少的光輝，究竟不是塵污煤煙所能完全遮蔽的，而人生在長途的困頓勞苦之餘，也急需要一勺清泉來解渴，找一處蔭涼的地方來休憩。這種光輝，這種清泉，這種蔭涼的地方，便是文學及「文學的境界」。

苦悶的、沈濁的、狂亂的、浮蕩的人生，只有文學能潤澤它、撫慰它、洗鍊它、澄清它、綏靖它、提高它。當人生走到徬徨的時候，自然地會朝向文學的途程一步步接近，除了接近以外，還要瞭解它、研究它，並且進一步踏上文學創造的途徑。接近，瞭解與研究文學，不僅是要從中去找趣味，主要的是要從中去認識自然的與超自然的，而包括民族精神，歷史文化的眞實人生與藝術的人生。（劉萍：《文學概論》）

## 二　文學含意的辭塵

人類實際上是生活在兩個世界以內，一是自然世界，一是精神世界，前者是外在的物質世界，後者是內在的心靈世界，前者有具體的形相，雖廣漠而實是有限的，後者無具體形象，乃是超時空而卻無垠的……。

文學，它的領土是廣被在自然世界與精神世界這兩個世界之中的，所以它是自然的，也是超自然的，是具時間、空間性的，也是超時空的。它是任何人的自然生活與自然生命所表現的舞臺，更是任何人精神生活與精神生命所寄託的王國。在文學的國度裡，它融匯著古今中外人類的思想與情感，調和著物質的與心靈的矛盾與距離，使短暫的化爲永久，複雜地化爲單純，醜惡的化爲美好，不僅揭露著各色各式的人生，而且安慰著、鼓勵著各色各式的人生，它使每個人生活在其他人的精神之中，使現實的融合在一切形象之外。（劉萍：《文學概論》）

簡言之，文學就是這樣一個包羅有形、無形與不窮不盡的人生萬象的偉大總體。它與人生的關係，可以說是這個總體的內外面，也可以說是渾然一體而不可分解的。因而，我們知道，文學是伴隨著人生而俱來的，在宇宙之間，是無時無地而不存在的，事實上每個人都生存於文學天地之內，而文學天地，也同樣存在於每個人的心靈之中。（劉萍：《文學概論》）

這樣的引敘，會把思緒帶進「逍遙遊」的境界裡，隨心所欲地馳騁，非本文所宜採行者。尤其是一篇急就章的讀書報告，自不免墮於「拾人牙慧」的俗套裡。接下去就以羅根澤《周秦兩漢文學批評史》第一章緒言一，文學的界說所指文學的含意兩點，作一個章節的子題：

一、廣義的文學——包括一切的文學，主張此說者，如章太炎先生《國故論衡》〈文學略論〉云：「文學者以有文字著於竹帛，故謂之文，論其法式，謂之文學。」

二、狹義的文學——包括詩歌、小說、戲劇、及美文，主張此說者，如蕭子顯《南齊書》文學傳序云：「文章者，蓋情性之風標，神明之律呂也。」羅氏又引梁元帝《金樓子》之言篇下云：「今之儒博窮子史，但能識其事，不能通其理者謂之學……吟詠風謠，流連哀思者，謂之文。」

合乎這個定義的，現在只有詩、小說、戲劇及美文。

文學研究乃不同於其他學科，不宜輕易冠上「科學的方法」套式。在其他學科中可以有定律，而在文學中則不易有定律，在其他學科中有確定的對象與範圍，而文學就沒有確定的對象與範圍，在其他學科中，有的不受時間、空間種種條件的隔閡。有的難受隔閡而易於貫通，而在文學中，則因時、空、語言、文字等等的不同。各國各民族間保有極大的距離，不易歸於共同的原則，而必須保有各自若干的特殊性，所以文學研究在若干重要的理論原則下，都可能保有例外。同時，文學是人生綜合的反映，也即是人文文化的綜合反映。（劉萍：《文學概論》）

## 三　文學批評各騁臆說

關於「文學批評」，依羅根澤的「評述」，認爲近世談文學批評者，大半依據英人。森次巴力（Saint Sbury）「文學批評史」的說法，分爲主觀的、客觀的、歸納的、演繹的、科學的、判斷的、歷史的、考證的、比較的、道德的、印象的、賞鑑的、審美的十三種界說。但，羅氏說：這還是不夠的……。狹義的「文學批評」就是文學裁判。廣義的「文學批評」，則於文學裁判以外，還有批評理論及文學理論。（羅一根澤：《中國文學批評史》）

本篇報告申論的範圍，依老師提示：暫以魏晉南北朝以上的時段裡，試以評鑑之筆意，抒寫個人思見，乃不揣謭陋，就個人學力差強可及的鑑賞，與對其人，其文（詩）情有獨鍾者，選定曹操及其〈短歌行〉樂府詩，略作探析的資料之推砌而已。

文學批評究當如何著手？要作哪些具體的或抽象的工作，在林林總總的材料中，個人揀選如下：「文學批評是一種以『文學』爲特定對象的『批評』工作。其內容實涵蓋了批評家對文學作品本身淵源，影響、價值等的看法，對作家之介紹評論，及對各時代文學思潮的描述，與各家批評之特色及意義。而我國近代以來以『文學批評』爲書名的著作，如：羅根澤、鄭振鐸、郭紹禹、劉大杰等之文學批評（發達）史等……其內涵也統攝了西方文學著作的範圍。」（張雙英：《中國文學批評的理論與實踐》）這些話言簡意賅，切中肯綮。

本世紀二十年代以來，西方國家中，尤其是美國「新批評」。「芝加哥學派」，「形式主義」、「結構主義」等的文學批評學者，都大力主張「文學批評」應該是對文學作品執著之後，使文學作品內在研究成爲文學批評的焦點。幾達半世紀之久。這一新思潮影響全世界「文學批評」之風尚。美國詩人及批評家艾略特（T. S. Elliot）被認爲是新批評的領導者，他即主張，文學的重點應在獨立而有機的「作品」，其創作者只不過是個把作品從無形而變成有形的媒介而已，他本在作品中是沒有地位的。其後，這主張乃由這一派的理論家韋勒克（René Wellek）跟渥倫（Austin Waren）在他們合著的《文學理論》中具體化，把原來「文學批評」這個詞之內含濃縮爲對「作品」本身的內在性「批判」，而把其他在「作品」本身之外，而與作品有關的一切批判，統稱爲「作品」的外在研究。於是造成今日以「作品的內在研究」爲範圍的「狹義」的「文學批評」。而原來的「文學批評」便因此而被稱爲「廣義」的「文學批評」了。（張雙英：《中國文學批評的理論與實踐》）

這段對「文學批評」針砭啓迪之辭，須認眞思考，付之實踐方資證驗其作用。以下疏通之思見，或可視爲「文學批評」之可行的原則：

如前所述廣義的「文學批評」，實際包含了「理論的批評」與「實際的批評」，前者重在討論與「文學」有關的各種問題，如本質、功用、文類、風格等，並企圖建立「藝術的價值」，因而其核心課題應是在探討如何才能達到這目標的一些原則，而後更可將這些原則，提供實際批評者，作爲批評的工具，後者則以「作品」爲主做專注的研究，其目的在透過縝密周延的解釋或評價「作品」。以達到「創作藝術」之指引，設立欣賞、品鑑的標準，然後更可將這些由實際經驗所得的成果，提供給「理論批評家」作爲研究理論的洞見。

個人不敏，敢以「駑馬十駕」之愚騃，竊取賢者研求之條理義法，用爲思考之憑依。有關文學的研究的方針，張老師提出較有系統的三個路線：

一、以探討有關各種文類之源流、演變、影響等爲主的「文學歷史」。如：中國小說史、英國戲劇史等。

二、以研究文學的起源、本質、功能等爲主的「文學理論」。如：「詩緣情」和「文以載道」等觀念。

三、直接研析、闡釋、品評文學作品，或揭露其語文和結構之特色，甚而指出其內容所含之深義。

順著這一思想理路，張教授並對「文學批評」工作提出四個步驟，也可說是推理過程。這裡只引其項目而不延伸細節。這四個推理層次：

一、對作品表層的瞭解。

二、融入自我的體會。含三點基因：

（一）情感和經驗

（二）想像與學識

（三）個性與修養

三、對作品的分析和闡釋。含兩項要素：

（一）作品的主題

（二）作品的結構

四、對作品的評價。

綜括言之，上述各步驟及所含因素之啓發應用，要看個人具備的學力、觀點之差異，乃能產生因人而異的功用。也許就可以我等所寫之報告，見其效用。

一般而言，文學批評的工作是在闡釋隱含於作品中的主題及其深意，並嘗試分析其結構，說明其表現的技巧，最後再論述其影響及評價。

以下舉述魏晉南北朝「文學批評」之例證。

## 四　建安文學風流蘊藉

### （一）魏晉之文學批評

魏晉南北朝上推自建安以前，可說是沒有「文學批評」，眞實的批評自覺期，當開始於建安時代及稍後，先是曹丕、曹植兄弟恣其直覺的意見，大膽無忌的評騭著當代諸家，開始在哲學上發生影響，但文學上似還不曾感受到什麼遽變之將發生。（指四、五言詩之遞嬗）茲從略。（鄭振鐸：《中國文學史》）

南朝之齊、梁在文學批評史上是一個大時代，出現了好幾部偉大的批評著作，產生了許多不同的批評見解。概略列舉哪一時期的重要著作：對後世有深遠之影響者，第一是沈約。陸厥（法言）等人的音韻的辯論。第二是鍾嶸詩品的創作。第三是《文心雕龍》的出現。第四是爲藝術的藝術觀的絕叫。

在此之前，文藝早已長期成了功利主義的俘虜，但至齊、梁世代文藝的桎梏則被解脫了。蕭統的《文選》首先排斥經書，史籍及諸子於文學的領土之外。徐陵的《玉臺新詠》更嚴限「文學的門檻」。徐之才情甚大，上自朝廷制作，下逮友朋間短札交往，無不舒卷自如，隨心點染，他初與庾信齊名，後世合徐、庾。後之所謂「臺閣文章」之讚詞，起於彼二人。

魏晉對文學的論評之作，以《文心雕龍》序志篇爲端倪。彥和稱三國時論文者只有魏文述典，陳思序書，應瑒文論。劉氏並加評騭：「魏文秘而不周，陳思辨而無當，應論華而疏略。」此外並指出：「公幹亦汎議文義，往往間出……。」（郭紹虞：《中國文學批評史》）

## （二）魏晉文壇宿才曹操之〈短歌行〉析粹

由於《三國演義》這部小說扭曲史志紀實，誇張的塑造人物形象，而曹操的奸雄面貌，影響世人因而抹煞了他的眞正功業，且對其文學貢獻，有意無意中點染一些不良的政治性批評，這也是那些批評不能成爲完整的高格調。只能視爲散漫之私見。雖然片言隻字中亦見其深處，但畢竟尚建構不成有體系思想之大制作。

以下舉曹操〈短歌行〉詩之評述例：這裡據宋．淳熙本《文選》並參《宋書》樂志校正者，原文：

對酒當歌，人生幾何？譬如朝露，去日苦多。
慨當以慷，憂思難忘。何以解憂，惟有杜康。
青青子衿，悠悠我心。但爲君故，沈吟至今。
呦呦鹿鳴，食野之苹。我有嘉賓，鼓瑟吹笙。
明明如月，何時可掇？憂從中來，不可斷絕。
越陌度阡，枉用相存。契闊談讌，心念舊恩。
月明星稀，烏鵲南飛，繞樹三匝，何枝可依？

山不厭高，水不厭深，周公吐哺，天下歸心。

〈短歌行〉爲樂府清商曲辭，平調曲之一，古詩亡。僅存曹操擬作，原樂曲與此略異。這首詩之題旨，《樂府題解》說：「〈短歌行〉，魏武帝對酒當歌，人生幾何？言當及時行樂也。」惟後人評斷雜出，所見不同，各以己意揣度其隱情，摘句臆測，究竟能否切中作者之動機，與文意之內含，殊難論斷，但歷經前人推演敷陳，流傳至今，有積非成是之墮習，個人亦陳陳相因列述若干寓意紛沓之評語，以供酌裁！

《六朝選詩定》吳淇說：多才多藝之士，於三國時僅得兩人，一曰蜀武侯，一曰魏武帝。武侯制作無不精妙，故司馬懿得其圖籍，嘆爲異才，武帝制作無不精妙，故銅雀臺後世得其片瓦，猶値百金……武帝之詩有風雅遺意。蕭統續《文選》〈梁父吟〉非所敢望也。何哉？梁父吟以人傳也，武帝諸詩，自足千秋，非以人傳。

《詩源辨體》卷四，許學夷說：「鍾嶸云：曹公古直，甚有悲涼之句，叡不如丕，亦稱三組。」又云：「孟德、子桓樂府雜言，聲調出於漢人〈滿歌行〉等，孟德氣格雖古，然適用者少，子桓小加藻麗，然亦無全作。《詩紀》所編〈何嘗快〉一篇，乃古辭也。」

以上兩節評述，由解題至評詩、臧否人物、交互雜出，這是傳統習見者，無法釐清其爲何種理論之批評。下面則稍異前者，只是內容稍異，而其行文格套亦類似。

譚元春《古詩歸》云：「〈短歌行〉，少小時讀之，不覺其細。數年前讀之，不覺其厚，至細，至厚，至奇！英雄騷雅，可以驗後人心眼。鍾惺云：四言至此，出脫〈三百篇〉殆盡，此其心乎不黏滯處。」「青青子衿」二句、「呦呦鹿鳴」四句，全寫〈三百篇〉，而畢竟一毫不似，其妙難言。「但爲君故，沈吟至今」，英雄何嘗不篤於交情，然亦不泛。「越陌度阡，枉用相存」。譚云：人知曹公慘刻，不知大英雄以厚道爲意氣，慘刻處慘刻，厚道處厚道，各不相妨，各不相諱，而又皆不出於假，所以爲英雄。

這段簡潔俐落的評述，對曹操之行事，不假虛矯，寓褒於貶，可謂知人又知言了。

譚元春又云：此老，詩歌中有霸氣，而不必其王。有菩薩氣，而不必其佛。「山不厭高，水不厭深」、「水何澹澹，山島竦峙」。吾即取爲此老詩品。

這段吉光片羽之言談，似純屬「評詩」者。

鍾惺又云：曹公心腸，較司馬懿光明些，治世能臣，亂世奸雄，明明供出，讀其詩知之。又曰：英雄帝王，未必盡不讀書，而其作詩之故，不盡在此。志至而氣從之，氣至，而筆與舌從之，難與後世文士道。

這段話未涉及作品之評析，純係對作者人格之附會於作品而隨意詆疵。

選錄一段對〈短歌行〉作品之整篇疏釋之評析。以與前兩節短評比較其優劣點。《古、唐詩合解》卷三，王堯衢說：「孟德於功業未建之日，當燕飲而作此歌，先言對酒當歌詠，歎人生無幾，如露易晞，思去日之苦多，憂思不忘，是以慷慨悲歌。庶消憂者莫若酒耳。此時賓朋讌集，而興求友之思，有爲之長思而沈吟至今者，如嘉賓在坐，則鼓瑟吹笙以樂之。〈鹿鳴〉之詩，蓋取樂賓之義耳。以「明明如月」而不恨不能拾取，遂憂之不忘，則其暗奸天位之心久矣。

悠悠地歲月流逝，許多擾攘不安也漸次銷聲匿跡，一片漆黑的天空，祇有思想家和藝術家所散布的幾點星光閃爍著，偶爾掀起一陣狂風巨浪，但長城的門和牆，江河的大壩還屹之未搖！然而，當大地變得反常時，以往的城牆大壩也可能動搖震撼時，我們現在的後死者，有責任起來承擔歷史的捍衛者重責大任。草此短文，低徊不已……。

一九九二年八月十三日夜

# 〈歸田賦〉與〈登樓賦〉異趣而同心識微

## 一 引言

《漢書》〈藝文志〉〈詩賦略〉云：

春秋之後，周到寖壞，聘問歌詠不行於列國，學詩之士，逸在布衣，而賢人失志之賦作矣，下及揚子雲競爲侈麗宏衍之詞，沒其風諭之意，是以揚子悔之曰：「詩人之賦麗以則，辭人之賦麗以淫，如孔氏之門用賦也，則賈誼登堂，相如入堂矣，如其不用何？」。

讀〈詩賦略〉這段話，可知揚雄論文之旨，既尚質素而斥淫辭，或當主於自然。西漢武帝以後，就文學而言有兩大傾向：一是弘麗的體製、縵誕的敘述、過度的描狀、誇張的鋪寫，後人稱之爲辭賦的時代。而西漢最重要的賦家，當推揚雄，前已引述其於賦作之思想觀念，頗有見地，他也算典型的賦作家。惟其以模擬爲專業，並無獨立的思想，開創性的改革。他所有的就是漢代詞人共有的，遣麗詞用奇句的工夫而已。他讀了《易》便作《太玄經》，讀了《論語》，便作《法言》。他的賦如〈甘泉〉、〈羽獵〉等，乃以司馬相如諸賦爲準則。一是漢賦的轉變期，有創新之意，可以把張衡列爲先驅者，及後之王粲爲漢賦蛻化之促進者。

後漢的作家，也完全不脫西京的影響，但有少數賦家，頗能因循舊章之外，另出新意，而張平子（衡）、王仲宣（粲）之賦有堪稱代表者。

## 二　張衡與王粲賦的藝術特色

### （一）張衡〈歸田賦〉析要

〈歸田賦〉全文不過二百餘字，卻表現了張衡的思維之深刻縝密。他本來就具有文學家的豐富想像力，頗善於隱諭筆法之運用，且有科學家之求眞務實精神，當進則進，當退則退，不妄圖戀棧以屈其志，所以〈歸田賦〉的文辭流暢自然，無堆砌夸飾之病，內容取材不作無謂之虛構情節，只不過抒發其個人即景生情之感興，及思欲歸隱田園之意趣，張衡的這篇賦收入《昭明文選》卷十五，古人稱致仕還鄉曰歸田。李善注云：「歸田賦者，張衡仕不得志，欲歸於田，因作此賦。」〈歸田賦〉自反面著筆，開首即以遊字映襯歸意。漸次渲染其可讀性，這就是他這篇賦趣味雋永的藝術特色。

張衡是漢賦轉變期的代表作家，漢賦發展到張衡的年代，已經慢慢由長篇的體物寫志、富麗堂皇的大賦，轉變爲短篇的抒情小賦。這一方面是由時代因素造成，另方面西漢末年揚雄以後，道家自然的思想已經產生，張衡中年適值道家思想興盛時期，自然影響到張衡的作品風格。

《後漢書》記載說：

永元中（漢和帝年號，西元八九～一〇四年）舉孝廉不行，連辟公府不就，安帝（西元一〇七～一二五年）觀聞衡善術學，公車特徵拜郎中，再遷爲太史令，衡不慕當世，所居之官，輒積年不徙，自去史職，五載後還。

從這段史錄看出張衡仕不得志，歸田之賦意在斯時。後人考證〈歸田賦〉是張衡第二次做太史令前寫的。張衡此作，固然有歸田的意思，但基本上還是遵奉儒家「用之則行，舍之則藏」的信條，所以他開頭便說：「遊都邑以永久，無明略以佐時，徒臨川以羡魚，俟河清乎未期。」這表現了他的胸懷情趣，自是抒情言志，與漢賦前期鋪采摛文的內容完全不同，在形式上他的遣詞造句，顯有蛻變，影響了後之曹植、王粲乃至魏晉俳賦，並推衍魏晉興起了「玄風」，像陶淵明詩歌及後之田園隱逸詩賦作品，可以說是〈歸田賦〉之濫觴。

## （二）王粲〈登樓賦〉析旨

王粲的〈登樓賦〉是一篇富有鮮明的時代色彩的抒情小賦，他生活在社會動亂不安的漢末，《三國志》本傳云：「獻帝西遷，粲徙長安」，「以西京擾亂」，「乃之荊州劉表，表以粲貌寢而體弱通侻，不甚重也。」目睹國家的戰亂和分裂，人民的流離死傷和苦難，王粲思念故土，渴望時局和平……他久客荊州，無所作爲，懷才不遇，鬱鬱寡歡，在極度苦悶和失望中，登樓遠眺，激情難抑，寫下了這篇流傳千古的名賦。

按王粲往荊州避難時，年僅十七歲，文中謂：「漫逾紀以迄今。」一紀爲十二年，作此賦時不過三十歲之青年，他是位列三公的王龔、王暢之裔孫，父王謙又是大將軍，王粲是典型的世家子弟，他的文采風流，躋身於建安七子，是不虞之譽，但卻羈靡於闇弱不振的劉表幕下，而劉表竟以貌取人，王粲其貌不揚，雖有長才，而不受倚重，其內心之苦悶，可以想見，久客異地，每動歸思。所以一開頭就抒發其鬱悶懷鄉之情！「登茲樓以四望兮，聊暇日以消憂」。這和張衡的「遊都邑以永久，無明略以佐時。」述志不得申、懷才不遇，可以說是異「趣」而同「心」。借觸景以傷感其心中之悵惘，殊無二致！張衡以「遊」字反襯思歸之心；王粲以「憂」字直抒其情志。藉登樓四望以「銷憂」。這憂字應是全文關鍵。

承接上句，他說：「覽斯宇之所處兮，實顯敞而寡仇」。這一句之「斯宇」指「茲樓」言。葉百豐先生以爲茲樓就是指當時王粲所在之荊州的城樓，葉氏說王粲作此賦時不言登某某樓，逕以「登樓賦」爲題，應不是荊州以外某一城樓。看來頗言之成理，不過大陸南京廣播電視大學副教授鍾培豪卻持之有故的指出〈登樓賦〉之樓並非荊州之城樓，鍾氏於一九八八年三月寫了一篇〈登樓賦樓址考辨〉的研究論文，引起臺海兩岸文學界之注目，他一方面從賦的原辭義推衍，旁徵古今考據水名、地名之所指，並就文字訓詁學之條理剖析辭義，且引用修辭造句之語意學原則一點一滴的求證。鍾氏所得的結論是：王粲所謂「登茲樓」者，蓋指湖北當陽縣東城門樓，又名：紫蓋門城樓。鍾氏並舉梁先帝蕭繹的一首小詩（出江陵還詩二首之一）云：「朝出屠羊縣，夕返仲宣樓，水溝還侵岸，沙盡稍開流」（屠即當的諧音，屬魚韻，當爲端母平聲，陽韻，魚陽二韻可對轉）用以佐證王粲所登之樓，即當陽之東門城樓。與葉百豐之單就原文辭之虛字「茲」（或曰語首助詞）字義以斷定茲樓者，即荊州之樓也。而鍾氏則更具科學求眞精神。「有一分資料說一分話（胡適語）。」約十年前大陸學術界，對此問題頗有多方之爭議，而鍾氏之考辨甚具說服力，爲目前臺海兩岸最具分量之研究論著。在此不殫其煩，穿插引敘，以見〈登樓賦〉受人重視之一斑。

《藝概》〈詩概〉云：曹子建、王仲宣詩出於〈騷〉：誠屬至論，不過，當再補充一句：王粲（仲宣）的賦亦出於〈騷〉，它繼承了《楚辭》的風格。兩漢的賦堆砌辭藻、典故，鋪張揚厲，空洞無物。當此類作品充斥文壇，蔚爲風潮，久之氣靡神衰，如後世所謂「八股」濫調，人人皆覺陳腐而沉悶。突然，有人打破悶局，自創新意，即如王粲之短小文賦一出，使人耳目一新，在賦的發展歷程上是一里程碑。

〈登樓賦〉與〈離騷〉一樣，都是現實主義的傑作，都是動盪的社會，和作者眞情感的形象反映，此賦語句流暢清新，而不堆砌詞藻典故，感情眞摯自然，深受《楚辭》的影響，甚至在遣詞造句上可尋到痕跡，前人已指出「登茲樓以四望，聊暇日以銷憂」；脫胎自〈離騷〉的「登崑崙以四望」和〈九嘆〉惜賢的「登陵以四望，聊暇日以銷憂」，或〈離騷〉的「聊暇日以媮樂」。或〈九章思美人〉的「聊暇日以須臾」。

## 三　張衡賦作與王粲賦作章法之別異

### （一）〈歸田賦〉章法巧妙

張衡的〈歸田賦〉句法上是，首段全用六字句，次段前半，除首句加上連接詞，餘皆四字句。後半亦類似前者，但末兩句再用六字句式。三段則相反，除前兩句四字句外，回頭又用六字句。整體以觀，同中有異，異中有同，在修辭技巧上排比句式，對偶句式，都顯得流暢自然，精煉美妙。

此外，作者於擬物，如：「龍吟方澤、虎嘯山邱，」以言己之從容吟嘯情狀。於借代，如：「于時曜靈俄景，係以望舒」之句，爲日、月之隱喻，都頗具巧思。

其在聲律上的鋪排，首段押上平四支韻，次段前半押下平八庚韻；次段後半押下平十一尤韻，末段押上平六魚韻。作者在辭義變換時，也即聲變韻，惟通篇押平聲韻，聲律平和而悠揚，流轉順暢委婉，全文章法之架構，循序漸進，由前因敘及經過，終以結果，前後呼應，條理明白，文旨彰顯。

## （二）〈登樓賦〉聲情並茂

王粲的〈登樓賦〉章法功力與張衡〈歸田賦〉相較，可說是伯仲之間，或者說彼此異曲而同工，綜括言之，這篇賦結構完整、段落分明，每段一韻到底。約略析其體勢：首段多寫客觀之美景，引出主觀之感情，開頭兩句說明登樓的動機，開啓全文。以「四望」引出以下寫景的十句，暗點其懷鄉之情。這一段用陰聲「尤」韻字爲韻腳，頗有頌美讚嘆之音。第二段寫懷鄉之情，明示鄉愁，用三種不同手法：即正面寫情，次以情景交融，寓情於景，再以歷史故實，說明人情同於懷土，古今一致。由於這一段是抒鄉愁而多悲音，故其押韻乃取雙唇鼻音韻尾「侵」韻字爲韻腳，頗有悲悶難抒之聲情，三段藉天氣變化，抒發感慨，寄寓」，並舉孔子在陳思歸魯……最後更明白地說：「氣交憤於胸臆，夜參半而不寐」，輾轉反側，顯然是絃外之音。

王粲用比興之義，以登樓爲題，藉達諷喻之旨，假贊頌荊州地區之美好，惜非故土，也實在是惜劉表的昏瞶。藉風蕭瑟、鳥獸相鳴等景物隱喻其傷感，懷才不遇！「畏井渫之莫食」，借《周易》之言，歎明珠暗投，是明喻其心志不得伸。他每段都對景物之描寫，非常精練，這可說是他寫作藝術之特色。

# 四　賦在文學領域內應再評價

## （一）昔賢對賦之真知灼見

昔孔子論文，曰言之無文，行而不遠。又曰文質彬彬，然後君子。皆重視文采之意也。古之載筆之倫，莫不重文采而尙色澤，其尤慧敏者，甚且吐膽嘔心，織錦成文，務使作品之外形臻於藝術美之極峰，期予讀者以視覺與嗅覺之雙重美感！宜乎劉彥和之言曰：

聖賢書辭，總稱文章，非采而何。……若乃綜述性靈，敷寫器象，鏤心鳥跡之中，織辭魚網之上，其爲彪炳，縟采名矣。故立文之道，其理有三：一曰形文，五色是也。二曰聲文，五音是也。三曰情文，五性是也。五色雜而成黼黻，五音比而成歆夏，五性發而爲辭章，神理之數也。

劉勰最後點出作好文章，是神而明之，即如常言，只能意會，不可言傳。

詩賦文章之日趨華麗，蓋始於東漢。如《潛夫論》〈務本篇〉云：「東漢學問之士，好語虛無之事，爭著雕龍之文。」惟班固、張衡、蔡邕之作，面目迥異西京，多半純任自然，未作人工之刻意覊勒，而趨向唯美之途。

美文，是賦的別稱，尤其駢賦，屬對之工穩、字句之整齊、音調之鏗鏘、用典之繁富、辭藻之華美，有不得不令人咨嗟詠歎者，中國文學之藝術美，於此表現無遺矣。

日人兒島獻吉郎曰：「四六既非純粹之散文，又非完全之韻文，乃似文非文，似詩非詩，介於韻文散文之間，有不離不即之關係者，故稱之爲律語或駢文。」駢文蓋別於散文而言，數不能有奇而無偶，斯文不能有散而無駢，易、詩、書、禮、春秋之文，散之中未嘗無駢，理欲並舉，則散而駢矣。蓋出於自然也，蓋本乎天籟也，且根本無駢散之觀念，當駢則駢，當散則散，胥視乎事實之需要，與行文之方便而定，自不必強加軒輊。

## （二）時彥之於賦識待涵泳

張仁青博士的這番析論，令人折服。駢散之爭，無代無之，有清一代爲尤烈，首先發難

者，厥爲桐城諸子。（駢散論戰，茲不贅引）

殆民國以降，一般思想急進之徒，高呼「打倒雕琢的阿諛的貴族文學，建立平易的抒情的國民文學」之口號，揆其初衷，則文必廢駢，詩當廢律是已。

乃不殫煩贅引錄這一段論見，是因爲個人思見有不謀而合者，故樂於借爲私意、而不顧拾人牙慧之譏也。以下再折返〈歸田賦〉與〈登樓賦〉之本題。

## 五　再引〈歸田賦〉述評菁粹

陳去病《辭賦學綱要》引胡韞玉言：「短賦之格，難於長篇，尺幅之中，展布山水，非目空江海，胸羅繁華，縱勉強成幅，雖非土阜斷潢，而氣寒局促，必無千里之勢……平子（張衡）歸田，寥寥二百字，而有無盡之藏，眇滄海於一粟，小泰岱於秋毫，而滄海之洋溢，泰岱之崢嶸，未嘗稍減。論者謂其辭藻清麗，短而稱之，吾謂其氣宇寬宏，小而彌大也，不明此意，而爲短篇小品，縱有佳構，究不足與於作者之林也。」胡氏這些話，算是〈歸田賦〉的深切著明之識評。

## 六　〈登樓賦〉作者知音何其多

至於王粲的〈登樓賦〉之評斷！且看晉・陸雲〈與兄平原書〉云：「登樓名高，恐未可越爾。」南朝・劉勰以〈登樓賦〉爲魏之賦首。（〈詮賦篇〉）察陸、劉之語顯見以王粲列爲魏晉賦第一家，宋朱熹且認爲〈登樓賦〉之評價：「猶過曹植、潘岳、陸機之〈愁詠〉、〈閑居〉、〈懷舊〉眾作，蓋魏之賦極此矣。」（見〈楚辭後語〉）元、戲曲家鄭光祖並以〈登樓賦〉爲題材編一齣雜劇《王粲登樓》開敷衍賦意爲舞臺藝術之先例，鄭以後尚未見踵起仿效者。

## 七　張衡、王粲文名千古，其來有自

### （一）推崇〈登樓賦〉的贊詞

〈登樓賦〉在藝術上的成就，最可注意者是景物的描寫，此賦每段都寫景，而且寫得有特色，且極精鍊，他把心志寄寓在景物上，出之以諷喻，但捨棄冗言贅噢，把寫景與感情抒發之間，作巧妙之契合，全文三段表現三個層次，而其於景物之描寫，隨著作者思路的轉進和感情的發展，表現不同的色調和風貌……它們不僅具有陪襯意味，而且起著感發情緒的作用。

## （二）〈歸田賦〉儼然成一代賦宗

張衡在漢賦發展到「繁華損枝，膏腴害骨」的時候，極度表現其個人情趣，他給僵化的賦，灌注了精神生命。他的〈歸田賦〉是一篇非常重要的作品，他以遊樂抒情筆法，揉合儒、道思想表現其通達的涵養。他這篇賦不但對魏晉玄風，有直接、間接的影響，並在文學理論及批評方面也有若干影響。就文學批評的觀點言，本就應該以儒道思想爲準則。因爲儒家和道家，都是講如何調和我們的人生，使我們人生與社會自然能夠和諧。

# 八　後語

《文心雕龍》〈神思篇〉說明文學的境界是人生與自然的結合，例如：「形在江海之上，心存魏闕之下，神思也。」觀張、王二子之賦，情雖眞切，但是爲情而造文矣！彼二人者，志深軒冕，而汎詠皋壤，心纏機務，而虛述人外，眞宰弗存，翩其反矣。藉彥和之言，以表予識見之膚淺也。

# 佛教「地獄」說與中國文學發展式微

## 一 前言

佛教自後漢、明帝時傳入中國之初，就充滿了小說的故事色彩。據東晉．袁宏（西元三二八至三七九年）在他的《後漢紀》卷十八〈孝皇明帝紀〉首先記敘：明帝永平十三年發生的楚王謀反事件。然後大略陳述了他（袁宏）所理解的佛教，接著敘述佛教最早傳到中國的情形。

初夢見金人，長大，項有日月光，以問群臣，或曰：西方有神名曰佛、其形長大，而問其道術。遂於中國而圖其形象焉。

袁宏這段文字的記敘體例，有如南朝．劉義慶《世說新語》之小說筆意。雖然，寫得簡短，但卻予人以完整故事結構的鮮明印象。袁宏的《後漢紀》又被劉宋．范曄轉載於《後漢書》卷八十八〈西域傳〉「天竺國」條下。

除了《後漢紀》與《後漢書》記敘了「漢明帝感夢求法」的故事之外，還有牟子（融）的

《理惑論》也對明帝「感夢求法」作較詳細的記敘。

昔孝明帝夢見金人，身有日月光飛在殿前，（帝）欣然悅之，明日博問群臣，此爲何神？有通人傅毅曰：臣聞天竺有得道者號曰佛。飛行虛空、身有日光，殆將其神也。於是，上悟，遣中郎將蔡愔，羽林郎中秦景，博士弟子員王遵等十八人（或三十二人），於大月支（氏）寫佛經四十二章，藏蘭臺石室第十四間。於時洛陽城西雍門外起佛寺，於其壁畫千乘萬騎繞塔三匝。又於南宮清涼臺及開陽城門上作佛像。明帝豫（予）修造壽陵。曰顯節亭。亦於其上作佛像，時國豐民寧，遠夷慕義，學者由此而滋。」

牟融的敘論，簡直就是一篇「傳奇」式小說，文字節奏轉折明快緊密，故事結構更縝密，內容更詳細充實，層層推進，把佛教的傳入之緣始及其發展，及佛寺佛塔之興建，佛像之塑製、藏經室之位置，一項周密完備的佛教文物軟硬體之設施藍圖，躍然紙上。小說故事融入歷史記錄，開啓了日後各類佛教故事踵起效尤的先河。

由上引史錄「世傳」資料以觀，可見佛教輸入中國後的發展非常迅速。眞是上有好焉者，下必效之，這種連鎖效應，影響既深且廣，試就南北朝、隋唐連綿數世紀之佛教文物建構、敦煌、龍門等萬千石窟之開鑿、十數萬佛項之塑製（含敦煌采塑、雲岡、龍門、大足崖等石窟雕塑）成爲人類藝術創作的不朽業績。

除了固定不移的佛教文物建造，更有難以計數的流動性軟體設施之製作，那就是手寫的「敦煌變文」。這些通經故事之手抄本，其珍貴應不亞於羊皮紙「聖經」的鈔本。然而這些價值連城的文化遺產。由於近百年來東西列強侵略者，明目張膽地在各石窟深藏之所，強掠並偷盜運出國境，顢頇的海關人員懾於帝國主義強盜之淫威，眼睜睜地看著那數百箱手鈔的「敦煌變文」成了盜賊獵物。如今我們要想深入地研究「敦煌變文」（亦稱敦煌學），還得要去美俄英法日等國家博物館，作搜奇因胸臆憤懣，想一吐爲快。

## 二　地獄說流入中國的史料檢索——變文、傳奇及地獄、鬼屋的形態變易

佛教小說的題材，只要涉獵一下琳瑯滿目的傳奇變文，可說俯拾即得！溯憶孩童時，看到「佛教宣講」展覽之十八層地獄鬼魂受到各種酷刑之懲罰！觸目驚心、記憶深刻。目前臺灣各地較大規模之遊覽設施，仍然有鬼屋或鬼洞之塑型，配上電動燈光音效，吸引參觀者，尤其兒童比成年人還喜歡看，想要驗證鬼魅之神秘恐怖，今年我曾於元月下旬到美國舊金山迪斯尼樂園一處名爲鬼屋的設施，內部曲折高下快慢明暗繁複神秘的動畫、臘像塑製之鬼像，一幕幕通過視覺，和中國人所設計的思想風貌，大相逕庭。而臺灣鬼魅故事以地獄刑罰爲基礎，而變易

其形式。也就是說，現在看到的立體動畫（臘像）與數十年前看到的平面紙上圖像有差距，在紙上畫家可以憑想像畫出任何主體與陪襯的圖案，而電動設施上就無法巨細靡遺的，表現圖畫之細緻。畫面，更不可能把十八層地獄景象，全部立體地呈現視域裡，因而當搜閱到臺故教授靜農撰寫的《佛教故實與中國小說》的文獻中有關「地獄」部分的資料，仔細閱讀後，使我原本未曾涉獵地「佛經中的地域」來龍去脈，有浮光掠影之印象。

## 三　佛經中有關地獄說變文舉隅

「地獄」這一陰司地府是什麼時候流入中國的？據開元釋教錄卷一總錄後漢（日本·鎌田茂雄著，鄭彭年譯：《簡明中國佛教史》）著錄《問地獄事經》一卷。見《朱士行漢錄》及《高僧傳》。沙門康巨（或作臣，未詳孰是），西域人，心存遊化，以靈帝中平四年丁卯於洛陽譯《問地獄經》，言直理詣，不加潤飾（註一）中平四年，爲西元一八七年，是佛教地獄說，在西元二世紀之末，已流入中國了。

地獄之定義慘不忍睹！據唐·西明寺沙門，道世玄輝（註二）曾有如下的說明，算是爲「地獄」所作之定義：

問曰：云何名地獄耶？答曰：依立世阿毗曇論云：梵名泥犁耶，以無戲樂故，又無喜樂故，又無行出故，又無福德故，又因不除離惡業故。故於中生。復說。此道於欲界中最爲下劣，名曰非道。因是事故，故說。地獄名泥犁耶。如婆沙論中，名不自在，謂彼罪人爲獄卒阿傍之所拘制，不得自在，故名地獄。亦名不可愛樂，故名地獄。又地者，底也，謂下底。萬物之中，地最在下，故名爲底也。獄者局也，謂局拘不得自在，故名地獄。又名泥犁者，梵音，此名無有，謂彼獄中無有義利，名無有也。」

以陽世之人的立場，看這個地獄之定義，凡人或轉說爲：地獄中的鬼魄。所應有的基本生存之條件，都被剝削褫奪殆盡。雖然如此，執行起來，卻仍有令人難以想像的多種可怕之刑罰，而這種種可怕之刑罰，正是畫家小說家取來資爲創作之題材的架構。

佛教「地獄」通俗經義故事傳入中國後，很輕易地深入人心，無論平民或士大夫都能接受這種，頗能彰顯善惡報應的道家善書之內涵。當然也更能把佛教三世因緣輪迴的理念予以具體反映，因此，它不但充實了道家除妖驅邪的符籙意識，並影響了文學（小說戲劇）、藝術（圖畫雕塑）思想領域之擴大，同時佛經思想也更深入浸染了文學藝術之內層質素，增長其活力新機。

## 四　地獄陰司的兩種建制

### （一）十五種失譯經典變文拾得

關於「地獄」的經典有多少部？多少種類？本文不作細察博研，茲擇其主要史錄摘引之。

據梁．僧佑《出三藏記集》下卷第四〈新集續撰失譯雜經錄〉第十三著錄的《地獄經》計有：

鐵城泥犁經，或曰中阿含泥犁經

勤苦泥犁經一卷

十八泥犁經一卷

四泥犁經一卷

地獄經一卷

地獄眾生相害經一卷（抄）

地獄罪人眾苦事經一卷（抄）

佛爲比丘說大熱地獄經一卷（抄）

罪業報應教化地獄經一卷
千法成就惡業入地獄經一卷（抄）
比丘成就五法入地獄經一卷（抄阿含）
調達入地獄經一卷（抄中阿含或云調達入地獄事）
調達生身入地獄經一卷
奪那祇全身入地獄經一卷
瑠琉王生身入地獄經一卷

這些失譯的地獄經，其譯出的時代，大概是早在魏晉晚期梁代，原經未必盡是單書，或有部分是從某一經中抽譯出來的。地獄觀念最能打動人民信仰心理，所以小乘法師儘先將它介紹入中土。

從上述史料來看，佛教的「地獄」說，始由漢末流入中國，到了南朝大大的流行。也可以說外來的地獄說從此在中國人民心理上生了根。於是影響了中國的文學藝術之發展，注入新的質素，這是很自然的。

## （二）十五地獄與三十地獄互有參差

略引地獄經義故實之後，該對「地獄」的結構是怎樣的問題，稍加探索。這包括地獄的數量，及地獄主。地獄有大小之別，地獄主的身分也因而不同。這同人間監獄的結構沒有甚麼分別，但是佛教經典中記錄，頗爲紛紜，很難依之整理出來一套完整的司法體系，只有分別引述以下兩大系統地獄建制說，以概其餘。

### 甲　十八地獄說

十八地方，民間寺院多有壁畫，加上佛教舉辦之通宣講或展覽圖畫、經典，早已深入人心。即使是婦孺文盲也都聽聞過地獄懲罰惡鬼的故事。但若問起地獄世界組織狀況，則語焉不詳。

茲據《問地獄經》所載：

閻羅王者，昔爲毗沙國王，緣與維陀始王共戰，兵力不敵，因立誓願，願爲地獄主，臣佐十八人，領百萬之衆，頭有耳角，皆悉忿懟，同立誓曰：後當奉助治此罪人。毗沙王者，今閻羅王是；十八大臣者，諸小王是；百萬之衆，諸阿傍是。

十八小王者：

一、迦延地獄——典（管理）泥犁
二、屈遵地獄——典（管理）刀山
三、沸進壽地獄——典（管理）沸沙
四、沸田地獄——典（管理）沸屎
五、迦世地獄——典（管理）黑耳
六、山蓋偦地獄——典（管理）火車
七、湯謂地獄——典鑊湯
八、鐵迦然地獄——典（管理）鐵床
九、惡生地獄——典山蓋山
十、寒冰地獄——經闕王名
十一、毗迦地獄——典剝皮
十二、遝頭地獄——典畜生
十三、提薄地獄——典刀兵
十四、夷大地獄——典鐵磨
十五、悅頭地獄——典冰地獄
十六、鐵筩地獄——經闕王名
十七、身地獄——典蛆蟲
十八、觀身地獄——典烊銅

據此閻羅王下，又有十八小王，儼然一封建王國。所異者，每一小王國典掌一種酷刑而已。按《問地獄經》於漢靈帝中平四年，由沙門康巨譯入中土，已見上述。而《開元釋教錄》卷一云康譯本已闕，本文所引者雖非原本，猶是梁以前之譯文。（註二）

## 乙　三十地獄說

按《經律異相》四十九引《淨度三昧經》云：

一、平湖王——典主阿鼻摩訶泥犁（無間大地獄）
二、晉平王——典治黑繩地獄
三、葉都王——典治鐵臼獄
四、輔天王——典治合會獄
五、聖都王——典治太山獄
六、玄都王——典主火成獄
七、廣武王——主治劍樹獄
八、武陽王——典主嚾吼獄
九、平陽王——主治八路獄
十、都陽王——典治刺樹獄
十一、消陽王——主治沸灰獄
十二、廷慰王——典治大噉獄
十三、廣進王——典主大阿鼻獄

十四、高都王——主治鐵車獄
十五、公陽王——主治鐵火獄
十六、平斛王——主治沸屎獄
十七、柱陽王——主治地燒獄
十八、平身王——典治彌離獄
十九、璉石王——主治山石獄
二〇、狼耶王——主治多洹獄
二一、都官王——主治犁洹獄
二二、玄陽王——主治飛蟲獄
二三、太一王——主治湯河獄
二四、合石王——主治大磨獄
二五、涼無王——主治寒雪獄
二六、無原王——主治鐵杵獄
二七、政始王——主治鐵杜獄
二八、高遠王——主治膿血獄
二九、都進王——主治燒石獄

三〇、原都王——主治鐵輪獄

今觀《經律異相》所引譯文，三十地獄王的姓名，及其典掌的刑罰職稱，都已華化了。隨唐編譯之佛經變文，在當時算是通俗的白話，可是今天看它，則嫌繁複艱澀！並非口語化句型。

按《淨度三昧經》，譯入中土較《問地獄經》爲遲，劉宋元嘉年間（西元四二四至四五一年）有《釋智嚴》譯本一卷，《釋寶雲》譯本二卷，《求那跋陀羅》譯本三卷，並見〈開元釋教錄〉卷第五。以知三十地獄之說，在南朝已經盛行了。推想地獄說的創始，其類別數目，定是由少而多，所以由十八而三十。又有大小地獄之說，《淨度三昧經》云：「總治一百三十四地獄」，以見地獄名目之多。

## 五　佛經宣傳風靡世道人心——聖教序、變文、傳奇之作推波助瀾

地獄觀念，雖不是中國本土文化，但，由於佛教徒成功的宣傳，即使英明帝王如李世民者，也欣然同意以個人名義敕撰《大唐三藏法師聖教序》。由沙門懷仁和尚集王羲之字刻碑石傳世，那不只深契唐太宗李世民的歡心，更發揮了文以字傳，經以人傳的廣大效應。至今歷千百年，這篇爲佛教宣傳的文告，仍被世人拓石用爲習字法帖。眞是一舉數得了。

唐代佛教大盛，有關通俗講經的譯文抄本，後世稱之爲變文，前面已略敘這些「講經變文」的抄本，近代因列強盜寇把珍貴的佛經寶藏，幾乎掠劫殆盡。我們想要一探祖先遺留下的文化佛經變文之全貌，必須遠涉重洋到美、法、英、俄、日等國家博物館，通過文化外交的歷程，或能拷貝到影本微卷言念及此，能不令人痛心疾首。

吾人所欲知之佛教地獄說，最早接受的是畫家，不是文學作家，雖然，劉宋時代已經有了王琰的《冥祥記》。惟佛教通俗宣傳品的變文，也就是小說話本的前驅，卻將他們的地獄說，演繹成爲小說了。現存的敦煌變文有四篇。列其書目：

一、目連緣起（註四）

二、大目乾連冥間救母變文並圖一卷（並序）

三、目蓮變文

四、地獄變文

以上四篇，一、二兩篇是完整的，第二篇較第一篇更爲曲折，這是以西晉月氏三藏《竺法護》所譯的《佛說盂蘭經》爲底本而演繹成的。故事是說：

目蓮的母親因欺誑凡聖，死墮阿鼻地獄，受種種苦，目連投佛出家，得了阿羅漢果。於是身入阿鼻獄中，見其母親受種種酷刑，最後墮爲狗身。目連將她引至王舍城佛塔之前，七日七夜，轉送大乘經典，懺悔念戒，阿娘乘此功德，方解除罪孽。

此外有一殘卷，臺靜農先生敘其大意，謂：近代學者定爲《唐太宗入冥記》（註五），與地獄變文大不相同。前者是據經文演繹爲講唱文，此是據一民間傳說爲母題，演繹成爲小說的。此一傳說又見於張鷟的《朝野僉記》卷六。故事大意：

唐太宗極康豫，太史令李淳風見上流淚無言。上問之，對曰：「陛下夕當晏駕」。太宗曰：「人生有命，亦何憂也？」留淳風宿。太宗至夜半上奄然入定，見一人云：「陛下暫合來還，即去也。」帝問：「君是何人？」對曰：「臣是生人判冥事。」太宗入見，判官問六月四日事，即令還。向見者，又送迎引導出。淳風即觀乾象，不許哭泣，須臾乃寤。至曙，求作所見者，令所司與一官，遂注蜀道一丞。

在變文裡故事卻不是如此簡略，有曲折，有高潮，算得一篇頗有諷刺性的小說。現存原文首尾俱殘，但仍有三千之多，幾乎全是唐太宗與崔子玉兩人的事。寫太宗初對閻王尚有威風，後被崔子玉說好說壞，弄得無可奈何。崔子玉的性格，既狡黠又貪婪，尤爲突出。崔子玉之名不見《朝野僉記》，而崔眞君的《神異記》曾記此事。略同《簽記》（註六），可見變文的崔判官，也有傳說的依據。因爲是殘卷的關係，尚不能確定有無地獄的描寫？據《冥祥記》一派的作法，唐太宗脫罪後回陽前，可能由崔子玉帶他一遊地獄的。（原文略）

## 六　文學作品中地獄的兩面寫法——傳奇、變文觀點殊途同歸

唐傳奇作者中堪稱大家的牛僧儒，他的小說集《玄怪錄》，及稍後有李復言《續玄怪錄》都曾運用地府爲寫作題材。不過他們雖受王琰《冥祥記》的影響，而寫作的態度與佛教徒大不相同。例如：牛僧儒的〈崔紹〉一篇，雖以地府爲題材，但不重視慘酷的地獄描寫。他筆下的地府，既不陰森，反而繁華，這是《冥祥記》所沒有的。茲摘錄〈崔紹〉中一段如下：

……又見一城門，有八街，街極廣闊，街兩邊有雜樹，不識其名目，有神人甚多，不知數，皆羅立於樹下。八街之中，有一街最大……並垂簾。街衢人物頗眾，車轝合雜，朱紫繽紛。亦有乘馬者，亦有乘驢者，一似人間模樣，此門無神看守。更一門，盡是高樓，不記間數，珠簾翠幕，眩惑人目，樓上悉是婦人，更無丈夫；衣服鮮明，裝飾新

異，窮極奢麗，非人寰所睹。其門有朱旗、銀泥畫旗，旗數甚多，亦有著紫人數百。

這段文字把地獄予以人間都會化了。難怪崔紹見了驚異，禁不住要問判官：「何盛如是？」這簡直就像百數十年前臺北艋舺之街景的一角呢。由這一描寫筆法，看出牛僧儒是「傳奇」作家之高手，儘管採用佛教的「陰司」作題材，卻略去地獄的慘酷，益以人間性的繁華。陰司大王（閻王）溫和而不猛厲，追勘尋了，問家世，敘情親，了無官民距離，即在人間，也無此等親切。簡直就是一個民主開明的陰司世界，果眞有這樣的地府，我看活在人間——現在這種生不如死的陽世，還不如早到陰司閻王那裡報到呢！

把「變文」與「傳奇」兩種通俗小說中，描寫之「地獄」陰府情景迥異予以對比，以見作品產生之背景不同，一爲佛教經義觀，一爲世俗觀兩者之構思，各有其侷限性，尤以傳奇小說之作，各騁己意，藉此文備眾體的小說創作表現，以遂其功名利祿之私願。

洎乎宋代以降，「平語」、「說書人」等專業行當，興起於都市中。這些講唱、說書人集市井，當時稱之爲瓦子、瓦市（肆）、勾欄等不同名稱。像南宋的都城臨安（杭州）有四大家「說話人」，其中一家專爲「說經」者，其所說之題材必然少不了「地獄」群相！因爲這是最吸引人的話題啊。

關於佛教地獄觀念影響於小說藝術的情形，本文只能一鱗半爪地提引，且是淺嚐即止。但有幾點耐人尋味的問題，特摘敘臺故教授靜農先生的遺文意見：

一、當六朝志怪之風盛行的時代，地獄觀念除了見於佛教徒的寫作外，一般文士殊少接受，可能因爲，對地獄的構想其慘酷超乎人類的理性與想像，不容於孔子的「仁」，老氏的「慈」，即與儒家的「慈悲」也有牴牾的緣故。

二、唐代後期的傳奇作者，雖然運用了地獄說，但因佛教的地獄描寫，那樣裸露而無保留，目的僅是對人類罪行的阻嚇，眞正有藝術價值的傳奇作品，則是假藉此種題材，有助於創作表現之想像力，這種手法直到蒲松齡仍是如此，如果不以個人思想表現爲中心，便被視爲佛教宣傳之譏誚。

三、歐洲也有地獄說，中古時期意大利詩人但丁，以地獄爲題材，寫出偉大的詩篇《神曲》，在他筆下的地獄組織，也是極其複雜而慘酷的，無論他的地獄構想是不是有依據，但他將自己的思想與情感都注入其中，寫成如此瓌偉的人類生活的寓言，使後來學者鑽研無窮。反觀我們的文學史，竟未能因有地獄觀念，創造更多更有光彩的作品，這自有其歷史文化背景及民族性尚之因素，非本文所得兼論。茲從略。

## 七　書後跋

本文最後所引的三點意見，這是中西文學觀的問題，當另作專題探索。於此引一首禪宗偈語：大道無門，千差有路，透得此關，乾坤獨步。以爲書後跋記云。（註七）

一九九三年八月一日於新店

## 註釋

一　臺靜農著〈佛教與中國故實〉，一、佛教地獄說反映於中國小說的情形（一），頁二十八《開元釋教錄》（唐．西崇福寺，沙門智昇撰），體例嚴謹（矜愼）。（見臺靜農先生原註二）

二　臺靜農著〈佛教與中國故實〉，一、佛教地獄說反映於中國小說的情形（一）：「康巨，見慧皎《高僧傳》卷一，漢雒陽〈支婁迦讖傳〉。本文（言直理詣，不加潤飾）即據高僧傳」。（原註三）

三　臺靜農著〈佛教與中國故實〉，一、佛教地獄說反映於中國小說的情形（一）：「唐，西明寺沙門道世玄輝撰《諸經要集》卷十八。道世是集，依據經典，分別門類，擇要錄出，撰於顯慶

年中」。（見臺靜農先生原註一）

四　臺靜農著〈佛教與中國故實〉，一、佛教地獄說反映於中國小說的情形（一）：之（二）「《高僧傳》卷一，〈支婁迦讖傳〉云：『又有沙門支曜康巨康孟祥等並以，漢靈、獻之間，有慧學之譽，馳於京雒……巨譯《問地獄事經》並言直理旨（詣）不加潤飾』。智昇《開元釋教錄》雖著錄但云已闕。本文據梁・沙門僧寶唱〈經律異相〉第四十九引」。（見臺靜農先生原註九）

五　臺靜農著〈佛教與中國故實〉，一、佛教地獄說反映於中國小說的情形（一）：「《目連緣起》標題原有伯希伯編號二一九三〇〈大目乾連冥間救母〉變文並圖一卷。標題原有——斯坦因編號二六一四。〈目連變文〉無標題。北平成字九六號。〈地獄變文〉，無標題，北平衣字三十三號。此四種並見王重民編〈敦煌變文〉第六，世界書局翻印本。（見臺靜農先生原註一四），頁三三一之（四）。

六　臺靜農著〈佛教與中國故實〉，一、佛教地獄說反映於中國小說的情形（一）：一之（四）「此卷無標題，斯坦因編號二六三〇，依王國維等所擬標題，見〈敦煌變文〉第二。」（見臺靜農先生原註十五）。

七　觀《出三藏記》之〈新集安公古典經錄〉，〈新集安公失譯經錄〉與〈新集安公涼土異經錄〉等，便知安公校理群經之功。（見臺靜農先生原註十六，頁三四）

# 唐代傳奇與現代劇藝各有不同之社會效應指微

## 一 引言

小說一詞出現雖早，但在六朝以前小說著作的形式，與六朝以後的著作形式和內容差別很大，正如桓譚《新論》裡所說：「小說家合殘叢小語，近取譬喻，以作短書，治身理家有可觀之辭。」所謂短書，應屬筆錄、雜記之類。

《漢書》〈藝文志〉收小說十五種，〈班志序〉曰：「小說家者流、蓋出於稗官，街談巷語，道聽塗說者之所造也。」因之後人稱這些小說爲「稗官野史」。

有細膩的描寫，完整的故事情節和人物塑造的「小說」是到唐朝才出現，明代胡應麟《少室山房筆叢》說：「變異之談，盛於六朝，然多是傳錄舛訛，未必盡設虛幻；至唐人乃作意好奇，假小說以寄筆端。」所謂「作意好奇」，就是有意識的進行虛構和創造，不再侷限於雜記和摘錄。

## 二　唐人傳奇的興起及流傳後世之篇目撮要——社會繁榮的效應

唐代傳奇小說的興起和繁榮，主要有下列幾個原因：一、經濟繁榮。二、城市經濟的發展和市民文化娛樂的需要。三、古文運動對傳奇創作的影響。四、科舉制度對傳奇的產生有推動作用。考生們利用這一「文備眾體」的特殊創作，以顯示他的史才、詩筆、議論的才華，向主司進行「溫卷」。

宋・趙彥衛《雲麓漫鈔》卷八說：

> 唐世舉人，先藉當世顯人，以姓名達之主司，然後以所業投獻，逾數日又投，謂之「溫卷」。如《幽怪錄》、《傳奇》等皆是也。蓋此等文備眾體，可以見史才、詩筆、議論。至進士，則多以詩爲贄，今有唐詩數百種行於世者是也。

由此可知，唐人「律詩」、「傳奇」之作皆以「溫卷」之故、因而佳作輩出，風行於世！後人稱道律詩、傳奇乃唐之文學二絕。

所謂〈傳奇〉，按字面申說：傳述奇異之事也。依近代從文學觀點言，它就是唐代文人以文言體寫成的「小說」。

今所見唐·傳奇小說，大部分收在宋初所修之《太平廣記》類書中。茲摘錄具代表性〈傳奇〉篇目若干。

一、〈古鏡記〉——作者王度，他是隋代古文運動家王通之弟、王績之兄。

〈古鏡記〉是現存唐傳奇最早之作品，本質上似屬六朝志怪小說類。但篇幅較長，文字華彩，演進之跡頗爲明顯。

二、〈補江總白猿傳〉——作者不詳。

〈補江總白猿傳〉見存於《太平廣記》中，題歐陽紇，下注「續江氏傳」，它亦列入志怪類。

三、〈枕中記〉——作者，沈既濟、經學賅博，撰《建中實錄》，以史才見稱，《新唐書》有傳。

〈枕中記〉見存《太平廣記》。題作「呂翁」這篇傳奇算是警世篇之傑作。元・馬致遠《黃粱夢》，明・湯顯祖《邯鄲記》等名著均本於沈著〈枕中記〉改寫者。

四、〈南柯太守傳〉——作者李公佐是傳奇之多產作家，惜其作品多已亡佚。僅存四篇。本篇之外，另有〈謝小娥傳〉、〈廬江馮媼傳〉、〈李湯〉（又稱〈古岳瀆經〉）等三篇。

〈南柯太守記〉屬警世類小說。明・湯顯祖〈南柯記〉本於此。

五、〈遊仙窟〉——作者張鷟，高宗朝登進士第，卓有文譽。《唐書》有傳，謂：「鷟下筆輒成，浮艷少理致，其論著率詆誚蕪穢，然大行一時。新羅日本使至，必出金寶購其文。」

〈遊仙窟〉爲傳奇中篇幅最長者，近三萬言，屬愛情小說類。本篇在國內早已失傳，但日人譯注頗多。據日本・鹽谷溫說：「日本《源氏物語》乃受張鷟〈遊仙窟〉影響寫成者。」

六、〈霍小玉傳〉——作者蔣防，唐憲宗元和中前後在世。善詩有集一卷，但以本篇傳奇最著稱於世。

〈霍小玉傳〉在唐傳奇中，享譽甚隆。明．胡應麟云：「唐人小說記閨閣事，綽有情致，此篇尤爲唐人最精彩動人之傳奇，故傳誦弗衰。」（《少室山房筆叢》）湯顯祖「臨川四夢」中之〈紫釵記〉即本於此作，屬愛情類小說，但亦載於〈異聞集〉。當源自《太平廣記》。

七、〈李娃傳〉——作者白行簡，爲白居易之弟，除此作之外，另有〈三夢記〉一篇。

〈李娃記〉爲動人之愛情小說，周樹人〈魯迅〉謂：「行簡本善文筆，李娃事又近情而聳聽，故纏綿可觀。」是爲唐人傳奇之傑作。

八、〈鶯鶯傳〉——作者，元稹，詩人，與白居易友善，文學觀亦近似。爲新樂府運動的支持者，世以元、白並稱。有《元氏長慶集》問世。

〈鶯鶯傳〉——爲流傳最廣之愛情小說。由於金．董解元有〈諸宮調西廂記〉。元．王實甫有名劇《西廂記》等傳世，成爲家喻户曉之愛情故事。

九、〈長恨歌傳〉——作者陳鴻有史才，與白居易爲友，另有〈東城老父傳〉。

〈長恨歌傳〉爲陳鴻特爲白居易之〈長恨歌〉作傳，是歷史類小説。但亦屬愛情小説，因爲玄宗與太眞〈楊玉環〉之戀愛故事，家喻户曉。清．洪昇本此作寫成〈長生殿〉名劇傳世。

十、〈東城老父傳〉——作者陳鴻，或云陳鴻祖所作。

〈東城老父傳〉以諷刺之筆寓歷史於小説中。如作者謂：「生兒不用識文字，鬥雞走馬勝讀書。賈家小兒年十三，富貴榮華代不如。能令金距期勝負，白羅繡衫隨軟轝，父死長安千里外，差夫持道輓喪車。」是歷史諷諭小説之佳構。

十一、〈謝小娥傳〉——作者李公佐。

〈謝小娥〉事曾見《唐書》〈烈女傳〉，可見其爲眞實史事改寫之小說。亦稱唐傳奇名作。

十二、〈虯髯客傳〉——作者杜光庭，嘗入天臺山爲道士，自號東瀛子，著述頗多，大抵荒誕。

〈虯髯客傳〉爲傳奇中名著，近代大專國文選多選錄授課，予每口授此文，諸生爲之神動，咸以故事中主人翁男女之識人任事的俠義品格，近乎完美境界。非一般綠林豪強以武犯禁者所能匹儔。明・淩濛初本此改寫〈虯髯翁〉，張鳳翼、張太和改寫〈紅拂記〉皆膾炙人口流傳於世云。

由於唐之傳奇小說有承先啓後的輝煌業績，遞嬗至宋元話本、劇曲的發展，進而有明清章回小說的鼎盛情況！民國以後小說創作轉進新的歷史里程。其創作成就不一定超越舊時代，然而對於能提升小說至文學正統位階。則爲一開創性成就。

## 三 近代小說有脫胎換骨之蛻變——歐風東漸之發跡

談到民國以來小說迅速發展的原因，當上溯自遜清末世的社會背景：其時國事蜩螗、知識份子憂時憂國，大量在租界區內辦報、開書局、翻譯西洋小說。歷經鴉片戰爭、太平天國之亂、中法戰爭、中日甲午戰爭、戊戌政變、庚子八國聯軍等，屢受列強侵略、干政，並逼迫滿清政府通商、割地、索賠，訂立不平等條約等外患頻仍。當時愛國憂時之士，爲了喚醒國人，紛紛執筆創作小說，其發抒之思見約略爲：提倡改良主義，或積極地鼓吹革命。其創作體式亦可概分爲：傳統式章回體、新式西洋小說體。

依據涵芬樓新書目錄：共收翻譯小說近四百種，創作約一百二十種。這是光緒初年的統計，至一九〇七丁未年小說林所刊東海覺我（徐念慈）小說界發行書目調查表，統計一年中就有一百二十多種。非正式估計，晚清小說當在千種以上。

當時最有名之小說刊物有光緒二十九年（一九〇二年），梁啓超辦的《新小說》，一九〇三年李伯元主編之《繡像小說》，一九〇六年吳趼人創辦的《月月小說》，一九〇七年的《小說林》。在這些專刊裡陸續發表過：〈新中國未來記〉（梁啓超）、〈痛史〉、〈二十年目睹怪現狀〉、〈九命奇冤〉（吳趼人）、〈文明小史〉、〈活地獄〉（李伯元），〈老殘遊記〉

〈劉鶚〉、〈孽海花〉（曾樸）等風靡一時的小說，本年（民國八十三年）五月初至六月中臺灣電視下午一時半重播〈賽金花〉連續劇，應爲〈孽海花〉改編者，頗予人發思古之幽情的感觸。個人是第二次收看這一節目，這也證明小說之感染力，無形的深入人心。

一九〇二年梁任公發表〈論小說與群治關係〉於新小說創刊號上，他在文中提出熏、浸、刺、提四種感染力，他感傷於中國群治腐敗之根，必先剔除，乃開宗明義的說：

欲新一國之民，不可不先新一國之小說，欲新風俗，必新小說，欲新學藝必新小說；乃至欲新人心，欲新人格，必新小說，何以故？小說有不可思議之力，支配人道故。

與梁啓超同時有陶曾佑者，於《遊戲世界》第三期發表〈論小說之勢力及其影響〉直稱小說爲二十世紀之大怪物，他說：

咄！二十世紀之中心點，有一大怪物焉：不脛而走，不翼而飛、不扣而鳴，驚人眼簾、暢人意界、增人智力，忽而莊，忽而諧，忽而激，忽而勸，忽而諷、忽而嘲，鬱鬱蔥蔥……電光萬丈，魔力千鈞，有無量不可思議之大勢力，於文學界中放一異形，此何物歟？則小說是。又說：自小說之名詞出現，而膨脹東西之劇烈風潮，握攬古今利害之界線者，唯此小說；影響世界普通之好尚，變遷民族運動之方針者，亦唯此小說。小說！乃文學界中之占最上乘者也。其感人也易，其入人也深，其化人也神，其及人也廣。是以列強進化，多賴稗官、大陸競爭，亦由說部，然則小說界之要點與趣意，可略睹一斑矣。西哲有恆言：「小說者，實學術進步之導火線也，個人衛生之新空氣也，國家發達之大基礎也。」舉凡宙合之事理，有爲人群所未悉者，莊言以示之，不如微言以告之，微言以告之，不如婉言以明之，婉言以明之，不如妙譬以喻之，妙譬以喻之，不如幻境以悅之；而自來小說大家皆具此能力者也。

我之所以把陶先生原文前半段，如實抄錄、是由於他發揮得淋漓盡致，幾已至於滴水不漏之綿密推闡，憶及少年時涉入章回小說之閱讀，是自武俠說部《彭公案》入手。更上溯自入塾啓蒙時，就傾心於武俠小說之連環圖冊，逐漸閱讀說部之長篇小說，同時也熱愛街頭說書人之講唱各類平話故事。不惜荒廢課業，長年流連於說書場，或到處搜求武俠小說。後來又翻閱家中備置之《三國演義》、《紅樓夢》，漸能領悟小說之深層學問，經不斷廣泛地閱讀古今各類小說如《西遊記》、《平山冷燕》、《西廂記》、《玉梨魂》、《啼笑姻緣》、《現代青年》等，愈覺引人入勝，只可惜因居處窮鄉僻壤，無緣涉獵於古典小說之寶藏——唐傳奇、宋元話本，自不得窺其堂奧於百一。每一念及此，輒自慚腹笥甚窘、孤陋寡聞，徒傷獨學而無師

（友）之輔迪。悵何如之！

## 四　近代小說之多元化導向——百花齊放之異彩

小說文學發展至唐代，其創作之完整性、藝術性，以至它所發生的社會功用，都超越了過去很長時期之總體成就。前面已指出四種因素影響小說的蓬勃發展，由於唐代提倡古文運動蔚然成風，文字運用更自然靈活，使小說創作題材範圍，有更廣闊的空間，相對的故事之編撰則顯得自由。把現實的人事加以想像渲染，美化了小說的整體性理想情景。（如〈虬髯客傳〉即其一例。）

唐代由於佛教的昌盛，每見寺院眾多僧侶傳佈佛經，且以俗講方式表達，乃有講經變文之流通市井，至有白話小說的孕育成長，因而小說的文學地位於焉確立。

民國八年（一九一九年）「五四」新文學運動，激發了以白話文創作，翻譯西方形式長短不一的小說，眞有風起雲湧之勢，崇洋喜新的心理作祟，一般人隨波逐流！然而有心人眼見此邪頽之風，起而抗拒，於是對我傳統章回體小說，重新論評其價値要義。於是《紅樓夢》、《水滸傳》、《三國演義》、《金瓶梅》，以至《三言二拍》等大部舊小說，都獲得了新評價，重又肯定其文學地位。

如何發揮小說之敦風化，正人心，引導社會向善的效用？竊以爲當著眼於現代傳播劇藝之原作導正，由小說改編之劇集，應不失原作之精義，尤其不宜扭曲原作情節。

本文打印校稿時，筆者偶又讀到古添洪先生撰寫之〈唐傳奇的結構分析——以契約爲定位的結構主義的應用〉研究文章。古先生並在其本文第二節「單篇分析」中，舉杜光庭之〈虬髯客傳〉作結構分析之例證。

雖然單是一項析例，也有數千言之夥，並依故事情節與時間順序作對照之分析排比，簡化爲九項，拙作不宜引錄，何況洪先生是以西洋新文學批評理論模式，插列以敘述爲主的淺顯文體中，若遣辭用字未作融合調適，恐怕有格格不入的感覺。何況古先生在他文章前節「楔子」裡開宗明義的說：「結構主義之興起，爲時尚短，所提供之理論、方法、模式雖多，但正如《結構主在文學》一書的作者卻說：「結構主義是引起我們興趣多，而使我們滿意者少。」

文學的研究途徑不一，可以就作品論作品，在辭章義理上發揮，也可以就人論事，對其文其人作某種特定之考據。這些評文理念，筆者略有淺識，惜自慚才絀！且不欲以鑽隙蹈瑕爲職志。尤其一篇急就章之粗略記敘文，怎能度之以學術研究之準繩？於其作而不周，寧可述而不作。因之，祇引錄資料，則語焉不詳；雖亦編排架構，恐非堅挺不拔，其不求甚解，淺嚐即止之用心，自難掩識者耳目，徒貽譏於世人也，作者不敏，尚希有以教我。

## 五　現傳播劇藝代應作規範性發展芻議——建立完善的公眾評鑑制度

小說的熏、浸、刺、提有正面影響，也有副面作用，這大概與小說的內容導向有直接關係。觀諸時下臺灣社會功利思想瀰漫，尤其政治人物之毀俗敗常的行事，直令人瞠目結舌，一般人目睹「官僚文化」日趨下流，於是起而效尤，刻意競逐於名利之奪取。營營苟苟無有已時。豈眞爲小說幻想故事之引誘乎？抑小說之不良副作用有以致之耶？且看梁任公之感嘆曰：

吾中國人狀元宰相之思想何自來乎？小說也；吾中國人佳人才子之思想何自來乎？小說也；吾中國人江湖盜賊之思想何自來乎？小說也……。

梁先生這番話，乍一看來似乎誇大其詞，實或未必一概如此，然而吾人試一訪查近年來臺灣，由六合彩掀起之爲發財而迷信鬼神之愚人自欺事件層出不窮，神棍乩童之斂財而生之詐騙奸淫，無日無之。梁先生八十年前有感於中國大陸社會病態，相沿至今，臺灣社會狀況仍復如是，功利思想甚且變本加厲！再看時下臺灣社會普遍受到毒品之腐蝕，戕害人心身，尤其對青少年之身心的毒害，已令人怵目驚心！萬事莫如防毒急。

在昔日或皆歸咎於小說之薰浸！但在今天吾人可能會注目於資訊傳媒之刺、提，例如花樣繁多低俗的電視綜藝節目，長篇累牘的連續劇，凡此各類節目之編製、情節之構思，人物性格之創造，皆胚胎於小說之創作體式！電動玩具軟體程式之設計，亦同此模型。不少電視劇皆標明改編自某一原著小說，或取自某歷史素材之一部分。嘗見歷史劇之情節與原來素材內容大相逕庭，若彼——劇本之編、導者有意爲善，則發生善的影響。有意爲惡，自將產生不良之影響。

新世界小說社報第四期〈論小說之教育〉有幾句話：

國人之恆性，每閱小說，喜於人前講述，識字者固得神遊之樂，不識字者亦叨耳食之功，唯自來小說，惑人者多，益人者寡，非奸盜邪淫之縱惡，及神仙鬼怪之荒唐。下流社會中，雖不能讀經史等書，未有不能讀小說者；即有不讀小說，未有不知小說中著名之故事者：一言以蔽之曰，易於動人而已。惟其易於動人，即將其法而正用之，則昔以惑人者，今可以之益人。

時至今日，電視廣播之傳媒，雖是文盲亦能收視、收聽各類節目之傳輸。倘若各類節目主題偏頗、情節詭異。其影響力與其節目之收視率，乃成正比。

電視劇及綜藝節目之影響力若何?特擬似〈論小說之勢力及其影響〉之說辭,以貽我師、友、寅誼一笑。

事無論今古,地不分東西,電視節目所作之寓言演義,旨在開智覺迷,多採戲劇之結構。有「長」有「短」,有次有序,且履行應盡之義務。英雄兒女,勝敗興亡,描摩意態,不惜周詳,此電視劇之敘事,無鉅無細,維妙維肖者也。詞清若玉,筆大如椽,奇思妙想,掌開化權,此「戲劇」之內容,重慷慨悲歌,陸離光怪也。藝窗鏞閣,游子商旅,潛心探索,興味津津,此電視聲光之引導,宜使人收看不倦,恍如身當其境,親晤其人,無分乎何等社會也。噫!一電視劇之微,而竟有如斯之效用,以圭臬於「製作單位」之水平!亦咄咄怪事也。

時興之「電視劇藝」節目日趨底下,黃色書刊、暴力漫畫、賭博性電動遊樂器,其影響力遠超過昔日所謂「不良小說」之禍害,梁(啓超)、陶(曾佑)諸先生若生當今日,也許會續寫〈論電視劇藝與群治之關係〉、〈論電動玩具與教育〉、〈論漫畫書刊之影響〉等篇目,因爲五十年代以後新興的娛樂文化形成是多樣的,其傳播之快速影響之普遍,非梁先生等人始料所及者。其於人性之戕賊正如梁先生說:

今我國民輕薄無行，沈溺聲色，綣戀床第，纏綿歌泣於春花秋月，消磨其少狀活潑之氣，青年子弟自十五歲至三十歲，惟以多情多感多愁多病爲一大事業，兒女情多，風雲氣少，甚者爲傷風敗俗之行，毒遍社會，曰惟不良之「電視劇藝」之故。（梁先生原文）「」內爲小說，特易其名曰：電視劇，聊博一粲耳。）

不久前，吳耀寬立委，因酬宴賓朋，竟不幸豪飲逝世！是否如梁任公揭斥之社會病態，爲薰、浸、刺、提之感染致此？梁先生云：

今我國民綠林豪傑，遍地皆是，日日有桃園之拜，處處爲梁山之盟，所謂大碗酒、大塊肉，分秤稱金銀，論套穿衣服等思想，充塞於（上）下等社會人人之腦中……。

梁先生乃極其悲痛地感嘆：「嗚呼小說（今當日電視劇藝）之陷溺人群，乃至如是，乃至如是！」

## 六　書後——以史為鑑可以知得失

唐貞觀中，長孫無忌等修《隋書》，經籍志撰自魏徵，本晉．荀勗《中經薄》而稍改易者，其所論列則仍襲《漢書》〈藝文志〉文句敷衍之辭意云：

> 小說者，街談巷語之說也，《傳》載輿人之頌，《詩》美詢于芻蕘，古者聖人在上，史爲書，瞽爲詩，工誦箴諫，大夫規誨，士傳言而庶人謗。孟春，循木鐸以求歌謠；巡省，觀人詩以知風俗，過則正之，失則改之，道聽途說，靡不畢記。周官誦訓掌道方志以詔觀事，道方慝以詔避忌，而職方氏掌道四方之政事，與其四方之志，誦四方之傳道而觀其衣物是也。孔子曰：雖小道，必有可觀者焉，致遠恐泥。

這段文字簡潔明白敘述了古時小說與詩歌之所自出，及其相關單位人事之配合，而發生之功用。這相似於現代資訊媒體，各部門在爲政令宣導上所列舉之職掌項目表。在古代人事單純的狀況下，這算是相當縝密有序的計畫分工。質諸現代資訊媒體之掌握，更應當綿密而有效率地發揮其功用。否則若對於資訊傳媒運用不當或失控，而落於「華士坊賈」之手，其爲害之烈，殊難想像矣！很不幸的是：時下電視綜藝節目多受廣告收入之去決取捨。

至於究當如何善加運用傳媒劇藝？分三言兩語能道其底蘊，須另以專題研討。本文不予深敘。

本文將付諸排印前夕，中視播映黃金時段之連續劇「阿信」，收視率驟即超越友臺。這一由廣大觀眾所判定之優良劇集，來自日本的製作，其所以勝人一籌廣受歡迎，決非偶然幸致，這可以說是公眾評鑑的最佳例證，值得吾人借資惕勵，所謂「他山之石可以攻玉，可以爲錯」！曷三思乎！

一九九四年七月二十日新店

# 《紅樓夢》人物悲劇性之塑形識微

## 一　引言

溯自民國三十七年（一九四八年）我鄉地處魯蘇豫皖邊區，國共軍事力量最後決一勝負之徐州會戰迫在眉睫之際，雙方軍事小規模衝突或大兵團決戰之戰火劫難，日夕數驚、百業蕭條、民不聊生。吾縣早於前一年淪陷，失業後生活日漸窘困，身心飄浮不定，時而欲奔往政府轄區謀一生計之所，時而想投入軍伍，幻想日後小有事業！總之心緒之紛亂，難以言狀！百無聊賴之際，隨手翻閱章回小說，成爲排遣時光之寄託，身心亦暫得定住。

《彭公案》是我自舊貨攤購得的第一部武俠小說，《三國演義》是家兄遺留的唯一的一部小說，《啼笑姻緣》、《玉梨魂》、《現代青年》、《紅樓夢》、《西遊記》、《平山冷燕》、《七劍十三俠》等信手拈來之記憶片段，都是借閱的。其餘早在幼年時已看過之連環圖武俠傳，不在話下。

當時年方十七、八歲，但因早年失學，連初中學業亦未完成，雖然《三國》、《紅樓》都能看下去，但除了戰爭故事吸引力，《紅樓夢》所勾畫的貴族家園、及書中之青年男女生活形象都令人遐思夢想，但不曾思索到深層之主題，或隱含之其他問題——例如早已成爲「紅學」功案之研究，當時都不會想到什麼學術研究之爭辯上，就一個弱冠浮淺的青年而言，滿腦子只想往故事人物之企望讚嘆！尤其對近代所謂「鴛鴦蝴蝶派」小說所描繪之現代大都會青年男女愛情故事，不但信以爲眞，甚至自己就幻想某一天也能體會那浪漫美妙的愛情生活呢！然而由少至壯、至老都不曾身歷過小說情景吔！

現實跟理想總是配合不起來，如今「夕陽近黃昏」矣！個人又獲修讀「小說研究」課，躋身於年輕同仁間，同窗共硯問道於更年輕但學有專精之老師，毋寧是生平樂事。不過當一思及須寫報告給老師批閱，卻有如醜媳婦怕見公婆哩，可是「待曉堂前拜舅姑」的關口一定要過也。

倉促之間，今晚（七月二十七日凌晨）揮筆疾書，竟未起腹稿，信筆所之，先扯些不相干的閒話，這篇報告之膚淺不依體例，自不能算研究報告，只能說隨筆札記，追述一些瑣雜之不值一閱之記事，以《紅樓夢》之名以壯聲勢，卻言不及義的抄錄某些自覺是一件新鮮嘗試，或有一點題外情趣的東西。

老師在指導大綱上出示一句：「藉古人酒杯，澆自己塊壘」的話，我用作自我保護之虎符，想求老師批繆指疵之餘，原諒我荒誕不經、言之無文的淺薄！

老師今日發給之講義大綱，八大項目中再分若干細目，每一細目都堪爲一研究專題。例如綱目二之（一）1.重於道德判斷、提示：以福壽才德爲標準來論人。認眞去寫當不下數萬言。不敢探其堂奧，但反覆展現每一項目都是問題重心，單是瀏覽一下老師所作之提要引言，每一字句都那麼貼切著實。令人玩索再三，不忍釋手。引發我日後決心再讀《紅樓夢》之志願，屆時先再玩索講義大綱之提要文字。

## 二　我初讀《紅樓夢》——留下一段不滅之記憶

看那榮、寧二府的男男女女風度翩翩、舉手投足之間配合著文雅或疾厲之言談！好像自己就站在他們身邊，欣賞或評頭論足一番。有時還眞幻想圍繞自己身邊的人，都像《紅樓夢》裡那些俊男美女之機靈智巧，日夕言歡，其樂融融，那該是多麼愜意的事啊。然而，幻想不能成眞，不過如今卻有可以替代的人、事、物之眞實情景再現呢！譬如在上課時老師能把劇中人性格行事做深入析解，把每一件事作透徹之敘述。前天（周日）電視「大陸尋奇」節目，把北京原本是爲《紅樓夢》搭建之場景——大觀園，竟完全按小說中所有的亭臺樓榭館院花園，一草一木如實呈現，不只發思古之幽情，且足以供人再三玩賞憑弔。這令人想及《紅樓夢》一書之深遠影響！何況臺灣兩岸對所謂「紅學」之研究熱潮尙未稍歇！

我輩是《紅樓夢》故事之觀賞者，是「紅學」研究之受教者，在不受任何侷限之外，任一己之所好對《紅樓夢》說幾句閒話，寫幾段閒雜文章，當能邀得老師諒解！走筆至此，穿插幾句章學誠的話：「文辭猶品物也，志識其工師也，橙橘枳梅，庖人得之選甘脆以供籩實也。醫師取之，備藥毒以療疾也，知此義可以同文異取，同取異用，而不滯其跡者矣！」以章實齋先生的話作擋箭牌，我摘錄一段稍有改易的文辭。

## 三　宏博淵深之稗史——九流之外的顯學

這是在談《紅樓夢》之前從「小說」引起的話：

> 由於小說文類適於具象表達，和廣泛寫實的功能，它的內容與走向是千奇百怪，多采多姿的，能夠深入反映社會現象。……明清之世，《三言二拍》之類的白話短篇小說，及結合平話與史談的章回體長篇小說，都能大行其道！豪門恩怨，社會百態一一並呈，上起王公大臣，下至庶民乞丐，各階層人物的生活與慾望，都在小說裡有深刻細緻的描繪。

因此古典小說在它文字藝術的趣味之外，並且成爲研究當時社會情態的重要資料。

以作爲研究古代社會各種情態資料言，《紅樓夢》的內涵是最夠條件的。且有護花主人的一段話：

翰墨．則詩詞歌賦、制藝尺案牘、爰書戲曲，以及對聯匾額，酒令燈謎，說書笑話，無不精善；技藝則琴棋書畫，醫卜星相，及匠作構造，栽種花果、畜養禽魚，針黹烹調，巨細無遺；人物則方正陰邪，貞淫頑善，節烈豪俠，剛強懦弱，及前代女將、外洋詩女，仙佛鬼怪，尼僧女道，娼妓優伶，黠奴豪僕、盜賊邪魔，醉漢無賴、色色俱有。事蹟則築華筵宴，奢縱宣淫，操守貪廉，官闈儀制，慶弔盛衰，判獄靖寇，以及諷經設壇，貿易鑽營，事事俱全。甚至壽終夭折、暴亡病故、丹戕藥誤。以及自刎被殺、投河跳井，懸樑受逼，並吞金服毒，撞節脫精等事，亦件件俱有，可謂包羅萬象，囊括無遺，豈別部小說能望其項背？誠哉斯言，異哉．構。

護花主人對《紅樓夢》之橫切面的剖視，不能不令人驚訝一部小說裡蘊含著如此既深且廣的文化層次，而每一項目都寄託到各行各業裡，又是千百種不同文化程度的男女老少的人，在各階層不同屬性的生活瑣事，製造了千奇百怪的社會問題。付之於學術研究，當可列舉百數十項之研究專題。

## 四　《紅樓》人物天之驕子——人人得而讀之悲劇性

《紅樓夢》裡衍生問題之任何人，都在著者筆下都是那麼的鮮活而眞實，有時會叫人感覺書中人就像自己某一位親友化身其間。因此撰寫《紅樓夢》任何人物性格之分析，是研究《紅樓夢》的首先必須要做的第一項功夫。

數十年前浮光掠影的瀏覽《紅樓夢》故事，對任何人甚至連賈寶玉、林黛玉、薛寶釵三個靈魂人物，我也一時說不出他們是什麼樣的性格，即使在專家筆下，也是人言言殊的。有待於再重讀《紅樓夢》時專注於此了。爲行文層次之架構，仍列出一項人物分析的條目。

措手不及之際，特將《桐蔭清話》中記敘《西廂》曲句注釋《紅樓夢》部分人物性格之評題，兼及若干物情之烘托。這是一件軼聞趣事，或以其爲茶餘酒後文苑逸事。

《桐蔭清話》記敘云：「嘗於珠江畫舫中，見一女娘手持香妃竹淡金面褶疊一柄，蠅頭細書《紅樓夢》人名，下合《西廂記》曲一句，詞音酷肖，眞雅製也。錄之：

警幻仙姑 人間天上　史太君 積世老婆婆　邢夫人 從來懦　王熙鳳 酸醋當歸浸　秦可卿 夢鬼相逢　元春 御筆親除　迎春 體格是溫柔性格是沉　探春 我雖是女孩兒有志氣

林黛玉 情到海枯石爛時　薛寶釵 舉止端詳　史湘雲 夢不離花陰柳影　尤二姐 游絲牽惹桃花片　尤三姐 斬釘截鐵常居一　夏金桂 寒窗重守十年寡　妙玉 眞僞　薛姨

媽幼女孤兒趙姨娘便待剪草除根金釧一納頭便憔悴死紫鵑有情的都成了眷屬平兒做夫人便做的過晴雯性兒剛玉釧恁般惡搶白並不曾記心懷襲人伯勞東去燕西飛柳五兒遮遮掩掩穿芳徑寶蟬紙窗兒濕破悄聲兒窺視傻大姊小孩兒家口沒遮攔劉老老信口開河賈赦性情㑳賈政平生正直無偏向賈璉惹草拈花沒掂三賈寶玉萬種一樣情絲愁賈代儒向詩書經傳鑽研蠹魚似不出費賈芹將一座梵王宮化作武陵源北靜王潘安般貌子建般才王子騰兼領得陝在河中路趙全賊心賊腦天生勞林如海宦遊在四方賈雨村恁憑人說短論長薛蟠天生是憨柳湘蓮鐵石人秦鍾未語人前先靦腆焦大惡語傷人六月寒王作梅。

以上錄人四十三人句，以下用曲句形容物者十一項，據王止浚先生原文說：原錄人一百一十九名；物二十二項，但王文減去人近百人，物則摘取其半。讀如下：

一天星斗煥文章大觀園有幾多六朝金粉三處精神大觀樓椅欄干極目行雲怡紅院脂粉叢裡包藏著錦繡瀟湘館疏竹蕭蕭曲檻中稻香村禾黍秋風梨花院門掩了梨花深處凸碧堂月色橫空花滿庭凹晶堂月明如水浸樓臺埋香塚落花滿地胭脂冷蜂腰橋躡著腳步兒行沁香閘花落水流紅

以《西廂》曲詞句裁詠《紅樓》人物，雖稱貼切，但不盡洽當，恐不免於削足適履之生硬湊合。人畢竟是活生生的，性格表現會因時地不同而變易的，文辭的意含是靜止的，不能無限曲屈的，上錄軼聞，自不宜泥於人物之定評。

時下書肆展售之《紅樓夢》仿印本附有「人物表」，對主要人物之評語，亦有參閱價值、人皆可見可讀，茲不錄附。上述《紅樓》人物表及以《西廂》曲詞形容人物性格，都是個別針對每一人之評斷、但未能就《紅樓夢》塑造人物之整全特色作概括性之提示。

方苦於無適當資料彌補此項缺失，欣見高老師桂惠印贈「紅樓夢」講義大綱，歸納《紅樓夢》「脂硯齋批注」有關人物刻畫之兩點特色，特附錄如次：

一、人物形象的理想性——「情」與「夢」的系列思想，理想性即意味著叛逆性，作者是欲天下人共來哭此情。（甲戌本第八）

二、人物形象的缺陷美——可笑近之歷史中，滿紙羞花閉月，鶯啼燕語，除不知眞正美人方有一陋處，如太眞之肥、飛燕之瘦、西子之病，若施於別個不美矣。今見咬合二字加以湘雲，是何大法手眼，敢用此二字哉。不獨見陋，且更覺輕俏嬌媚，儼然一嬌憨湘雲立於紙上，掩卷合目思之，其愛厄嬌音如入耳內，然後將滿紙鶯啼燕語之字樣，塡糞窖可也。（庚辰本第二十回）

脂批本「紅樓人物」之批語，頗顯凌厲之氣，但也確有見地。

凡觸及《紅樓夢》一辭，不論是「專家」，或泛泛之「讀者」，自然都知道賈寶玉、林黛玉是靈魂人物，但全書中有四百四十八人之多，雖然，作者竟能把每個人的個性或多或少，或詳或略，均能塑造得生動傳神，使讀者如見其人，如聞其聲，絕對逼眞，毫無雷同之感。這在中外小說裡至今尚未發現，有和他對這樣多人的描寫手法。

## 五　十二金釵命薄如紙

在《紅樓夢》第五回〈賈寶玉神遊太虛境，警幻仙曲演紅樓夢〉中所寫之曲名、曲詞及冊詞要點，揭出十二釵作為悲劇人物之命定象徵！作者藉太虛幻境之映現，敘述紅樓一夢之人生的悲涼收場，這反映了兩個主題：

一、是十二釵本身的遭遇，便全然是孽海情天中的一群怨女。所謂春恨秋悲皆自惹，花容月貌為誰研？十二釵的喜怒哀樂，生死離合，正是形形色色的幻境人生。這不僅是那個時代豪門貴族的興衰寫照、即使在二十世紀末的今天，它仍映照著社會某一角落之現象。或是某一部分人之精神心靈的苦悶。

《紅樓夢》之所以成為當代「顯學」，其來有自也。

二、作為一群悲劇性演員，演出了「悲金悼玉紅樓夢」，都是為了那個情種賈寶玉。當賈寶玉神遊太虛幻境，聽過了「紅樓夢」歌曲以後，茫茫然無動於衷，警幻仙子先失望地說：「痴兒竟尚未晤」！雖然，寶玉是有感於十二釵的「悲劇命運」而悟的……但他必須身自經歷，由現實生活中切實體會，才能從迷津回首。

十二釵是名登薄命司冊籍的人物，她們縱然心比天高，也當命如紙薄。試將第五回列敘的曲名、曲詞及冊詞要點揭出十二釵的宿命讖詞。

寶釵：曲名〈終身誤〉

曲詞要點：縱然是舉案齊眉，到底意難平。

冊詞要點：金簪雪裡埋。

（以下僅錄十二釵之人名，曲詞、曲名、冊詞等從略，俟後續）

黛玉

元春

探春

湘雲

妙玉

迎春

惜春

熙鳳

巧姐

李紈

可卿

自清初至近代《紅樓夢》的評注研考，約分四大時段：

一、脂（硯齊）批注時期
二、王、張、姚評點時期
三、《紅樓夢》評論時期
四、《紅樓夢》考證時期

「紅學」研究在臺灣還是一片開發未竟的源地，濟濟多士，蓄勢待發，另一方面中國大陸近年以來，對「紅學」實務之推動，具有成果。北京大觀園建造之完成，他們形容爲《紅樓夢》後又一夢成眞，引起世界性之震撼！這也值得在臺灣的中國人之喜幸。

一九九三七年二月九日新店

著作集叢書 1600002

# 尚文齋纂言斠編——曹尚斌論文集

作　　者　曹尚斌
主　　編　吳冠宏
編　　輯　歐家榮
責任編輯　蘇　輗
特約校稿　林秋芬

發 行 人　林慶彰
總 經 理　梁錦興
總 編 輯　張晏瑞
編 輯 所　萬卷樓圖書股份有限公司
臺北市羅斯福路二段 41 號 6 樓之 3
電話 (02)23216565
傳真 (02)23218698

發　　行　萬卷樓圖書股份有限公司
臺北市羅斯福路二段 41 號 6 樓之 3
電話 (02)23216565
傳真 (02)23218698
電郵 SERVICE@WANJUAN.COM.TW
香港經銷　香港聯合書刊物流有限公司
電話 (852)21502100
傳真 (852)23560735

ISBN 978-986-478-380-9
2020年11月初版
定價：新臺幣680元

如何購買本書：

1. 劃撥購書，請透過以下郵政劃撥帳號：
   帳號：15624015
   戶名：萬卷樓圖書股份有限公司
2. 轉帳購書，請透過以下帳戶
   合作金庫銀行 古亭分行
   戶名：萬卷樓圖書股份有限公司
   帳號：0877717092596
3. 網路購書，請透過萬卷樓網站
   網址 WWW.WANJUAN.COM.TW

大量購書，請直接聯繫我們，將有專人為您服務。客服：(02)23216565 分機 610



**國家圖書館出版品預行編目資料**

尚文齋纂言斠編 : 曹尚斌學術論文集 / 曹尚斌著. -- 初版. -- 臺北市 : 萬卷樓, 2020.11
面 ;　公分. -- (著作集叢書 ; 1600002)
ISBN 978-986-478-380-9(平裝)

1.中國文學 2.文學評論 3.文集

820.7　109014359